第4种爱情

艾小白 作品
AiXiaobaiWORKS

光明日报出版社

第四种爱情 目录

LOVE

CONTENTS

目录 CONTENTS

第四种爱情

楔 子
Xiezi LOVE

我不知道自己是否真的爱你，但是我知道自己不能没有你，如果地球毁灭，那么我要告诉你，你是我唯一想见的人。这个人会是谁，又是谁会陪你一起度过那一瞬的“执子之手”？那个永恒的天长地久，谁会绝望地想起你，你又会记起谁，为谁而遗憾？那个真正的天荒地老，谁才能守住谁的唯一？

2012 许你一个人，你是否愿意拥有与他共赴天堂的爱情；2012 许你一个愿，你是否祈祷早早遇到那个人，只为了说一声“我爱你”。若是你，你会许下怎样的心愿？

暗室中的女子丢下手中的晨报，嘴角含着一抹冷笑。比之九年前的千禧年之忧，人类倒是越来越煽情了。

心愿？她早已不是懵懂的女孩，愿望对她而言早已如同镜花水月般虚幻，而撕裂那些甜蜜的是无情的岁月。

迟疑在窗帘上的素手骤然拉开了那片灰蒙蒙的天空，如同那年紧紧地扼制着她咽喉的手，让人无法呼吸。九年前，二十岁的她有一位美丽高贵的母亲，一个温和帅气的男友，一份学校的保研通知书，还有一个个关于未来的美好憧憬。

三月，妈妈程静蓉被查出罹患癌症。

四月，男友佟安为了减轻她的经济压力提出结婚。

五月，佟安的母亲李月如女士邀请她喝茶，笑着请她解释何为门当户对。

六月，佟安欲带她私奔，被拒，当晚佟安遭遇车祸。

七月，佟安醒来，忘了他的她。

八月，佟安结婚，娶的是青城传媒大亨的女儿宋柔。结婚当天，医生委婉地告知她，她的妈妈不需再采取医疗措施。

毁灭就像一把刀，一片片地凌迟着她的未来。那一刻她期待过地球的毁灭，也只有那样她才会忘记什么叫做伤心彻骨的痛。逃避不代表一切重来，希望一切死亡的期待永不会实现，她只能拖着残缺的身躯走向等待她的新生。

九月，妈妈带着她回到南锡，将她交给早已脱离关系的娘家。

十月，妈妈去世，程家有了认祖归宗的五小姐。

十一月，她听从外公的安排订婚了，对象是与程家门当户对的何家大公子何景。

十二月，她结婚了。

她新生了，南锡人羡慕的新生，也是她唾弃的新生。在她原本的未来里，她的丈夫温柔体贴善解人意，现在的也是，但丈夫温柔的对象却不是在法律上可以正大光明同床共枕的她。她曾经的向往中还有一个梦，一家三口伴着母亲幸福地走过樱花大道，春夏秋冬年年岁岁。

天空已慢慢发白，白昼即将代替昏暗的黎明。她的新生没有了夜晚，没有了那些甜蜜的梦。现在她身边的确有三个人，三个有着高贵血统的孩子，她的，也是这世上唯一的牵挂。

手指在窗户上轻轻地打圈儿，楼下的草木在玻璃上逐渐清晰起来。她眯起眼细细地打量着这个渐渐苏醒的城市，生活了两年依旧陌生，却始终无法剥夺热爱它的忠心。这里除了自我放逐之外还有一个词，一个一想到身体就抑制不住颤抖的词，它叫做“自由”。

“乌女士，您好。再次提醒，我们为您安排的专车将于半小时之后抵达，请您做好准备。祝您早安!”

眉头随着留言机渐渐紧锁，她猛地推开窗户，寒风肆意戏弄早已僵硬的身躯，唤醒已掩埋两年的曾经。薄纱随风摇曳奔往未知的方向，而她即将归去，赴那场人人羡慕的门当户对。

第一章
旧人旧事

1.

“李淮月，你真的要带着她远走高飞吗?”一个妆容精致的女子冷冽地问着略显疲惫的男人。

男人眉头紧锁一脸的不耐，倒是挂在臂弯的女子笑意盈盈地软言细语：“陈小姐前天不是还祝福我们百年好合，早生贵子吗?”

“李淮月，你当真……”贝齿咬破唇上完美的唇彩，露出一点儿猩红，纤长的睫毛在几番跳跃后毅然舞动起来。

“李淮月你浑蛋，你个忘恩负义的东西，你竟然抛弃老娘，你不得好死……”任谁也无法相信刚刚那个举止优雅、面容冷清的女子竟挥着指甲扑上男子的身躯，“你跟这个小狐狸走了，我该怎么办?”

男子很快从错愕中回神，扭曲着身子跟女子互相推搡，脸色因为越来越多的围观而越发深沉。

纠缠的男女、驻足的人群、交耳的窃语，在机场这个略显匆忙、无趣的地方，显得格外富有生机。空荡的 VIP 室内冷冷地响起一声冷笑，待乌青梅扭过头只来得及抓住一个孑然孤傲的背影，她想那个女子不是不曾爱过，便是被伤得太深，至少自己不会发出那样的冷笑，即便那个纠缠不休的女子看上去是有些讨厌，甚至还有些……可怜。

收回望向是非热闹的眼神，原本那个笑得美丽的女子也已失去冷静，大声尖叫着企图分开厮打的两人，“陈安心你神经病啊，淮月从来就没有爱过你，他根本就不爱你。”

“这里还轮不到你一个贱人来说话。”女子忽然停下手沉着脸冷冷地说道，嘴角的笑在披头散发中显得诡异，她反手迅速给了女子一个响亮的耳光，那女子细白的脸上留下淡淡的殷红。“哼，你以为他就爱你吗？他能爱上我的钱，就能爱上你的美貌。”

“陈安心，你疯够了没有？”男子终于被激怒，将捂脸的女子拉到身边，小心翼翼地吹着每一道被划破的伤口。

乌青梅终于放下手中冷掉的咖啡，那个女子到底是爱错了人，爱情并不是想留就能留住的，不然那个被呵护的女子不会抛出那般得意的嘲笑。她伸手轻轻揉了揉眉心，心底慢慢明朗起来，难怪那年那个女子会那般忐忑不安，也许她也希望被自己修理一番然后去他那里声讨正义吧？

“你似乎遇到了什么开心的事情？”带着孩子们回来的朱朱好奇地看了眼轻笑的乌青梅。

“有吗？”她失笑，在朱朱再三确认下才道出心声，“只是想到过去的一些事情，然后觉得自己或许是个好人。”

“你还真文艺。”朱朱不屑地白了她一眼，“孩子们别玩了，我们要登机了。”

乌青梅带着浅笑将孩子们的行李收拾好，抬眼望了一眼玻璃窗外，天空蓝得有些刺眼，只是不知白云是否安好？

若不是刚刚那一幕，也许她这辈子也不愿想起那个柔弱的女子。那天似乎也是这样一个晴天，她去见了自己一直知道却以为不会碰面的女人——白云，何家大少爷真正的爱人。比报上的照片纤细几分也漂亮几分，但眼角的紧张和忐忑却像一个做错事的孩子，总是偷偷地瞄她，目光偶然相遇时又红着脸无措地低头喝水，一抬一低中，该是怎样的顾盼生姿？

那是怎样的璀璨迷离她不知道，她想何景该是迷恋如此风情的，不然不会深陷多年，甚至用婚姻来掩护那个人。只是面对这样的人，她还是忍不住想他的眼光到底是差了些。慵懒地靠在布艺沙发上，她慢慢地喝着今年的新茶，“白小姐想把孩子生下来?”

她似乎没料到自己的直接，迷惘惊醒后迅速低下了眼睑。乌青梅为她的孩子气感到无奈，也因这孩子气想到自己的孩子，所以她静静地，甚至面带微笑宽容了她有些无礼的沉默。她等到笑容僵硬了，白云才很没底气地挣扎了一句“阿景同意的”，又像怕她不相信，很用力地点了点头。

“那就生吧。”乌青梅忽然觉得有些索然无味，为那听起来可笑的理由，也为她苍白的自信，“有时间叫何先生带回主宅吃顿便饭。”

那时她是什么神情来着？啊，对了，跟刚刚那个女子一般，一脸的错愕，以至于未曾留意到自己的离开。在白云未见她之前，一定把她幻想成洪水猛兽了吧，就算不会泼妇骂街也该冷嘲热讽一番的吧?

“妈妈，你在笑什么呢?”小女儿何轩婷突然蹦到面前，歪着脑袋看着她。“不过我喜欢看妈妈笑。”

“那是因为我们就要回家了。”她牵起女儿的小手，将机票交给空乘小姐，“小乖不也笑了一天吗?”

“嗯，笑得脸都痛痛了。”小手揉了揉鼓起的脸颊，何轩婷对回头抛白眼的何轩瀚吐了吐舌头，“小哥哥最讨厌了。”

“那是因为你白痴。”何轩瀚不屑地快步走进通道，留下气得跺脚的何轩婷。

“妈妈，你看小哥哥尽欺负我。”何轩婷噘着嘴再也不肯走路，小手臂几乎在同一时间对着她张开。

“你太溺爱小乖了。”跟上来的朱朱见此情景无奈地摇了摇头。

“会有人介意吗?”乌青梅抱起那个小小的身子，极其无辜地问了一句。

“呃。”朱朱低头看了看身边一本正经的儿子，微微一笑，“自然是没有的。”

乌青梅待孩子们睡着，替他们盖上毛毯后从座椅上翻出一本杂志。她粗略地翻了翻，大多是南锡比较有名的公司，譬如最大的风和广告，譬如入住率最高的南锡酒店，譬如享誉全国的南锡大学，譬如南锡著名的房地产公司何氏企业。

微微勾起了唇角，若不是扫到“何景”二字，她估计自己会忽视掉这则报道。照片上的男子有一双琉璃色的眼睛，带着浅浅的微笑凝视着前方。

印象中他是不戴眼镜的，故作的深沉掩盖不住本身的温润。何景啊何景，不过短短两年时间，你已褪去所有的稚嫩，仅一张照片便能透露出你的高深莫测以及贵气逼人，难怪杂志上说你年轻有为、深藏不露。

手指慢慢抚上那张棱角分明却异常陌生的脸，她还真不是一个尽职的妻子，似乎这些年她从不曾记得这个与她结婚九年有三个孩子的他。那双目光深邃的眼睛，在乎的从来都不是他，更不是她。

外界所知道的何太太，对程家来说，是失散多年的五小姐；对何家来说，是进退得宜的长媳；对锡大来说，是最受欢迎的教授；对何景来说，不过是一个摆设，一个安慰何家二老的幌子，一个为他爱的女人设立的保护伞。她现在还有些好奇，当初究竟是自己轻看了他，还是他轻看了自己，那样陌生的两个人，怎能仅一面之缘便轻易许下了一生的婚约？

“从决定回南锡你就变得很奇怪。”朱朱随意地翻着手中的杂志，言语中流露出一丝担忧，“也许我该劝你留在这里的，总觉得会有不好的事情发生。”

“再不好能比得过眼下吗？”她微微闭上眼，眼里却浮现出第一次见何景的情景。

那是母亲下葬后的第二个月，外婆带着怜惜又有些欣慰的眼神拍了拍她的手，说，你外公帮你物色了一个极好的人，虽然比你大了三岁，却是配得上你的，这样你母亲泉下有知也不会担心你过得跟她一般清苦。

她是在咖啡店见的他，那时他还是个温和有礼的男子，虽然他正极其认真地研究手中的报表，还是在抬头的一瞬间给了她一个羞涩中带着僵硬的微笑。也就是那么一眼，她便知道他不是她的良人，所以没有打扰他的工作，静静地喝完咖啡之后留下便条便终结了外婆口中的朗朗俊少。

推开玻璃门时，突如其来的冷风叫她瑟瑟发抖，而空中漂浮的细雨让她微微蹙起了眉头。正懊恼脚上精致的皮鞋怕是不能在雨中散步时，一把黑伞笼罩在她的头顶。

他没对她的错愕做出反应，而是比刚刚严肃了好多。

“乌小姐，最近工程太多，我们的婚期定在元旦如何？”

那时她是有些生气的，她跟他怎么也没熟悉到“我们”这个程度，然而更大的怒意来源于他的自信，他究竟从哪里来的信心满满将她的未来看得如此轻易，“我，并不觉得我们合适。”

“如果你想要爱情，我肯定不适合。”他将伞塞进她的手里，温温的手让冰冷的她微微一怔。他勾起一个微笑，这回她看到了他的真诚，因为酒窝轻轻浮现，“但我知道，你并不需要。”

她想自己当时一定是被瞬间的温暖以及那有些可爱的酒窝迷昏了脑袋，忘记了那样的笑并不一定是出自真心，还有可能是对她选择的确信。可若是重新选择一次，她还会奋不顾身地跳入这段婚姻里吗？不是贪图豪门的荣华，也不是贪图他的秀色可餐，她只是需要一个平静的生活，没有波澜一成不变的生活。

爱情她早已不需要。她的爱情全部给了那个叫做佟安的男子，那个为了她不惜与家人决裂的男人，那个因为车祸而忘记了自己的男人，那个被自己丢弃的男人。

那个时候那种处境，她只能那么卑微地爱着他，因为爱，所以给不了他任何承诺；因为爱，所以放弃了所有，包括他。她想，即便他忘记了自己，只要他幸福，爱着他的她，自己远远地看着就可以了。曾经抛弃他的她，应该是没有资格再去爱别人了吧？而从那个男人转身抽离她的世界时，她知道这辈子再也没有力量去爱别人了。

千疮百孔的她不想再次变得狼狈不堪，思量片刻，在他坦荡的眼眸中印出自己微微上扬的唇角，“我不希望有阿猫阿狗来骚扰我的生活。”

“好。”他温热的手与她冰冷的手轻轻相握，定下她以为一世安好的承诺。

“乌青梅，你少给我装深沉。”朱朱的诧异唤醒她的游离，“连小乖都知道这两年是你最快乐的日子，你别得了便宜还卖乖。”

“我只是……”回神时手中的杂志滑落，露出一向被她遮掩的锐利双眼。没来由地，心底浮现出一抹不安，她努力扯出一抹干涩的笑，“近乡情怯罢了。”

“你担心他?”朱朱顺着她的目光看到杂志上他的照片，脸上露出一抹释然，随即又苦恼地皱了皱眉，“说实话，我到现在也没想明白你为何要回来。”

“孩子们需要爸爸。”她将杂志合上，细细地扫了一眼睡得安详的孩子们。

“虽然我们认识多年，但是我依旧看不透你。”朱朱见她如此逃避问题，索性也闭眼不愿看她固执的样子。她怎么可能因为这个理由回来，若是如此，两年前便不会决然地带着孩子们离开。“没有了软肋的他，早已不是当初的他。”

“嗯?”乌青梅依旧仔细地看着孩子们的脸，似乎儿子们长得更像他，微蹙起眉，伸手欲拿过杂志比对一番。

朱朱知道她心不在焉，微叹了口气，“不管你为何回来，你一定要小心你的丈夫，我不想让你再受伤。”

悬在空中的手顿了顿，最终收了回来，她怎么能忘了呢，那个人直到现在还是她的丈夫呢，所以，看了眼机身下的白云，他们也算久别重逢了，或许来些惊喜才算应景吧。

2.

乌青梅从梦中惊醒，喘了口气，她果然是近乡情怯，竟然梦到了那年的离开。

那日见过白云之后，她去了母亲的墓地。看着郁郁葱葱的柏树，她长长地松了一口气。白云，何景大学的学妹，他给她买了房子、车子，还为她开了一家服装店。报纸上一边说她是棒打鸳鸯，一边吹捧何大少情比金坚，最后结尾总是说白云是如何的好运，虽然没有嫁进豪门，到底是乌鸦变凤凰，被何大少一捧多年。

她笑着拢了拢吹散的发丝，想起了佟安的母亲，那个女人很优雅地告诉自己什么叫门当户对。可就算对了门入了户，又有多少能像佟安那样过得幸福的呢？至少她乌青梅不是。她接起电话才慢慢地缓和了脸上的神情，是她的小女儿何轩婷。“嗯，小乖，妈妈一会儿就回家。”

回家。是的，家，她和孩子们的家，那里对何景而言不过是一个可有可无甚至心底里几番希望不存在的地方，当然那里其实也是不需要他的，只是世人不知道罢了。

抬眼看了看天，白云的出现叫她想到了一个诡异的词语，一个不适合用在他们身上的词，七年之痒。既然她的先生并不喜欢现在的处境，她不介意帮他做出选择，所以她第一次约了何景。

“不知何太太约我回家是为了什么事情？”沙哑的声音从电脑后面传来，有些疲惫更有些不耐。

“我不会帮你抚养孩子。”她直奔主题，在一旁的沙发上坐下。

“什么意思？”何景一直很满意乌青梅这七年来的表现，虽然两人碰面少并且无话可说。他靠着座椅皱了皱眉头，现在她将三个孩子都照顾得很好，不明白她忽然说这话是什么意思。

“不知哪里的阿猫阿狗说怀了你的孩子。”她定定地看着他，他的女人，所有南锡人都知道，从来只有白云一个。“何先生，我说过我的底线只有两条，你今天是一下子给足了我面子。”

“阿猫阿狗？”他脑子飞快地转起来，揣测她如此反常的原因，“她有名有姓。”

“她叫什么跟我有什么关系。在我眼里，是阿猫还是阿狗没什么区别。”她忽然有些恼怒，明明在讨论他与自己的未来，眼下为何非要执著在不相干的人名上？

“你想怎样？”他黑着脸打量靠着沙发的女人。先不管白云那边是怎么回事，又怎么会不听话地去找她。可如果是真的，他忽然很有兴趣想知道，他这个一贯冷清的太太是怎样处理这件事的，毕竟孩子们被她教得连爸爸都不认了。

“小乖是你要生的。”她无视他眼底流转的讥讽。当初公婆说要是再有个孙女就儿女双全了，她同意了，条件是他的孩子只能由她乌青梅所出。“对于你的承诺，我选择了相信。”

“我是不是该庆幸你如此相信我？”承诺这个东西，他不见得必须执行。他压抑着心底慢慢涌起的兴奋，那个白云的孩子才是他的孩子，他跟他爱着的女人生的孩子，“程老将军一定没有告诉过你，兵不厌诈。啊，我想起来了，你在程老将军身边也不过半年的时间，哪能明白这么多呢？”

“既然这是你的意思，那我明白了。”她似乎早已料到他的反应，所以没有一丝惊讶，带着叫何景有些厌烦的淡笑起身，“打扰了。”

“你究竟是什么意思？”他阴沉着脸仔细打量自己的妻子。她现在的样子就如他第一次见她的情景，对于自己的忽视没有任何的怨言或者不满。那日她出门的时候，他观察到她仰望天空时闪过的一丝恼意，毫不怀疑地认定她气的不是天气而是自己的态度。

对于这门婚事父母一意孤行，他反对未果只能同意，条件是母亲不要去打扰白云。这几年他很少回家，孩子们跟自己也不亲近，就像她跟自己一样陌生。若是有人在他面前提起何太太。他脑子里只有一个模糊的印象，旗袍，一成不变的笑。她就像一个没有情趣的娃娃，叫他想不到其他属于她的特征。

“我会去跟爸爸说。”她站在书桌前三厘米的地方，修长的双手交叉在身前。

“什么？”他不自觉地起身。他觉得她在预谋什么，而他的直觉向来不会错。

“既然阿猫阿狗都能出现在我面前，证明这个地方不再需要我。”她并不惊慌，这一天早已经料到。她不是没想过就这样过一辈子，反正她乌青梅与何景并无爱情，他们的婚姻不过是一场交易。她有她的生活，他有他爱的人，只是在见过白云之后她忽然觉得疲惫，那么假的日子，她竟然过了七年。“既然你有了更适合的人为你生孩子，那么我生的孩子不过是个配角。”

“所以？”二十八岁的他，经历过商场的尔虞我诈，竟然在乌青梅淡淡的语气中紧紧地握起了拳头。他知道自己生气了，为这犀利的措辞，可悲的是，她说的全是他心底的意思。

“离婚吧。”她轻轻地丢下三个字，转身离开。“没有谁能永远替代谁，而配角总该让路的。”

“你说的是我，还是你自己？”几个快步将她困在门板上，他不明白就那么一个见面，她怎么会有如此大的反应？这些年她从未有任何不满，怎么会突然有这种决定？

乌青梅一只手停留在门把上，金属凉凉的触觉从指尖传到心底。何景啊何景，你总是觉得看透了一切，可你真的看透了吗？她伸出另一只手推了推他困住自己身子的手，语气一如往常的平稳，“你不该生气的。”

“你看出我生气了？”他冷冷的气息扑在她的脸上。既然明知他会生气，她还敢做出这样的决定？不对，她是故意的。也不对，这才是她真正的意图吧，迫不及待地离开自己，离开这个连他都觉得是牢笼的地方。他岂能容她放肆，这个局，他从来就没想过要放她出去。“你觉得可行吗？”

“你觉得呢？”她还是笑，因为推不开他的手只能选择放弃。她侧着身子，倚门而立。“何先生，你对我了解得太少了。”

“是吗？”他伸手抓住她的下巴，她那个笑容叫他觉得厌烦、碍眼。“你以为程家会同意你离婚吗？”

“犯错的是你，不是我。”即便下巴被他捏得生痛，乌青梅却还是吐字清晰，毫无畏惧。

“怎么？这些年不管不问，忽然紧张我了吗？”他的手上更是加了几分力，“整个南锡谁不知道你才是我跟白云之间的阻碍。就算你离开了，人家只会恭贺我们有情人终成眷属，谁会同情你这个第三者？”

“所以我给你们让位了啊。”她叹了口气，神色清明地看着他幽深的黑眸。他跟她，总有一天会散的。

“我不同意。”他一字一顿地冷哼。

何景冷笑着看着关上的门，好你个乌青梅，她怎么说的，她究竟怎么说的来着？她说她来是告诉他这样一个结果而不是来征询他的意见。她究竟凭什么如此胜券在握？她以为离婚只是他们两个人的事情吗？她以为真的那么容易吗？就算这段婚姻她不甘心也是她同意了的，怎么七年之后才知道反悔，丢下他提心吊胆地唱着独角戏？不，他决不允许她破坏他和白云安定的生活。

他很不爽地一脚踢翻门口的花瓶，叫楼梯上的乌青梅微微一怔。很明显楼下的每个人都被这突如其来的声响怔住了，神色紧张地看着她。何景鸢忙拉着她坐下来，“嫂子，你们吵架了？”

“嫂子才不可能跟哥吵呢。”何景骏白了一眼何景鸢，哥哥那点儿破事他是知道的，嫂子一开始就知情，要想吵几年前就吵了，何必等到今天。“是不是因为孩子？”

“是啊，是不是因为孩子们跟他不亲啊？”何母也觉得应该是这个问题，虽然何景很少回来，但回来时至少也是客客气气的，鲜少有这样的动静。“这也不能怪我们，谁叫他一直在外面鬼混。前些日子，轩文、轩翰回家很不高兴，我一问竟然有同学拉着他们问何景是不是从来不回家。”

“妈，不是这个问题。”乌青梅打断何母的唉声叹气，这是她准备离婚的主要原因。孩子们一天天长大，何景的不归家已经让兄弟俩心底产生了怨恨，小乖则在哥哥们的影响下彻底地忽视何景，这些并不利于孩子的成长。

“她怀孕了。”

“什么？”何母从沙发上跳起来，难掩怒气，“何景究竟想干什么？”

“她找你了？”何父心一沉，当初说好的，若是她带着孩子出现在她面前，他同意他们离婚，他只是没有想到当初宽慰她的话竟然即将变为现实。

乌青梅点头。南锡就这么大，好事的记者那么多，今天的见面不能保证万无一失。

“何景骏，去把你大哥喊下来。”何父火从心生，重重地拍着桌子，把众人都吓了一跳。

“青梅啊，你看这事有没有回转的余地啊？”何母深知这都是儿子的错，抓住她有些凉的手，“那个女人找你肯定是瞒着何景的。要是何景知道，她肯定不会出现在你面前的。”

“切，那还不是哥给惯的。”何景鸢冷哼，她就看不惯那个叫白云的女人，长了一张故作可怜的小三脸，全身上下一无是处。“现在都敢找嫂子挑衅了，不是摆明要进咱家的门吗？藏了这么多年终于忍不住了吧，还不是想母凭子贵吗？我呸，就她那样的，指不定孩子是谁的呢？”

“不许你污蔑她。”怒吼声从楼梯口传来，何景阴沉的眼神扫过何景鸢，最后狠狠地瞪上乌青梅。他果真是小看了她。

“你给我住口！”何父一声厉吼，指着何景的鼻子破口大骂，“当初你是怎么答应我、答应青梅的，你说说你到底想干什么？”

“何景，你究竟想怎么样？你整年耗在那个女人那里，妈问过一句吗？你给那个女人买房买车开公司，妈说过一句了吗？”

何母沉着脸，若不是跟何景约法三章，她早就收拾了那个小妖精。本以为这几年相安无事，只要青梅没意见，她这个做妈的也不好插手，可眼前这叫什么事，“你不是口口声声说那个女人没有私心吗？不是不稀罕嫁入我们何家吗？那她现在做的又是什么？”

“你们为何把白云想得那么不堪？她不过是想要个孩子。”她跟在他身边这么多年，从二十出头的姑娘变成了快三十的女人。即便他待她再好，他也时常看见她一个人半夜发呆，或者在他耳边轻语，问是否可以生个孩子。每次他都觉得心痛，为自己的自私而恼恨，可他不能给她承诺，因为他不敢，怕的就是出现今天这种局面。

“哼。”何景骏很是不屑地白了一眼何景，“你又不是她，你怎么知道她想干什么？就算她现在只是想要个孩子，那以后呢？你之前还不是口口声声说她不喜欢孩子，不要孩子的吗？这才几年又改口想要个孩子了？现在孩子还没生就嚣张到嫂子头上来了，那生下来之后呢？这摆明了是要告诉嫂子，你丈夫不止给了我爱情还给了我孩子，你识相就别挡着我的路。”

“你从哪儿学来的刻薄啊？”何景鸢有些好奇地拍着他的肩，“不过，我喜欢。”

“何景，我告诉你，”何父清了清嗓子，“医院我来安排，孩子你处理掉，我就当什么也没有发生过。”

“何景，我也告诉你，”何母脸色一沉，隐隐透出一股威严，“规则是你自己定的，如今也是你坏了这规矩，你别怪妈手狠。”

“这婚不能离。”何景鸢一把拽住半天没有说话的乌青梅，挑衅地瞪着何景，“凭什么让那个女人嚣张？既然打定主意做小三就不该有奢望，还真以为乌鸦能变得了凤凰？”

“究竟谁才是第三者你们比我更清楚。”何景恨眼前这群必须称之为家人的人。白云有什么不好，不就是普通工人家庭出身吗？他们怎么能如此欺负一个善良的女子？当年为了逼他结婚竟然找人绑架白云。试问天底下哪有这样对待子女的父母？他不过是真心真意爱着一个人，这有错吗？“这就是你希望的结果？”

“不是。”她要的结果刚刚已经转告过他，看公婆这架势事情怕不会那么容易。“作为一个儿子来说，你鲜少回家尽孝，这不合格；作为一个丈夫而言，你鲜少露面，这不合格；作为一个父亲而言，连孩子都对你的私生活感到羞愧，这更加不合格。当然对于白云而言，你也不合格。何景你忘了，除了我除了白云，你还有对子女的责任，还有做父亲的担当。我以为你可以做到，但我错了。”

“继续啊。”他倒是要听听这桩婚姻的同谋究竟有什么要狡辩的。

“我以为我们目前这种生活模式对我们两个人挺好，可对爸妈不好，对我的三个孩子更加不好。”她继续微笑，这些话，除了他大家都知道。“知道小乖为何不喜欢你吗？当她看到她的爸爸搂着别的女人出现在报纸、电视上，好奇地问爸爸为何抱着这个阿姨的时候，你觉得我该如何回答？”

“你从来不曾说过。”他知道自己亏欠孩子太多，可那是因为孩子是应父母的要求生的，他根本就没想跟她生孩子，而且还是三个。

“我说了有用吗？你什么时候正眼看过他们？”乌青梅摇头，为孩子们有这样的父亲而感到心痛。“轩文、轩瀚早产的时候，你的秘书告诉我们，你带着白云去旅游了；当小乖满月的时候，你的秘书说你陪白云给她母亲庆生去了；当孩子生病的时候，你在哪里呢？窝在白云的公寓里情意绵绵吧。你一心想的是何家如何阻碍了你的幸福，我乌青梅如何的碍眼吧？你把对所有人的恨意通通转移到我的身上，我无所谓，反正我又不爱你。可你伤了我的孩子，是你口口声声要我生的孩子。”

“青梅。”何母拉着她冰冷的手坐下，这话不是第一次听，可每次听都觉得何家欠她太多。“都怪妈妈管教不严。”

“妈。这不是你的错。”她拍了拍何母的手，丝毫没有畏惧地与他对视。“何景，这一切跟我们都没有关系，错的只有你一个。你的过于软弱才是问题的根本所在。这样的你，也不适合做我孩子的榜样。所以，我们……”

“青梅啊。”何父赶紧出声制止，这些年来他多少是了解乌青梅的。她这个人虽然平日里话不多，可却是句句较真。看今天这个样子，语气比当初找自己谈话的时候还要冷静，她怕是下定了主意。但这婚真的不能离，他宁可没有何景这个儿子，也不能失去这么个好媳妇。

“就算离婚，孩子们也还是有困扰的。”

“我跟美国那边通过电话，决定接受那边的邀请。”这就是乌青梅今天下午在母亲坟前做出的决定。“孩子们我都会带过去，等他们能够应对自己的父亲时，我便送他们回来。”

“青梅啊，你这是下了狠心。”何母叹气，又阴阴地剜了一眼黑着脸的何景。

“嫂子，我跟你一起去。”何景鸢立马表明自己的立场，“我最近也在考虑念那里的研究生，刚好我们一起去。”

“嫂子，我找朋友帮你们安排一下住宿。”何景骏也跟着表态，完全忽视一旁阴着脸的何景。

“不用了，我在那边有朋友。”乌青梅笑着拒绝。至于是什么样的朋友，她倒是不方便说。

“我还是那句话，我不同意。”何景沉着脸，凭什么她能如此看透他，凭什么她才像这家里的一分子，凭什么由他一个人去承担她烧起来这把火的后果，凭什么她可以这么迅速地为自己留好后路？这些，都是凭什么？

“那就算分居吧。”这个结果亦是她意料之中的。为了保护他心爱的女人，他死活都不愿意离婚。“反正，我们现在也不差的。”

“去书房。”他不理会众人的鄙夷和愤恨，直接上楼。

蹬蹬的脚步声在沉寂的屋子里显得格外刺耳。

“没事的。”乌青梅安抚众人，踩着轻盈的步子上楼。争取自由需要付出一定的代价，她不知道她的代价是什么。

那次谈判——谈判是何景对于那次谈话的定义——在何景心里留下了不可磨灭的印记。对于他的妻子，他孩子们的母亲，他对她的印象从一身旗袍，始终不变的面部笑容变成了伶牙俐齿、心狠手辣。

“你真的是好啊！”他在她进门后狠狠地把门甩上。他知道这声响会让楼下的众人吃惊，也知道他们担心的对象只会是她乌青梅。

她不理会他，侧过身子走到一旁的沙发上坐下。

“你这样的表现让我都快以为你爱的人是我。”

“我何景这辈子都不可能爱上你这样一个冷血的女人。”他在她对面坐下，心底浮现出一丝恨意，“我绝对不同意离婚。”

“很高兴我们在分居一事上达成共识。”她无所谓地复述刚刚的提议。

“共识？”他何时同意了？刚刚何母摆明了就是威胁自己。

“何先生，这几年，我对你了解了不少。你不愿意离婚，是你的不甘心。若不是我，你也许跟白云可以两情绵绵，也许何家会为了下一代而接纳白云。很不凑巧我偏偏就出现了。我跟你的婚姻是一场你情我愿的交易，这些年我不管你的风花雪月，爸妈自然也是睁一只眼闭一只眼。”当年舅舅拿出照片希望她再考虑考虑的时候，她就预料到了今天。她知道何景不愿放手的原因只有一个。

“是你亲手毁了这种平衡。你毁了你对我的承诺，对孩子们的承诺。既然这样，你总是要付出代价的。”

“何太太，你还真是理智。”他冷笑，是，她乌青梅全是对的。若不是因为白云，他怎会妥协？婚姻不是他要的，孩子也不是他要的，这一切的一切通通不是他要的。就算没有乌青梅，还有下一个乌青梅。可眼下的的确确是她乌青梅，也正是自己选的她。

“别忘记，这桩婚姻是你拐我进来的。”乌青梅不傻，他若是要秋后算账，最终的凶手还是他自己。“何先生，你还是叫我失望了。”

“我们这样的婚姻本就不该有奢望。”既然有当初那样的约定，她就不该逾越了本分，鄙夷地冷哼，“可就是这样的婚姻才能维系一辈子。”

“他如果没有孩子，我想我们不会到今天这个地步。我可以不爱自己，可我爱我的孩子们，我必须有足够的力量才能保护他们。”她伸出手指着他，言语中有些嘲讽，“你选择了一条自我逃避的路，一条也许连你自己都觉得压抑的路。”

他难掩错愕。他从来不知道她将他看得如此透彻，以至于眼前坚定的她使他觉得如此的陌生。

“分居是你目前最好的选择。”她拢了拢掉下来的长发，“两年的时间，我希望你能变得更强，能守住你自己想要的东西，也能丢弃你不屑拥有的东西。”

他定定地看着她。这是他见过的那个乌青梅吗？是一成不变淡定从容的乌青梅吗？

“不过何先生你早就没得选择。当然，”她顿了顿，笑意渐渐浓烈起来，“你也可以做出别的选择，譬如离婚。关于这一点，若干年后的你或许可以做到，但现在的你定然是做不到的。所以……”

“什么？”他看着她的笑容。不管她究竟为何而笑，但不可否认，犹如罂粟花一样美丽。

“若你真的做了其他选择，我提醒你千万不要对我的孩子有所伤害。”她站起身，思考着也许该去看看孩子了，刚刚他们争吵的声音，怕是把孩子们都惊醒了吧？“我说过你不了解你的妻子，我也不介意你看看你妻子的另外一面。但你最好祈祷这辈子永远不会看到。”

“好，我答应。”他点头认同，“但我有个条件，白云……”

“很抱歉，这个我不能帮忙。”她坚决地拒绝，“阿猫阿狗我没义务。何况那本身就是你的事情，跟我何干？”

“乌青梅，”他从牙缝中挤出三个字，阴冷的目光定在她不屑的脸庞上。“你果然冷血。”

“多谢。”她扭过身不再看他。他不管好坏终归是别人的，她冷血与否又关他什么事情。“那么，坏人退场了。”

他定定地看着那扇轻轻关上的门，十分钟后才回过神来。空气中依旧弥漫着她身上的香水味，淡淡的绿茶味。他想他该生气的，该暴躁的，可他笑了，笑得眼角溢出了眼泪。

他一直明白自己性格有些软弱。在白云的事情上，在结婚的事情上，在孩子的事情上都是。这些年，他以为自己能够平衡自己爱的人，家人。他忘了也忽视了被拉进这场闹剧的她，还有那三个孩子。

他不得不承认乌青梅说的话很正确，这些年他一直在逃避问题，就算他怎么努力武装自己，那也只是自欺欺人的假象，自己依旧不够强大到可以保护自己想保护的东西。此刻他该感激乌青梅的，感谢她把自己拉出那个城堡。两年。既然他们约定了两年，他倒是要瞧瞧下次关门而去的究竟是谁。

3.

“看什么看得如此入神呢?”陈一白在总经理办公室被忽视了十分钟，实在不知道何景到底在看什么，“你倒是说说，这天空跟之前有什么不一样?”

“飞机比较多。”何景转过身，嘴角勾起一抹笑。带着阳光的笑容，叫陈一白下意识地抖了一下，不会自己什么时候又招惹他了吧?

“为什么你的话总是那么深奥呢?”陈一白白着眼转移话题，“云墨约了我们去乱世替他庆生，我帮你应了。”

“几点?”他倚着座椅坐下，修长的手指在桌上轻轻地敲击。今天还真是一个多喜的日子。

“九点。”陈一白见他有些分神，伸手在他眼前晃了晃。“我说，你怎么有些恍惚啊？嗑药了啊?”

“帮我跟云墨说抱歉。”何景拿起桌上的文件，开始投入工作，刚刚何母那通电话已经浪费他太多时间。

“有事?”陈一白挑眉，“何氏要倒了？遇到危机了？还是有什么新项目吸引你了?”

“今天我们家团圆。”此刻何景已经低下了头。陈一白看不到他的表情，但可以想象到他眼底的讥讽，平淡的声音更像是一种自嘲。别人眼中看似成功的何景，在感情上却是一败涂地，只因他一个错误的选择。

陈一白想错了。何景早已不是以前的何景。如果乌青梅的离开激发了何景自我的抵抗，那么白云的流产、分手，则加深了他原本的想法。就算他再怎么努力，也逃不脱何家的手段。原因很简单，三个字，乌青梅。

这两年他还是没有想明白父亲怎么会喜欢那个话少淡定的女人，毕竟他们何家并不需要借助程家扩充在南锡的势力。他也没有想明白她那时的坚定究竟由什么支撑着，她究竟有什么是他所不了解的。他更不能明白的是，自己只是不愿放弃自己爱的人，为何偏偏成了何家的罪人。

疑问伴着痛恨，即便他比谁都明白，自己这是是非不分的迁怒，若不是她的狠绝不留余地，他跟白云就不至于走到那个地步。这些在何景的心底生根发芽，把所有的罪过一分为二，以白云的离开、孩子的失去为代价承受着，那么她这个参与者，也休想轻松退场。

她到底是回来了，在隔了两年之后，在他那个孩子的祭日之前。他的手紧紧地握住铅笔，乌青梅，不管你是为了什么回来，你跟我怕是要纠缠不清了。

乌青梅对南锡机场真的毫无好感。九年前，她因为重病的母亲踏入这个城市，母亲说想叶落归根，想给她安排一个归宿。然而仅仅一个月的时间，母亲便丢给她一个陌生的家族，一个陌生的城市，一个她期望却不是想要的世界。九年，这个依旧陌生的城市却是她不得不踏上的土地，因为据说这里是她的根，还有，那些她必须称之为家人的亲人。

“朱朱，你带朱曜走贵宾通道。”当飞机降落的那一刻，乌青梅跟朱朱默契地相视一笑，“我总觉得有些不安。”

“自己小心。”朱朱点点头，带着儿子从她身边走过，就像从不相识的陌生人。

她抱起女儿，将脸深深地埋在她的肩膀里，乌青梅，你回来了，逃了两年还是回来了。所以，她长长地叹了一口气，自己早就没有了退路，因为还有要守护的孩子们。

“何太太出来了，何太太出来了……”

一阵喧哗阻止了她努力迈开的脚步，突如其来的闪光灯刺得眼睛生痛。

“何太太，请问你这次是回来探亲还是长期居住呢？”

“何太太，两年前是因为什么原因离开呢？”

“何太太两年未曾回来，何先生是否有去美国探望呢？”

“何太太跟先生已经分居两年，这次回来是离婚的吗？”

“何太太，不知道对何先生的美女秘书团有没有顾虑？”

“何太太这次回来是回何园还是去程宅？”

……

乌青梅微蹙起眉头冷笑，机场果然是个无聊并且无趣的地方。

“妈妈，我不喜欢他们。”何轩瀚皱着眉头瞪着拥挤的记者。

“妈妈，这里还真是跟以前一样八卦。”长子何轩文自言自语地推着行李车跟在身后。

“妈妈，我怕。”何小乖双手紧紧地勾住她的脖子，声音已经有些颤抖。

“感谢各位还记着我。”乌青梅不疾不徐地挪动着身子，“但你们吓着我的孩子们了。”

“何太太你以为不回答就没有人知道当年你是因为白云怀孕才离开的吗？”一个女记者忽然不知轻重地迸出一句。

“既然有那么多的你们以为，”她冷眼扫过每一张八卦的脸，“为何又要来找我？”

“那么何太太……”

“妈妈需要找警察叔叔吗？”何轩文忽然从行李里掏出手机，“我想警察叔叔会帮我们的。”

“请让一让。”依旧冰冷的声音，依旧冷淡的神情却硬生生地分开了人群。

“妈妈我们会上电视吗？”何轩瀚幸灾乐祸地扫视着面面相觑的记者，“千万不要拍哦，不然我告你们侵犯肖像权。”

记者们见丝毫挖不到讯息只能败兴离开，而远处朱朱拉着朱曜站在甬道上半天没有说话。

“妈妈，我希望可以快点长大。”十岁的朱曜忽然说了一句与年龄极不相符的话。

“妈妈我不喜欢这个地方。”何小乖委屈地咕哝着，“妈妈我们不要回来。”

“可是你的曜哥哥在这里啊。”她抚摸着女儿的头，“轩文帮忙叫辆出租车，我们该回家了。”

直到车子驶离机场，乌青梅才缓缓舒了一口气，究竟是谁如此期待自己回归的理由？何家？程家？还是何景？

她为何要回来呢，在离开两年之后？当何景鸢知道官方答案的时候，嘴巴半天也没有合拢上。她怪异地一遍又一遍地看着兴奋的何小乖。理由很雷人，那就是何小乖十分想念她的曜哥哥，每天一通国际长途，每次两个小时，每次挂完电话之后哭半小时，哭完之后半小时不说话。

何轩文兄弟两人实在看不下去，央着乌青梅回国。乌青梅左思右想，也觉得这不是长久之计，于是决定遂了何小乖的心愿回南锡。当然这个理由，除了何家三兄妹、乌青梅、何景鸢之外，估计没人相信。所以何景鸢白了白笑得花痴的侄女，无奈地、纠结地、自作主张地拟了更容易接受的理由，“两年了，从法律上来说，可以申请离婚了。”

乌青梅有些愕然，这才想起原来已经两年之久了。或许，其实自己记得不记得倒也无所谓了，南锡的记者都帮她记着呢。

“妈妈，离婚是什么？”何小乖窝在她的怀里，想着自己刚刚听到的新名词。

“没有爸爸。”后座的何轩瀚再次白了眼自己的妹妹，“何小乖，你怎么这么白痴呢？”

倒是何轩文脸上带着温和的笑望着乌青梅，“轩瀚，我们一直都不需要爸爸的。”

乌青梅带着浅笑轻轻点头。她与孩子们，都不曾需要过那个人。离婚，什么时候离，不过是个形式。这么多年，他何时又真正地存在过呢？

待车子下了高速，她才说出了这次旅途的终点。将下颌抵在何小乖的头上，当初说好的，两年之后大家桥归桥路归路，按道理，她此刻该松一口气的，可是为何离何家越近越觉得不安呢？下车时依旧是熟悉的何家庄园，乌青梅脚似生根，不愿挪动一步。

何轩文拉了拉她温湿的手，便带着弟弟妹妹进门了。她苦笑一声，如此胆怯的自己哪里还有两年前在何景面前嚣张的影子？她忽然好奇两年后的何景看到自己会做何反应。

碰巧的是何景不在家，直到临睡之前，那个据说要回来的人一直也没有回来。她发现自己长长地松了一口气，原来他竟然不知不觉中叫自己提心吊胆了。

乌青梅对于回何家其实是有异议的。她不想再看到那个人，并不是说他伤了自己，毕竟她跟他没有爱情。她心底总是不安，这里是何家，即便她已经离开两年，可那过去的七年叫她一下子就嗅到了他的气味。

柳妈来问她住哪间房的时候，何母板起脸斥责她的不懂规矩，带着理所当然的笑对她说，哪有主人去睡客房的道理。乌青梅只是低头喝茶，这两年来何景鸢总是三不五时地唠叨，何家上下多么希望恢复曾经的日子。就连外公，都叫外婆拐着弯地问她，有没有复合的可能。

有可能复合吗？这个问题，她在心底盘旋过。看着越来越像何景的孩子们，也许为了孩子，她可以跟他这样有名无实地过下去。她也曾面带微笑地告诉何景鸢，叫她转告二老，她会认真考虑的。

时隔那日已经数月，她还是没有想出一个结果。或许说，她从来就不曾认真地细想，她的儿子何轩文告诉她，既然他们的父亲吝啬地不愿给，他们也不再需要。

她回来其实是上个礼拜才匆匆决定的，在见过她的舅舅之后。朱朱听到她要回来的消息，沉默半天哀叹一句，倒是希望她是回来离婚的。她讪讪一笑，为了偿还舅舅的恩情，她到底还是坐在了这里，她以为不会再回来的地方。

柳妈红着脸，挪着老实的步伐收拾她的行李。她没有转过头，但从何母笑意盈盈的目光中可以知道，是那个她待过七年的地方。这满意的笑叫她不得不怀疑机场的记者是否是何母的安排，她虽然答应舅舅好好考虑，却不曾给出明确的答复，甚至坏心地想柳妈这句多嘴也是何母教唆的，何母这是在逼着自己做出选择。

闲聊几句后，再也没有说话的兴致，她告别众人便起身回房。短短的四十八级台阶，她觉得自己走了一个世纪之久。这里对何景来说是一座牢笼，对她又何尝不是。她决定嫁过来的时候，是准备过老死在这个地方的，可在孩子们惊惶、躲避、不满、仇恨的眼神中她明白，她不但错而且错得离谱。

孩子的父亲给不起，她宁愿一个人承担。

这两年她与孩子们都很好。虽然小乖只是偶然提起“爸爸”，但也总会在何轩瀚的瞪眼中跳过。她明白伤痕已经留下，无论她走得多远，做得多么完美，也不能抹去那段记忆。所以她残忍地带着孩子们回来，这是他们成长所需要跨越的一道坎。即便再讨厌一个人，也不能对自己的父亲有那么大的仇恨。小乖可以，但她的儿子们不可以，她不希望他们跟何景一样软弱。他们必须跨过这道障碍，也该明白如何学会保护自己，记仇并不是唯一泄恨的方式。

伸出手搭在门把手上，金属的微凉渐入心底。她并未多做停留，因为背后不论是正视还是偷视，眼中关注的都是她——何家的长媳。她觉得有些沉重，半靠着门微微呼了一口气，咔嚓一声开了门。

手习惯地搭上熟悉的位置，开灯，然后，进房，关门。在门不重不轻地扣上之后，她才将疲软的身躯靠在门板上。她忽然后悔自己的决定，回到这个需要乌青梅身份的地方，而不是一个仅仅是她的地方。

这就是累吗？这才多久？不过四小时的故作坚强，一门之隔枉若天涯。那张床是她习惯的奶白色，窗帘也依旧是两年前那个浅蓝，甚至鼻尖前都是熟悉的绿茶香氛。她无力地扯了扯唇角。从窗台那已经用了一半的香水来看，这并不是为了她回来才摆放出来的。何景鸢说过，这个家，这个房间，就像她从未离开过一样。少的，只是一个她。

柳妈早已把行李整理好。推开衣橱，两年前未带走的旗袍还占据着这个柜子的一角，仿佛昭示着女主人从未离开。跳过隔板是何景的衣物，一溜儿的白色衬衫，她不由揣测这些衬衣里是否还有她曾买回的衣物。伸手抚上那些衬衣，白色可以是单纯的颜色，却也是最难看透的颜色。不知他是否还是两年前的那种白色？

对于他变成什么样子她并不期待，这里就像是一种终结。两年的放纵已经结束，她该扮演好的角色，是跟这个城市有关的乌青梅。

拿过睡衣，推开浴室的门，台上搁着的是自己惯用的日用品，就连——她毫无惊奇地抬头看了眼三角架上的沐浴乳，都是原先她用的牌子。她闭上眼，心底的无力越发沉重。这些她生活的痕迹，对于经历了分手、失去孩子的何景会是多大的讽刺？

她不敢也不愿意去想何景究竟是如何度过这两年的。她只想好好地睡一觉，希望一觉醒来不再是如此叫自己压抑的景象。临睡前，乌青梅看了眼空荡的大床，何景不会不知道自己的归来，那么，他现在的不归又代表什么意思？

何景其实是回来过的，车就停在何宅大门的下一个拐弯口。隔着不到一百米的距离，他看到了那个有些恍惚的乌青梅。那恍惚的神情叫他想起在咖啡馆拦下她的时候，透着微弱的光，她像洋娃娃一样美丽。是的，这个时候，他必须承认她是个漂亮并且有气质的女人，虽然她已经放弃了旗袍。

还有那几个孩子。他握着方向盘的手有些微颤。这就是被他所忽视的孩子，他的孩子。当年乌青梅极力离开，家人义无反顾支持的原因只有一个，他这个不负责任的父亲给孩子们的幼年留下了一道深深的伤疤。

看，那两个孩子长得多么相像，母亲说简直是自己的翻版，只是性格截然相反，一个老气横秋一个脾气暴躁，那个女儿，比两年前更加可爱漂亮了。父亲说女儿是爸爸的小棉袄，他错过了吾家有女初长成的喜悦和骄傲。

何景骏说像自己这样的，根本没有资格做一个爸爸。对于这段无爱的婚姻，他该放手的。猛地吸了一口气，他不甘心。他都能想象她和孩子们进屋时受到的欢迎。而他这个何家的大公子呢，何家大公子爱的人呢，何家那个骨肉呢？凭什么她乌青梅一个人便轻易地毁掉了他的所有。

他掉头去了云墨的庆生会。他的出现叫所有人都吃了一惊，因为他们正在谈论白云。有人告诉他白云嫁人了，老公是一个很有钱的商人，也有人对他挤眉弄眼说那个人很爱白云，为了她不惜跟家里闹翻，最后大家高声笑着总结白云这回没看走眼。

他恨恨地喝着酒，眸光渐渐暗沉。那场局里所有人都判定了自己的错，而如今，那个说只要守着自己连呼吸都觉得甜蜜的人都在别人的怀抱里幸福了，为什么不幸的只是自己？痛苦的也永远是自己？

陈一白送何景回家的时候，何景已然带着几分醉意靠在座椅上微睁着眼睛。他以为何景在为白云的事情伤神，宽慰地拍了拍他的肩，几番斟酌后开口，“何景，当初是她选择放手的，现在你也该对她对自己放手了。”

何景斜了他一眼。他并不是放不下，只是没想到会那么突然听到关于她的消息，她幸福的消息。原来爱情真的可以淡忘，也真的可以替代。乌青梅又说对了，没有谁的世界不可缺一个人。

他曾以为他将会是她的天，为她撑起风风雨雨。他也以为他们会一辈子走下去，即便是在最糟糕的情况下。他想有爱便足够了，可那段将近十年的爱情，留给彼此的哀伤大过快乐，尤其还有那个来不及到来的天使。他烦躁地支着手臂压在车门上，盯着那座有着微弱灯光的宅子，“有烟吗？”

“你不是戒了吗？”陈一白嘴上这么说，还是将烟递给他。

“你知道吗？”他接过烟点上却不抽，迷茫的眼看着星星点点。“很多人都羡慕我有个很好的家世，住别墅，开名车。可有谁知道那个地方再如何富丽堂皇，也就是一个冰窖，冷得叫我打战。”

陈一白并未打断他的话语。他深深地明白，在这个深夜，何景需要的只是一个倾听者，即便自己读懂了他嘴角的冷漠、眼底的寂寞，也只能静静地听他撕扯心底的伤口。

“我的父母，便是命运的主宰。我若一意孤行，他们会使尽手段叫我承认我的选择是错误的。”他弹了一下烟灰，点点火光飘在昏暗的夜色中，跳跃着急速消逝。“我不明白为何在白云的事上，他们会有那么大的反感。我用自以为最安全的方式，以为可以做得周全。

“关于那些谣言，我又怎么可能不知？我以为只要我跟她在一起，只要我们相爱，谣言不过是对何家的报复。”他执烟的手放在车窗上，闭眼靠在车座上，脑子里闪过的是一张张熟悉却陌生的脸。“她说得对，是我的懦弱导致了这一切。”

陈一白不忍转头去看他脸上的自责。当年在白云的公寓里找到憔悴的他时，他用那空洞无神的眼望着自己。那是他第一次也是最后一次看到有血肉的何景，那样的悲伤连他这个男人都觉得动容。

“这两年我企图变得更强大期望等她回来，我可以名正言顺地告诉她，我可以保护我爱的人。”这时他才狠狠地抽了一口烟。烟的辛辣直入心肺，因为许久不抽的原因，他忽然不能适应烟草的味道，急剧地咳了两声。“她回来了又能怎样？过去已经不能更改，而将来我已失去。”

陈一白皱眉。他一直以为何景说的人是白云，可白云并没有归来。这个她？他扭过头看着那座微亮的豪宅，难道？他对于八卦并不热心，最多听听，很快便就罢了。联想这几日何景的不正常，他忽然想起那条八卦，“乌青梅回来了？”

“是啊。”他转过头对吃惊的陈一白苦苦一笑，“带着孩子们回来了。”

“离婚吗？”他的大脑一瞬间就冒出这样的疑问，一出口顿时惊觉自己的失言，尴尬地傻笑两声。

“谁知道呢？”何景掐掉烟，拎起座椅上的西服。“晚安，我该回我的笼子了。”

“晚安！”陈一白看着他远去的背影，除去落寞和凄凉之外，他也许还能找到一个词来形容何景，形单影只。车灯投射过去的光束将他的身影拖得很长很长，像一根孤草，摇曳在黑夜之中。陈一白想祝他好运，可好运似乎离他很远，那么便祝他平安吧。

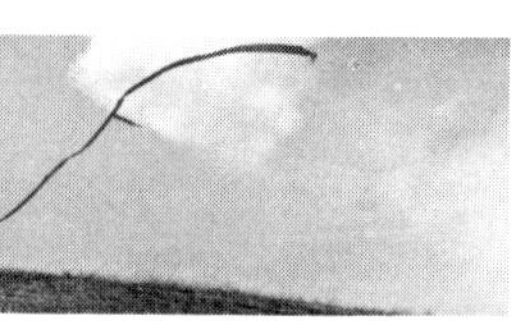

第二章
谁是谁非

1.

何景推开门的时候，虽然早有准备，但心里还是提着一口气。这个房间，她在的日子，他回来的次数并不多。印象中，她总是习惯将自己蜷缩在被子里占据床的另一角，在这张宽大的双人床中显得格外娇小。印象中，她也总是习惯留一盏床头灯，昏昏暗暗的，晕光打在奶白色的被子上，让人觉得有些不可思议的温暖。

他坐在沙发上看着蜷缩在被子里的她。他多少听说过，蜷缩是因为缺少安全感，而开着灯大抵是寂寞的，害怕夜的孤单。他并不会自作多情地告诉自己，那是她为自己留的灯。

去年他曾失手打碎了那盏台灯。柳妈很紧张地找司机去了好远的地方才买回这种灯，只说是她习惯的。他冷眼旁观他们为她保留如此的完整。那份小心翼翼就像一把凉薄的刀，刮着他已经破碎不堪的心。当初他绝望过，可他忘不了她冰冷语气中的那种轻蔑，她说这一切都是他的错。

错？他将自己狠狠地淋在花洒下，什么是错，什么又是对？结局早已没有更改的可能。她此次回来是为了离婚吧，在明知他会回来的情况下，又为何住了进来？他不解甚至有些焦躁，他似乎从来没有看透过她。

拉开被子时，她哆嗦着身子在枕头上蹭了一下脸。躺下时他听到她细细的呼吸。乌青梅，两年前你将我敲醒后甩手离开，丢下那样一个残缺的结局，今天你主动回到这里，可曾预料到此刻的我，心底燃烧着怎样的心魔吗？

大手越界一把捞过她的腰肢。离婚，两年前懦弱的他就不曾同意，两年后早已不堪的他又怎么可能同意？分居两年可以申请离婚，现在他与她可睡在一张床上。

对于他们的床事，他跟她都是不满意的。他觉得他们这样陌生的一对男女上床，还不如街角的嫖客，他们至少在身体上是愉悦的，而他充其量不过是为了下一代而不得不交配的种马。他们的过程很简单，拥抱，进入，抽送，离开，然后背对到天亮。在他进入她的时候，她从不愿抱着自己，闭着眼睛双手拽住床单，像是一种隐忍，更像是一种煎熬。他在床上选择了敷衍，作为妻子的她，选择用理性来报复。

此刻他不愿意她好梦的念头来得如此强烈。低下头，他狠狠地在她肩上咬了一口，借着光可以看到微红的牙印。抬起头，他顺利地看着她皱着眉的脸，隐隐的怒气，迅速隐藏了惊恐以及厌恶。

“好久不见。”这就是他分别两年的妻子，在他“侵犯”意图非常明显的情况下，平静地带着轻嘲地望着他。

他以为她会一脚把自己踹下去，抑或甩给自己一个耳光，却不想是这样一句话，叫他心底有些微微的酸。他想到了那年，在那棵榕树下，别过一个暑假的白云，穿着白色的裙子，笑吟吟地也是如此向他招手“嗨，好久不见”。只是此去经年，那个带着微笑的人却承欢于他人身下，而他身下躺着的是一个叫自己恨并且嫉妒的女人。

他从来没有否认过自己恨她。虽然所有人都明白，没有她还有下一个她，但却偏偏是她。而嫉妒，是这两年才慢慢恍悟的。他以为那种生活她是不在意的，在他理所当然地以为他们这样的婚姻根本不可能出现危机时，她迅速地丢下叫自己措手不及的炸弹。

“我不同意离婚。”他目光阴鸷，伸手去拨开她收拢的双腿。

“你这是强奸。”她冷语，从刚刚痛着醒来的那一刻，她终于知道不安的原因，是眼前这个不知的变数。

“我们还是夫妻。”他大腿一用力，成功地挤进她两腿之间。“我想全南锡不会有律师接这样的诉讼。”

“何景，你还是一如既往的幼稚。”她冷着脸看着他。对于滚床单，她的确很反感，过去的记忆实在是叫她厌恶这种运动。

“幼稚吗？”他腾出一只手捏过她的下巴，将她的厌恶完完全全地暴露在他的眼底。“那就睁大眼睛看着我是如何的幼稚。”

她咬着唇，承受他一波又一波的攻击。她觉得可悲，因为此刻，在被他折磨得痛不欲生时，她脑中会更加清晰地想起那个人，那个埋藏在心里多年的人。那个看着自己因为手指夹伤而流泪的人，一边紧张地吹气一边跟她哀怨，青梅你如此怕疼，我怎忍心给你第一次，以后又怎忍心让你为我生孩子？

后来呢？再也没有那么一个人，会对她温柔地笑，会那么珍惜她，她的第一次不是由他来怜爱，生孩子的痛是为了眼前这个陌生的人。而当初那个对她说这些话的人，如今对的是另外一个人，他也许早已爱上他曾信誓旦旦讨厌至极的人。她偏过头闭上眼将眼泪染在枕头上，只能一遍遍地提醒自己忘记那个人，她再也没有资格去惦念他曾经的温柔。

她偏头的时候，曾经的记忆一并涌现在何景的脑海中。又哭了吗？这寂静的大宅，她委屈给谁看？就算大家厚爱她，可他敢保证所有人都希望看到这一幕。他扭过她的下巴，疼痛叫她不得不睁开眼，眼角还挂着未掉的泪珠。

“乌青梅，我要你看着。”他冷冷一笑，手上的力度加大，在她脸上留上红红的指印，“看着我们如何一起下地狱。”

乌青梅不愿意去想那个早晨小乖眯着眼爬进被子因为她肩头的牙印而痛哭的场景，不愿意去回想一屋子闻声而来看官们脸上迥异的表情，也不愿去揣测那些人是否都在心底暗暗叹了口气。

比起这些，她更不愿去想那个晚上，那带着怨恨如同诅咒的眼神。地狱吗？自从那个人离开之后，她又何曾离开过。

“妈妈，曜哥哥说我没有小敏可爱。”何小乖沮丧着脸扑到乌青梅怀里，“妈妈，我讨厌曜哥哥，我再也不要见曜哥哥了。”

“你刚刚也说小敏可爱啊？”虽然只是孩子之间的一时小性子，还是叫乌青梅想起了那段时光。

她并不是一个喜欢耍性子的人，在他面前总是轻易卸去自己防备的盔甲，或怒着眼瞪他或是一把拧过他的臂膀，娇娇地甩着发梢说着“你太讨厌了”、“我再也不理你了”之类的话语，而他总是带着宠溺的微笑行走在她灿烂矫情里。

“曜哥哥说过只喜欢我一个。”小乖顾不得她的沉默，抬起头已经满脸泪痕。

“何轩婷你是笨蛋。”尾随而来的朱曜掏出手帕，小心翼翼地为她擦眼泪，“那是我妹妹，将来可是你的小姑子，你一定要喜欢她。”

“什么是小姑子？”何小乖疑惑地看着男孩，显然已经忘记了刚刚的假想敌。

“小姑子啊……”男孩并没有一丝的不耐烦，拉着她的小手上楼，慢慢地跟她说她能理解的话。

乌青梅的目光久久未曾从两个孩子身上拉回来，直到分开她才明白，她跟佟安的爱情就如同太阳与太阳花一般，两者之间的距离太长，而太阳花的一辈子太短，短到将跟着太阳旋转的日子看成自己一生的幸福。

朱朱端着咖啡出来，将她一脸的落寞扫在眼底。

“说吧，以后有什么打算？”

“还能怎样？”她苦苦一笑，“守着孩子们便是我最大的心愿了。”

朱朱无语地选择举杯，“虽然我不知道你这么做的原因是什么，我只祝你如愿。”

她跟她都知道爱情离乌青梅太远，朱朱只能祝她如愿，守着她的孩子们直到他们可以撑起自己的天空。既然如此，那么有些，朱朱想，说或者不说都没有什么意义。转念间已然压下一些讯息，关于青城，关于那个人。

话题很快转移，很明显乌青梅有些心不在焉。朱朱以为是时差的原因——毕竟她不如孩子精神旺盛——丢她一个人坐在靠窗的桌前。乌青梅咽下整杯苦咖啡，她答应过妈妈要好好报答舅舅。即便昨晚有再多踌躇，即便门把手冰凉透骨，她最终还是推开了门，推开了何景的世界，从此纠缠不休。

不是为了爱情。她为的是亲情，为的是报恩。那么他呢？

何景也是恍惚的，将自己锁在办公室里，烟雾缭绕中面无表情。他想不通昨晚为何会那样意气用事，即便再恨，他也不至于如此对待一个女人。他把她当做一个泄欲的工具，不，更多的是报复的工具。

他脑海里一整天盘旋的都是那双平静如水毫无波澜的眼睛，嘲笑他的自以为是，嘲笑他的滑稽可笑，嘲笑他的幼稚无理。将身体靠在椅背中，这两年他以为可以很好地控制自己的情绪，可当她忽然出现在面前，他却觉得……心惊胆战。

她就像一个极深的黑潭，在自己以为有勇气面对的时候，在前进之后却惊骇地发现那依旧是一个望不到底的黑洞。

他不了解她也从未试着了解过她。因为恨，他排斥关于她的一切消息，包括孩子们。那是从她身体里剥落的孩子，跟他无关。跟他有关的是因为她而再也不可能看到这个世界的那个孩子，还有他不愿割舍的爱情。伸手附上额头，那里是深深叠起的疑惑。她，究竟为何回来？

打开抽屉抽出压在最底层的名片。他原以为这两年过后他会忘记曾经，忘记那些伤痛与不甘，会如陌生人般平静地对待她。可这些原以为，在看到她的那一刻彻底灰飞烟灭。那些刮着心的痛，分分秒秒在身体里叫嚣。那么一瞬间，曾经的何景苏醒了，他忘记了理智，只记得她是乌青梅，而他对她的恨从未消失。

他因为懦弱辜负了白云，对不起孩子，他注定是要下地狱的，而她，他绝不放过。这就是他，她眼中幼稚的自己，生平做得最正确、最痛快的事情。毫不犹豫地按下电话，乌青梅，从这一刻起，他会毫不犹豫一步一步地撕毁她，不留余地。

云墨就是此刻硬闯进来的。何景此刻那个狠戾的眼神是那样的陌生，连熟悉何景的他都不由自主地心惊胆战。

“我说何大少，谁这么有眼无珠得罪了你这只沉睡的豹子啊？”

“云二少很闲吗？”何景回过神，戾气已被温和代替。是，这才是何景，真实的、真正的何景。

“我也不过是个跑腿的。”云墨若有所思地嗅了嗅鼻子，“我说哥哥，你怎么又抽烟了？是不是……”

“是什么？”他自然知道云墨想问什么，无非是怀疑他被白云的消息刺激了。云墨一开始就不看好他跟白云，他从未那么一本正经过，他说，这段感情到最后受伤的除了自己，还有那个无辜被他选择去爱而后陷入爱情的女人，原因很简单，这种门不当户不对的爱情是不可能在豪门间生存的。

云墨至今还记得那个时候何景的表情，那是对于未来确定而过于超然的淡定。他以为那个从容中带着坚定的，说着“我不会让我爱的女人受伤”的人可以创造他不屑的奇迹。最后呢？还不是跟自己的哥哥一样，终究失去了爱情。

“我不是云痕。”

这是何景告诉云墨，告诉白云，告诉所有人的话。那是云家大少在家族的压迫下放弃了所爱的女人，所有人都将质疑的目光放在他身上时，他对白云许下的承诺。那个时候，白云温柔地靠在他的怀里，凶巴巴地瞪回每一个不怀好意的目光，手抚在他的心口，“就算你口头上不说，可这里说了，而我会一直相信你。”

因为她的一句“一直相信”，他更不愿她受到伤害，即便自己再苦再累再辛酸再不被谅解，他都尽可能地保护她的周全。可最后那个人，在闯过那么多磨难之后却那么轻易地离开了。他不会轻易地原谅她，也不可能因为她的幸福而迷失。除了昨晚在乌青梅面前的一刻恍惚外，没有人可以摧毁他。

“没什么。”云墨知道这个话题再问下去只会自找没趣。“我哥叫我来问问，谭夕的工程什么时候动土？”

他将座椅转了半圈，遥望着远方。

“老头子的意思是竞标，你回去转告云痕好好准备一下标书。”

“你家老头什么意思？”云墨脑袋转了半天也没明白什么意思。这云氏建筑一直是何氏地产的指定合作商，怎么如今……

“老头子说这些年把你们云氏养得太饱，得兼顾一下贫下中农。”何景不缓不忙地打趣，“放心吧。”

“老头有点儿意思啊。”云墨呵呵傻笑。何景的话他岂能不明白，不过是陪着老人家玩个过场，“得，咱今天也体验一把 PK 的场景，反正闲着也无聊。”

“那你去安慰一下一白吧，他显然不能接受这个无聊的游戏。”他指了指桌上的一堆文件，为了乌青梅，他已经浪费了许多时间。他定然不能因小失大，因为她还不够资格，而老头子的算盘，他相信自己很快就能看得透彻。

2.

舅舅打来电话说她做得很好。她望着手机久久不语，什么叫好什么叫不好，她也许早就麻木了。从那年之后，她的心似乎早已忘记了加速。她回不回来，继不继续这段婚姻，对她而言，没什么太大的差别，只不过回到这里多了一个丈夫。

丈夫吗？不过仅仅是字面的意思。她不是一个合格的妻子，他更不是一个合格的丈夫。追根究底，其实根本没有可追究的，她跟他不过是一场门第间的交易。他不需要太太，她不需要爱情。他心中的妻给了白云，她不悔的爱给了佟安。他需要用她换来与白云的相守，她需要借他忘记曾经的伤痛，所以才有了后来各有所需的婚姻。

现在因为舅舅的请求，她留下了；他因为白云产生的恨意，不愿放手。她跟他，就算没有三个孩子，终归是断不掉的。她还记得当初提及离婚时，大舅深沉的表情叫她看不透。他说："青梅，婚姻不是儿戏。高门间的婚姻更不是轻易可以丢手的。"

那些道理她自然明白。当初佟安的母亲出现的时候，她也曾埋怨过，为何自己没有出生在一个好的家庭。飞上枝头之后，她才发现，高门间以物质为前提的婚姻根本没有爱情的位置。她不再是那个简单的乌青梅，是程将军的外孙女，是程副市长的外甥女，是辉程建设董事长的外甥女，是何氏未来的当家主母。这些错综复杂的关系，又岂是那么容易断的。

自从回南锡之后，她似乎经常精神游离。何轩文总是一脸担忧地看着自己，欲言又止。何轩瀚倒是直言直语，问："妈妈为何你再也没笑过？"

原来回到这个被期待的家，自己还是那么小心翼翼，只不过她现在已经连掩饰的心情都没有了。

突兀的电话铃声将她吓了一跳，她慌乱间接起电话，"你好，乌青梅。"

"是我。"电话那边传来毫无情绪的声音，"何景。"

"有事？"她自然间流出陌生，这应该是他第一次给自己打电话吧，在他们结婚第九年的时候。

"晚上七点，有个宴会。"他顿了顿，云墨说既然不离那就带出来见见。"我回来接你。"

"我……"乌青梅刚想说她没有义务陪他出席宴会，那边已经挂掉电话。她眼角扫到一脸担忧的何小乖，"不要担心，是爸爸。"

"哥哥说要跟他保持距离。"何小乖皱着眉头，幼年的记忆并不是很清楚，可她就是讨厌板着脸的何景。

"傻孩子，那是爸爸。"她拂过何小乖的刘海，"妈妈不是说了吗，爸爸只是不懂如何爱你，只要你们爱爸爸了，爸爸也会像妈妈一样爱你们的。"

"可是哥哥说爸爸是不需要我们爱的。"何小乖很疑惑，为何哥哥说的话跟妈妈说的总是不一样，在爸爸这个问题上。

"小乖知道狗狗是需要你爱的，对不对？"她不希望孩子们跟何景的关系太僵，那样她回来就不具任何意义。

"嗯。"何小乖似懂非懂地点头。

"狗狗有没有亲口对你说啊？"她得找儿子们好好谈谈，也该找何景好好谈谈孩子成长的问题，这种相见不相识的场面不符合她追求的家庭环境。

"啊，我明白了。"何小乖兴奋地拍着手，"一开始我也很怕狗狗，可我跟它做

好朋友之后，它就很乖了。爸爸跟狗狗一样，有我对他好，跟他说话，帮他洗澡，他就跟我是好朋友了，对不对?”

乌青梅含笑点头，不知何景听到自己的女儿把他等同于一只狗会有何感想。但此刻，童言无忌冲散了她心底的不愉快。“小乖多跟爸爸玩，慢慢就会变成好朋友的。”

“哦。”她极认真地点头，“那妈妈也要多跟爸爸玩，这样你们也会是好朋友。”

乌青梅愣住，孩子的心果真是敏感的。可她跟他不过是不相干的两个人，变成朋友似乎没有必要，因此那个聚会与她何干?

何景回来的时候，她正跟小乖在给狗洗澡。狗狗从澡盆中站起来，抖毛的同时将水珠甩在她与女儿身上。

何小乖开心地挥着手臂大笑着，“妈妈，狗狗太调皮了，我都睁不开眼睛了。”

乌青梅蹲在地上将她护在怀里，拉着她的小手在澡盆中掬起一把水，“我们可以以其人之道还治其人之身。”

“妈妈不对。是狗狗，狗狗。”伴着水珠的起落，何小乖时而兴奋大笑，时而抬手掩面尖叫，一大一小加上披在身上金黄的余晖，像一幅美妙的画，生动活泼。

他有一刹那不愿意破坏一瞬间的快乐，靠在墙边，眯着眼看着这对母子。若是，若是那个孩子也在，也会奔跑了吧。他阴郁地掐掉已经燃尽的烟头，从阴影中走出来。

“六点了。”

何小乖还没从刚刚的兴奋中恢复过来，大笑着对他示好，“爸爸你快过来，狗狗一点儿都不乖，它欺负小乖。”

他有些微愣，抬起的脚步迟迟未曾移动。那个孩子，那个孩子，竟然那么欢快地对他招手，对他微笑，对他喊“爸爸”。

这突如其来的“爸爸”，他没有丝毫的准备。他的孩子们，他是不亲的，也不是他期待的。他甚至没有去看过他们，可却……她是那样满脸欢笑地期待着自己，小步摇摇晃晃地奔向自己，伴随着下意识的躲避，他的思绪从迷惘中抽回，冷着脸对上一脸迷惑的女儿。

她撅着嘴看着何景，“爸爸，你是不是不喜欢小乖?”

他知道刚刚的举动伤了这个孩子，可她说的的确是事实。他不喜欢一切与乌青梅有关的人，哪怕，这个孩子是他播的种。何景目光阴沉看了一眼慢慢沉寂的乌青梅，她何必多此一举，他不喜欢也不稀罕。

“爸爸，抱。”何小乖摊开双手，执拗地咬着唇盯着何景，妈妈说只要跟爸爸多玩，他们会成为好朋友的。

何景被她眼底的坚持怔住，扭过头不愿看到与乌青梅相似的脸。

“爸爸，抱。”何小乖的声音已然有些发颤，她本来就不喜欢爸爸，本来就讨厌何景那冷冷的脸，妈妈说的她会去做，只是结果为何跟妈妈说的不一样？

“够了。”乌青梅实在看不下去，一把抱过欲哭的孩子，“何景，你太令人失望了。”

失望？何景心里冷哼，两年了，她怎么还会对自己有所期待？“你似乎很健忘。”

乌青梅立即想到了两年前，是啊，两年前就明白的事实，她怎么眼下还会下意识地重复？自嘲地刚想开口时，何小乖已经扯着嗓子大哭，“妈妈你骗人，爸爸比狗狗还坏。他都不愿跟小乖玩，不跟小乖做朋友，他根本就不喜欢小乖。我讨厌爸爸，我讨厌他。”

“他不是我们的爸爸！”闻声出来的何家兄弟，带着一脸的恨意站在门口。

乌青梅虽然心底也怨恨何景刚刚对小乖的态度，但父子反目真的不是她想看到的。

“注意你们的态度。”

何轩瀚冷哼一声掉头就走。

“他不配。”

“来，我们去给你的曜哥哥打电话。”何轩文抱过何小乖，临行前别有深意地看了一眼乌青梅，“妈妈，你需要跟他好好谈谈，如果我们必须留在这个家里的话。”

乌青梅沉着眼目送孩子们离开后才悠悠开口，像是说给背后的他听，也像是说给自己听。

“我终究太天真。我以为血会浓于水，原来不过如此。”

他讥诮的冷笑在她背后刮出一阵阵凉意。

“这里就是地狱，不只是对于是我。”

她对他忽生厌恶，转身想去看小乖却被他拦住去路，她斜着眼瞪他，“放手。”

“上楼换衣服。”他亦不愿看到她写满了深深不屑的脸。冷漠的脸、阴鸷的眼、不可捉摸的表情，他从来不曾看透过。就因为不曾看透，当初才会找错了合作对象。他以为像她这样一个突然拥有地位、身份的人，应该好好享受与之前截然不同的富贵生活。然后他用了七年才证明自己错得离谱，她骨子里写满了不屈，又怎能轻易屈服？也正因如此，他更恨自己。

他原以为有爱情就足够，足够跟白云过那种清贫的日子。跟白云在一起最后的一个月里，母亲的高压逼得他对生活慢慢产生了恐慌，在她离开之后，他心底甚至涌现出一种解脱，虽然很短暂却真实地存在过。

“我没必要陪你参加聚会。”她忽视手腕上的疼痛，平静地陈述自己的立场。她的眼里没有怒气也没有怨恨，只有平静，平静得叫他心底烧起一把无名焰火。

“你是我太太。”她的身份想必不需要他提醒。

“名义上的。”他们这种关系还不到那种携手出现的地步。她冷冷地扯了一下嘴角，“协议第九条，不出席对方的私人派对。”

“你倒是记得很清楚。”他魅惑地一笑，别有用意地看了一眼何小乖已然关上的房门，“也许我该去看看孩子们。”

“他们姓何，不姓乌。”乌青梅自然理解他什么意思，眼中尽是鄙夷，“若是你冲着他们来，别忘了，不管在哪里，他们比你重要。”

他抓住她的手不自觉地加大力道，“我也可以明确地告诉你，你的重要我不在乎。”

“我就在乎吗?”她奋力甩开他的手，“不要以为只有你的伤才是痛。”

她转身时在他眼睑中划过彼此都熟悉的忧伤，这是一个他不熟悉的乌青梅。好笑的是她的凄惨与自己无关，他的怨恨却因她而起。

“这个宴会，你必须出现。”他拽住她的手拖上楼。

“你放手。”她不安地瞪着眼前这个野蛮的男人，他凭什么可以如此对待自己?

进房后，他狠狠地将她丢向他们的那张大床。乌青梅一个措手不及撞在床沿上，吃痛地扶着肩膀，愤恨地扫着眼前浑身布满戾气的男人。

他从衣橱里取出一件旗袍砸在她身边。他曾多少次打开衣橱，想毁了这些她来过的痕迹，最后他用这些衣物提醒自己，总有一天他会叫她为当初的固执而付出代价。

“乌青梅，为了孩子，你得学会妥协。”

“妥协?”她不满地转过头靠着床，“你的话，我凭什么相信?”

“你果然学乖了。”他蹲下身，带着阴沉狠狠捏住她的下巴，“从现在开始，不要惹我，否则……”

“我期待。”她也跟着冷笑，截过他的誓言。

他在她的黑眸中寻到浓浓的怀疑。慢慢地，他将浅笑印在她的双眸中，空着的手盖上她的眼睛。在她微微躲闪间，何景倾身在耳边轻语："你知道我有多么讨厌你这双会说话的眼睛吗?"

她只觉得眼上一片冰凉，而后是无尽的黑色。她摸不透他在想什么，所以她不动，等待他下一步的动作。等来的是衣料撕毁的声音，伴着拉扯的疼痛是她无尽的寒意。

"衣服不需要我帮你穿吧?"何景眯着眼欣赏她那一瞬间的错愕与惊慌，原来，她乌青梅也知道害怕。

"你给我出去。"她扭过头不愿看到他得意的神色。这就是舅舅口中的好丈夫?这就是她不该错过的依靠？欺骗赤裸裸得连外衣都没有，可笑的是所有人都在自欺欺人，包括她自己。

"五分钟。"他讨厌她这副完全不搭调的楚楚可怜，"当然，身为丈夫的我很乐意为你穿衣。"走了几步他又顿了顿，回头对她灿烂一笑，"我先去看看孩子们，你说得对，他们的确不姓乌。"

她不情愿地睁开眼，泪，不可控制地流了下来。为何她把自己的生活变成了这个样子？她将旗袍收起，随便挑了件衣服。他的朋友，她没有必要盛装出席。

何景并没有去看孩子们，出门之后立即掏出电话，"一白，她不需要我手下留情。"因为她够强大，所以他更期待撕毁那一刻的苍白。

乌青梅一开始就知道宴无好宴，为了孩子们的好梦，她可以妥协，但这不代表她可以任由他摆布。当他对她的衣着不满时，她只留给他一个背影，"你不是我的谁，我也不是你的玩具。"她必须承认何景报复的迅速。他用事实告诉她，对于她的挑衅，他同样可以做到漠不关心。

何景坐在包间的最西侧，眯着眼看着被包围的乌青梅，她优雅的脸上没有一丝的不耐，礼仪还真是好，荣辱不惊，若是白云……心微微抽痛一下，白云何德何能能跟她相比呢？他低下头慢慢喝着杯子里的苦酒，你的难堪与我无关。

"我说何大少。"一晚上乌青梅都面带微笑缓缓应对每一个人的好奇，可云墨还是感觉出她的敷衍。他瞥了眼含笑离去的乌青梅，又看了一眼兀自观望的何景，"你说两个不爱的人，怎能一起生活呢?"

"什么?"何景有些心不在焉，两年不见他怎么忘了她的手段，随心所欲半途借故离席。

"我是想说，"云墨扫到他逐渐阴沉的脸，乖乖转移话题，"嫂子很特别啊。"

“自然是特别的。”何景轻语，特别到自己必须以孩子作为筹码来威胁，目的不过是出席一场朋友的宴会。

她高调离席的结果是大家都在讨论他以悲催收尾的爱情，没有爱情的婚姻，甚至还有人感叹他的好命，有一个很知书达理的妻子，三个聪明的孩子。何景知道这是乌青梅的报复，冷冷地哼了一声，这可不像当初那个忍辱负重的乌青梅，一点儿委屈立马就讨了回来。他嘴角浮现出一抹诡异的笑，这样才更有意思。

回到家依旧是淡橘色的灯光，偌大的床上空无一人，丝被有些凌乱地皱成一团。他皱着眉寻找到断断续续的哭声，是出自小乖的房间。她穿着单薄的棉布睡衣，可能因为出来得焦急，正赤着脚抱着小乖在房间里踱步。何小乖的声音虽然不高，他却听得一清二楚。她抽噎着问：“妈妈，爸爸为何不喜欢我？”

透着光，他看到趴在她肩头的小乖身板有些起伏。听着乌青梅的轻语，他忽然产生了一种错觉，这分明就是他跟白云曾经的梦想。曾经他与她嬉闹时随手丢过一个抱枕，他至今还记得那个时候她的表情，含怒带羞地白了一眼自己，作势抱着抱枕，“要是这是你的孩子，你舍得这么丢吗？”

他伸手揉她已有些乱的头发，“原来你是这么想跟我结婚生子啊。”

她却看得认真，认真到渐渐泛出一些泪花，他听到她说：“何景，你就是我想圆的梦。”

那个时候，他还不知道这世上有个乌青梅，也不知道那个梦只属于曾经的他和她。眼前这一眼多少叫他有些恍如隔世。如今白云早就不再是他的白云，不再是了。

他伸手揉了揉有些疲倦的眼睛，竟一手泪水。他一心想做她漂泊的天空，可惜……轻轻掩上门，他的天空不够蔚蓝。乌青梅说的从来都没有错，他不够强大，以至于乌青梅归来数日，他心中的痛在她强大的气场下顿时蔓延开来，不留任何的余地，渐渐忘了今昔的何景。何景嘴角慢慢挂上一抹浅笑，乌青梅，我们的路还很长。

乌青梅还是去见了程晟。早饭时公公极其轻描淡写地问一声不吭的何景：“听说你已经内定了云氏？”

“云氏我信得过。”何景有意无意地瞟了她一眼，“而且合作多年从未出现过纰漏。”

“总守着蛋糕怎知巧克力的美味？”何父翻着手中的报纸，看不出任何的情绪。

“我不认为程氏有这个能力!”何景不是不看好程氏，贬低程氏的唯一原因主要是因为程晟是乌青梅的舅舅。

“你以为我老眼昏花才提出那样的建议吗?”何父甩开手中的报纸，“你不要忘了何氏的主人是谁?!”

“不是我吗?”他脸上笑得肆意，整个南锡谁不知道何父让位的事。

“那也是我给的。”何父取下眼镜，很是从容地看着自己的大儿子，“我能给你也能收回来。”

“你以为我在乎吗?”他又一次扫了眼给小乖喂饭的乌青梅，不顾何父脸上的怒气优雅起身，“那么前何董事长，我在公司恭迎您的大驾。”

何父凝视着远去何景的背影，眼神越来越深沉。

“景骏也该疯够了吧?”

“是，老爷。”管家低目垂眼，很恭顺地给何家二少传达老爷的意思。

乌青梅依旧低头给小乖喂饭，心底跟何父一样闪过不置信，短短两年，她对何景已经吃不透了。也正因如此，她来见程晟了。

程晟对于她的出现，并没有任何惊异的神情，“舅舅知道你不是沉不住气的人。说吧，你都知道了什么?”

“舅舅还记得我喜欢白茶。”乌青梅端着手里的茶杯，脸上晕开一抹浅笑，“何家为了留下我倒是费了力气。我只是好奇，究竟是公公找的舅舅，还是舅舅先找的公公?”

“大家是亲家，倒不必计较先后的问题。”程晟此话一说，乌青梅明白必是公公找的舅舅，心底微微松了一口气。“大家都是商人，在商言商。更何况何景这孩子并不坏，你们只是时间的问题。”

“舅舅还是一如既往的高瞻远瞩。”他这个局外人是凭什么能断定她跟何景的未来?“我母亲……”

“你母亲的出走我并不赞成。”程晟第一次对她提及这个话题。阳光不是很足甚至有些晦暗，落在程晟安静的脸上，忽明忽暗。乌青梅看出他在追忆，声音中饱含着深深的悔意，“我不认同那个男人。可是……

“你跟你妈妈很像，冷淡地看着身边的所有人。”他细细地扫了她几眼，苦苦一笑，“可我从没见过那么不冷静的静蓉。我不知道她怎么会准备得那么妥当。她竟然拿着刀抵着自己的脖子威胁我放她走。”

乌青梅不语，她知道母亲是在赌博，用自己的命威胁最爱她的哥哥。

“她是在赌我对她的爱。我又何尝不知。”程晟陷入回忆，她看到他侧过去的脸，那应该是对妹妹放纵的忏悔。

“母亲说这一生最愧对的就是舅舅。”乌青梅适时拉回他的记忆。她听母亲说过，程晟因为放走了她，很长一段时间被外公放逐海外。

“可她并没有如她所说的幸福地生活下去。”程晟回头，眼角的眼泪叫乌青梅有些动容，“她还是骗了我。”

乌青梅不知道如何安慰他，只是伸出手握住程晟的手。

“我不希望你走你母亲的路。”程晟重重地拍在她的手上，“舅舅绝对不会看错何景。这两年他成长得很快。”

她知道程晟的判断是对的，她跟何景的确是需要时间来平定彼此的伤痛，而后，不再有其他。她自然不会认为公公对舅舅的示好是因为自己。他们虽然对自己很好，可还没达到那个地步。他们怕的是她坚决离婚，带走何家的孙子，或许还有那些价值不菲的股份。

因为何景他们对自己多少觉得亏欠，但这些愧疚只会转移到孩子身上去。她对于何家，不过是孩子的母亲，孩子们需要她，仅此而已。

她是如此告诉朱朱的。朱朱很没礼貌地笑了，乌青梅，你就是个良心被狗吃了的人。她也跟着朱朱笑。是，她乌青梅就是这样，一直防着被伤害的人，最终却伤害了自己最在乎的人。

她告诉自己不能轻易接纳一个人，因为像她这样的一个刺猬，伤的，都会是自己最亲近的人，佟安便是最好的例子。何景不同，他跟自己一样，都是受过伤的刺猬，独自舔着疼痛，等待最好的时机给予最大的反攻。作为同类的自己，在无法叫他人疼痛的时候，只能借由同伴的痛来缓解忘却自己的疼痛。

早上她偷偷看了他几眼，从那阴狠带笑的眼神中可以看出，他已经成功地止住了疼痛，而现在他终于可以刺痛任何曾经叫他疼痛的人。她久久地看着他离去的背影，结婚多年，她从未曾留意过他的背影，除了第一次在咖啡店。她是习惯孤寂的人，那一刹，她猛然发现何景的寂寞比她想的更加重。

“你母亲说她此生唯一后悔的，”程晟声音中带些沙哑，“便是没有给你一个好的身份。她求我带你回程家，求你外公好好照顾你。我们唯一能做的，便是给你一个好的归宿。”

“舅舅对这次招标有多少把握？”她回过神，母亲的歉意她是知道的，可有了身份又如何，根本换不回自己失去的东西。而舅舅口中所谓好的归宿，不过是高门间的利益牵扯。

“我的承诺兑现，何氏没有不兑现的道理。”程晟轻笑，他不做没把握的生意。“怎么，听到什么风声了吗？”

“嗯。”她表情很严肃，“我不相信何景。”

程晟一愣，忽然放声大笑，“青梅也不相信舅舅，不相信程家吧？”

“我不信何家。”她只是重复。何家历代经商，她虽然没了解过何氏，但总听过传闻，尤其是何景这两年一改曾经的温和，开始使用心机和手段，她就不难想象何氏所流淌的血。

“你应该学着信任，青梅。”他起身，负手而立于窗前。“他是你的丈夫。”

“舅舅你就信吗？”乌青梅忽然觉得好笑，自己为何要掺和进来。

“青梅，你该从商的。”程晟笑着转头，眼中洋溢着赞同，流转间还有些无奈，“作为一个成功的商人，还应该有赌博的天分。”

“如果赌注是我，”她起身，“就算加上孩子们，也是不够的。”

程晟皱眉，不能理解她这话是什么意思。

“对于何景而言，我们四个是个天大的讽刺。”她坦然一笑，“我只想问舅舅一声，程氏这次必须拿下何氏的工程吗？”

“是。”他不明白她为何会这么问，眼下只有拿下何氏，程氏才能生存下去。

“我知道了。”既然这局是他们定的，既然母亲觉得亏欠了舅舅，那么，她会做好的。

第三章
与虎谋皮

1.

乌青梅回家后便把自己关在书房里，桌上放着的是关于程氏危机的调查。程氏曾有机会和何氏合作，那是她结婚的时候，但程晟婉言谢绝了。他说万一出了差池，影响了联姻不好。如今程氏却不得不依靠何氏，也因此有了以她与何景的婚姻为基础的合作。

乌青梅叹了一口气，成功者向来喜欢忽视弱者，不愿意承认那个弱者终有一天会超越他们。这些日子，她仔细观察过何景。尤其是今天早上他那一瞥，片片凌迟，叫她骨子里发冷。那个曾经温和善良，对生活抱有幻想的何景怕随着何母的凌厉手段早就死了吧。

在去见舅舅之前，她去过母亲的坟。

母亲说若不是帮了自己，程晟绝对不是今天的程晟。母债女还天经地义。将报告丢进碎纸机，舅舅，是她跟这段婚姻妥协的根本原因。她，也许可以信任一次何景，在商场上。

乌青梅生平第一次像个媳妇似的对他翘首以盼，很可惜，他总是不如她的愿。他坐在办公室里，整整一个晚上没有合眼，办公桌上摊放的是她的生平。

几乎所有人对乌青梅的评价都不离两个字：孤僻。这并不是他彻夜未眠的原因。他只是没想到她也曾因身份而被无情地否定。不过，她比白云可现实多了，五十万的支票足够买下她的爱情。

他忽然又想到了白云。她乌青梅怎能跟白云相比？一个如此轻易放弃爱情的人，又怎能过着如今美好的生活？他的白云没有，她更不配拥有。他不知道程晟是如何劝说她选择在何家继续生活的。他清楚老头子跟程晟的协议，可时代变了，他何景也不再是当初那个可以随意捏的软柿子。

何景是天蒙蒙亮的时候回来的，天色阴暗得难以喘息。门后灯光依旧昏黄，她依旧安分地守着床的另一半。他扯了扯领带，乌青梅，在你那样背弃那个人之后，你怎能睡得如此酣甜？有些烦躁地洗澡上床，何景掀开被角时听到她在轻轻地抽搐。他以为她醒了，却是她轻呼一声“安”。

这一声使他的烦躁忽然沉寂下来，心底却是无尽的嘲讽。她果然是惦着那个人的，却也能那样假装若无其事。从见她第一面的时候，他就知道她是个被爱情伤害的人。所以他很有把握地说，若不需要爱情，我们最合适。然后她嫁了。

这么多年，跟自己同床异梦的她，跟自己孕育了三个孩子的她，被何家上下宠爱的她，怎能那么冷静地评判自己，你不配做我孩子的父亲？他躺下身子，乌青梅至少我比你真实，不像你过得如此虚伪。不，你一直就这么虚伪地过着，过了一辈子。

乌青梅是被他的胡子扎醒的。她眯着眼看着他的时候，他已然贯穿她的身体。迷糊间，她看到身上的人对自己微微一笑，低头将吻落在脸颊上，低语一声“乖”。

她似乎又见到那个白衣少年。那年她缠着他带自己去网吧体验一下日夜颠倒的生活。她没有支撑住，靠在他怀里睡着了。也该是这个时候，有一点点的亮光。他偷偷吻着自己，新长出来的胡楂刺得她微微睁开眼，看着那人有些红的脸，伸手摸上他的下巴。他抓住她胡乱伸的手，“我的小青梅，要乖乖的哦。”

她想自己一定是在做梦，只有在梦里她才能看到那个带着一脸宠溺的少年。她勾住男人的脖子，微微闭上眼。即便是梦里，也真的很好。倒是何景，第一次见到她如此配合的反应，也猜到她未必清醒，也必定把他当成了替身。他在心底一阵冷哼，索性横冲直撞起来，引得她娇喘连连。

他趴在她的身上，看着她睁眼，苏醒，错愕，惊惶，还有……慢慢地毫无情绪。

“回来了。”

这是乌青梅在这场欢爱之后，如此平静地对何景说的话。若不是他一直关注她的表情，他一定会为她的淡定而喝彩。没有一个男人能够容忍跟自己欢爱的女人把自己当成一个替身，即便他们没有爱情。这就是男人的劣根性，很不幸他也是。

“这就是你分神的代价。”一个撞击叫乌青梅不能承受地下泪。她不明白何景为何如此热衷床第之间的厮磨，她不想问，因为她知道他的答案只有一个，何景能用的女人只有她一个，她不想自取其辱。她更不明白，她既然愿意配合他做这种并不欢愉的事情，他为何还会有那么大的火气。

她也知道他的答案依然只有一个，何景的快乐是建立在她的痛苦之上，她不想自添苦恼。此刻他黑眸深沉，犹如这外面的天色阴暗。她知道这场磨难不会那么快结束。

当她再次醒来的时候已快十点，惊慌地冲进浴室，她不由倒吸了口气。乌青梅无力地支撑在琉璃台上，偌大的镜子印出太多他碾压过的痕迹。这个男人分明是故意的，她很轻易地猜出他的怒气来自于程氏。

用冷水拍了拍脸颊，虽然舅舅很明确地表达了公公的意思，那不代表何景的意思。招标在即，她得找他去。她叫司机送她去何氏。前台小姐很为难地告知她需要预约。正当她纠结是否要给何景打电话的时候，陈一白出现自己面前。

“啊，陈先生。”她客气地笑。她记得他，她记忆力甚好，尤其是那些对她刮目相看的人。

“找何景?”陈一白的确好奇，这个对何景极其冷漠的女人，为何会突然出现在这里?

“我想我应该预约。”她点头，脸上是惯有的淡淡微笑。

“走吧，我带你上去。”陈一白对前台招呼一声，“记住了，这可是公司的老板娘。”

“那就谢谢了。”她并未推辞，有礼地表达自己的谢意。因为这声致谢很是疏远，陈一白又神情复杂地回头看了她一眼。

“何景，你看谁来了?”陈一白咋呼着推开办公室的门，却被室内的春色吓到。混沌间意识到场合不对，他一回头才想起身后的乌青梅。使他颇为意外的是乌青梅脸上没有一丝惊讶，淡定得就像被定格的画像，从楼下一直到现在都是如此。

红衣女子镇静地从何景腿上站起，毫无羞涩地整理衣服，伸手撩拨过风情万种的卷发之后带着适宜的微笑看着何景。

“她就是我唯一提得起性趣的女人。”何景很是风轻云淡的一句，仿若二月的风，叫陈一白感到一丝凉意。

陈一白是知道这个刘秘书的。当初拿到城西的土地开发权的唯一条件，就是安排刘董的女儿刘琳做他的秘书。听何景这语气，倒像是感觉在等待乌青梅的及时出现，好证实他的不为所动。

“长得也不咋样嘛。”刘琳鄙夷地扫视了乌青梅一番，转过头对何景笑意盈盈，“我有信心，你很快就会爱上我的。”

何景并没有看她，一双眼盯着乌青梅。她含笑的眼眸自始至终就像在看一场置身事外的游戏他心中扬起一丝不快然后迅速消逝，冷冷地开口，“出去。”

陈一白依旧下意识地望向乌青梅。她没有动，就连嘴角上扬的弧度也没有一丝变化。他心中暗叹，棋逢对手，不知谁更胜一筹。

刘琳丧气地扭着腰肢离开，经过乌青梅的时候，很是挑衅地凑近她的脸，“我对何太太不感兴趣。”

“那如何是好呢？”乌青梅睥睨地扫了一眼刘琳，脸上尽是无辜的笑，“他只对他太太感兴趣。”

“他不爱你。”她阴着眼揭穿事实。何景的爱情故事在南锡已经广为流传，她乌青梅从头到尾不过是个被人唾弃的配角。

“碰巧，”乌青梅目光流转，“我也不爱他。”

“你！”刘琳鄙夷地在她身上扫了两圈才带着怒气走出了办公室。陈一白一看战争结束，立刻闪身关门。这二主对决，配角如他，绝不做被殃及的池鱼。

他靠在皮椅上，微仰着头沉着目光看她。她站在那里带着浅笑注视着他。两人久久未曾开口，就那么看着对方。外面大片的阳光洒进来，眼前算是一幅美好的画面，如同久别的情侣，跨越千年而来。

“我为公事而来。”乌青梅往前走了两步，拉开他桌前的椅子坐下。

“你还有十分钟的时间。”他看了一下手表，既是公事，他公事公办。

“我想问一下何总，”乌青梅直奔主题，“此次招标的结果是否需要董事会决定？”

“何太太何必绕圈子呢？”她这么一问，他自然明白她的意图。乌青梅结婚的时候，何家是以何氏百分之八的股份为聘礼的。她的两个儿子每人各持百分之五，何小乖百分之三，这百分之二十一的股份已经远远超过他的百分之十五，再加上站在她那边的何家人，她可以要求公司召开股东大会。

“这两年你成长得很快。”乌青梅剖析事实，“可很多事情却由不得你决定。譬如城西那块你觉得没什么前途的地，因为公公要求你只能接受。去年你集中精力准备了半年，眼看就要拿下城北那块地，因为公公说时机不成熟，你不得不放弃。”

“再比如，”她忽然笑得很灿烂，托着下巴看着他，“在看你不顺眼的时候，公公随时可以将你赶出何氏，甚至冻结你的个人财产。”

“看来这两年你不只是修身养性。”他微微后仰，双手交握放在胸前，很是激赏地看着眼前从容淡定的她，看穿他的处境却能保持不骄不躁。若是在商场相遇，他们绝不会是今天这种局面。

“我知道程氏这次参加了竞标。”她收回托着下巴的手，有一下没一下地敲击着桌子。“虽然公公的意思很明确，但我知道你不会同意。不管是否因为我的牵连，你都不会选择程氏。”

“不愧同床多年。”他笑，“能说说原因吗?”

“对于业务的拓展，你很创新，但对于工程质量，你很保守。”乌青梅自然是知道的，若不是了解得透彻，她也不会如此明目张胆地上门。“全南锡都知道云氏的质量是毋庸置疑的，即便房价再高也会被抢购一空。你坚信质量才是何氏房产营销的最佳招牌。”

“你意欲如何?”他双手交握在胸前，眼底尽是笑意。

“啊?”她扬了扬手表，“十分钟已过，我们下次再谈。”

“去哪儿?”他眼疾手快地将身子俯过来，一把抓住她扶桌而起的手。这个时候，她竟然还跟他耍心机，话一字字地从他牙缝里挤出，“我倒不知道你如此的……”

她歪着头看他，从他这表情就可得知，今天她来找他的结果定然会跟外面的天空一样，蔚蓝蔚蓝得叫人舒心。

“天真。”他慢慢勾起嘴角，一时词穷，不知该如何形容她此刻的表情，虽然这个词跟她从来就不搭调。

“你知道我的条件。”她也笑着回应他，即便不亲，毕竟是母亲愧对的舅舅。

“或许我还可以附加一个条件。”他握着她的手，顺势而转交握在一起，二人心知肚明，这算是盖章落印了，“我可以尝试着对孩子们好一些。”

“这还真是出乎我的意料。”她心中闪过一丝疑惑。他跟孩子们从来就没有亲近过。如今为了那点儿股份愿意做到这个地步，不知道该称赞他是个优秀的商人，还是一个自私的父亲。“孩子们的股份我做不了主，所以……”

“那也是我的孩子。”他摇头，心情大好地伸出左右食指堵在她眼前，挑逗似的眨着眼睛，“对不对，亲爱的何太太?”

乌青梅有一瞬间的恍惚。是谁说何家大公子最近几年越发睿智，眼前这叫什么？心情好的附赠品？8% 的股份就能换取他对宿敌的示好？也未免太廉价了吧！乌青梅脸抽搐了几下，将手收回。

“那是不是还要举家庆祝，何先生?”

“扑哧!”他忍无可忍地笑场。没想到她也是个有幽默感的人。何景敛了敛神色，从抽屉里取出一本文件，“既然来都来了，那么顺便一起办了。”

她横眼扫过书眉：股权过渡书。难怪他刚刚那么愉悦，原来是她傻不拉几自动跳入他设的局，她抬头了然地望了他一眼，刚刚那些笑应是作为成功者的挑衅吧?

“这并不是为你准备的。”他似乎看透了她的心思，眼神一黯，“是当年我决意离开何氏的时候，我母亲给我准备的。”

她的心猛地被扯了一下。她想到佟妈妈高傲地俯视着她，“若是佟安选择了你，我一定会断绝母子关系，你休想拿到我佟家一分钱。”

高门的母亲们似乎总喜欢以此来威胁自己的孩子，他们坚信只有建立在物质文明上的精神文明才是幸福，若出现一个门不当户不对的灰姑娘，她们总是那么歇斯底里地逼迫儿子们承认那所谓的爱情叫做阴谋。那样的人的确有，她想说她乌青梅不是，但那五十万的支票明确地告诉天下所有人，她的确是那样的人。

“我的母亲是一个非常有主见的女人。”他转过座椅，面向阳光。乌青梅看不清他的表情，她并不认为他应该跟她说那些无关的事情，藏在嗓子眼的抗议始终未能抵过这一刻他流露出的悲凉。

“如果不是遇见我爸爸，我母亲也许成为黑道的女大姐了。”他也不知道自己为何突然要说这些事情，还是对着徒有何太太之名的乌青梅。

婆婆关静出自黑道，乌青梅是知道的。当年外婆对这门亲事有些犹豫，外公说既然公公能够降住，说明她也没啥可折腾的。

“这就是命运。就像我跟白云，我跟你，不可避免的命定。”他忽然很幽怨地看了乌青梅一眼，“我母亲却是一个比命运更可怕的人。”

乌青梅会意一笑，婆婆她大抵是知道的，若是狠厉起来，绝不是个善茬。

“母亲自嫁过来，一直以把何家打点得漂漂亮亮为荣，而我的过往，就像一根刺扎在她的心底。”他回过头，继续看着刺眼的阳光。

“需要律师来办理吗?”这是他的秘密与辛酸，她直觉地不想与他分享。秘密知道得越多，对他们这种处境的二人，反而是一种负担。

“法务部会处理这些事情的。”他淡褐色的眼眸慢慢恢复了之前的光彩，黑如深潭。心逐渐收拢，甚至为刚刚一丝的柔软、脆弱而感到羞愧。他怎么会跟她述说这些事情?

“我期待你的佳音。”她迅速签完，起身走人。

在她身影消失的那一刻，笑意才慢慢涌上脸庞，他迅速翻到文件最后一页，“乌青梅”三个字，娟秀小巧，连成一气。何景拨出电话，有些喜悦地宣布这个消息，“鱼上钩了。”

陈一白不到两分钟便出现在何景的办公室，大呼小叫：“给我看看，给我看看。”

何景将合同丢给他，“她比我想象的心软。”

“幸好你们不是真的夫妻。”陈一白喜滋滋地看着乌青梅的落款，“这样你就不需要忌惮什么了。真是太好了。”

“我们离目标又近了一步。”他有些难以抑制的开心，走到吧台倒了两杯红酒，“来，庆祝一下。”

“你说大嫂万一知道了。”陈一白心底有些不安，一旦乌青梅知道这一切都是他们的算计，不知会如何反应。

“你很快就会知道的。”他晃了晃杯子。乌青梅并不是一个傻子，落笔之前没有一丝的犹豫，可落笔之后，她的笔定在文件上，眼睛却斜视了他约五秒。她一定也想过最坏的打算，最终还是孤注一掷。他还真是期待她的脸色，是否如今天一样的，淡定不见波澜?

2.

朱朱问，你相信何景吗?她笑而不语。从一个商人的角度来说，她选择相信；程晟说，你该相信何景。从一个妻子的身份来说，他不值得信赖；孩子们说，我们不需要爸爸。从一个母亲的身份来说，她乐见他最近的改变。

小乖对他没有多大的抵触，自何景这两天慢慢缓和了脸色后，她总喜欢窝在何景的书房。儿子们多少有些躲避，但对于小乖却没有抱怨。何轩文温和地说妹妹是女孩子，总是需要多关爱一点儿的。何轩翰翻了翻眼皮，极其老成地附和，赶紧把亏欠我们的都补给小乖，这才对得起对我们的不管不问。

乌青梅知道，孩子们已经开始慢慢接受何景，她知道儿子们也是有一丝渴望的。偶然从书房传来父女的欢笑，他们都会有一丝嫉妒地转过头，很快却发现掩饰得不够好，因为她看到了。她想不需要的股份能换取孩子们对家庭的渴望，换来家庭的和睦，总是值得的。

何景内心多少是有些忐忑不安的，不知该如何跟孩子们相处，幸好两个儿子已经过了黏人的年纪。他不得不感谢乌青梅把孩子教得很好。女儿虽然黏他却很安静，一个人静静地坐在书房里玩耍。刚开始几次在他抬头的片刻，她会不安地问是否打扰他工作了，后来她则会很迅速地回馈自己一个大大的笑容，然后低头自顾自地玩耍。

他很好奇为何她总能精准地把握住他抬头的时间。他曾暗暗以陈一白为实验对象，很骄傲地发现他家小乖的确是高人一筹。直到陈一白好奇地说他最近傻笑的次数增多了，以前那个温和儒雅的何景似乎又慢慢复活了时，他才意识到，自己似乎纵容过度了。但每次想板起脸的时候，那充满期待的大眼睛总叫他狠不下心。

最后他索性告诉自己，不管是谁生的，到底是自己的女儿，父亲跟女儿亲近也没有什么不对的，如此一想心里难免舒坦许多。顺带的，有时候跟女儿玩得忘我的时候，连孩子的妈看上去都比较亲切。

那些时候，乌青梅总是有些无措的。这些情景从来不是她预想之内的，至少从来不会在何景身上有过。譬如有次烤完蛋糕，小乖留着死活要等何景回来一起吃。当何景的车停好的时候，她就一下子蹿了出去，很是炫耀地在何景怀里说烤了蛋糕要跟爸爸一起吃。

乌青梅本来是担心何小乖跑得太快摔着了，便急忙跟过去。迅速而毫无准备扎入眼底的父女相亲叫她有些落寞和吃味，自己养了五年的女儿，跟何景不过一两个礼拜的事情，已经熟稔到如此地步。他像是心情极为愉悦，抱着小乖一路有说有笑地走过来，身上晒着夕阳金色的余晖，很是不经意地向她打招呼，“我回来了，孩子妈。”

她对他的这个称呼一直有些心惊。第一次听到的时候，她愣了有足足五分钟，这完全不是何景的风格。除了吃惊还有微微的心跳加速，她与他虽然已是夫妻，但只限于身体上。她有些无措地回头看何景，他显然不知这称呼对她的震撼。最终她只是自嘲地笑了笑，不知道自己怎么会有这种莫名的念头。

后来她慢慢观察发现，他在跟小乖玩得忘乎所以时才会那么称呼她，她也就平了心，可每次还是会有些慌乱。幸好他没有分心注意她的不正常。

何小乖将蛋糕吃得满脸都是，乌青梅伸手给她细细地擦去。女儿出乎意料地拖着她的手要求给爸爸也擦擦。她抽回被何小乖拉出去与何景一寸之隔的手，板着脸告诉女儿，“爸爸是大人了，不需要妈妈帮忙。”

“曜哥哥说需要。”她一本正经小大人似的教育乌青梅。

乌青梅近乎迷茫地转过头看了一眼何景。他脸上堆着满满的笑意，盈盈相望的是他最近的新宠。他笑着一把抱起小乖，“我们还是腾出地让你妈妈害羞吧。”

她无语地看着笑着离开的二人，焦躁地抓起抹布擦桌子，害羞？她乌青梅这叫害羞？脸上烫烫的红晕只为尴尬无措，他倒是会欺骗孩子，以至于小乖很不屑地鄙夷她。

儿子们似乎也有了小小的转变。那日她收拾完准备上楼的时候，看见兄弟二人谨慎地敲了何景的门。谈了什么她不知道，只知道兄弟二人出来的时候脸上带着微笑。她的心到底还是失落了，为这父与子的天性。虽然她一直认为健康的家庭有利于孩子成长，但一夕间她还是不能接受转变来得如此迅速。

她坦然地去给孩子们道了晚安。回房时何景已经坐在床上看书，她瞟了一眼，是何小乖的《一千零一夜》。自嘲地松了口气，他正在努力学习做一个好爸爸，她不该心态不正地蔑视他的种种行为。

他看得极其认真，没注意到她进来，她闪进卫生间洗漱，不停地告诫自己眼前这种和睦正是自己期盼的。出来的时候，乌青梅很意外地看到他正在等自己。想起儿子们的异常，她皱起眉头，“有事？”

“轩文说你不同意他们跳级？”他直入正题。对于两个儿子的出现，他多少是吃惊的。他忘不了那日孩子们站在角落里眼神里的记恨。今天一如既往地表示了他们仍旧不需要父爱，可有些事情他们还没有完全的能力做主。他们需要他去跟乌青梅沟通。

这是他们父子第一次平和会谈。他可以看出，他们十分尊敬他们的母亲，虽然对于母亲的反对并不是很能接受。大儿子临走前对他微微一笑，“这是融入我们生活的唯一机会，希望你能珍惜。”

这哪是一个九岁孩子说的话，哪是一个儿子对父亲说的话。他忽然之间明白为何爸妈一定要留下孩子的原因，加以培养，儿子绝对是商场的一棵好苗子。

“他们需要适合成长以及学习的环境。”之前孩子们已经跟自己谈过，她出于这方面的考虑拒绝了孩子们的请求。

“他们已经不满现在的环境。”他拒绝她的想法，“好的种子只能在适宜的环境下茁壮成长。他们明确表示现在的课程对他们而言已经是无聊透顶，他们不想浪费时间。”

她定定地看着他，他为何短时间内会得到儿子们的信任？孩子们对于她的决定并没有表现出不满，甚至是很平静地接受了她的决定。

“我会好好考虑的。”她嘴里虽然这么说，心里已经有了决定。既然孩子们都如此希望，她这个做母亲的，没必要不通人情。

他将灯调暗后身子便已倾斜过来。这段时间他回来得很早，所以都不会错过她沐浴之后。刚刚出浴的她，脸色有些微红。最近她换了一种沐浴乳，苹果味的。清新诱人的味道总是刺激着他的嗅觉。

她还沉浸在被儿子们“抛弃”的悲哀中，眼一转便看到咫尺间他眼中流转的欲望。心底有些抗拒，她甚至觉得他脸上是一种肆意猖狂的笑，嘲笑她宝贝多年的孩子们轻易地与他成为同盟。

伸手推了推他的胸膛，拒绝的话刚要出口，他忽然附在耳边说话，很轻有些沙哑，但令人吃惊的程度不亚于他的那句“孩子妈”，她的身体有一刻僵硬，而后有种想哭的冲动。

这是他第一次对她、对孩子表示认可，在这个如此亲昵的时刻，不感动是骗人的。

他说，“孩子们教得很好，谢谢！”

他似乎没料到她的反应，怔怔地看着她眼中的剔透。此刻的他内心也很无措，无措到心虚。他的确是该感激她，给了他一个机会，叫他认清自己一直在躲避的是什么，同时还有些不安，眼前的状态已经超出他的预期太多。

他不是一个善恶不分的人，错该罚，对该奖。这一刻他是发自真心地脱口而出，可她的表情太出乎他的预料。安静的当下他不知道该说些什么，又因她的恍惚而为刚刚的话而后悔。她跟他都不是感性的人，眼前的情形是他不熟悉也不知该如何处理的事。于是他只能选择做其他自己熟悉的事情。

等她回过神的时候，他已经夺取战地，越来越熟悉的情欲迫使她蜷缩着身子迎合他的索取。疲倦的即将跌入睡眠的她，脑子昏昏地想，他的索爱虽然总是那么豪取强夺，但也不是那么难以接受。连带的当何景邀约她参加一个私人聚会时，她破天荒地没有拒绝。

宴会是云氏掌门人云老太太的八十寿宴，何景带她过来无非是走个过场。她也乐得清闲，端着一杯鸡尾酒缩在一角的走廊里。眼下虽已快到十月，天气还是闷热。比起青城那个适宜的城市，她还是偏爱南锡，身体的适宜往往会使自己沉溺，然后不可自拔。

朱朱总说她太过理性，知道自己需要什么却将尺度控制得非常得当，从而演变成一种自虐。自虐不自虐她不知道，她只明白手上握着的是什么。

心底微微一叹，这无趣的宴会也不知道何时结束。转身时，她被一个人强烈的注视吓了一大跳，险些叫出来。那是怎样的一双眼眸？惊讶、疑惑、惊喜、激动迅速在眼中跳动。她缓了缓呼吸，才压下刚刚的惊吓，“不好意思，借过一下。”

“乌青梅！”男子脸上是克制不住的喜悦，“乌青梅，真的是你吗？宋汉，我是宋汉，你还记得我吗？”

她蹙眉沉思片刻，表达了自己的歉意，“不好意思，我没有印象。”

“你还是无情得伤人。”男人眼底闪过一丝失落，随即友好地伸出手，“宋汉，你的高一同学。”见她没什么反应，那人又急急地补充一句，“瀚洋高中。”

乌青梅皱眉，她的高一很短，短到她差点忘记只有一个月的高一。她并不轻易主动地去记住一个人，因为分离是记忆的可怕惩罚。她又怎么可能记住眼前的这个男子？她诚恳且坦然地忽视他伸过来的手，“我不记得。”

宋汉对这个预想中的答案很是平静。若非如此，她怎会是他一眼之后就不曾忘记的人呢？这些年行走在路上，他总是下意识地在寻找那个身影，有些孤单，有点寂寞，有些倔犟，有些冷清。她就如同一枝梅花，于人群中独放。茫茫人海中，他一眼便攫住她，不曾想过移开目光，可叹的是他丢了她。

那个清晨，他一如既往地望着那个角落，期待她的出现，甚至期待能守到她发呆时嘴角淡淡的笑容。那一天从早到晚，他烦躁、心慌、无措、失望地一次又一次地看着开了又合的门。失落地趴在桌上的同时，他终于明白什么叫度日如年，也终于明白跟着她离去的、遗失的是什么。那是一个男孩情窦初开，最纯洁的爱情。

她没有给他任何的机会。她就那么一个招呼都没打地离开，如同出现时的寂静和突然。这些年，一次次的惊喜，一次次的失望，最终却在不经意间遇到。她变了，比以前更加孤僻，又似乎未曾改变，一如既往地保持着防备和随时伤人的尖尖棱角。

“我已经结婚。”她不傻，一眼看透他眼底的炽热。过于灼热的温度叫她心底有些凉。那个曾经说愿为她植满荆棘的人，也曾那么执著过。可终归还是忘了，那么迅速的，未等到地老天荒。

“啊!”他来不及掩饰心底的低呼，有些诧异地望着她。这些年，他总是期冀上天能给他一个机会，于人海茫茫中相遇她，不早亦不迟，然后抚平她忧伤的眉。

上次他们相遇太早，她成了他的回忆，这次他们相遇太迟，她成了他的追忆。可笑可恨的是他永远不是她的谁，她更是一脸坦然，没有因为看透自己的意图而有任何的沾沾自喜，也没因自己的出现而惊讶，惊讶而后后悔错过他执迷不忘的情深。他尴尬地苦笑以掩饰内心的抗拒，“你应该幸福。”

只是这个幸福，自己曾勾勒多年的幸福，如同泡沫一样消失，原来他的爱情见不了光。应该啊？乌青梅为这个词觉得好笑。有谁不应该幸福吗？可这大千世界，能说自己幸福的又有几个？看了看时间，她施施然错开身，“我还有点儿事，先走了。”

他想出口留住她依旧迟缓的步伐，那声哀叹却紧紧地卡在嗓子间。他喊住她又能如何？只有任她离去，就把这一刻当做一场梦，然后继续编织自己的梦。他痴迷地看着那个消失的身影。真好，这次终于看到她的身影逐渐从眼中消失，直到印在心底。怅然地摇头，也许此生也得不到她回头一笑的相视，可他愿意沉沦，如同向日葵一样，始终向着太阳，孜孜不倦。

那样的目光过于灼热，不只乌青梅觉得不适，连远处的何景也不由一顿。隔得太远，乌青梅并没有看到何景的表情，所以错过他嘴角渐渐扬起的笑意。回去的时候，他似无意地问了一句：“刚刚遇到熟人?”

“熟人?”沉溺于微风中的她，不明所以地回头看了一眼平静的何景，“我所认识的熟人不就是你的那些朋友?”

“还真是难为你了。”他扫了一眼已经靠在窗户上眯起眼睛的乌青梅，不再说话。这次乌青梅错过了他眼底暗暗旋转的流光。

如果日子都能如此的话，乌青梅想，这一生她也无多大遗憾了。偏偏啊，上苍似乎总喜欢与她作对。

当年她与佟安遥想未来时，佟母的出现果断迅速地撕毁了她的幸福。嫁入何家这几年，她只追求平静的生活，对孩子们有利的生活。这次归来，虽然自己还是有些微微抵触，但已融入何家是个不争的事实。

这段时间就像做梦一样。她眯着眼想，每天所见的何景都不是她熟悉的何景，叫她心底隐隐不安。大学的课并不是很多，尤其是她的课。程晟来电话的时候，她正在发呆。程晟的语气很平静，甚至有些低沉，压抑得叫她感到害怕，也明白最近一颗不安的心终于落了下来。

“青梅，若是方便，问问何景是否还有回转的余地。”

她凉了心坐在凳子上，久久提不起精神。这种情况，她不是没有想过，可最终还是选择相信了何景。他最近的转变，她不曾多想。现在回想起来，他那日放出那样的话就是为了让她放松警惕吧。何氏招标最终的结果，如了何景的愿，程氏落选。她，还是太天真了吗？

朱朱打来电话的时候，听着她平淡的语气，就知道她已知晓。

“接下去，你想如何？”

她握着电话的手紧了又紧，长长地叹了一口气，“朱朱，我得好好想想。”

“若是需要，可以来找我。”朱朱也只能如此宽慰她，她知道乌青梅是个很有主见的人，但若自己想不通，别人是劝不动的。

“谢谢！”她从容地挂掉电话，咬住支撑着下巴的右手手指，微微的痛从牙下传来。他是故意的吧，那天早上说那样的话叫她去发现程氏的危机，然后利用她的心软，将股份进行转移。为了疏散她的注意力，努力完成他承诺的第二条，虽不是她所求却是最看重的一点。如果真是如此，那么何景实在是太可怕了，也许从自己回到何家开始，他就已经在算计自己了。她的手不可抑制地颤抖，尽可能平稳地拨出电话，“舅舅，我想见一下程凡。”

3.

这是乌青梅第二次踏入何氏的大楼。秘书告诉她有客人，她狠狠地扫了一眼之后急速穿过门厅，轻叩三声，推门而入。

不意外地看到舅舅没有找到的人，她的嘴角扬起轻蔑的笑，“程凡，好久不见了。”

“表姐。”程凡看到她，不免心惊了一下，支支吾吾又有些心虚地出口喊了一声。

“我可不是你表姐。”乌青梅对上平静的何景，看来她猜得一点儿都没错。

“你嚣张什么？”程凡见何景没有任何动作，将平日里心底的不满发泄出来，

“你不过是半路杀出来的孤儿，你真以为你是程家人？”

“我自然不是程家人。”她从来没有以程家人而自居，也没顶着程家的名声出去招摇撞骗。“你也很快就不是程家人了。”

“你什么意思？”程凡不明所以地瞅着她，何景曾告诉自己，千万不要跟乌青梅见面。那个时候他以为是玩笑，现在一见他知道为何了，那就是乌青梅的气场太强。

“现在是三点二十五分。”乌青梅看了看手表，“晚报五点派送，相信你会喜欢你看到的。”

“乌青梅。”他伸出手指指着乌青梅，他年轻不代表脑袋不好用，“你告发我？”

“你有什么值得我告发的呢？”她无能为力地摊开双手，“也许，现在还来得及回去求程老将军手下留情。”

“何景你答应我的。”程凡明白需要老爷子出面，那事情就大发了。他转过头希望得到何景的承诺，他是他抓在手里的唯一稻草，他决不能溺水而死。

“你看情况就知道。”何景耸肩，无辜地看着程凡，“我跟你一样要自求多福。”

“你……”程凡怒发冲冠，碍于乌青梅在场也不好揭穿，“若是我死了，一定会拖着你的。你千万记住了。”

乌青梅看着他气急败坏地消失，心早已冷却。在推开门的那一刹，在看到程凡惊惶的表情之后，她如临深渊寸步难行。拉了椅子坐下，她借由椅背支撑自己疲软的身体，好笑地哼哼，“说吧，何大少，是从什么时候开始算计我的？”

“说话要讲证据的。”他也靠着椅背，双手相抱于颌下，“虽然你是我的太太，但凭这个我也可以告你污蔑罪的。”

“他出现在这里就是最好的证据。”乌青梅有些不受控制地咆哮。何景脸上的笑叫她万分急切地想撕毁那张嘴脸，“我还真是伟大，能够叫你戴着面具生活。可是你不累吗？”

“你不累吗？”他眼里暗闪过讥讽。乌青梅，你比我好不了多少，最多你比我更容易麻醉自己。

“你就那么恨我？”是啊，当初是谁说要带她去地狱的，是谁不肯放手的，是他，都是眼前这个叫做何景的男人。

“乌青梅，你知道吗？”他歪过头，一字一字地从薄唇中吐出，“这段时间，每当我醒了看着睡着的你，我就想掐死你。我听着你的呼吸，我就不由自主地想到白云。”

“别忘了当初是你选的我。”乌青梅毫不示弱。她很早就说过那些错误都是何景一手造成的。

“所以我失去了白云。”他眯着眼，“你知道吗？只要看到你，白云声嘶力竭的喊声就在我耳边响起。你既然不爱我，为何偏偏容不下白云，容不下那个孩子？”

她看着有些激动地拍着桌子起身的他，正红着眼如看到猎物一般注视着自己。他以为她会怕吗？若是怕，她就不会坐在这里。

“你这是诽谤。”

“哈哈哈。”他伸手捏起她的下巴，“从你口里竟然能听到如此动听的话。”

“你弄疼我了。”她被他捏得生疼。

“你也知道痛吗？”他压着她的下巴，寒气在她鼻息间流窜，“你所受的痛能抵得过我吗？这连白云的十分之一都不到。你有什么资格在这里喊痛？”

“白云，那是你的白云，与我何干？”她使劲挣脱他的桎梏，脸，始终是沉着的。“我从头到尾不过是你的一颗棋子，你何大公子可真是英明，什么罪都加在我身上。”

“你知道白云的孩子是怎么没有的吗？”他至今回想起来都觉得害怕，“是被乱棍打掉的。”

她不免震惊。乱棍打掉？这未免……

“你少假惺惺。”对于她的惊愕他不屑，“我告诉你乌青梅，从乱棍打在白云身上的时候我就在想，凭什么你的孩子就能正大光明地被呵护，凭什么我爱的人的孩子就那么见不得光。又凭什么你一句要离婚，我妈不惜借用黑帮势力也要将白云给灭了。”

“我不知道。”面对他的声声嘶吼，她很是无措地自语，这些她都不知道。可若是她知道那个结局，她会忍气吞声吗？不，不会。“是你自己不遵守承诺，你怨不得我。”

“是，是我没有遵守承诺，一不小心叫她怀孕了。”他仰头大笑，眼角渗出一点点泪光。“乌青梅你知道吗？这个世界还有一个词叫做意外。你当初怎么能如此快地下定决心，你为何就不先跟我商量商量呢？”

“我给过你机会的。你记得当时你是怎么说的吗？”真是可笑，她乌青梅究竟何德何能可以扛下这所有的责任。“你叫我回去问外公什么叫尔虞我诈，我凭什么相信你能将已铸成的事实抹杀掉？”

“乌青梅你当初就不该回到南锡，不该闯入我的生活。”他已经失去理智，他不想听乌青梅的辩解，因为冷静下来，他会发现她真的很无辜，可他没有办法，心就像着了魔障，自私地认定这一切的罪魁祸首就是她乌青梅。“你都害那个人已经丢了记忆，又怎么可以心安理得地又来祸害我?”

乌青梅瞪大了眼睛，不相信这样的话能从他口中说出来。身子不可抑制地颤抖，在他愤恨的眼神中，她一个巴掌狠狠地甩出去。他怎么可以说如此不负责任的话?

“那个人就是这么被你赶走的吧?”他发出阵阵冷笑，伸手抚了一下被打的脸颊，用舌顶了顶腮帮，“你别以为你是个女人，我就不敢动手了。”

“你倒是动手给我看看?”她挑衅地往前挪了两步，抬着下巴看他。他对自己怎么胡言乱语都可以，就是不能说佟安，她的佟安，她爱的佟安。若是可以，她绝不会伤害他。那段过往只有她一个人记得，既是她的痛也是她的念，她绝不允许他人参与。

“当初你要是这么狠，白云也不会被你妈逼走。”

她竟然敢提白云，她竟然敢?他扬在空中的手，对着她指了又指，“你根本就不配提起白云。”

“你也不配提起他。”她不甘示弱，“你不过就是何家的少爷，离开何家，你什么都不是。”

“乌青梅，你别太过分。”拳头越握越紧，他每分每秒都在提醒自己，她是个女人，可她的每一句话，就像油一般，浇灭他心底的些许理智。

“你不是叫我看吗?”她挑衅地嗤鼻，“你何景不过如此。”

“你不要把我的容忍当成武器。”他发誓这是他最后的容忍。

“哈哈。”她笑得眼泪都出来了，狠狠地斜视过去，“这可是我听到的最好笑的话。何景，究竟是谁在容忍谁?”

“你今天是来吵架的?”他不想跟她胡搅蛮缠。在印象中，她一直是知书达理型的，眼下却那么无理取闹。

“是你要吵的。”她依旧坦然。

“真不知道那个人见到你现在这个样子，到底会怎样呢?”他兀自揣测，不怀好意地对她扬起眉，“对了，你说他到底有没有失忆?会不会是想抛弃你又不好意思说呢?抑或只是想报复你的现实?”

“差劲。”她转过头自语，泪却不停地往下掉，这个讨厌的家伙，为何总是提起佟安。

“哟，心虚了。”他脸上渐渐浮现出笑意，心底的怒气在她的梨花带雨下终于有了一点儿缓解。乌青梅，你就好好睁大眼睛看着，我这个差劲的人如何把你玩弄在股掌之间。

“我心虚?”她伸手抹了把泪，怎能纵容自己在这个男人面前落泪呢?“我再心虚也不如你。婆婆说白云肚子里的孩子根本就不是你的种，我倒是……”

她一如既往地故作天真，故作疑惑地讥笑。那把火终归没有灭掉，他还给她一个巴掌。比刚刚她那一掌更清脆，更凌厉。

她一个不稳撞在一旁的铁架上，随着布料的破碎声，一阵火辣的痛从背上传来。她跌坐在地上抬起头看他，浑然不顾嘴角渗出的血迹。

“何景我真的以为你成熟了，不再那么幼稚了，可你现在跟之前有什么区别?你就只能如此出息?”

“是，我就是这样。”这是他第一次看她的背。她的背上本就有一道细长的伤痕，浅白的印子蜿蜒在背上，此刻铁器在她背上划出一道长长的口子，点点鲜血如蔷薇般盛开在她洁白的后背上。他的白云是不喜欢血腥的，他跟着也厌恶这样的场景。忽视心底一点儿不忍，他扭过头告诉自己这是她自找的，“你两年前不就知道了吗?你脸上是什么表情，不屑?瞧不起?哈哈，你乌青梅比我也好不到哪里去。”

“我至少不会像你如此推卸责任。”她侧过脸，不想让他看到自己此刻的狼狈。他什么样，她最清楚了。那年那个场景，她从来没有忘记过。她天真地以为，人都是会变的。

“别把自己说得如此清高。”他终究忍不住扭过头看了看她的背，她正努力撑着身子正对着自己，“你没有逃避吗?为了躲避不良少年的骚扰，你转学了；因为身份，你放弃了爱情；因为爱情，你灰溜溜地回到南锡，你真的以为你比我好吗?”

“我们不愧是夫妻啊!”她的笑意未到眼底，他果然还是调查了自己。“我至少不会牵连别人。你呢?别忘了，当初是你拉我入局的，我这个棋子也给了你们七年的生活。如今你没有资格指着鼻子说我乌青梅没给你们机会。”

他胡乱地扯乱领带，“乌青梅，我只想问你一句，若是佟安醒了回来找你怎么办?”

在他强势的怒目中，她慌乱地僵直了身子。佟安，那个提到名字就会心疼的人，若是醒来，若是醒来……不，悄悄地握起拳头，指甲陷入掌心的疼痛叫她回过神。佟安，绝对不能恢复记忆，他必须那样好好地，幸福地生活。

“那是我的事，与你不相干。”

“乌青梅，不是只有你一个人痛的。”他隐约可见她额上的汗水，就连这种情况下她也丝毫不向自己示弱。他为自己的担忧而烦躁，泄恨地踢过身前的小圆桌，顷刻间桌上的器皿全部砸在地上，碎了一地的瓷片，就如同她紧锁的心。这个她一直抗拒的问题不经意地从何景口中说出，过往就如刀片一样，一片片地刮着骨。

“这就是你对我的报复?”她不愿在谁对谁错的问题上纠缠，她没有对不起白云，也没有对不起那个孩子。

“是。”他毫不犹豫，没有一丝隐瞒。从孩子走的那一天开始，他就发誓，一定要乌青梅血债血还，他一手策划了程氏危机。

他先是有意无意地跟父亲提及程氏的一些状态。父亲果然老了，自以为老谋深算，以帮程氏渡过难关而要求程晟说合。他故意当着她的面告诉父亲，他为了企业生存绝不轻易去冒险。然后她便傻乎乎地上来了，以股份换取合同。可惜，她虽然聪明，但不够聪明。

“我有两个问题想问你。”乌青梅稳了一下身形，“程凡有什么把柄在你手上?”

“在你眼里，我彻底沦为一个坏蛋了吧?”他笑，原来他何景手上早已经不干净了呢。“我只是在拉斯维加斯遇到他而已。”

乌青梅盯着他的眼眸，想看他是否在说谎，脑中却急速转动，五个亿的亏空也只有赌博这么快。也只有这个理由太丢脸，所以舅舅一开始也不肯告诉她，只说是工程投资失败。

“第二个问题，这么短时间内对孩子们示爱是否也是你的计谋?”

他有些犹豫，对于孩子们，刚开始的确是想转移她的注意力，怕她忽然恍过神来。可后来那些作为都是天性，作为父亲的天性，他并不排斥她生的孩子们，甚至可以说有些喜欢。对上她乌黑的眼，有些失望，还有一丝……期待。他很想说不是，可是仍看着她脱口而出，“是。”

“何景，何家的大少爷。”乌青梅哈哈大笑，笑得泪爬上了有些苍白的脸，“你进步得可怕。”

“我得感谢你这个老师。”他竟然为这个答案感到懊恼，“若不是你告诉我要变强才能保护自己的东西，我估计还在消极地过着日子呢。”

她再也支撑不住了，这个男人，这么多天的虚情假意，她为孩子们感到不值，更为他们有这样的爸爸而感到羞愧，难怪何轩文曾私底下跟她说，妈妈我们的确不需要父亲，他也成不了我们的朋友，因为我们有不可跨越的鸿沟，他充其量不过是一个好的老师。“狗急了都会跳墙的。若是你伤了我的孩子们，我会拉着你一起陪葬。”

“我等着。”他是如此回答的，那么的风轻云淡，那么的无所谓。他要毁掉乌青梅，这颗残缺而愤恨的心，绝不允许心软。孩子们，他只能尽量却不会承诺。

“何景，你让我有了恨你的理由。”她咬着牙，身心如同在深渊飘落，无奈永远看不到崖底。忽然而来的黑暗简直要使她不能呼吸，脑中盘旋的不是害怕而是凉到骨子里的恨意。

“乌青梅，你给我醒过来。”在她支撑不住倒地的时候，他终于控制不住地扑了过去，抱起她疲软的身子，染红的后背早已触目惊心。他的视线有些模糊，忽然想到那天白云被打得满口吐血，幽怨地看着自己，也如她一字一顿艰难地说，“何景，我终于有了不再爱你的理由。”

“乌青梅，你给我醒来，不要以为如此就能获取我的同情，那是没用的，没用的。”

陈一白推开门看到的就是这样一幅情景。何景跪在地上抱着已晕厥的乌青梅，一脸茫然地抬着头，眼角挂着的是闪闪发光的眼泪。

无奈地叹了口气，他就知道按照嫂子的性格，一旦暴露肯定是会出问题的，偏偏何景一口咬死，乌青梅耐压耐打。他实在是想不明白，既然两人不相爱，为何还要如此相互折磨？他知道乌青梅的存在是何景眼中的一根刺，时刻提醒他过去种种的不幸，他近乎变态地想尽一切办法要毁了乌青梅。偏偏乌青梅不但有刺，而且是大片的刺，到最后，刺痛了何景也刺痛了自己。

掏出手机，他镇定地拨打120，这二人伤悲的世界，无他插足的余地，他也只能静静地看这二人伪装的外衣之下，究竟是一颗怎样的心？

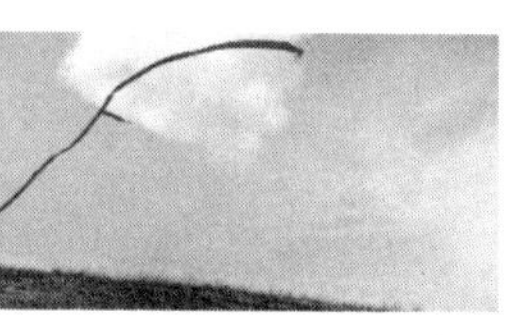

第四章
相行渐远

1.

乌青梅是被充斥鼻息的药水味熏醒的。她讨厌那个味道，在这个味道里，她失去了佟安，也还是在这个味道里，丢了她爱的妈妈。她其实并没有醒透，发烧的脑袋第一意识下达离开的命令。

“嫂子，你醒了?”陈一白见她醒过来，连忙上前询问。

“回家。”眼前的影子有些模糊，是一张写着担忧的脸。会是谁呢？隐约见过，却没有她熟悉的气味。她尽力对准焦距一遍遍地复述，“我要回家。”

陈一白有些慌乱。他不是没见过女人固执的样子，可眼前这位，他从一开始就很无措。此刻她眼神有些涣散，低吟中流下的泪彻底迷糊了陈一白不安的心。他想自己等级严重不够，有些语无伦次地大声招呼在外面的何景，“何景，你快进来，大嫂，大嫂，大嫂她哭了。”

何景此刻正在外面抽烟。他发现自从她回来之后，他总是莫名地想抽烟。陈一白刚刚问他这样对待乌青梅公平吗。他知道，从一开始就知道，这对她不公平，可他不能控制。想到是因她的离开才引发母亲的怒火，他就无法控制理智。报复的念头就像燃不尽的草原，一发不可收拾。可刚刚那一刻，她在自己面前倒下去的那一刻，为何他会那么内疚？为何他没有一丁点儿复仇成功的喜悦？

陈一白惊呼的时候，他手上的烟正好燃尽烫伤了中指。下意识地缩了一下手，他清晰的脑海中只盘旋着一个疑问，那么重的划伤，她为何还能那么淡定地看着自己？哭了，她哭了吗？室内隐约传来细微的哭泣声。那低低的哭声，怎么就像猫爪一样，挠着他的心？何景无法明白为何伴着那声声的抽吸，他的心会发出一阵阵莫名的痛。

“何景，你赶紧进来啊。”陈一白自然不能理解何景此刻百转千回的心思，一把拉开门，“你……你老婆好像很难受。”

“你该去找医生。”他抬头怒吼，双手紧紧地握住，克制自己想冲进去的冲动。他是何景，是将乌青梅作为对手的何景，是要将她摧毁的何景。他怎么会如此可笑地心软？眼睛却如同有自己的意识一般，贪婪地看着那个苍白的女人。

“你真是残忍。”陈一白叉腰呼了几口气，转身看了看兀自哭泣的乌青梅，“行，我去找医生。”

陈一白左脚刚跨出门槛，室内忽然传来咚的一声。他不明所以地回头，床上的人已经摔在地上，眼前一闪何景已经飞奔到室内。

“乌青梅你就不能安分些吗？”乌青梅这一摔，摔碎了何景自持的冷静。他一把抱起她，仔细检查了再次开裂泣血的背，“赶紧去叫医生。”

慢慢散开的血腥味，浓浓的消毒水味加上火辣辣的痛，乌青梅扭动身子妄图挣脱这个不安的环境。被他拥入怀里的那一刻，鼻息间全是他身上浓重的烟草味。她满足地蹭到他怀里，真好，不是药水味，“佟安，我又惹你生气了吗？”

何景身子一怔，佟安？她唤的可是佟安？很好，亏他那么自责，亏他就这么冲进来了。她心心念念的却另有其人。他微微将上身后倾，露出她藏在怀里有些满足的脸，“你倒是看清楚我是谁。”

乌青梅很是茫然地抬起脸。不是佟安吗？何景被她看得有些烦躁，刚想将她丢到床上去，她忽然伸出手抚上他的心口。

“你又想玩什么把戏？”隔着布料，他能感到她手心的炽热。她的烧还没有退，这不代表他能够容忍她将自己当成了别人。

乌青梅呵呵傻笑着收回手，近乎撒娇地靠在他的臂膀上，“佟安，我的佟安，我的。”

“什么？”他听到自己咬牙的声音。去她的佟安，见鬼的佟安，他明明就是何景，她的丈夫，她孩子的父亲。

“安，你忘了吗？”她咯咯直笑地将脸缩在他的胸前，“你说人的心跳是八十次。你说为我心动的时候是八十一次，为我快乐的时候是八十二次，为我担心的时候是八十三次，为我难过的时候是八十四次，而因为我而生气的时候是九十次。刚刚，正好九十次。”

“无稽之谈。”他嗤之以鼻。稍微有点儿常识的都知道，心跳基本都在六十到一百之间，哪有如此精确的。

“呵呵，我也是这么说的。”她又蹭了蹭，“可是佟安，你说那只属于我。”

她的？他因她欢快的细语怔住身子，不对，他明明听到她喊的是“佟安”，晃晃脑子强迫自己清醒过来，他应该对她不闻不问的，他不该因为内疚而纵容她的疯癫。她似乎猜到他的动作，在他弯腰的瞬间紧紧地抓住他的手臂，迷离的双眼中带着剔透的泪珠，“吹吹，我痛。”

低低的轻喃，他想到那年白云也是倒在自己怀里，满脸泪痕地低语“何景，我疼”。蹙着眉盯着那张微皱的脸，为何对着这样完全不一样的脸，他会有那时相同的辛酸，还发酵着一点点不熟悉的不甘？为何会不甘呢？这种不甘太陌生，比刚刚的自责还要叫他难以接受，所以他轻易地选择了逃避，“陈一白，你赶紧给我滚过来。”

乌青梅被他这一吼，脑子似乎有点儿清醒过来，努力睁开沉重的眼皮看着眼前晃动的陌生却也熟悉的人，手慢慢地松懈下来，这绝不是她的佟安。她的佟安不会如此大声吼叫的，她的佟安就连皱眉也会是漂亮的而不像眼前这位凶神恶煞。

“来了，来了。”陈一白气喘吁吁地拖着医生闯了进来，“我的娘啊，何景你又把大嫂怎么着了啊？”

“我能怎么她啊？”他暴躁地吼了一声，手却小心地将她放置在床上。他伸手抓了抓头发，该死的，为何脑子里都是她刚刚松手时的失望？给医生挪了位置，何景急速地转身离开。

陈一白歪着头看着何景离去的背影再次感到疑惑，今天的何景很不正常。刚刚一个人苦闷地在外面抽烟，方才还那么温柔地将她放下，可现在为何又板着一张脸离开？这太不寻常了。可最大的不寻常，他不该把他的老婆丢给自己这个不相干的人吧。

乌青梅再次醒来时已经是深夜。因为俯卧着的原因，胸口压得有些痛。刚想转身，背部牵扯的痛叫她咬牙继续趴着。柳妈正坐在一旁打盹，微弱的灯光打在她的身上，显得很慈爱。乌青梅眼中一热，想到了自己母亲。记忆中母亲并不爱笑，多数的时候都是板着一张脸，人家都说那是因为心底太苦，所以连笑都会忘记。

柳妈似乎不是很舒服地挪了挪座位，乌青梅以为她醒了，忙将头一扭埋在枕头里。半天没听到任何声响，她这才舒了一口气。脑中不由回忆起白天模糊的情景。她似乎看到那个白衣少年，拉着她的手贴在他的胸前，异常严肃地说，“八十下心跳叫我如行尸走肉般，八十一下心跳却叫我幸福。青梅，你是多少下心跳呢？”

当时她是怎么回答的？她记得她在心底感到甜蜜的时候故作惊异，“啊，遭了。”他以为她忘记了什么事情，无奈地放弃想追问的念头，伸手揉了揉她的头顶，“小糊涂蛋，又忘记什么了？”

“为何遇到你之后，我的心跳就变少了呢？”她眨巴着眼睛，“可见你刚刚是胡说八道的。”

他望着她的眼神似乎有些受伤，很快却又明亮起来，化作点点星火跳跃在眼中，带着他惯有的微笑，“青梅，我虽不是你的竹马，可是我愿意牵住你的手，一直到白发稀疏。”

她将他握着自己的手贴于胸前，“听到了吗？我可是为了你漏跳了半拍呢。”那时她以为他便是自己最美好的命运，可后来还是把他给丢了。醒过来的她自嘲地笑了笑，乌青梅，你在做什么白日梦呢？就算他真的恢复记忆，就算他能原谅自己所犯下的错，她也不能原谅自己，因此她绝对不会纵容自己犯下的错误，更不需假借他人之手来弥补自己的错误。

隔日陈一白来医院的时候，被告知她已经办好出院手续。他长长地叹了一口气，谢天谢地，他不会碰到她。何景今天进办公室第一件事就是叫他来看乌青梅。理由他没敢多问，这一路，他实在是想不出来看望她的理由。她法律上的老公都不熟，何况他这个千里之外的陌生人。

这样一个处境，他能厚颜无耻地说是来看看朋友吗？他已经能想象乌青梅大约会沉默地望着自己半分钟，然后极其无辜地问自己“我真的没有遗忘什么吗？”抑或“何景拜托你来的？”拜托，他自己都不知道何景心底打的什么主意，更何况乌青梅在那样的事情之后怎样去理解何景如此反常的举动？

命苦的他找云墨求救，没想到那厮关键时刻竟然消失，只有云痕那不高不低、不悲不喜、平淡如水如同客服小姐标准有礼的推诿性回答，“等他方便的时候，他会给您回电话，再见！”

幸好幸好啊，她竟然快他一步离开了。真好啊，阳光是如此的明媚，蓝天是多么的炫彩，他很是乐滋滋地告诉何景，他的太太出院了。出乎意料的是电话里的声音，比云痕还要云痕，两个字不带任何感情色彩，迅速果断的“上班”。

陈一白将手机在眼前晃了晃。他没听错吗？他竟然听到浅浅的喟叹。不，一定是他听错了，摆在两年前他绝对相信自己的听力，但现在他绝对不相信，因为那是对乌青梅厌恶到算计的何景。

何景的手几度伸出又收回，最终握拳靠在座椅上，那么强悍的女人，守着她心底的那个男人就能过一辈子，何时需要他的关心了。

乌青梅支开柳妈，直奔朱朱的画廊。下车的时候，朱朱和安晓晨已经等在画廊的门口。

“可怜的青梅。”朱朱一个快步走上去，轻轻地拥住她，“当初叫你好好考虑，没想到最后还是发生了这样叫人揪心的事情。”

“朱大姐，朱阿姨。”乌青梅白了她一眼，心底却慢慢涌上暖意。这才是她的朋友，她的亲人。“你什么时候如此矫情了？”

“她似乎提前进入更年期了！”安晓晨摸着下巴，“赶紧进去吧。”

进了画室，朱朱在沙发上放了几个靠垫之后，小心翼翼地扶她坐下。“未来亲家，我服务周到吧？”

“我诚惶诚恐。”此情此景，她的心情莫名地好了起来。“不好意思，安总，我倒是借着小乖的光，厚着脸皮来请求你的帮助了。”

“程氏虽然比不上云氏的名声。但若是因为资金短缺而破产，未免太可惜了。”安晓晨扶了扶眼镜，“若是入股程氏，也许是朱氏进入建筑业的好机会。”

“入股？”乌青梅皱眉，骄傲如程晟，能接受这样的安排吗？“没有其他办法吗？”

“青梅，在商言商。”安晓晨坦然一笑，“说到底，我们跟程氏并没有任何渊源，若不是你在中间斡旋，程氏这点产业，朱氏还是看不上的。”

这个乌青梅当然知道，朱氏家族几乎垄断了南锡除建筑以外的所有行业。若是朱氏有心发展建筑，也许根本就没有程氏、何氏甚至云氏的存在。

“不能借用吗？”朱朱执着乌青梅的手宽慰地拍了拍，“爷爷将朱氏交给你的时候，要你再三保证不参与南锡的建筑业。”

“什么？”乌青梅心底又是一惊，刚刚看安晓晨的态度，本以为这个事情已经有了转机，可眼下，她觉得为难了安晓晨。

“我有信心股东们会通过这个决议的，如果入股成功，”安晓晨的眸光闪了闪，阳光洒在他的镜片上，乌青梅看不清他的眼神，“度假村的方案已经通过，清龙那边的酒店准建通知已经下来，股东都希望我们能有自己的建筑公司。”

“若是内部的也就算了，”朱朱摇头，爷爷的固执脾气她不是不知道，“可入股程氏，这就不单单针对朱家产业了。”

“那么你觉得我该如何说服股东们同意借出五个亿给程氏？”安晓晨双手一摊，无辜地看着朱朱，“这些老狐狸们可不是慈善家。”

“若是从银行借呢？”朱朱看了眼乌青梅，“以我的画廊做担保。”

“我亲爱的妻啊。”安晓晨抿着嘴摇头，“你还真是关心则乱。一来，你的画廊，一两千万还行，五个亿，三伯定是要把你轰出来的。二来，就算三伯的股东们肯借给程氏，程氏也拖不了那么久了。”

“朱朱，你别着急。”乌青梅拍了拍她的手，安晓晨说得不无道理。当初舅舅把一切压在何氏身上没有任何退路，眼下几乎已成死局。

“我知道朱氏有金融担保机构，所以钱只能算是朱氏借给程氏的，利息按照银行利息高出三个点算。我知道这有些困难，我恳求安总不要推脱。事成之后，我以何氏百分之三的股份作为谢礼，但必须过户在朱曜的名下。”

“青梅你疯了？”朱朱不免掩面。何氏百分之三的股份，这个人情未免太贵了吧。

“我没疯。”乌青梅淡淡地摇头，“这是我为我家小乖的未来付的定金。安总如何？”

“青梅，我觉得你似乎在算计什么？”安晓晨沉思片刻，“冲这点，我可以勉强接受你作为我的合作对象。”

“安总你真爱开玩笑。”乌青梅兀自笑了笑，伸手敲定她的一件大事。

回家时被告知何景出差了，她缓了口气慢慢理平自己过于浮躁的心。那日若不是他偏偏提到佟安，她也不会失了分寸吧？她也是有错的，不该提起婆婆的质疑，她那把刀不比何景刺得浅。她该对他说声抱歉的。

趁着何景不在，程晟的问题完美解决，何小乖的股份也已通过相关渠道赠予朱曜。值得庆幸的是，她遇到一个特别的人，或者说是一个朋友。朋友这个词，在乌青梅脑子里闪了许久。这些年可称得上她的朋友的人一个手可以数过来，朱茂的确算一个特例。

朱茂，朱朱的堂弟，南锡著名的理财师。朱朱语重心长地说，青梅你应该好好打理一下你的财务，以免未来……虽然朱朱没有明确说出心中的隐忧，但乌青梅知道，无非就是她最糟糕的结局，她不能跟舅舅一样将鸡蛋放在一个篮子里。

她在心底沉吟，她跟何景的结局无非两个，要么相安无事，像是路人生活在同一屋檐下；要么水火不容，分崩离析。前者已不能再存在，后者啊，要能如愿早就结束了，她觉得自己该见见朱茂。

朱家这一辈，乌青梅是见过几个的，不得不承认朱茂很出色，尤其是眼镜下那双看不透的双眸。乌青梅有个坏习惯，见人第一眼喜欢看对方的眼睛。对于朱茂，她不得不选择放弃。

初时他背对门口而坐，她站在入口的地方，透过他对面的落地窗，看到了一个浑身散发着冷漠、孤寂、伤感的男人。孤寂的忧伤赋予他另外一种迷人的色彩，冷漠的疏远添加了独特的神秘。

若是小女生定会为之倾倒，甚至把自己幻想成拯救美少年的骑士。可惜她很早就丢弃了那种幻想的能力，也正因如此她对他的第一句算是招呼的话很不以为然。她端坐着身子，任由他打量。听到他缓缓开口，低沉的声音像是从远处飘来。

“乌小姐，很像我认识的一个人。”

她其实想讽刺他，是否可以换个不老套的说辞。考虑到朱朱的关系，她笑了笑，“不管是我像她，还是她像我，谁也替代不了谁。”

话题是他提起的，他却没有接下去的意思，单手抄起咖啡在手间晃悠。

“你们总是在伪装自己。只是她一时，你已一世。”

她心里不免有些震撼，原来自己已经透明到任何人都能揭穿她自认坚固的铠甲？同时又为刚刚没有开口而感到庆幸，他散发出来的落寂与自己是多么的相似。

“到底是你高明了一些。”他这才喝下咖啡，“你还在我的面前。”

“我能理解为这是对我的一种赞赏吗？”她拨了拨汤匙，扯出一抹明媚的笑容，不过是找到一种叫自己舒适的生存之道而已。

“可是你们都不快乐。”他闷闷的一句，叫乌青梅的心咯噔一声。快乐？这个词对她而言，太过奢侈。

她本以为他还要继续文艺，或是谈一下那个已不在他面前的人。他却峰回路转回到正题。

“乌小姐，根据你目前的资金状况，我会帮你做一个基金定投股票，可以选择稳健型的国有企业股份以及一些海外证券，虽然上升空间不大，但还是保守些比较稳妥。”

她茫然地点头，对于理财毫无概念。

“我必须相信你。”

他持杯点头不再说话。乌青梅先前听朱朱说过，他话少，若他不主动开口，休想得到只言片语。乌青梅想他跟自己的见面应该到此结束了。

他又忽然开口，将准备撤退的她吓了一跳。

“你喜欢现在的生活吗？确切地说，现在的身份。”他似乎并不在意她的答案，未等她回复又自顾说开，“有人曾经羡慕过你，可以一夕之间飞上枝头。”

“若你有机会遇到她，”她笑笑，从他低落的情绪中也能猜出那个人跟他关系极为密切，“当年因为身份我丢弃了爱情，那个时候我期待这样的跳跃。真正地拥有了这个身份之后，那些我曾视为生命的东西再也找不回来了。而这种可悲也只有我一个人知道。”

“你很勇敢。”他再次凝视了她一眼，“她连勇气都伪装不了。”

“你还在等她。”她对他微微一笑，“我相信她一定会回来。”

他又不说话了，转过头看着窗外。她觉得有些尴尬，朱朱说得对，跟他说话的确需要点儿自我安慰。

“你是一个适合聊天的朋友。”离开的时候，他竟然跟她握手。

她也没有过多扭捏，“虽然我觉得你在透过我思念一个人，但我想我们的确能成为朋友。”一个能看透她，懂她处境的人，在南锡实在不多。何景虽然跟自己一样，但他们从来都是叫对方疼痛。

2.

何景这次出差的时间很长，长到乌青梅只能从报纸上了解他的生活。她并没有想去关注，可偏偏有人不希望她清静。不可否认的是，当满脸怒意的宋汉将它丢在她面前时，她还是吃了一惊。

报上是他跟一个女人的合影，女子穿着跟他一系的黑色礼服，挽着他的手臂，笑意盈盈地靠在他的肩头，恰巧他侧头注视，像是等待一个世纪般的幸福，嘴角挂着温和且满足的笑。

刘琳，她见过的他的众多秘书之一。她不得不承认拍摄人的用心良苦，角度抓拍得极好，连她都快被这个报道迷惑了。因为在幸福美满的大图下面，还有她卧病在床的凄惨模样。

“你不是说你过得很好吗?”宋汉一拳打在她身前的桌子上，将乌青梅吓了一跳，她有些不可置信地看着宋汉。

“宋老师，我们似乎不熟。”她实在想不到他竟然会如此关心自己的私生活。

“可是我爱你。”他近乎失去理智地在她桌前暴走。当他看到这篇报道的时候，心里的愤恨就像千万只蚂蚁在爬。他爱着的人，他以为幸福的人，怎能被如此对待?

“若我们仅同学一个月，”乌青梅摇头，虽然上次已知道他的心意，但这样的愤怒她依旧理解不了，“你的爱未免过于肤浅。”

“我会证明给你看，我是如何爱着你。”他是如此坚定地告诉她的。

乌青梅对于他的话并没有放在心上。比起匆匆离去的宋汉，她更关注的是那篇报道。

伸手抚上那个侧脸。她有多久没有看到这张脸了？快两个星期了吧。短短两个星期，她竟然觉得他消瘦了。比起那声抱歉，她似乎更期待看到他，不然不会看到这幅刺眼的图还觉得有些高兴。眼一沉，此时他的笑容叫她觉得心寒。如此登对的二人，作为他九年的妻子，怎能没有一点点嫉妒?

报上捕风捉影地提到了白云。有人说她这个第三者终归要被其他人代替；也有人对她表以同情，她的命太不好，豪门爱情就是如此的喜新厌旧；更多的是一种病态的观望，因生得平凡而无法触及豪门，终觉得豪门没有幸福。

看着看着她忽然就笑了，原来她乌青梅在众人眼里，不过是窃取别人幸福的小偷，而眼下这个魔法的期限到了。然而从来没有人知道她偷来的不过九年的岁月，无关乎爱情，无关乎幸福。

她果断地拨了何景的电话。有些意外何景的速度，在不声不响地挂掉她的电话后不到三个小时，他就在何家的书房出现了。他背对着她站在书桌前，久久不见其动，听到她的脚步声才清了清嗓子，皱着眉问她：“这就是你给我打电话的原因?”

她不大明白他的意思，顺着他的目光，看到占据他大半个书桌的玫瑰花。

“说话。”他沉着眼看她，他离开几日原想理清自己对她的奇怪感觉，没想到还没回来，她就公然在他面前红杏出墙。

“不是我的。”乌青梅摇头，她接触的异性并不多，“我从不喜欢玫瑰。”

“是吗?”他冷笑着拎出一张卡片，“这个送花的还真是表错情了，竟然连我太

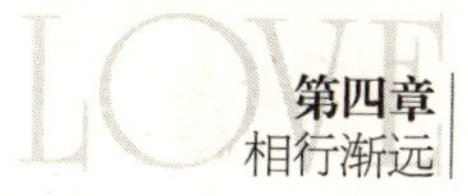

太都敢送。”

“你发什么脾气。”“宋汉”二字极其端正，乌青梅一眼便清晰地分辨出来。她好不容易回忆起他那句话，摇头说了一句“幼稚”，并不打算对何景多做解释。

“你又说我幼稚?”何景红着眼看她。当他回到家看到这么一大束花的时候，他就幼稚地想把花丢进万丈深渊，这个叫宋汉的家伙竟敢如此明目张胆地告诉自己，若不能给她幸福请放手。他跟她的事情还轮不到一个外人来插手。再想想她今天那个莫名其妙的电话，他的心不由一冷，“你既然敢在外面招三惹四，你就该有勇气承担我的怒气。”

“你发什么神经?”她被他一把抱起扛在肩上，突如其来的倒置叫她头晕得无措，“你放我下来。”

“反正在你眼里，我一直幼稚。”他大步往卧室走去，“可笑的是，我竟然因为伤了你还自责地逃离这里。”

“我说的不是你。”他说什么？自责？逃离？看来他并不是想象中的无情。回过神的乌青梅觉得很有必要对“幼稚”一词做出解释。

“嗯?”他停下来，手却重重地打在她的屁股上。

“何景你浑蛋!”她脱口而出，感觉到他的手还轻拍着她的臀部，一番衡量之后迅速选择坦白，“宋汉说是我高中同学，可我根本就不记得。”

“既然你现在还是我何景的太太，就该守着这个家好好过日子。”他嘴角露出一抹轻笑，适才积蓄的烦躁终于清空。

“你凭什么指责我?”她挣扎到他的肩头，愤恨地咬着他的肩头，没想到他的细皮嫩肉竟然硌得自己牙痛，“我们只是名义上的夫妻，我没必要为你守身如玉。”

这个问题，若是几天前问何景，他一定会答不上来。那次他竟然发现自己对她有自责有悔意还有不忍心，甚至她将他当作佟安胡搅蛮缠时，无端涌现出一股不满和嫉妒。

这些出现在乌青梅身上，实在过于陌生和好笑。他思考了很久，得出一个很满意的答案，她是他的太太，不管他爱不爱，她只能是何太太，只能是他何景的。也正因如此当，看到那些花的时候，他理所当然地会愤怒。基于何景所得出的结论，他决不允许自己的太太给自己戴绿帽子。在这段貌合神离的婚姻中他未出轨，鉴于公平，她也不行。

“在我未厌倦我们这种受法律保护的关系时，”他的手已从她的长衫下伸至腰侧，狠狠一捏，“你休想从我身边逃开。”

何景的手温有些偏低，疼痛和冰冷叫她不由打了个冷战。她心底盘旋的却是另外一件事，既然何景敢如此要求自己对这段婚姻的忠诚，对于那篇报道她真的可以置之不理。乌青梅莫名地有些愉悦，闷在他的颈间说出他最厌恶的话，“何景你真的太幼稚。”

“无所谓。”他笑得肆意，将她丢在床上，“反正在你眼里，幼稚已是我的代名词。”

她无语地翻白眼，忽然扑哧一笑。他已压在她身上，伸手将她的脸摆正，“笑什么？”

他跟她距离太近，能感觉到他的气息扑在她的脸上，甚至连鼻尖都偶然碰触一下。她红着脸微微垂下眼，不愿看到此刻他眼底的自己。

“整个南锡都在猜测，七年之痒后的我们会是怎样的结局？”

“你，”他伸出手捏了捏她红扑扑的脸颊，自他有那层认定之后，不仅不排斥这些微小亲昵的动作，反而有些愉悦，“竟然也是会笑的。”

“我又不是天生少根筋的。”她显然要慢几拍，他今天的反应，她只能用反常来形容。乌青梅拍了拍他有些重的身子，“你压着我了。”

“到底是少根筋的。”他叹了口气，如此明显的意图，她竟然以为如此他就算放过她？

“我还没洗澡。”她果然后知后觉，他的双手已在她身上滑行。若她再不能看出他眼底闪着的是什么，也太辜负他们的七年同床共枕。

“我不介意。”七年，他早已熟悉她的敏感点，不得不说，他们是很好的性伴侣。

乌青梅脑子有些昏昏的，想的还是那篇报道，关于二人是否早已分居多时的揣测。不知这些娱记看到他们这一幕，会是怎样目瞪口呆的神情？还有她还欠他一句“对不起”，不过，刚刚似乎扯平了。

乌青梅跟朱茂的确成为不错的朋友。朱朱甚至打趣她，“青梅，我该早几年介绍你们认识的，这样你们就不会如今天一样苦。”

乌青梅回答得坦荡：“那时他未经历那段感情，自然就不会是今日的朱茂，更不会有今天我与他的相谈甚欢。”

“你与何景，现在究竟如何？”朱朱很好奇这二人的现况。那份报刊虽然没能登上她家的饭桌，可她还是看到了。

“我跟何景……”乌青梅托着脑袋想了半天，“就如同两只刺猬。”

“怎么说?”朱朱很有兴趣地一脸期冀。

“因为某种原因，明知会伤痛也不会抛弃对方，”她顿了顿，近乎微弱地叹息，“现在我们都在假装忘记疼痛，尽可能自以为是地选择平静地生活在一起。”

“乌青梅我太崇拜你了。”朱朱拍手，实在想不通这个外界甚至是她都不看好的二人怎么还会纠缠在一起，“这种没有爱的生活，你怎么能忍受?”

“爱?”她晃了晃手中的杯子，侧着身将下巴靠在沙发上，眯着眼看着窗外的阳光。“曾经有人跟我说，人的心是一分为二的，一边是为了活着，一边是为了爱情。我爱情的心已经死去，这边的跳动比那边的死寂更为凄凉，因为它叫生不如死。”

“青梅。”朱朱摇着头，不忍看到眼前这幅画面。明媚的有些亮黄的光线，透过窗子打在她身上，扭曲了她自嘲的侧脸。“我忽然想到了离开我家狐狸的那几年。本以为会忘记，也以为自己能够接受一段没有爱情的婚姻。很可惜我失败了。”

“嗯?”乌青梅回头，看着阴影中兀自沉思的朱朱。

“回来后，我是抱着一颗鱼死网破的心赴相亲宴的。”朱朱靠着墙柱，为她刚刚那席话而共鸣，“我甚至不止一次地想过，他是否也在相亲，是否遇上了一个彼此相爱的人。我为此觉得不甘心，可又不敢去找他，怕自己万劫不复。那时我不是一个完整的我。

“当我发现相亲的对象竟然是他时，我似乎一下子又活过来了，差点忘记了呼吸。世界在我眼里一下子披上了五颜六色的光芒，一切都是那么美好。”

乌青梅不认为朱朱是纯粹回味当年，她很安分地等朱朱的下半句。

“青梅，若是真的要跟何景生活下去，若是疼痛也只能在一起，能不能幸福一点儿?”

她叹了口气，她最近叹气次数多了起来。以前她总是那么随遇而安，静观风云起，如今却常常感到无力。“前一段时间，他对孩子们很好，连带的，我似乎产生了一种错觉，我们可以生活得很好，就那样生活一辈子，我想不会有什么遗憾。

“慢慢地我发现了，不是我们相处融洽，是我们在努力地假装忘记一些东西。”乌青梅苦笑了两下，“我们都假装忘记了爱情，忘记爱情带来的伤痛。你知道，除非是真的失忆，没什么可以忘得一干二净。这种假装很脆弱，一触即碎，就像上次那样，我们都失去了理智。”

朱朱不知该说些什么。豪门之间的联姻，幸福的没有几对。“记着并不代表不能新生。也许你早已爱上他了呢?”

“不会。”乌青梅否认，“我喜欢那样的生活，也似乎是有点儿喜欢他的。那张照片，你看过没?”

“嗯，角度拍得很好。”朱朱自然知道她说的是什么。不得不说，拍得很招人羡慕。

“刚看到的时候有些心痛，那时我知道自己对何景动了一点儿心。”关于这一点，她之前从未想过，更谈不上去承认什么。“也就是那个时候，我不知不觉漂浮的心终于落地，重重地砸碎了我的假想。”

“你看得永远比别人透彻。”朱朱不明白她为何总是想得那么悲观，不给自己留一点儿余地，“青梅，你会活得很累。”

“虽然我拥有了别人羡慕的身份……”那一刻她觉得无比可笑。她那般伤害了佟安，怎能又对另外一个人产生喜爱，所以上天迅速粉碎了她的自以为是。“可是丑小鸭永远是丑小鸭。朱茂说那个人没有相配的身份，没有站在他身边的勇气。我虽然有了适宜的身份，但差距并没有因此而减少。浑然天成的贵族，半路出家的平民，和谐不了的。”

“青梅，你这是懦弱的逃避。”朱朱不赞同她的观点，“谁规定王子必须娶公主的，谁又说王子和灰姑娘不能幸福的。”

“我和朱茂的爱情说明，王子必须娶公主。”乌青梅摇头，爱情是两个人的事情，只要不结婚，乞丐或是王子都是相当的，因为有情饮水饱。若是谈及结婚，那便是家族间的大事。“何景的爱情说明，王子和灰姑娘是不会幸福的。”

“得，算我没说。”朱朱摆手，面对这样的乌青梅，她只是双手一摊，无能为力。

乌青梅本想继续懒在朱朱的店里发呆，何景鸢的电话打破了她这个准备虚度的念想。那个丫头快言快语地表示自己已回国，乌青梅还没能适时表达自己的喜悦，何景鸢又噼里啪啦地叫她快回去，说不知谁送了好大一束玫瑰，连邻居都惊动了。

乌青梅急忙告别朱朱回家，心想估计又是那个宋汉。虽然做好心理准备，可她还是被眼前的架势给吓着了。他们住的是高档别墅区，每户之间的空地比较大，那些花就壮观地摆在路中间，因为实在太多，招来很多关注。

送花的工读生尴尬地看着紧紧守着门的李叔，“就算不给送进去，也好歹签收一下吧。”

何景鸢眼尖地看到乌青梅，忙向她招手，“大嫂，这里。”

乌青梅在路人疑惑、哑然、了然的目光中直着身子穿过去。

“何景回来了没有?”

“我哥?”何景鸢吐了吐舌头，小心地跟她耳语，“我一开始还以为是我哥送的，立马打电话给他，没想到被他骂了一通。嫂子，喂是谁如此勇气可嘉啊?”

“公公婆婆呢?”乌青梅对这个比较担心，宋汉这一出，公公婆婆会怎么想？这个多事之秋，她不想多事。

“自然脸都绿了。我就想不明白，为何他们会觉得丢人。”何景鸢不以为然，一脸喜色地撞了一下乌青梅，“他们应该高兴，自己的儿媳妇还有这么大的魅力。”

乌青梅没何景鸢想得开，昨天那束花公公婆婆肯定是看到了的，也不知道是否自己多心，婆婆今天早上看自己的眼神都怪怪的。现在这光天化日之下，这叫众人怎么想？摆明了是丢何景的脸。

一想到何景，她想糟糕了，自己已经答应他今天找宋汉好好谈谈，这眼下并不是什么好好谈谈的结果。她几番思考掏出手机给何景打电话，那边声音有些低沉，听不出任何情绪，“什么事?”

“那个……”电话接通，乌青梅忽然又觉得这个电话毫无意义。在何景鸢好奇的眼神下，她啪的一声合上手机。她乌青梅向来是独立惯了的人，怎么会突然没了主意向何景求救呢？胡思乱想间电话又响了起来，一看来电，惊了她一跳。

“嫂子，你很不正常啊?”何景鸢一把夺过手机，好奇地看着咬着唇的乌青梅。“我哥啊，竟然是我哥啊。可是他为何要给你打电话啊?”

“给我。”乌青梅一把夺过手机，慌乱中发现已经接通。她理了理头发，“呵呵，那个，我只是想说，嗯，今天天气不错。”

“乌青梅你敢挂电话试试!”电话那头的人，一下子看穿她的意图。

“你先挂。”乌青梅忽然想到昨天被他打屁股的情形，心底又是一抖。

“你就不能能耐点儿!”急吼吼的声音，震得乌青梅把手机拿出老远。这个男人实在幼稚，总喜欢怒吼。若是吼能解决问题，还需要什么肃静的公堂。

咬牙切齿的声音，很清晰地飘进乌青梅的耳朵里。她不免想，这手机的效果未免太好了，隔那么远，还能听得如此清楚。她抬头看到何景鸢偷跑的身影。

“景鸢，你跑什么啊?”

“真是的。”乌青梅看也不看就把手机挂掉了。那个送花的，还在可怜兮兮地看着自己，她总不能叫人家站在这里晒太阳吧。

“电话挂得挺快。”阴恻恻的声音再次响起。乌青梅猛地一回头，在看清来人的时候，忙掩着嘴盖住自己呼之欲出的错愕。那阴着一张脸，眼中燃着怒意的不是何景还有谁？脚下一错乱，她的身体不由晃动了几下。

此情此景，何景就算再火大，还是伸手搂住她摇摇欲坠的身子。只有乌青梅听到他在耳边的低语“叫你不听话”，然后在她耳朵上狠狠地咬了一口。众人面前乌青梅忍着这个败类的报复，在他松口之后，赶紧伸出手推了推他的胸膛，“这里的事麻烦你处理一下。”

何景拍了拍她的肩，很满意地看着她脸上因为自己而起的红晕。他不知道那个宋汉究竟何许人也，他敢肯定那个人一定就在附近。他的女人，岂能容他人动心思？

何景搂着她的肩，笑意盈盈地走向送花的小弟。乌青梅低着头跟着他的身子移动，刚刚实在太丢人了。她想自己的耳朵一定红得跟虾子一样了，而两人刚刚那个姿势，让这里的人都误解了吧。她越想越觉得这厮不厚道，之前是行为不检、勾三搭四，现在呢，有辱门风、伤风败俗。这何景，叫自己以后怎么做人？

“你好。我是她先生。”送花的显然被他这满脸的笑意给吓到了，“花，我们可以签收，但麻烦你把花带走，我太太对玫瑰过敏。”

“这是不符合规矩的。”工读生很为难地向乌青梅求救。众目睽睽之下，她很是配合地揉了揉鼻子，心想这厮真会断章取义，她说不喜欢并不是过敏。

“那能麻烦你扔到垃圾桶吗？”他还是笑，抽过签字本迅速签下名字，“不过我想你们老板会喜欢废物利用的。”

然后在窃窃私语中，他搂着面色红润实则尴尬的乌青梅大摇大摆地进了何家大门。搁在乌青梅肩上的手越来越沉，她只能悲哀地告诉自己，攘内必先安外。这个内，并不是那么好对付的。

古板的婆婆，好奇的小姑，恨得牙痒痒的何景，也许还有疑惑的孩子们。头疼啊。她乌青梅，一不要爱情，二不奢求幸福的人，怎么连活着都那么不容易呢？

乌青梅不知道自己那天是怎么度过的。先是婆婆的质问。本以为何景会帮衬几句的，没想到他先丢下自己上楼。她看着他离去的背影，才慢慢从刚刚那场恩爱秀中醒悟过来，凭什么要求他帮自己？就因为自己对他动了那点儿心，那就理所当然地对他有所要求了吗？乌青梅你醒醒吧，你是不可能爱上何景的，而何景之所以出现，也不是因为她乌青梅面子有多大，而是为了他自己的面子。

婆婆一板一眼地问，究竟是什么人？干什么的？有什么交集？为何给了人家那样的错觉？怎么会知道他们家的地址？她也规规矩矩地回答。对于这个婆婆，认真起来，她还是比较害怕的。审讯结束后，婆婆再三告诫，都三个孩子的母亲了，得为孩子做好榜样。

然后，便是何景鸢的纠缠。为何哥哥会出现？为何哥哥会有那么大火气？为何你们那么亲昵？为何……她如同一个好奇宝宝，用一个个奇怪的问题轰炸着乌青梅。这些问题，她哪里知道，而何景鸢最后一个问题，终于打破了她的耐心。她贼笑兮兮地问，嫂子，我哥是不是爱上你了？你刚刚那个忸怩的态度，是不是也爱上我哥了。

乌青梅含着一口水，上也不是，下也不是，最终狠狠地瞪了她一眼，镇定自若地离去。她爱他，他爱她？可见，刚刚那出戏演得多么成功。

楼梯刚刚拐弯，遇到听说上周已经回来却第一次露面的何景骏，“大嫂，若是那个人不错，我支持你琵琶别抱。”

这话说得多像她已经出轨。乌青梅了然地拍了拍他的肩，“小叔，就算要出轨，第一个肯定不是我。”

“难道我大哥已经先你一步在外面打食了？”年轻人果然想象力超级丰富，乌青梅觉得自己的脚步已经开始无力。

这只是筋疲力尽的开始。她走进卧室，本想坐下好好喘口气，何小乖恰好从卫生间走出来，后面跟着的是挽着袖子的何景。这幅画面，这两个月以来乌青梅已经习以为常。此刻的他，嘴角带着浅浅的笑，虽然身着不适宜的衬衫，却因为父爱而显出格外的味道。

她对这样的何景真的有些喜欢。可喜欢又有什么用，虽然她不明白他为何还能跟孩子们亲近，但有些东西看看也就算了。乌青梅扭回头撑着床沿，语气间有些颓废，“何景，把衬衫换了。”

他不吭声，走到衣柜前拿了居家服进了浴室。她低垂着头想不明白宋汉为何要如此做。幼稚吗？仅仅是因为她的那一句评价而做出如此叫人难堪的举动。

“妈妈，我不想换爸爸。”站在床角的何小乖忽然吭声，脸上有着完全不符合五岁孩童的担忧。

“是谁说我们要把爸爸换掉的？”她皱眉，究竟是谁跟她说这样不适宜的话？

“是爸爸。”何小乖咬着嘴唇，认真地表达自己的观点，“小乖还是比较喜欢这个爸爸。”

“为什么？”乌青梅倒是来了兴致，她若记得没错，小乖是有些怕何景的。难道真的是传说的父女天性？

“因为爸爸没有人爱啊。”何小乖大眼睛忽闪着，回答得无比诚恳，“所以小乖要爱爸爸。”

“跟你的曜哥哥相比，你更爱谁?”乌青梅一愣，她之前有如此教育小乖吗？他何景多的是人去爱他，怎么会没人爱？若他没人爱，怎么会有那么多盈盈相望的绯闻?

“呃。”何小乖显然没有料到乌青梅会问技术含量如此高的问题，思索片刻之后，“我给曜哥哥打电话去。”

“去吧，慢点儿跑。”她摇了摇头，看来何小乖还属于认真爱上爸爸的过程，比朱曜的级别还差得很多。

“妈妈，妈妈你在哪儿?”焦急跑进来的是带着汗珠的何轩瀚。

“怎么了儿子?”乌青梅有些疲倦地看着推门而入的儿子。此刻卫生间的门也打开了，何景正换好衣服站在门口，看了看有些累的乌青梅，又看了看气喘吁吁的何轩瀚，最后不明所以地望着门口，等待何轩文的出现。

这段时间的接触，他发现他的双胞胎儿子，性格真的是南辕北辙。弟弟好动，性格易冲动，哥哥好静，脸上总是挂着一抹笑意，可往往那笑意下是直击要害的发问，倒不如弟弟来得可爱。陈一白曾帮他去接过一次孩子们，回来坦言有些害怕何家的大少爷，总觉得他在算计什么，不如二少爷讨喜。

“妈妈，今天有一个叔叔要我们为你争取幸福。”何轩瀚并不怕何景，索性直接忽略他，拽住她的衣角急切地追问，“妈妈你现在幸福吗?”

“你愿意放妈妈离开吗?”不同于之前焦急的声音，温温的，自然是何家的大少爷，他直接对上何景有些复杂的眼。

“你们应该相信你们妈妈的眼光。”何景冷冷地看着眼前的三人。他已经很尽力地去做好一个父亲，当然，也正好好地尽一个丈夫的本分，但似乎眼下的事实告诉自己，他太高估了自己。

“妈妈不会轻易地去纠正错误。”何轩瀚是如此回答的，不屑地瞥过何景，“我们并不赞同妈妈因为我们而放弃自己的追求。”

何景刚想表态，又听到何景鸢大呼小叫地跑了进来。她瞥了一眼何景之后，立马打开电视，“嫂子，赶紧看新闻。”

这几个人的轮番出场轰得她脑子有些乱。在看到电视画面时，她这才慢慢地平复了思绪。主持人声情并茂地述说了何家楼下这壮观的一幕，然后转变成上次的那篇报道，然后是对二人九年婚姻的一个回顾，再然后就是男女两号嫌疑人。

乌青梅为着八卦的魅力而折服，竟然能将一束花包装成重点社会事件。她笑意未收地扫了一下四周，阴着眼的何景，饶有兴趣的孩子们，何景鸢竟然跟何轩瀚在比较，究竟谁更帅。

“你们两个到书房来。”低沉的声音从门口传来，乌青梅收回笑，怒意浮动的何父，靠在门边的何景骏，他们是什么时候上来的？

“爸爸的品味还真是奇怪。”何轩文忽然出声，叫众人各自浮动的心思都微微停滞。“那女的，还不如之前那个，虽然一样做作得叫人倒胃口。”

“侄子……”何景鸢才不理会门口的父亲。从嫂子对母亲的坦白可以看出，她与那个人的确没什么可值得深挖的关系。但哥哥不同，那个封面会情不自禁地让他多想。“你真是火眼金睛啊。”

“你妈妈没教过你不要在背后说人是非吗？”何景目光扫过何轩文，一边因儿子对自己的态度而感到不喜，另一方面又对面对镜头大表爱意的二人深感厌恶。特别是那个宋汉。他没接触过宋汉，然而仅仅看上一眼，他就能判断那是一个为爱疯狂的男人，虽然他彬彬有礼地掩饰着。他说得极为坦诚，乌女士并没有因为身为何太太而增加幸福感，何先生所爱又非何太太，他不算横刀夺爱。

“轩文说得不错，你连他还不如呢。”何父叹气，这才安生了多久，又开始闹腾了，“我有话说。”

乌青梅无奈地看了一眼何景，他眼中闪过一丝不快，虽然极快却还是被她捕捉到了。她也叹了口气，事情到了这份上，定然是不太平了。

果然何父足足训导了两个小时，话题很老旧，何景既然消停了，就该好好地过日子，不要再惹花边新闻，乌青梅虽然没什么错，可对那个什么宋汉也不该如此纵容。最后，老爷子很是意味深长地拍了拍何景的肩膀，“我看这事未免太巧合。你之前做事我都是睁只眼闭只眼，若我猜得没错，定然是有人借机生事，你可别叫我看笑话。”

待何父离开后，乌青梅也欲起身离开，她的脑袋还有些痛，朱茂你可看到了？若是看到了，一定要告诉那个人，这种被暗中关注随时被曝光的生活，若是没有坚强不在乎的心，终有一天会厌倦南锡隔天的日出。

“坐下。”何景透过缭绕的烟雾看着她。吐了一口烟，他冷冷地下达命令，“你去跟爸妈说一下，我们明天搬出去住。”

“我不去，也不会搬出去。”她干脆地拒绝，“我没有做错任何事情，没有逃避的理由。”

伴着烟卷星火的跳跃是他越来越暗沉的黑眸。

“已经严重影响了孩子们的生活。”

“你是指被骚扰吗?”乌青梅了然地笑了笑，又想到了几年前，“你要逃避问题就不要把孩子们拖下水，孩子们没有你想象的那么懦弱。比之当年，这些根本就不算什么。”

“我逃避?”他的脸隐隐抽动，“刘琳很好解决，我就不知道你怎么解决宋汉。那样的痴情汉不是三言两语可以打发走的。我可不想每天回来处理这些讨厌的玫瑰花。”

“你若是因为这个要搬出去的话，我劝你还是好好想想公公刚刚提出的建议。”她觉得没有跟他谈下去的必要，“我自然有我的解决方法，不劳你为我考虑周全。我们还是各扫门前雪，继续维持这种大部分人都满意的生活。”

他在她离开之后焦躁地把烟狠狠地掐掉。乌青梅，你到底是无情。这般无情的你，上次那点儿伤害又算什么。他还自以为是地为她赶紧回来，考虑到她在家的处境，鬼迷心窍地提出搬出去住，他脑子真的是进水了。

乌青梅在门关上之后，虚软地靠在门上，今天的一切就像一场闹剧，先是告诉朱朱，虽然觉得对不起佟安，虽然觉得背叛佟安，她还是有那么点儿喜欢何景，所以看到他如天神般出现时，死寂的心还是跳过不能否认的喜悦。也在看到婆婆厉色的时候，潜意识地想找个依靠。

手慢慢抚上胸口，乌青梅啊你究竟在想什么，那场亲昵不过是做给外人看的，你怎么差点当真了呢?你那半颗为爱情跳动的心早就支离破碎，不可能复原了。

3.

乌青梅在朱朱的画室约见了宋汉。

宋汉有些喜悦却又带些紧张地看着她，“青梅……”

“请叫我何太太或者乌教授。”她更正他的称呼，“宋先生最近的举动，给我带来了太多的困扰。”

“可是我没有办法。”宋汉眼中闪过黯然，“我爱了你整整十四年。你不知道，当我发现你生活得不好时，我一边是想将何景狠狠地揍一顿，一边又是无尽的喜悦。我终于有把你夺回的理由了。我是多么想告诉全世界，你是我宋汉爱的女人，我要并且我可以给你幸福。”

“说完了吗？”乌青梅打断益发深情的宋汉，“你可以爱我，虽然我不知道你为何会爱上我，关于这点我不需要理由。我没有接受的义务，你也没有权力干涉我的生活。”

“我不是要你一下子接受我，我也不是要干涉你的生活。”他有些措手不及，尤其是她冰冷的脸，“我只是希望你争取自己应得的幸福。”

“现在我很幸福。”她顿了顿，“宋先生，每个人对幸福的理解不一样。你口口声声说要我幸福，可你现在做的事却是在破坏我的幸福。这让我恨你。

“但我不会恨你。”她给他添了一杯水，“相信隔一段时间，我还是会忘记你。即便你爱了我十四年也抹杀不了你仅仅是我生命中一个过客的事实。我不会恨你，我也没有必要去恨你，因为我们以后不会再有交集。”

他端起杯子，隐忍着被刺伤的痛。

“我知道很伤人。”她没有给他开口的余地，“若不是如此，我不知道是否又会给你暗示，我需要被拯救。”

宋汉并不是一个死缠烂打不要脸面的人，她话都说到这份儿上，他岂能不明白。

“你爱他吗？”

“如果这个答案能让你好过一点儿的话，”她偏过头看到频频相望的朱朱，脸上不由挂上一抹笑，“我只能告诉你，我恨他。”

他听到她前半段的话，以为她会为了敷衍而选择欺骗。可她说恨，没有给自己留一点儿余地。宋汉苦笑着艰难地开口，“最后一个问题，你真的不记得我吗？”

“我……”她一字一顿，“真的没有任何印象。”

“对于打扰你的生活，我感到深深的抱歉。”他松了松手，“最后一个握手，希望乌老师成全。”

“好。”她伸出手握上去，露出今天第一个微笑，“谢谢！”

“那么不再见了。”他也该有个决断了，就在刚刚，他已经选择好。

“保重。”她保持着适宜的微笑，直到他推门消失在街角。

“你真的好伤人。”朱朱啧啧地探过身来，“我都听到他心碎得噼里啪啦的。”

“我已伤过他一次，不想再伤他第二次。”乌青梅这才收起僵硬的笑。刚刚她一直看着他离开，只是因为她欠他一句“对不起”。

“你不是……”朱朱哑然，不可置信地举着手看着她。

“我记得。”乌青梅转过头，不愿泄露太多的情绪，“因为我自私地不愿记起。”

“看不出来，你还是一个有故事的人？”朱朱打趣，“对了，下个礼拜朱曜生日，你来不？”

“我自然会到的。”她收回心底的愧疚，“我想带轩文见见朱茂。”

“果然立志要趁早啊。”朱朱舒展了下筋骨，“宋汉的事情解决了，何景那边怎么说？”

她摇头表示不知道。自从那天晚上不欢而散之后，他已经三天没有出现。她不问，自然没有人说。

“青梅，我总觉得这事情不对劲。”朱朱陪着她一起坐下，“我看宋汉也是一个聪明人，不该做这么没有分寸的事情。”

“你不是说过，爱情使人发疯吗？”乌青梅拍了拍朱朱的手，“有些事不是所有人都能明白的，也不是明白了才能快乐的。”

“你就这么没心没肺地过下去吗？”朱朱斜了她一眼，乌青梅身上的事情她还真是看不透。

“放心，我的生活还在我的掌控下。”她猛地倒在沙发上，忽然觉得心情明媚起来，“也许你会觉得莫名其妙，我其实很好。”

“我无话可说。”朱朱将抱枕丢给她，“懒得理你。”

乌青梅靠在沙发上笑。现在的她的确很好，似乎又回到两年前的平静，除了婆婆偶然的质疑。至于何景，从她能够如此痛快地收回微微失守的心来看，他的分量还不够，所以他自然不在她快乐的范围之内。

听景鸢说何景已经查出幕后的推手。据说是那个风情万种的刘琳。至于她怎么说动了宋汉，没有据说。

何景并不是真的查不出来，而是已经没必要去查。刘老特地打电话过来希望不要将此事扩大，毕竟刘琳也是出于爱的立场。他掐掉手上的烟，爱？多令人好笑的一个字。他何景的字典里早就没了这个字。

“一白，最近朱氏有什么动静？”

“前天去房地产管理局那边，他们的度假山庄已经审批通过了。”陈一白抽出一本文件，无奈地晃了晃，“这份调查已经不具任何意义了。”

“我想去会会安晓晨。”何景沉着眼，从抽屉里拿出一本新的文件递给陈一白。“我这两年看中的地盘几乎都是被朱氏吃进的。”

“旭水？”陈一白翻开两页，看到内容不由自主地挑眉，“你什么时候准备把手伸到城南去的？”

“从我刚到何氏的时候。”何景翻开计划书，给他看了看日期，“你是第二个看我这份计划书的人。”

“第一个是白云？”陈一白脑子转得飞快。那个时间何景还未毕业，能与他分享的估计也只有白云。

“不是，是我爷爷。”何景否认了他的揣测，“当年我是用这份计划书赢了景骏的，这也是为何景骏一直不愿来何氏的原因。”

“城南啊。”陈一白不是给何景泼冷水，众所周知，城南一直是朱氏的地盘。“啊对了，我今天收到两张邀请函，安晓晨的儿子十周岁。也许这是我们的好机会。”

“朱氏跟我们并没有什么交道，怎么会突然邀请我们？”何景吃不透安晓晨怎么会有如此举动。

“谁知道呢？或许这就是何氏与朱氏的缘分吧。”陈一白调侃两句，见何景收拾东西，“喂，我说何景，你今天不会又住到我那里去吧？”

“不可以吗？”何景不明白陈一白为何有这么大的反应，“难道你有女人了？”

“我说何少，你有家为什么不回？”提到这件事，陈一白就无比的火大，他住的是一室一厅的房子。何少来了他自觉地把床让给他，这都快一个礼拜了，他丝毫没有回去的意思。“你是怕嫂子吃了你，还是怕你妈卸了你，还是怕见到你的孩子们？”

“你废话真多。”何景白了他一眼，开门下楼。托乌青梅的福，最近南锡茶余饭后的谈资非他何景的感情莫属。他要应付媒体的采访，要清扫身边的毒瘤，要……他其实就是不想见乌青梅。

见到乌青梅，他不由就会想到自己竟然心血来潮地回去帮她解围，跟她上演一幕夫妻恩爱的场面。她在被母亲审问时，他会为她求救的眼神而感到不满，甚至紧张并且期待她对女儿的回答。可惜乌青梅太无情了，她很快竖起坚硬冰冷的刺，他真是鬼迷心窍才提议她搬出来。她那是什么神情？鄙夷、歧视甚至还有怀疑。他敢肯定那个女人一定在心底诽谤他动机不纯。

是，他就是动机不纯，不就是不想看到她被老妈训斥的样子吗？焦躁地扯开领带，他到底是脑子进水了，竟然管起了乌青梅的事。

“你跟嫂子吵架了？”陈一白战战兢兢地看着前面的人，“不对啊，你跟嫂子能有什么事情可吵啊？没理由啊。”

原来在旁人眼里，他跟乌青梅连吵架的理由都没有。这就是他们的婚姻。

乌青梅是在朱曜的生日庆典上见到何景的。当乌青梅反应过来的时候，何景已经拉着她的手上了车。

乌青梅紧紧地抓住扶手，咬着牙不愿叫出声。大约半小时后，何景才猛然刹车。看了一眼苍白着脸靠在车上的乌青梅，他心情很是不爽地吼了一声，“下来。”

乌青梅哪有力气下车，刚刚那场飙车将她的心都悬到嗓子眼了。她伸手按下车窗，喘息未平所以声音听上去软绵绵的，“你发什么神经？”

“我发神经？”何景大呼了两口气，叉着腰走到车窗前，“我何景的太太，竟然公然跟男人勾勾搭搭，就算要红杏出墙，你凭什么还带着我的儿子？”

“谁勾勾搭搭了？”乌青梅不能理解他这句话的意思，“你哪只眼睛看到我红杏出墙了？何景你发什么疯？气没地方撒了也别找我。”

“我两只眼睛都看了。全场的人也都看到了。”她越无辜他火气越大，他刚跟安晓晨说了几句话就看到那个他不想见的女人。

比起她出现在这里的原因，叫他无法控制火气的是她跟那个男人谈笑风生，不但如此，就连他的儿子何轩文，竟然也乖巧地坐在二人中间。那是什么？父慈子孝，夫妻恩爱，家庭和睦，幸福美满？她乌青梅什么时候对自己那么好脸色了，他儿子什么时候对自己笑得那么灿烂了？更重要的是，她凭什么带着自己的儿子在这里叫外人揣测他们婚姻生活的另外一个版本？

“何景，”乌青梅扫了一下四周，完全看不出来这里究竟是哪里。“你这种语气让我难以理解。冒昧地问一下，你这是在嫉妒吗？”

“嫉妒？”他的声音不由高上去两个分贝，“哈哈，乌青梅你也太天真了。我会嫉妒他？除非太阳打西边出来。”

“那请你解释一下，你现在是什么意思？”乌青梅这才慢慢缓过精神来，总觉得坐着抵不过他的气势，索性开了门下车。她将身子靠在车门上，借着夜风吹去刚刚的惊吓，抬眼讥讽地看着何景。这家伙的脾气还真的难以捉摸，你要说他幼稚吧，干的事哪件不叫她咬牙切齿，你要说他成熟吧，这脾气实在不像个成熟的样子。

“我什么意思？”他突然将手撑在车门上，对着她冷冷发笑，“乌青梅，你触犯了合约第二十七条。”

“二十七条？”他的鼻息都喷在她的脸上，在这有些凉意的晚上，莫名有些燥热。乌青梅伸手抵住他的胸膛，“说来听听。”

他伸出另外一只手捏住她的下巴，不容她逃脱自己的视线，“在未离婚之前，维持对方的名声。”

“我没糟蹋你的名声。”碍于他的桎梏，她放弃挣扎，睁大眼睛雪亮亮地看着他。

“没有？”他因她无所畏惧的眼神而心慌，急急收回手，跟她并排靠在车上。“如果今天现场有娱记，你一定能亲眼看到我今天所看到的。啊，其实根本就不需要娱记，你到现场问一问，大家一定会对那个一家三口有非常深刻的印象。”

“无理取闹。”乌青梅伸手揉了揉下巴，“何景你的思想还真龌龊。”

“龌龊？”何景冷眼扫过乌青梅，“你为何会在哪里？”

“怎么，跟小乖相处那么久她就没告诉你？”她扯开嘴角冷笑，“我还以为你知道才心甘情愿地陪着小乖呢？”

“什么意思？”他阴阴的目光扫过她细致的脸，半天只看到了嘲讽。

“原来也有你何景不知道的事情呢。”她冷笑，抱着臂膀继续靠在车上。她倒是很好奇为何他会出现在朱曜的生日宴会上。朱朱说过这是个不对外的宴会，何家似乎没跟朱氏有什么不对外的关系吧？

他沉着眼，一眨不眨地等着她的下文。乌青梅不甘心地回瞪着他，渐渐在他强大的气场下选择投降。不经意地转过头，道路两旁的树枝阴影中斑驳着冷瑟，她自动地往身边的热源靠了靠，“朱朱是小乖的干妈。”

“乌青梅你？”何景很快便反应过来乌青梅这句云淡风轻的话，恼怒再一次涌上心头，声音却出奇得平静，“你做得真好。”

“我这个手下败将，怎么比得上你何少呢？”她的目光扫过他的肩头，为自己不经意的靠近而感到羞愧，稍微挪了点儿距离，手搭上车门准备上车取暖。

砰的一声，乌青梅眨着眼看着被何景压上去的车门。她的背抵着他的胸，很清晰地感觉到他呼吸的频率。很用力地呼气吸气，说明他的火气的确很大。冷冷的风拂过她的脸颊，背后却带给她想要的温暖，她心底无端地涌现出一丝愧疚，“你从来都没问过孩子们的事情，我以为你不想知道的。”

“所以呢？”他低沉的声音叫她瞬间清醒过来，她有什么可愧疚的？这是她的错吗？

“你没有权利对我发火。”她双手握拳转身，意外的是他的脸靠得太近，昂着的头碰过他低着的脸。虽然她避得快，因为角度的关系，无可避免地碰上他抿紧的唇。她心里一个咯噔，脚底一晃，倒在了车门上。

“我真的没权利发火吗？”他温柔中带着一丝落寞，右手慢慢地抬起来。

乌青梅有些惊恐地看着他慢慢伸到眼前的手。很多不好的记忆一下子涌了出来，他最喜欢用这只手捏痛她的下巴，他的这只手曾经狠狠地给了自己一巴掌，他的这只手曾经打过她的屁股。手越来越低，她把心一横，偏过头紧紧地闭上眼睛。

“乌青梅没想到你竟然怕我？”嘲讽的声音叫她慢慢睁开了眼睛，刚想开口反驳却被他的动作吓得不知所措。原来他只是伸手拂走散落在耳边的头发。

乌青梅心中一恼，狠狠地推开他，“何景，你发什么神经病！竟然在荒郊野外调戏女人？”

“你在我眼里是女人吗？”他似乎嫌弃她手脏，很细致地在衣服上擦了又擦，“你舅舅那里是安晓晨帮的忙吧？”

“是。”她从来没想过瞒他一辈子。

“将小乖的股份送给朱氏了？”他问得清淡，就像是在说“天有点儿冷了”那般自然。

“明知故问。”她继续点头，暗中环顾了一下四周的环境。他不会灭了她吧？应该不至于，百分之三的股份而已。

“乌青梅。”他唤回她的胡思乱想，待她对上他冷漠的双眼时，又被他的问题问傻了眼。他很是幽怨地问：“我在你眼里，究竟算什么？”

“我在你眼里是什么？”四周静得可怕，只有风吹过树叶的沙沙声。乌青梅因他这个莫名其妙的问题而浑身冷得僵硬，“我们都一样，路人而已。”

“路人啊？”对于刚刚那个脱口而出的问题，他感到一丝懊恼，他到底在期待什么呢？何景冷冷地笑了两声，“乌青梅，你听过那句话吗？”

“什么？”阴暗的夜晚，她看不清楚他脸上的表情。自然她也不懂他语气中的晦涩。

“无情的人只有一具身体，比纸片还要脆弱。”他唇角勾起一抹自嘲，阴郁地扫了她一眼，“但纸片却能杀人无数。”

乌青梅没有吭声，只是看着他。今晚的何景着实很奇怪。莫名的脾气，莫名的提问，莫名的话语。

“今晚之前我一直在想，你对我算什么。”他走出几步，靠在车的另外一边，“我名份上的太太，孩子的母亲，性伴侣。但每个词都没有你的好，路人。果然是老师，描述得非常到位。”

“何景，你究竟想说什么？”风有些冷，她不自觉地抱臂。因为一纸婚书，她成了他的太太，孩子的母亲，性伴侣。其他的，应该不会有任何关系了吧。

“记住你的身份。就算不得已，也别忘了当初的承诺。”他打开车门，完全不理会她的反应，冷着脸扬长而去。

乌青梅眨巴着眼睛看着呼啸而去的车。这厮也太路人甲了吧，竟然把她一个人丢在山上。什么记住她的身份？什么当初的承诺？她自然没有做出有毁何家颜面的事情。承诺？她从来就没有承诺过他什么。合约是双方的约定，连毁约的权利都被他剥夺，他凭什么如此本末倒置？

懊恼地理了理头发，她在身上摸索半天才记起，手机、钱包都在儿子身边。走夜路乌青梅不怕，可她这身行头，露肩的礼服配的是一双约五厘米的高跟鞋，在这个偏凉的山路上实在很不适合。她索性脱了鞋，缩着身子走下山，心里一遍又一遍地咒骂何景缺德。

实在走不动了，她便坐在地上喘息。这几年日子过得太安逸了，以至于这么点儿山路都不能承受。刺眼的灯光叫乌青梅看不清楚来人，待灯光散去，她放下挡眼的手时，何景正板着脸看着她不咸不淡地喊了一声“上车”。

何景今天的火气大到连他自己都觉得不可理喻了，在听到她那句“路人甲”之后彻底爆发。他恨她的冷静，恨她的无情，更恨她的手段。她的手段多好啊。与其说给女儿找了一个干妈，还不如说给自己找了一个好的靠山。瞒着所有人将何家的股份送给了外人。这无疑是一种背叛，无声无息叫自己措手不及，如冰棱刺入身体般寒心彻骨。

他果然是对她太好了，好到竟然没发现自己养了个叛徒在身边。烦躁间接到何轩文给他打来的电话，没有疑问，很是平静地请他将妈妈带回来。何景趴在方向盘上大口地喘了几口气才压下心底的怒气，回头接被遗忘的何太太。

乌青梅白了他一眼，没有矫情地直接上了车。待体温慢慢上来之后，她哼了一声，“何景，你今天的态度，我很难不理解为你对我动了心思。”

下山的路上她不停地在想她到底哪里得罪了何景。很明显他一开始并不清楚她送股份的事情，她很快便抓住了重点，那就是出轨。这个罪名还真是大。宋汉的事情刚刚平息，他又给自己整出这么一出？难道真的是因为朱茂？协议婚约的两个人不至于有如此大的反应。她明显看到他拉她出会场时的怒意，所以她很是云淡清风地说不过是路人甲的关系。

“这是我认识的乌青梅吗？”何景也是一声冷哼，“这种玩笑实在没意思。”

“何景，”她挪过身子，态度很是认真，“既然你也知道是笑话，请你以后不要摆出这种叫人误会的态度，并不是我误解，而是我觉得这样真的很好笑。就算我们是夫妻关系，你也没权利干涉我的交友自由。对于股份的事情，我不会对你解释什么，你背信弃义我自然不会坚持战线，大家不过是按照游戏规则来办事。”

“这才是你的真面目吗？”他忽然大笑，肆意的笑挂在唇角，“这样似乎更有趣了。”

乌青梅撇过头看着窗外，这种试探不好玩，一点儿都不好玩，笑话吗？明明都已经控制住的心，怎么会突然如针扎似的痛了呢？她猛地一个后倾，今晚所有的惊吓都喊了出来，“何景，你究竟想干什么？”

“我的游戏规则。”他冷冷地丢下一句话，就算乌青梅此刻多么惊慌，还是听得一清二楚，“别人动我一分，我必报以十分。”

她本想挣扎着扭过头，迎面几束刺眼的灯光射得她立即闭上眼睛，脱口而出，“何景小心。”迎接她的是阵阵的轰鸣声以及无尽的黑暗。

乌青梅做了一个很长的梦，梦里回到青城的老宅，她忧郁的母亲，还有那湖畔的白衣少年。

少年阴沉着一张脸，失望地看着自己，乌青梅，我成全你。母亲坐在轮椅上，拍着她的肩头，青梅，决定了就不要后悔。她怎能不后悔，话未开口就后悔了，她甚至期盼过从他家到医院的距离有天涯海角那么长，那样他永远不会知道她的选择。

“二姐，她估计做噩梦了。”朱茂看着她脸上的泪，有些不舍。“即便是昏迷，也知道发生的这些龌龊的事情吗？”

“青梅你该醒了。”朱朱伸手拂去她的眼泪，“你不能再像蜗牛一样缩在自己的壳子里，那个壳子已经不安全了。”

乌青梅缓缓地睁开眼，首先映入眼帘的是床畔的朱朱。她咬唇压抑着呼吸的疼痛，“我睡了多久？”

“两天。”朱朱帮她抬高床位，闷闷地回答她的问题。

“我想知道最近发生了什么。”即便只有朱家姐弟二人，她还是感到心慌，那种无力像一张网压得她无法喘息。

“你的预感倒是很强烈。”朱茂拿起一堆报纸递给她，“相信这些会刺激得你更快地恢复。”

朱朱和朱茂二人小心翼翼地留意乌青梅的反应，无奈沉闷的平静叫他们无从述说。

“青梅。”朱朱想开口安慰她，又不知道该如何安慰。这种事情发生在任何一个人身上，都不可能冷静下来。

乌青梅将右手放置在自己的小腹上，努力克制心底的颤抖。那里有个生命悄悄来过又悄悄离去，而她竟然毫无预感。讽刺的是，竟然有人怀疑这个孩子不是何家的子孙。

报上说，何家太太与朱姓男子来往密切，二人甚至公然携何家长孙出现在宴会上，图片上极尽详细地标注她与朱姓男子的所有会晤时间；说，何先生发现太太出轨，醋意翻涌完全失去理智，带着太太冲出宴会，车祸是不是意外有待确认；说，何太太为讨好朱氏男子，将何氏股份外流，何家至今无人探望住院的何太太；说，何太太终归是成不了凤凰的乌鸦。

“朱茂，这就是灰姑娘的代价。”乌青梅左手握拳，这些报道当真龌龊得叫她想吐，“朱朱，我有两个疑问。为何何景会出现在宴会上？为何狗仔知道得一清二楚？”

“我跟晓晨核对过邀请卡，有几张卡很奇怪。”朱朱回忆起那日的古怪，“有几个人根本不在我们邀请的范围之内。”

“核对过字迹，跟姐夫笔迹有百分八十的相似。”朱茂接过话，“秘书邮寄清单中也没有这几份请柬。”

“竟然有人敢模仿安总的签名？”乌青梅皱眉，实在想不出究竟是谁要陷害自己，“你们朱氏太大，根本无法查起。”

“晓晨的手段你是知道的。”朱朱眼中闪过一丝厉色，“也就是这一两天的事情。”

“朱茂。”乌青梅扭过头对上朱茂，“很抱歉把你拖下水了。”

“我不介意假戏真做。”他无所谓地坐下，这种情况下她还能如此冷静，他对她有些刮目相看。

“可是她会介意。”朱朱没好气地白了他一眼，“你别以为我不知道你在想什么，你无非想借此刺探那个人的反应。朱茂，你趁早死心吧。幸福是要两个人争取的，她连争取的勇气都没有，你又何必犯贱。”

“别吵。”乌青梅缓缓地摇头，眼里没有任何波澜，“朱茂，我感谢你这份救我出何家的心，可南锡太大，跟这舆论相比，没有人能救我。”

“当我没说，我去倒水。”朱茂起身离开，朱朱说得没错，他的确是有这样的想法。朱家人本性自私，整个南锡都知道。若是感情真的如朱朱所说那么简单，他不会几年都未曾忘记她，如此机会他不会错过。

“朱朱，你何必要戳他伤疤。”乌青梅看着他落寞的身影，心底苦涩得又想到那个白衣少年离开的背影。

“一开始我就警告过他休想打你的主意。”朱朱哼哼着，“现在要是这么做，岂不是落井下石。以后你还怎么在南锡生活？孩子们又怎么可能幸福？”

“我不怪他。”她伸出手握住朱朱。她知道朱朱是对自己好的，不然也不会如此护着自己，“看着他我总是想到我的以前。”

“你是不是想朱茂如那个人一样，失去记忆才好。”朱朱自然明白她想说什么，“你就是太仁慈，所以才把自己搞成今天这个地步。”

“我保证以后不会了。”她望着朱朱许久，喃喃低语，“那个壳真的不安全了。”

第五章
意外探访

1.

乌青梅知道这将是她生命中最大的转折，但这个转折比她预期的还要快。她还没有来得及去哀痛已经逝去的孩子，也没来得及好好思考下一步，这一个又一个的意外让她有些迷茫。

第一个来探望的是程晟。他背靠窗户而站，阳光洒落未能照亮他黯然的脸，半天说了两句话，一句是对不起，一句是何家要求离婚，老爷子同意了。

乌青梅有些意外又不觉得意外。意外的是何家迅速走了一条曲线救国的路，不意外的是她是最后一个被告知的人。她冷着心回了两句，“要我放弃孩子们的抚养权？结束后送我离开南锡？”

程晟有些复杂地看着乌青梅，她太聪明了，一眼便看出了问题所在。所谓名门，怎能如此被抹黑，何况他家还有政要人物，若只是一个她可以换来程家的名誉和平静，大家都知道孰轻孰重。

她，如她自己所知道的，在程家，终归还是一个外人，会因利益而被怜爱，也会因声誉而被抛弃。他没有回答她的问题，问了一个搁在心底很久的问题，“为何百分之三的股份就能换取朱氏那么大的支持？”

乌青梅冷冷地扫了程晟一眼，她从来就没奢望过依靠程家，母亲希望她回来，她选择了顺从，程涛说你母亲希望你嫁得好，过得好，她还是选择了顺从，母亲说她欠了程晟，她依旧选择了顺从母亲的遗愿。到最后，最先抛弃自己的是母亲亏欠的亲人，她的外人。她微微叹了口气，“离婚可以，但必须拿到孩子的抚养权。”

程晟摇头，“青梅，我们都希望你过得好。你知道，一个人的生活肯定比带着孩子们一起容易。”

“好？”她冷冷地瞥了他一眼，“这个世上我不介意跟任何人划清界限，除了我的孩子们。”

程晟心里一惊，有块地方猛然碎了。那阴冷的目光，那不容置疑的语气，那弃所有人都不顾的坚决，他似乎又看到了自己的妹妹，拿着刀架在脖子上，逼着自己放她离开的那一个夜晚。

“青梅，你这又是何苦？”

“苦？”她嗤笑一声，双手不自觉地放在自己的小腹上，有谁能比这个孩子更苦，更无辜。“我不怕苦的。”

“你母亲当年也是这么说的。”他脱口而出。见她似乎还未缓过神来，他忙清了清神色，“我会转告你的意思的，但我觉得……”

“你转告何先生。”乌青梅扭过头，眼中闪过一丝厌恶，“我不介意事情闹得更大。”

程晟记得当时他是从她面前落荒而逃的。那双眼睛，分明就是当年的妹妹，不，比当年更加狠绝，更加叫他无地自容。

第二个出现的，让乌青梅更加吃惊。她本以为会是何景，会是何家的任何一个人。很显然她不是诸葛，不能料事如神。那个人竟然是仅见过一面的白云。她很感谢母亲的教导，这个时候她竟然能无比地镇定，平静地招呼她坐下后又低头看报纸。

“你似乎一点儿也不意外？”白云坐在椅子上，目不转睛地盯着她。推门前的那一刻，白云猜测过她会闪过的神情，是否跟两年前一样，眉角持平地扫过自己。

乌青梅带着该有的挑眉抬头。白云猛然清醒过来，这才是乌青梅，她所见过对自己永远不屑一顾的乌青梅。心底有些蠢蠢欲动，若是她知道这不屑一顾换来的是今天这样的结果，当初她会不会……不出现在这里。

“白小姐看人的眼光还是一如既往的糟糕。”乌青梅对着她慢慢露出笑容。她如今这样光鲜地出现在自己面前，在自己如此糟糕的情况下，再傻的人都能看出来她充当了什么角色。

“我承认。”白云点头。若不是何景的软弱，她不至于变成今天这个样子。可这一次，她不承认自己选错了路，“要是你当初睁一只眼闭一只眼，今天也不至于走到如此境地。”

“哦?”乌青梅似乎来了兴致，有些好笑地放下手中的报纸。“白小姐倒是说说，我现在是什么境地?”

“当初我的境地。”白云很是厌恶她的微笑，这让她觉得虚假，更像是一种嘲讽，嘲笑她的报复手段。离开何景时，她便发誓一定要为死去的孩子报仇。她动不了何家，只能动这个大家呵护的她。从乌青梅踏入南锡的那一刻起，白云便派人监视她的一举一动；白云抓住一个个流言，策划了安氏宴会的大流言，叫她失去了名誉，失去了何家、程家的信任，甚至跟她一样失去了一个孩子。

乌青梅的目光在她身上扫过一圈，长长地叹了一口气，“偏偏你想要的不是我在乎的。”

“你不爱他?”她错愕地瞪大眼睛。她不甘心，凭什么她可以独占何家上下的疼爱，凭什么何景非要选择跟她结婚，凭什么只有她这个何景不爱的女人可以孕育他的孩子。她真的不甘心，她跟他的爱情比不上一个门当户对，比不上一个没有丝毫感情的乌青梅。

她足足谋划了两年，种种手段都是为了要乌青梅得到跟自己一样的下场，甚至为那样的结局感到无比的兴奋，结果呢?这个女人云淡风轻地跟自己说，她从来就没有在乎过，因为不在乎，所以根本就无所谓怎样的结局。这叫她情何以堪?

“我会带着我的孩子离开。”乌青梅不理会她的吃惊，“也许我该感谢你比两年前进步了很多，也值得我等了两年。”

“带着孩子离开?”乌青梅嘴角的笑意叫白云起了一身冷意，乌青梅真的不是她能理解的。她自认完美的计划到了乌青梅这里竟成了她欲借助的东风。她真的真的不甘心，“你已经不是那个何家捧在手心的乌青梅。带着孩子离开，这是我从你口中听到的最像人话的一句话，因为实在太假。”

“那就是我的事情了。”乌青梅拿起书，提醒白云，“比起在我这边浪费时间，你该去找何景了。”

“乌青梅，”白云沉思片刻，终于承认了一个事实，“我到底是小看了你。”

“刚刚说过了，我不爱他。”乌青梅抬起眼，对她微笑。

她不该担心的，她不爱他这已足够。白云回她一笑，她说得对，她的确该去找何景了，这里已经跟她无关。她甚至想对乌青梅说“祝你好运”，同时她心底明白，跟乌青梅一样如镜子透彻般的明白，她会如愿。乌青梅虽然向自己送了提醒，可她不是什么好人，她会瞪大眼睛看这场由她引发的好戏，她等了两年的好戏。

陈一白奉何景的命令去探望过乌青梅，探访次数：三次；探访范围：房门外；探访未果原因：朱茂。他十分坦承地告诉何景结果。何景阴着脸叫他出门，在关上门的那一刻，他听到里面传来砸东西的声响。他摸着下巴，最终还是忍不住又折回事发现场，尽力忽视砸了一地的碎片。

“何景，你越来越陌生了。”

这几天的何景叫陈一白非常看不透。何景虽然厌倦他的生活，却从来学不会叛逆少年的义无反顾，更不会在大众面前丢弃自己厌恶的礼节。但眼下，似乎从乌青梅回来，从那根烟开始，他就变得很怪异。

那天何景怒气冲天地拖着乌青梅离开，连他都忍不住屏住了呼吸，因为这实在不是他认识的何景，不管是曾经的，还是现在的。若是这些都是因为恨，对乌青梅回来的恨，对她公然出轨的恨，对她送股份的恨，那么在那些报道之后，他应该幸灾乐祸地表述自己的不幸，谴责乌青梅的不洁，因为眼下这一切犯错的是她，而他不过是无辜的受害者。这也是何景一直梦寐所求的，不是吗？可他表现得非常大度，昨天几乎整个娱乐版都在说何景不计前嫌等待妻子回头。

陈一白想也许是何景太恨了，他想继续在精神上折磨报复她。可眼前又是什么？听闻朱茂的出现，他如此反应实在是太可疑了。陈一白眯着眼看着不修边幅的他，“我说何景，你不会是爱上乌青梅了吧？”

这一句如同一道闪电迅速地劈过何景的脑袋，使他的大脑顿时一片空白，嗡嗡直响。半响，他阴鸷的眼神落在陈一白的脸上，“陈一白，别仗着你是我远房表弟就可以胡说八道！”

陈一白无趣地摸了摸鼻梁讪讪地离开，心里却肯定自己刚刚怕是一语惊醒梦中人了。

何景不停地晃头，命令自己忘却刚刚那句石破天惊的话，无奈，自闪电劈过之后，这句话像是落地生根，迅速开满了花。

他颓然地坐在椅子上，他怎么可能……爱上她？他爱的从头到尾只有一个女人，她乌青梅还不配。可是真的不配吗？心底有个弱小的声音在叫嚣，若不是爱，为何会嫉妒？

对，嫉妒！当她在他怀里把他当做佟安时，他嫉妒；当那束玫瑰花出现在他已婚太太面前时，他嫉妒；当他看到她与朱茂谈笑风生的时候，嫉妒就如同猫爪一样，挠得他失去理智。

嫉妒啊？他苦苦地冷哼，这些就是嫉妒啊。若不是因为嫉妒，他才不会因为伤了她而不知如何面对，他才不会因为那些名不正言不顺的玫瑰花而捍卫他的领土，他才不会去怀疑她跟朱茂的关系。

因为在乎所以才会失去理智。难道这就是爱吗？不，他缓缓地摇头，这些不是爱。就算他在乎，就算他嫉妒，这也不是爱。他不会爱上乌青梅的，他的骄傲，他的自尊都不允许自己爱上她。他爱的是白云，这一辈子都是，谁也改变不了。

白云就是在这个恰当的时间出现在何景的面前。何景满眼失而复得的喜悦，而后重重地抱住了她。那一瞬间，他觉得自己浮躁的心终于安定下来了。他告诉自己，这才是他真正爱的人。他近乎哽咽地埋在她的颈间，谢谢你在这个时候回到我的身边。

在伸手抹去白云脸上的泪痕时，他决定近期去看望一下乌青梅，对于母亲的提议，他的确该快刀斩乱麻了。有人比何景更快一步到了乌青梅的病房。何景正准备推开虚掩的房门时，很轻易就辨认出那个人的声音，是他极度疼爱乌青梅的母亲。

乌青梅一点儿都不意外何母的到来，甚至觉得比预料中还要晚。

“我听说你想带走孩子？”何母声音冰冷，没有意外的热情。接到程涛电话的时候，她觉得无比的好笑，这样的女人凭什么带走她何家的子孙。

“是。”她迎着何母的目光而上，没有一丝退却。她什么都可以放弃，唯独对孩子们绝不放手，“我只要他们十八岁之前的抚养权。”

“你想带着孩子嫁到朱家吗？”何母干笑两声，“且不说朱家能不能接受这些孩子，你凭什么带走我何家的子孙？”

“这是你欠我的。”乌青梅轻轻丢下一句，顿时激起何母心底的千层浪。

“我欠你？”何母咬着牙根，阴阴地反问回去。

“你说要是程涛知道当年的事情，会不会灭了你所仰仗的靠山呢？”乌青梅自言自语，语气里却尽是嘲讽，“这政府对上黑帮，也不知道究竟谁赢谁输。”

“这些年我对你不薄。”何母心底一惊，原来她跟自己一样在演戏。

“是啊，你对我不薄。”乌青梅低喃了一句，眼中迅速闪过一丝厉色，“你打心底看不起我。也对，一个罪犯的女儿怎能高攀了你何家的大门。可我偏偏进了，若不是我知道进退，若不是孩子们聪明讨喜，遭殃的可不只白云一个吧？你只是在等，等一个机会将我乌青梅从何家彻底赶出去，你老人家还真是好手段，在南锡照样呼风唤雨。”

“你没有证据。”何母企图从她脸上寻出蛛丝马迹，那么隐秘的事情她究竟是如何知道的？今天的事情她又是如何知晓？“乌青梅，你还不够资格做我的对手，当年我能叫你母亲离开南锡，今天我也能叫你一无所有地离开。你不要以为有朱家给你撑腰，那个朱茂，根本不会为了你得罪朱家老太爷。”

“我母亲在我五岁的时候教我一句话，我一直牢记在心，不敢忘记。”乌青梅从来都不傻，借助白云阴谋的岂止她一个，何母作为最大的得益者，怎么可能放弃这么好的机会。“这个世界上一切都靠不住，除了自己和金钱。”

“好啊。她算是大彻大悟了。”何母伸手拨弄桌角的郁金香，“你该听你母亲的话，拿着钱一个人离开，又何必要带着孩子走呢？”

“罪犯的子孙怎能污了你何家的大门？”乌青梅也跟着笑，“再说，把孩子们放在包藏祸心的祖母身边，我还真是不放心。”

何母手上一紧，花瓶迅速坠地，清脆的声音迅速在室内扩散。比这声音更大的是落在乌青梅脸上的巴掌。

“你倒是睁大眼睛给我看看，看我如何变黑为白，看我如何叫你在南锡毫无立足之地。”

“你以为我想待在南锡吗？”乌青梅啐了一口，直起身子，“告诉你，我不稀罕。我还是那句话，我不介意事情闹得更大。”

“我们走着瞧。”何母握紧拳头，跺着脚一脸怒气地离开。

何景赶紧闪到暗处，心底却忽上忽下。刚听到乌青梅同意离婚的时候，他心底一片冰凉。他安慰自己这是因为她要带着孩子的缘故，虽然他跟孩子们不亲，但白云再也不能生育了。怅然之后便是恼怒，他们的婚姻她乌青梅凭什么独自做主？然后是重重的失落，原来她真的不在乎他们的婚姻。可后面的对话却句句惊心。母亲欠她什么？当年又有什么事情？罪犯的女儿又是怎么回事？但最惊心的是母亲的那一掌。

隔着门，他却恍惚觉得那个巴掌是打在自己的脸上，那样的清脆，她怎么还能那么骄傲地挺着身子呢？啊，他忘了，她乌青梅是何其的傲骨。当初在他办公室的时候，即便背后生痛，她也不愿意在自己面前服软。

他颓然地靠着墙，她是不愿在何家面前服软吧，也因为是何家她必须带走孩子们。她说母亲看不起她，虽然他不知道母亲到底欠她什么，但依他来看，估计她更看不起何家，更恨着何家，恨着他母亲吧？

恍惚间一个人影闪过，他听到了开门的声音，听到她笑意绵绵地喊了一句“朱茂，你来了”。失落再次涌上心头，她一定如上次般笑得肆意吧。他想，他还是不要见她的好，因为他忽然也期待那样的笑容，虽然明明知道那几乎是是不可能的。

乌青梅感到意外，程家、何母包括白云都已经出现了，何景这个主角还没有出现。

她只能依靠报纸来揣度他的近况。譬如他对于过往不计前嫌。他不计她可是计着的，谋杀了她的孩子，用模棱两可的回答毁灭她的声誉，这些她都记在心底，不为自己，只为那个无缘的孩子。譬如与旧爱暧昧私会，有复合之嫌。那张笑吟吟的脸，比自己看到的真实多了。白云回来也好，她还他们有情人终成眷属。

当有人敲门时，她嘴角浮上笑意，紧紧地盯着那扇门，何景终于来了吗？可又是一次意外的探访，竟然是宋汉，答应她离去不再出现在她面前的宋汉。

“是你？”她微皱眉头，声音中明显带着一丝失望。

“对不起，我来迟了。”宋汉带着明显的憔悴以及满眼的怜惜，眼眶有些微红，步伐缓慢甚至有些不稳地走向乌青梅。

她眨了眨眼睛，不明所以地看着眼前这个人，“宋汉，我们并无瓜葛，你这话已经逾越了。”

“那还不是因为我哥惦念着你。”一个清脆的声音从门外传来，乌青梅扭过头，心底又是一惊，她认识这个人，虽然只是见过一张照片，这分明就是……她怎么忘记了宋汉有个妹妹，偏巧嫁给了她的佟安。“我哥为你茶不思饭不想，一听到你的消息，就不顾一切地跑回来看你。你倒好，还摆着清高跟我哥划清界限。”

“柔柔，你又胡闹了。”熟悉的声音，熟悉的身影，熟悉的笑容。他伸着手宠溺地揉了揉她的头发，转过头，笑意盈盈地对她说：“还请乌小姐体谅内子的率真。”

乌青梅眼一红，是他啊，是她的那个人，那个将自己的缺点宠溺成优点的人啊，是那个……泪自然而然地就滚下来了。热热的，模糊了建立了十年的虚幻理智，烫断她心底的每一根故作坚强的弦。

那是她的佟安，那是属于她的温柔，那些轻语，那些温柔都是她的，都该是她的。为什么，为什么他身边的那个人却不再是自己？咫尺天涯，说得多么好啊，明明就在眼前，明明还是一如曾经的微笑，不过是几步远的距离，终其一生，他不会再为自己的眼泪而难过而叹气。

何景问的那个问题忽然爬入脑海挥之不去，若是他没有失忆呢？你说他可会再寻你回去？眼前的这个人，真的，真的不再是她的。她早在十年前就把她的佟安丢了，就算绕地球一圈也找不回来。眼前这个斯文的男人是宋柔的，跟她没有任何关系。

“你难道还想着何景?”宋汉为她的眼泪感到惊讶，更觉得不值，“这就是你所谓的幸福?”

“宋先生，我们真的不熟。”她看了一下时间，朱朱快要到了。她实在不愿意接待这一群人，她需要时间来平息这突如其来的见面。“我要跟你说的话，上次已经说得一清二楚。”

“乌青梅，你就那么喜欢作践自己吗?”宋汉不明白到了这个时候，为什么她还一个劲儿地将自己往外推，“何景有的我都能给你，他不能给的，我也能掏心挖肺地弄给你。你为何就不能给我一个机会，给你一个幸福的机会?”

“你不是他。”她克制自己不去寻找门口的那个人。她不用看也知道宋柔一定腻在他温暖的怀抱里，他圈着她的身子为她遮风挡雨。“我未能守住约定的幸福，作为惩罚，我不会再有幸福。”

“既然知道要失去，为何还要去勾搭朱茂?”宋汉有些口不择言。她说不再见他，他没有任何怨言地离开。知道她出事，明知她会生气，可他坚信自己能给她幸福，义无反顾地冲过来得到的又是什么？啊，他怎么又忘了，她乌青梅是不记得他的，是不需要他这个路人甲的关心的，他……就他妈的比她更喜欢作践自己。

“就凭你这句话，此生便不配得到她的回眸。”冰冷的声音带着一丝怒气，朱朱扫了一眼眼前有些狼狈的宋汉，还有那边对着乌青梅龇牙瞪眼的宋柔，细细呵护的佟安，她只觉得眼前一片寒气。本来她还有些看好宋汉的，但眼前这事做得实在是不地道。死缠烂打不顾当事人感受的宋汉，一个满脸怒意、不屑像极年轻青梅的宋柔，一个眼里只宠爱妻子、青梅最爱的佟安。这分明是把青梅推进了另一个死角。

“宋先生，请回去，否则我要告你性骚扰。”

“就算这样，你也不能阻止我爱她的心。”宋汉认识这个女人，朱茂的姐姐。她能为朱茂而来，他为何不能为自己表明心迹。

“除非山水倒流，否则我与你宋家不会有一点儿牵扯。”乌青梅咬着牙一字字划破宋汉的执著，手紧紧地抓住床单，“你在我眼里连一个陌生人都不如。”

“连陌生人都不如吗?”宋汉哈哈大笑，无限忧伤地看着乌青梅，“果然是乌青梅，够狠够毒。真庆幸你丢了幸福，这样你跟我一样，永生不得快乐。”

“乌小姐，你太狠毒了吧。”宋柔看着宋汉离开时的落寞，克制不住自己的悲愤，指着她破口大骂，“你不爱就不爱，凭什么对我哥指手画脚的，凭什么这么侮辱我哥哥，你……活该被抛弃。”

“柔柔!”还是那个温柔的声音，虽然有些严厉却还是宠爱居多，推了推她的肩头，“快去看看你哥哥。”

，“我不会替她道歉。”待宋柔离开后，他站直了身子面对着乌青梅，“你刚刚的话的确有些过分。”

“我天生就是刻薄自私。”乌青梅几乎脱口而出，尖着嗓子喊出她的不满，“是他招惹我的。他有问过我的意见吗？难道他给的我就得感恩戴德地接受吗？你又是谁？凭什么你一个陌生人也能对我指手画脚?”

这是朱朱第一次见她如此失控，不由悄悄地看了一眼佟安。他正低蹙着眉头，像是在思考着什么。半天，他像是无意识地低喃：“我好像见过你。”

朱朱听到了，乌青梅自然也听到了，她泪眼婆娑地抬起脸，眼中有错愕有惊喜还有期冀。他忽然摇头兀自苦恼地笑了笑，“既然如此，那么我会转告的。”

乌青梅咬着唇，他每走一步，她咬得越重。刚刚那轻轻的一句话将她尘封在心底珍藏的往事炸开。那个矫情的少女，那个白衣少年，还有那些白云悠悠的欢快时光。

他记起她了吗？记起那些美好的过去了吗？记起那些只属于她的溺爱了吗？可若是记起，她该怎么告诉他自己从说出那句话就后悔了？又怎么跟他述说这些年的自责和悲伤？曾经那么善良不忍责备自己的他，会原谅她吗？就算他不原谅她，也总比忘记她好，这种陌生人的见面实在叫她痛心。心底又有一个声音告诉自己，还是不要记起来，记起来又能怎样，他早已有那么宠爱的妻子，而她也不是他曾经的乌青梅。

待他身影消失，朱朱赶紧捏着她的脸颊，“青梅，松口。”

“朱朱，他不认得我了，再也不认得了。”乌青梅一个吞咽，满口的血腥味道散开来。

“哭吧，哭出来就好了。”朱朱抱着她，不停地拍着她的后背，那些往事，她知道的，她都知道的。那个时候，她一滴眼泪都没有掉，她告诉自己男人可以再找，母亲只有一个。这迟来了十年的眼泪，委屈了十年的青梅，终于发泄出来了。

陈一白发现何景有心思，就连开会的时候都皱着眉头，少有的分心。白云私底下问他是不是最近压力太大，他总是一副心不在焉的样子。陈一白习惯性地摸了摸鼻子，连白云都打探不出来，他又怎么可能问得出来。他好奇地问了白云几句，得知这二人目前竟然还停留在吃吃饭的阶段。陈一白暗叫一声不好，自己估计真的猜中了。

“听说你要离婚了？”他进了办公室，跷着二郎腿问他。

“听谁说的？”何景挑眉将桌上的文件闭合，“你什么时候变得这么八卦了？”

“报纸上都这么说。”陈一白观察他的表情，除了眉头紧锁还是眉头紧锁，“何氏旧人香，哪闻新人苦。”

“一白。”他将身子放松，一脸迷茫地看着天花板，“我看不懂她。”

“然后呢？”他关注的是结果。有命理师说他跟乌青梅是孽缘，斩不断的。

“什么然后？”他扭过头不明所以地看着他。

“对于搞不懂的女人呢，我一般有两种方案。”陈一白白了他一眼，难道这几天他想的仅仅是这个问题？“一、继续深究。二、放弃，寻找我能懂的。我通常选择后者，因为我喜欢掌控全局，别人玩得尽兴我也玩得开心，我可不希望被耍得团团转，到头来自己跟傻子一样伤心劳神，不划算。”

“你到底是一个花花公子。”何景感叹着收回目光。这个道理他岂能不懂。

“可是我不甘心。”

“这世上有多少能甘心的。”陈一白不认同他的观点，“男人和女人之间，仅仅靠一个不甘心是不够的。”

“你想说什么？”他眯起眼看着嬉笑的陈一白，“我妈叫你来打探我的口风？”

“你妈吩咐的可不仅仅是打探。”陈一白无奈地耸肩，幸好他母亲跟他妈不一样，不然他完全可以从何景身上看出自己以后的生活。

“我自有分寸。”他闭上眼，这几日他脑中盘旋的除了乌青梅还是乌青梅。“我一会儿先去看看她。”

“兄弟我送你一句话。”陈一白收回腿，若有所思地丢下一句话，“珍惜眼前人。”

何景没有理会，然而内心某个角落却砰地蹦出了“乌青梅”的名字。陈一白说得轻巧，已经劳神了，怎能轻易收手呢，这不符合他的投资要求。伸手揉了揉生痛的眉心，他知道乌青梅一定在等他，而他也的确该出现了。

“我们怎么会走到今天这个地步？”他疲惫地坐在沙发上，眯着眼看她。

“何先生，”她搬了张凳子在他对面坐下，“我们的交情还不至于到这个份儿上。”

“是吗？”他有些气馁，明知道她会如此回答，还是不甘心地问了。他的不甘心，可比陈一白形容的多了一点儿，偏偏就这一点儿，让他感到了前所未有的消沉。“也对，我们不过是路人而已，终归还是擦肩而过的。”

“我要孩子的抚养权。”她也不跟他啰唆，何母到现在也没给出明确的答复，她不想再等，也不想把医院当家住。

“你觉得我能做主吗？”他反问，很好奇她的信心从哪里而来。“我还不够分量。”

“这话要是摆在两年前我信。”她不同意地摇头，这些年当真以为她不“关心”他吗？“但现在，我想连你自己都不会相信。”

“孩子们我们会照顾得很好。”他跟她迂回，他这可是第一次站在她的角度为她以后打算，“你可以拿着赡养费，好好开始新的生活。”

“你如此为我打算我很感谢，不过我还真不稀罕。除了孩子，我别无所求。”她嗤笑，新的生活，对于一个已经不期待未来的人来说，并不是一个好的寄托，“说吧，你有什么条件？”

“我在你眼里就这么市侩？”他斜眼，她倒是看得透彻，一清二楚，明明白白。即便自己想反驳，也根本抹杀不掉事实。

“你可别告诉我不是。”她目光流转，讪讪一笑，“那估计这买卖谈不成了，你还是回去歇着吧。”

“我只能把小乖给你，这是我能力范围之内的。”从她的眼神他就知道，她此刻正在心底嘲笑自己的市侩。“条件是我跟朱氏的合作。”

“给你和安总牵线，这是我能力范围之内的。”他怎么可能放弃如此好的机会，“至于合作不合作，不是我这个妇道人家能做主的。”

他眼睛在她忽然绽放的脸上流连。她就是这么对着朱茂笑的吧，那是一种发自内心的开心，连带着五官都柔和起来。他没想到自己竟然是在这种情况下看着她笑，更没料到这个笑容在脑子里定格，再也挥之不去。

“离婚协议书你来写吧，也算我为你做一件事。”

“多谢。”她犹豫再三，还是大方地向他伸出了手，“祝你跟白云否极泰来。”

他亦犹豫片刻握住那只素手，一如记忆中的寒冷。他有一丝恍惚，又像回到他们初次见面的时候，她就如此静静地坐在对面，那个时候她脸上是这十年最常见的冷淡。

“乌青梅，你有一丁点儿爱过我吗？”

待他发觉时话已经说了出来。他懊恼自己怎么会突然问这个问题，他们的身份，用她的话说，完全不合适的。她有些疑惑地看着走神的他。他不该是这样的。他该是那个谈笑间迅速出击的狠角色，怎么会有刚刚那样的神情？忐忑，期待，羞涩，落寞？她轻轻否认自己心底的一丝疑惑，都成路人了，已经不需要自己去关心了，更何况，她似乎也从来没关心过他。

“跟你一样。”

“那么再见。”他松开手大步离开，不愿让她看到自己内心的苦涩。她说得很清楚，跟他一样。他不会自作多情地认为她跟自己一样会苦恼，嫉妒，无奈，不甘。在她眼中，他对她只有迁怒无穷的恨，怎会爱上她？他想一白说得对，不甘只适合自虐的人玩，他年纪大了，已经不再适合了。

乌青梅目送他离去的身影，心底也有微微的涩。怎么说也是相处了十年的人，一下子……刚刚她其实想说有那么一丁点儿爱过他，但想想也知道他怎么会稀罕她这个讨厌之人的爱呢？没有爱便没有伤痛，他的痛都留给了白云，早就没有多余的位置装一个他讨厌的人。既然都要离开了，那就当从未来过般地离开，爱或不爱的，只有风知道，而风也会慢慢吹散这些，淡淡消逝。

第六章 离别苦

1.

乌青梅知道带着何小乖离开是何家最大的让步。即便这意味着她要跟儿子们分开，她还是心满意足。

朱朱陪着乌青梅在机场等待何景带儿子们过来。她看了眼一旁跟朱曜玩耍的何小乖，拍了拍不时张望的乌青梅，“何景说过会带轩文他们过来，我相信他不会失言。”

“我知道。”乌青梅自然是选择相信何景的，因为除了相信她别无选择。自从出事后何母便把孩子们送到寄宿学校，她根本没有办法见到孩子们。

“青梅，有句话我不知道该不该问。”朱朱拉着她的手，这个问题在青梅出车祸之后一直在她脑子里隐隐盘旋。

“你是不是想问我离婚的事情？”乌青梅知道朱朱很聪明也不打算隐瞒，“当年你为了自由可是愿意放弃一切的。”

“为何非得去青城？”朱朱自然知道她是不屑何家长媳这个身份的，“若是留在这里，还有我可以照顾你。那里……”

“那里有未了的事情。”对朱朱的挽留她甚是感激，只是那里有她太多的牵挂。“那才是我的家。”

朱朱了然地点头，那里是她生活长大的地方，或许只有在那里她才能获得平静和安心。可一想到那个人，想到那日她失控的情景，她不由有了几分担心，“青梅，千万不要做傻事。”

“你说佟安吗?”她嘴角泛出一抹苦涩，这的确也是她的牵挂之一。“都十年了，若他愿意想起也该想起来了。眼下，不管他是记得还是不记得，他的生活里已经容不下我。我也就是想看看，他过得到底好不好。”

“你就是太死心眼。”朱朱叹了口气，因为太死心眼，十年也忘不了佟安，因为死心眼，即便不爱何景，为了报恩还是回来了。不过幸好，“哈哈，我一直忘了说，离婚快乐。”

“我还以为你忘了呢。”她知道朱朱转移话题，是想调整一下情绪使气氛显得欢快起来，“说句实话，比我想象中要快很多。”

“我就知道你回来是另有目的的。”朱朱撇撇嘴，故作生气地推了她一把，“当初某人还一脸死气沉沉地说我别无所求。”

“我错了我错了，还不行吗?”她笑着求饶，“我又不能预测未来，那个时候也不敢多想。”

“你就装吧装吧，还不敢多想?”朱朱没好气地哼哼，“乌青梅你胆大着呢，你都敢背着何家送股份，你还有什么不敢的啊。”

“那你还我吧。”她无辜地伸出双手，可怜兮兮地眨眼，“请施舍一下我这个无产阶级吧。”

“我要是还给你，你还不带着小乖人间蒸发啊。”朱朱拍开她的手，眼睛瞟到门口出现的身影，“正经点，你儿子们来了。”

乌青梅回过神看到冲过来的何轩翰，忽然眼底一热，这才几日不见，为何觉得已然过去几年？这短短一百五十米的距离，为何又会觉得是那么漫长。半蹲下来，她接过奔进怀里的小儿子。

“你是不是没有好好吃饭，怎么瘦了这么多?”

“老师说我太胖了，得减减膘。”何轩翰不想让乌青梅担心，只能说些宽慰的话，泛红的眼眶却出卖了他的故作轻松。

“你那个老师一定是嫉妒我儿子的好身材。”她又何尝不知道儿子的话是真是假，“眼下正是长身体的时候，怎么能够胡闹。”她又看了一眼已经停到跟前的何轩文，“轩文也是，不许跟着弟弟胡闹。下次不管你或是弟弟还这么瘦的话，我就罚你跪 CPU。”

“妈妈，你会回来看我们吗？”何轩翰终究没有控制住泪水，紧紧地拽着她的衣角。这是他跟母亲的第一次别离，那个家里虽然有疼爱自己的姑姑，可是他真的不喜欢这里，“妈妈就不能带我们一起走吗？”

“若是可以，妈妈能不带我们一起走吗？”关于这个问题，何轩文已经不止一次地劝慰过弟弟，可这小子似乎还不是很开窍。“妈妈，我会好好照顾弟弟的。”

“谢谢你，我的好儿子。”她替何轩翰抹过眼泪，伸出手拉过何轩文的手，儿子的早熟让她觉得心疼。“等到暑假的时候，爸爸就会送你们到妈妈那里去。”

“妈妈，你要快乐。”何轩文忽然投入她的怀里。

乌青梅一愣，从他颤抖的身子她不难猜出他正在哭泣。她怎么忘了，就算轩文从小到大一直都是装得少年老成，可他还是一个孩子。

“妈妈，你放心。”何轩翰拍着胸脯保证，“我跟哥哥一定会好好吃饭，好好学习，最重要的，决不会恨爸爸和奶奶。”

“哥哥，你们为什么哭？”何小乖牵着朱曜的手回来，看着眼前这景象，眼泪已经在眼底酝酿。

“何小乖，你不许哭。”何轩翰板着脸吼她，见小妹瘪着嘴忍着，一把抱住妹妹，“小乖，以后一定要听妈妈的话。”

“我也听哥哥的话。”何小乖看了眼何轩文，见他脸上也是湿湿的，又想着要离开曜哥哥，再也忍不住地哭了起来。“我不要跟哥哥们分开，我不要。”

何轩文蹲下身子，掏出纸巾小心翼翼地为她擦眼泪。

“小乖听大哥说，哥哥们要去学校读书，可老师们说哥哥们要是学不好就不让出来见小乖。小乖要是继续哭，哥哥会担心，一担心哥哥就不能专心学习了，那么就再也不能见到小乖了。”

“小乖乖乖的，小乖不哭了。”何小乖努力地咬着嘴唇，身子却抽搐着，“那哥哥一定要早点来看小乖。”

“我们小乖真乖。”何轩文满意地站起身子，忽视朱曜投过来眼神的不屑，“等小乖能数到一百二的时候，哥哥们就来看小乖。”

“打钩钩！”何小乖暂时还不知道自己离一百二有多少距离，听到哥哥的话立马要求承诺，“若是哥哥骗我，我就天天哭。”

“好，打钩钩。”何轩文宠溺地捏了捏她的鼻子。

何小乖心满意足地盖章后，屁颠屁颠地跑到二哥和朱曜面前依次印章，最后站在一旁许久不曾说话的何景面前，期冀地伸出小手，“爸爸也打钩钩。”

何景看了一眼转过头的乌青梅，有些愠色的儿子们，最终落在仰着头带着期冀和胆怯的女儿身上，想起前些日子的相处，心中莫名有些酸楚以及不舍，他蹲下身用有些生疏的姿势跟女儿盖印章。

“爸爸我会想你的。”何小乖大胆地搂住他的脖子，“跟哥哥一样地想。”

“爸爸也会想小乖的。”他伸出手拍着她小小的背，竟然学着小乖的语气说话，“跟哥哥一样地想。”

“我们该走了。”乌青梅依次跟大家道别，轮到何景的时候，身子微微一僵，最终对着他冷峻的脸轻轻缓缓地道了一声“再见”。

“再见！”何小乖很认真地跟大家挥手，“哥哥，我不会再哭的，我一定听妈妈的话。爸爸一定要想小乖哦。”

乌青梅没有回头，她知道两个孩子一定在后面紧紧地观望，也许何轩翰的眼泪已经落下，也许何轩文已经握紧了拳头。再见了，我的孩子们，我等着你们的到来。

“哥哥，妈妈会幸福的吧。”何轩翰握住了何轩文的手，有些迷茫地期待哥哥肯定的答案。

“一定会幸福的。”何轩文反握住弟弟的手，妈妈请你一定要幸福，请等着我们长大，长大后给你更多更多的幸福。他扭过头看了一眼深沉的何景，“爸爸，我们该回去了。”

他收回目光，跟朱朱打过招呼带着孩子们离开。再回头的时候，再也寻不到那个决绝的身影。刚刚那一幕就像电影一般，不停地在他脑海里回放，忽然觉得孩子们的确该恨自己的，他就像刽子手一般砍断了这份亲情。

那晚何景在卧室的窗口站了一夜。这个他曾经讨厌回来的地方，没有了往日的芬芳，没有了记忆中的昏黄灯光，也没有那个柔软的身躯分享他的床，再也没有了她乌青梅曾来过的痕迹。

她跟儿子们说，千万不要怨恨任何人，就像你们的数学题一样，答完这一题总会有下一题，她不能陪着他们一起长大，她会在另外一个城市等着他们的到来；她跟景鸢说，不要为我难过，你知道的，我最开心的生活是在美国无忧无虑的两年。这里太压抑了，不适合她这种飞上枝头的乌鸦；她最后看了自己一眼，像是有千言万语，最后化之为一句“再见”。

当她望过来的时候，他其实是期待她说些别的，在那人来人往的机场，他觉得一切都很不真实，这不再是他熟悉的那个淡然少语的乌青梅，她那么迅速地重新定义了自己的位置，那么快地把自己当成了空气，形同路人。

他不由讥笑自己，重新飞翔的她，即便道尽千言万语也不会是什么好话，倒不如一句务实的话，跟自己再见，跟曾经的生活再见，跟这座城市再见。他跟她这次是真的再见了。只是心底为何会微微地疼痛，那个背影又为何会一寸寸地烧灼他的心？

他，真的做对了吗？真的可以不在乎吗？不管对错，他跟她一样从未给自己留过后路，所以，再见了乌青梅。

2.

那是一个初春，乌青梅再一次回到曾经生活的地方。推开那扇铁门，看着还未长出新叶的老树，她抑制不住身体的颤抖，十年了，隔了十年终于回到了故土。

是的，当看到这栋青色小楼时，她才觉得安定下来。西墙上还有爬山虎留下的痕迹，那是她差不多跟小乖一般年纪时跟妈妈种下的，如今正抽出一丁点儿的绿；南角的那棵玉兰已经不再是那年瘦小的身板，枝叶覆盖了小半个院子；她有些急切地望向东边，泪就迅速地流了下来，那里还有她的小秋千，铁架已经斑驳，木板也已陈旧，可一幕幕往事就像昨日发生的一般，迅速划过脑海。

手触上铁门时她有些害怕又有些雀跃，害怕这一切都是梦，十年她不曾回来过，这景从来只在梦里。门，因为常年的腐蚀，声音格外低沉，而微凸的触感却叫她雀跃起来，仿佛一推开门便能看到她美丽少言的母亲。

“妈妈，疼。”何小乖被乌青梅拉着有些疼，轻呼中见她低头时落下的眼泪，不安地晃着身子，“妈妈，你这是怎么了？”

“哦，妈妈是太高兴了。”她蹲下身子将小小的身子紧紧地抱在怀里。她不是在做梦，她的确回来了，那过去的十年，别人羡慕的十年，对她如同梦魇的十年，真真切切地离去了。

“家，小乖，我们回家了。”

回家了，这里才是她真正的家，她熟悉的味道，熟悉的街道，甚至连路人都觉得可爱起来，回家，真好。

乌青梅变得忙碌起来，找清洁公司打扫屋子，更换陈旧的家具，清理院落，找家政，联系工作，安排小乖的学校。此刻的乌青梅是快乐的，可陈妈还是明显观察到雇主在搬来后的第三个星期才算是真正地开心起来，因为之前她总是偷偷发现乌青梅有些阴郁和肃穆的眼神。

乌青梅对陈妈的一时失言而错愕，看着陈妈很不好意思地逃到厨房时，她才慢慢地浮出了笑容，她应该不算阴郁吧？那两个星期，除了要帮助小乖适应新的生活，她还做了一件事，一件连自己都觉得不可思议的事情。

她，跟踪了佟安。

过去的十年，她认命了，所以她带着愧疚将他永远排除在外，从不去留意他的消息。每到夜深人静的时候，她总是告诉自己，他生活得很好，有爱她的人陪着他共度这寂寞的良宵，也幸好他忘记了自己，不会因自己而感到伤心。

有时回想起两人曾经的时光，虽然也有争吵，她总是自觉地过滤掉不和谐的画面，那些记忆只有她记得，她只想为他记下那些温馨甜蜜她也曾会不自觉地比较，他对他的新娘是否也那般呵护，也会自欺欺人地告诉自己，她才是他真正捧在心底的人，曾经。

直到他那么突然地出现在她的面前，带着他娇柔的妻子，那么的宠爱，她才知道她将自己困在了十年前，那时他还爱着她；她也是那时才知自己其实有些微微抗拒他对另一个人呵护的事实，尽管她没有任何的立场自私地要求他。她并不是想去纠缠他的生活，十年前她就放弃了那样的机会，十年后即便自己依旧单身，她也已经没有权利去破坏他的生活，她花了丨年建立的生活，不管他是否爱他的妻子。她就是想亲自确定，他过得到底好不好？

乌青梅见过青大校长之后，在学校的教师墙上看到他的简历，这时才知道他结婚后去法国待了四年，修读的是国际经济。那时正逢放学高峰，他被一群学生拥着出来，她就站在十步之外看着这个一直被拥戴一直挂着温和笑容的他。

她脑海中忽然冒出一句不知从哪里听来的话：“因为爱你，我能从人群中一眼看到你，因为不爱你，我从人群中看不到你。”她有些失落，跟踪的想法也就是那一刻突然跳进了脑海。反正他已不记得她，他亦不能越过人群找到她。

他先是去百米之外的幼儿园接女儿。他总是习惯早去，笔直地站在路边，俊朗的脸上挂着浅浅的笑。他会温和有礼地跟旁边的人打招呼，有时候多聊几句，他也不会有一丝烦躁，只是他夹着书的大拇指会无意识地在书面上打圈圈。接过女儿之后，他会带着孩子步行去对面下一个街口，那里有他自己经营的一家书店。他并不会急着去店里，而是先去隔壁的蛋糕店给女儿选蛋糕。

他总是由着性子等小孩慢慢挑选，小女孩总是从这头看到那头，每天都能看好几遍，他只会带着宠溺的目光跟着她的身影移动。结账的时候，他的托盘中总会有一份额外的蛋糕，有时候是抹茶味道的，有时候是绿茶味道的，但主料都是栗子。

回到店里之后，他会陪着女儿坐在靠窗的角落吃蛋糕。女孩调皮，总会三不五时地喂他几口，他也会仔细地擦掉女孩脸上的脏渍。宋柔通常会在女儿喝完一杯温牛奶之后过来。他总是带着笑为她拉开座椅，然后拿出另外一份蛋糕，配一杯猕猴桃汁给她。有时候她吃不完，他便接着吃完。

大约五点半左右，他便会抱着女儿，牵着宋柔的手离开。女孩总是喜欢说些逗笑的话，他的笑便会浓烈一些，然后含情脉脉地看一眼身边一样笑得动人的女子。

如此反复两个礼拜。刚开始的时候，她是震撼的。他还是保留着许多当年的习惯，从来都是如遇春风般的和煦，烦躁也从不表现出来，只是会有那样潜意识里的小动作，也一向体贴地照顾着身边的人，近乎溺爱的宠溺，高兴时总会伸手揉对方头顶。

他似乎还是那个他，不曾因为失忆而改变，虽然对象已经不再是她。可正因为对象不是她，她才松了口气，他该是真的爱着那两个人，因为跟对待自己没有什么变化。虽然无奈还是会细心地准备蛋糕，虽然不爱甜食也会毫无怨言地吃下蛋糕，虽然讨厌柠檬的酸涩还是会分享那杯水，也会始终如一地将她牵在自己的右边，过马路时总会半斜着身子跟她微微错开两小步的距离。

乌青梅知道自己彻底清醒了，最后一天她在他们离开之后，告诉自己，时间你赢了，她只是他曾经的过客，连记忆都不曾留下，而他的一辈子，跟自己再无瓜葛。她，祝他们幸福。

第七章 意外

1.

放下那份心之后，她这才如陈妈所说彻底轻松起来。她仿佛又回到十年前那个不曾受过伤的她。但上天似乎不愿意放过她，不肯给她一个平静的生活。那天她正跟小乖坐在院子里晒太阳，宋柔一脸眼泪地闯了进来。

“乌小姐，请你一定去看看我哥哥。”宋柔胡乱地抓着乌青梅的手臂，“我哥哥快不行了。”

“这与我何干?”乌青梅有些微怒，她放过自己、祝福他们，并不代表自己愿意去跟他们有其他的牵扯，何况这点在医院她已经跟宋汉说得明明白白。

“若不是你，他能这么消沉吗？他能借酒消愁吗?”乌青梅的手臂被她掐得有些生疼，蹙着眉头很是不耐，“他为了你甚至自杀。你就不能看在这分儿上去看看他吗?”

乌青梅瞟了眼被风吹动的云朵，自杀吗？她还真是小看了他。

“妈妈，你就去看看那位叔叔吧。”何小乖显然有些小惊吓，身子怯怯地缩在乌青梅身后，一双眼却勇敢地在宋柔和乌青梅之间打转，“曜哥哥说救人一命的都是好人。”

“小乖希望妈妈去？”乌青梅不理会宋柔如溺水看到浮木般的惊喜，蹲下来跟女儿平视。

何小乖点头，“爸爸也说过，要给别人好处，这样以后自己遇到困难，也会有帮助的。”

乌青梅伸手摸了摸她的脑袋，虽然女儿跟何景相处时间不长，但看得出来，他并没有敷衍自己。

“好吧，妈妈去看看。”

到医院的时候，她看到满满一屋子的人，男人女人，当然还有佟安。他对她微微一笑，她发现自己竟然也能从容地对他点头。或许朱朱说得对，在爱情里有些人总以为自己以生命在爱一个人，可若是不想爱了，便能迅速撤回陌生人的角色。当时她还说朱朱描述得太理性，现在她却极度认同朱朱的反驳，那些爱并没有自以为的那么深，那些伤也不会如预料中的痛。

“乌青梅？”床边坐着一个中年男子，挑眉斜眼扫了她两眼，眼中是乌青梅很熟悉的鄙夷，“久闻大名。”

“华然，你就不能少说两句吗？”一旁站着的贵妇对她施以歉意的微笑。乌青梅知道，若不是为了床上躺着的那个人，她眼底的轻视不会那么快地一闪而过。“乌小姐，麻烦你帮我劝劝宋汉。”

乌青梅越过众人看到床上已憔悴不堪的宋汉，暗淡的皮肤早已盖去他的帅气，胡楂更显出他的老态。唯有一双眼睛，此刻正闪着无限的光芒，激动欣喜地看着她。她忽然觉得可悲。她不知道自己为何会惹上这样一个不知好歹的麻烦，“麻烦其他人先出去，我有话跟宋先生说。”

众人虽不愿离去，但看宋汉这个样子也明白这个冷傲的乌青梅才是他的解药。乌青梅在一旁坐下，从果篮里拿出一个苹果缓缓地削皮。待宋汉眼里的激动消去几分时，她才不急不慌地开口，脸上带着明媚的笑，“自杀好玩吗？”

“你还跟以前一样。”一样的不在乎他人的死活，他伸手捂住自己苦涩的脸，“至少此刻你在我面前。”

“值得吗？”她像是不甘地又问了一句，“你赔上性命只为见我一面，未免折了你的颜面。”

“值得。”他收回手，定定地望着她，然而她始终没有从水果中抬起头，手依旧缓缓地推着刀，堆积着一圈又一圈的果皮。

“那么下次能不能拜托你，”她终于停下手中的动作，无奈地对上他明亮的眼睛，“玩得高深点儿可以吗？至少不要叫我一眼看出来。”

“乌青梅，你真的……”他眼底划过重重的受伤，“杀人于无形。”

“我的刀还在这里。”她扬了扬手里的水果刀，刀光在他脸上划出一道光芒，见他闭眼躲避，她微笑着低头就着玻璃碗细细地切开苹果，“这些日子我听说了不少令尊的事迹，我想他不会失败到教出一个为爱而舍生的儿子。”

“是，我的确没有痛苦到为你殉情的地步。”不管他殉不殉情，对她而言，他终究是不相干的，就算她不抬头看他，他也能从那些削得完美的苹果块里看出她的怒气。“我只是有些失眠，我妈发现了安眠药小题大做。”

“你还是有很多人爱的。”她异常认真地为他总结，将刚刚削好的苹果递给有些失神的他，“你不该爱我的。”

“那你，”见她眼底满是失望，他晦涩地接过水果，低头时心底狠狠一痛，看，她是多么无情，此时此刻在她眼里，自己怕没有这水果更令她看得上眼吧，“能不能不要那么特别，特别到独占我的蠢蠢欲动。”

“有些人明知道不可得却不择手段，有些人知道得不了而放弃。”她抽出一张纸巾擦拭着手指，眼中有一抹光一闪而逝，却落在宋汉阴郁的眼里，“你显然不是后者。那么，也许我该看看你的决心。”

“你果然不是好人。”他失落地摇了摇头，“你挖了无数个坑叫我往里跳。”

“你可以不跳。”她摊开素净的双手，若无其事地将纸巾投进一旁的纸篓。

他侧着头看着纸团顺利投入纸篓里，忽然想起了上学时她也是这么若无其事地随便一投便惊艳了无数的少男少女。

“我有不跳的权利吗？乌青梅，我真怀疑你有没有爱过人，若是爱过怎么会不知道这种低到尘埃里的爱情让人生不如死，却不敢放过任何一个可能翻身机会的心情。”

“这便是我看轻你的理由。”她终于认真地回答他的问题，那个奢望她怎么可能不知道，她曾多少次盼望回到曾经，回到那个位置。“有时候放弃并不是懦弱，我知道抵不过命，但尘埃也是可以有骄傲的。”

“从再见你的那一刻到刚才，我一直在想一个问题。”他皱着眉头想将她看透，无奈每次相见她总是带给他过多的惊奇。“时间究竟会将你变成什么样子？”

“你不该试探我的。”她不问不代表不知道，南锡那些事情，看了眼玻璃窗外搂着宋柔的佟安，看在某人的面子上，她是打算不再计较的。

“你果然知道了。”他冷笑两声，是啊，她怎么可能不知道，这一切都在她的计划之内吧。“我最大的错不是执迷不悔地爱着你，而是我爱你你却弃如草芥。”

“所以你报复得那么理所当然。”她了然地点头，却扫到佟安望过来的担忧眼神，原来不知不觉中自己成了所有人眼中的坏人，连这个口口声声说爱自己的人也那么迅速地在自己背后深深地插上一刀。

“呵呵，报复？”他失笑，偏过头终于看清她的怅然，“比之少年，你更好地掩藏了自己。可你敢否认，那不是你的意思吗？”

她细细地打量着他，许久才长长地叹了一口气，“你太看得起我了。”

“至少看得比我生命更重。”他低低地怒吼，随即自嘲地笑了笑，“啊错了，我真的没有因为你而自杀，死了有什么好呢？死了就看不到你现在这悲惨的样子了。”他脸一沉，眼中闪过阴沉，“但我比你的前夫更了解你，刺猬没有刺是活不了的。”

“所以我可以走了。”她拍着身子起身，对窗外频频张望的宋柔笑了笑，“以后不要误导你单纯的妹妹来打扰我的生活。她可不如你看得透彻。”

“你真的不是个好人。”他咬着牙吐出一句恭维，眼神却出卖了他的失望，死死地跟随着她移动的身影。

“你可以不爱我的。”她回过头，给他今天第一个也是唯一一个善意的微笑，“你若不爱，我是好是坏也不过是一个路人。”

乌青梅，爱或不爱，不是轻易可以选择的，若是可以那么容易，他也想不爱的。他的手紧紧地抓住床单克制自己冲出去抓住她的冲动，乌青梅，不管你有没有看到我，我真的因为你而差点自杀。他嘴角慢慢地勾起，在这张略显病态的脸上显得格外诡异，你都一个人回来了，我又怎么可以允许自己前功尽弃呢？

“乌小姐，请等一等。”熟悉的声音，焦急中带着浓浓的责备。

乌青梅回过头，落定在三步之外的是匆匆小跑来的佟安。他一如既往地穿着简单的白衬衫，她忽然想起刚结婚的那会儿，她神经质地在何景空荡的衣柜里塞满了这种白色。

“有事？”

“就，不能对他好些吗？”午后的阳光毫无顾忌地洒在他颀长的身上，她看不清他的表情，可知道他已经习惯性地皱起了眉头。她好像又回到那个时候，他对着忙碌的自己抱怨：“乌青梅你就不能对我好些吗？”当这些记忆再次涌上心头时，再也没有之前的念念不忘。她带着笑轻轻摇头，你若不再执迷于回忆，回忆也只是回忆，“你爱你的妻子吗？”

“是的。”他不明白她为何会问这个问题，也不明白她突如其来的笑。

“看到了吗？”意料之中的答案，她并没有酸涩或者嫉妒，佟安，一定要永远记住刚刚你对我说的话。因为你爱，所以我放你离开我的世界。收回最后一点儿回忆，她握起拳对着他晃了晃，“有人说心跟拳头一样大。我的心太小，小到没有容纳他的地方。”

“他是一个很好的人。”他试图解释，心底却是对她感情的不解，既然那么爱，为何要轻易放手？“你毕竟离婚了，还带着一个孩子。”

“人为何总是那么自私呢？”她泄气地叹了口气，带些怒气瞪着他，“你们看到的都是一个被我抛弃的宋汉。你们可怜他、同情他，可是你们看到被强迫的我了吗？”

“我不是那个意思。”他被她说破心底的意思，脸上一阵绯红，场面上又不得不厚着脸皮反驳。

“虚伪。”她白着眼毫不留情地批判，心底却长长地舒了一口气，乌青梅你可以的，你真的可以将他当成陌生人。

“虚伪？”他回味着她丢下的两个字，跟着她离去的身影摇摇头后对已经挂上他胳膊的宋柔笑了笑，“你哥哥的情路太困难了。”

“不怕。”宋柔靠进他的怀抱，一脸傻笑，“我们宋家的儿女都有化铁为水的执著。”

“你啊。”他宠溺地捏了捏她的鼻子，眼睛不由得瞥了一眼那早已模糊的身影，为何刚刚他心底会有一丝熟悉的感觉？

“你在看什么？”她仰着下巴，好奇地顺着他的目光看过去。

“想我们宝贝了。”他忽视心底的疑惑，抚摸她的头顶，“走吧，回家。”

乌青梅知道事情不会这么快结束，很快地她收到他那看似温和善良的母亲的邀请。对于宋母的来意，乌青梅不是未经世事的傻子，在母爱和身份之间，她很轻易地选择了后者。

“听说南锡的程老将军是你的外公？”宋母很是优雅地喝着咖啡，脸上带着乌青梅很熟悉的雍容华贵以及那假得瘆人的微笑。

“断绝关系了。”她很是坦然。

“这样啊。”宋母脸上的笑有一刻的僵硬，很快又谈笑风生，“听说何氏待你不薄。”

“我净身出户。”她很是从容。

“乌小姐。”宋母脸上有些难堪，狠狠地瞪了她一眼，眨眼间又见笑意，不屑地笑，“乌小姐，你离过婚，还有一个女儿。我们宋汉……”

“难道宋汉没告诉你，”她随意地拢了拢头发，也笑得明媚，“是他死缠烂打。”

“像乌小姐这样故作清高的女子，我见多了。”宋母眼中闪过一丝厌恶，宋汉究竟是哪只眼睛瞎了，竟然看上这种没身份没姿色还带着拖油瓶的离婚女人。“乌小姐真是好手段，逼得我们家宋汉以死相逼。”

“原来智商真的是可以遗传的。”她像是发现新大陆般地点头。宋母这副嘴脸叫她不由想到佟安的母亲。眼角扫过面容僵硬的宋母，眼前这位比那位可差多了，兜兜转转的，浪费大家的时间。

“你说我听不懂人话？”宋母没好气地哼了两声，心里暗骂，乌青梅你算什么东西，要不是为了宋汉，就凭你这样的身份能有机会跟我坐在这里喝茶吗？“我不管你跟宋汉说了什么，也不管你心底怎么想。你给我看好宋汉，若是再出了意外，我要你好看！”

“这种事情请找保姆。”乌青梅一句话推回去。宋母做出如此决定，只能说明宋汉在她心中地位极高。她心底涌出一股寒意，不由怀疑宋汉自杀的动机，若真是如此，她在青城估计没什么安宁的日子可过了。

“你以为我想看见你？”宋母再次轻蔑地瞥了她一眼，“听说你的女儿很是聪明伶俐。”

“想请我女儿去你宋家做客吗？”乌青梅冷笑，威胁？她可不是吓大的。“我五岁的时候便学会一个真理，对待敌人一定要心狠手辣。”

“哈哈。”宋母掩嘴轻笑，阴着眼看着她，“乌青梅，我承认你很聪明，可你不要忘记，狂妄也是需要资本的。”

“挑唆你儿子自杀算不算？”她很是无辜地眨眼。

“你……我们走着瞧。”宋母精致的脸阴晴反复，最终咬牙切齿地离去。

“宋太太，你吃霸王餐啊。”待她快到门口时，乌青梅探出身子大喊，引来屋里所有人的关注。

拉门的侍者很自觉地关上了门，带着一丝不屑指了指吧台，“请那边付款，谢谢！”

宋母此刻恨不得剁了乌青梅，强颜欢笑故作镇定地去吧台结账。临走前，她又瞪了一眼笑得肆意的乌青梅，乌青梅，你千万不要给我逮着机会，否认我一定将你碎尸万段。

乌青梅觉得自己总算出了一口恶气，不免心情好了许久。招来侍者撤走宋母点的咖啡，她重新点了一杯咖啡和一块黑森林蛋糕。

“你很喜欢迁怒。”男人的声音叫乌青梅从好心情中迅速撤离，那轻佻的语气叫她眉头一点点地蹙起，“乌小姐，好久不见。”

“你很喜欢凑热闹。”乌青梅肯定这张脸她在哪里见过，她从不认为自己的记忆力差，可偏偏想不出来，而他脸上的笑容叫她莫名地心慌。“偏巧我并不认识你。”

“何景的一个老朋友。”他故作惆怅地看了看她，也很轻易地看到她因为听到“何景”二字而僵硬的身子，那是对他的防备抑或是对何景的抵触。他带着明显的嘲笑在她对面坐下，“放心，一个路人而已。”

“路人”二字叫她又细细地打量了他一番，再次肯定这人一定是何景极少数的好友之一，不比陈一白差。转念她又在心底把自己抨击了一把，都已经离婚的人，自己有什么可担忧的，她很是玩味地叹了一句：“路人啊。”

接下去的动作叫他完全啼笑皆非。乌青梅完全忽视他，慢悠悠地喝着咖啡，优雅地吃着蛋糕，不时还翻翻手边的杂志，按部就班地结账出门，一个眼神都不曾留给他。他摸着下巴，褐色的眼眸里流露出浓浓的笑意，一时无聊掏出手机给某人打电话。

“你太太真是一个有趣的人。”

2.

乌青梅思来想去也没想起那个男人究竟是谁。她心底有种不祥的预感，她的生活会因为这个男人的出现而发生天翻地覆的变化，但自己却无从预测，无从防范。她非常不喜欢这种感觉，却又必须无可奈何地等待着它发生。她只能安慰自己，发生在自己身上的不幸太多，多得没有什么值得她害怕的。

宋家这一连串的事情叫乌青梅开始质疑自己回青城的选择是否正确。朱茂讽刺她是块咸鱼到处惹腥，又说还是回到南锡吧，朱家完全有能力保护她的地位。地位？怕是南锡娱乐的头条吧，《游走于豪门间的豪门弃妇》绝对是一个很好很符合她地位的标题。

程晟打过一次电话，但实在没什么话题，只嘱咐注意身体云云。乌青梅想自己之前所做也算是对得起母亲了，敷衍几句便断了联系。而何景骏的到来叫乌青梅很是诧异。她打量着坐在一旁跟小乖玩耍的前小叔，眉头不由皱了起来。据她所知何氏在青城并没有什么业务，他这拖着行李上门的行径实在是可疑。

“嫂子，你别皱眉了。”何景骏笑嘻嘻地求饶，“我这是离家出走。”

“离家出走？”她这下还真有些好奇，谁都知道何家最有希望成龙的便是眼前这位少爷了。

“爸爸叫我去公司上班，我不同意。”何景骏哼哼，“我好歹也是有理想有抱负的青年，怎么能在那里埋葬了我的青春。”

“行了，说说找我什么企图吧。”她怎能忘了他跟景鸢一样的鬼怪，但至少比某位装深沉的人要好。

“还是大嫂好！”他将小乖放好，严肃地坐直了身子，“我想成立一个软件开发公司，但是缺少资金。”

“需要多少？”软件开发？她再次打量眼前的何景骏，这在公婆眼里不是什么正经工作，难怪他回家没少得白眼。

“我手上有十五万，最少还需要十五万。”他有些羞涩地挠了挠头，早知道会发展到今天这个地步，应该好好剥削老头多存点儿私房钱的。

“是谁要你来找我的？”十五万对乌青梅来说，并不是什么大数目。她目前感兴趣的只是究竟是谁给他指引了这条明路。

“大哥。”何景骏没有隐藏，见她有些怀疑地挑眉，连忙解释，“大哥说唯一能帮助我走出困境的只有你。”

“他倒是了解我。”她哼哼，这厮主意打得真不错。何景骏住在她家里，就算婆婆找人，一时半刻也不会想到自己，就算知道了，半刻一时的也不会闹上门来。她抱过有些困意的何小乖，“钱我有，但我不借，我入股。”

“大哥说你一定会这么提议的。”他边笑边挠头，不由佩服起何景来，看似不关心大嫂的大哥竟然如此了解大嫂。

“我倒是想听听，他还说了些什么？”她很有兴趣地勾起唇，很少见到这种离了婚还不忘“骚扰”前妻的前夫。

“大哥说你一定会收留我的，条件是支付房租。”何景骏不知道乌青梅此刻脸上的鄙夷是针对他还是何景，觉察到隐藏的杀气后他迫不及待地招供，“大哥还说朱氏在青城中心有一个写字楼，二十六楼正在招租。”

“你大哥真不愧是商人。”她在心底腹诽，何景真不是什么好东西，十成十是跟安晓晨的谈判失败，借着何景骏把这口气出在自己头上。

“大哥说了，”何景骏小心翼翼地挪远了两步，“如果你说入股，那么就一定要租朱氏的楼，要是你不提入股，那就得我自己去找地方。”

“他算盘打得倒是叮当响。”她抱起小乖上楼，“陈妈把一楼的客房收拾一下，晚上加几个菜。”

何景骏再次习惯地挠头，大嫂这是什么意思啊？他没大哥聪明，看不透大嫂究竟是怎么想的。不过，环视了一下四周的环境，大哥又说对了，他一定会喜欢这里的。不由咧嘴一笑，他想自己很快会喜欢青城这个城市的，因为这里代表着他何景骏的希望啊。

乌青梅坐在小床旁，离开后第一次想起何景。将自己的弟弟安排在自己的身边，监视自己？这完全没有理由，他们好聚好散，没有怀念的道理。讨好自己？因为自己拒绝领取赡养费，给自己一个赚钱的机会？且不说何景骏的公司是否有发展前景，他明知自己有朱茂帮忙打理资产。

啊，等等，朱茂。他不会还记恨着朱茂吧？但这也没有什么道理的。她左思右想，还是想不明白他的举动究竟是什么意思。乌青梅摇摇头苦笑，自己一定是被何景算计怕了，这才浪费时间想那样一个人。指不定何景骏只是单纯地需要帮忙，何景也算准自己一定会念在旧情以及以后的发展上乐意送这个人情。而自己诚如何景所说，是唯一能提供帮助的人而已。

乌青梅自然是很顺利地拿下朱氏大楼的租约。为表示诚意，她特地在青城有名的海鲜馆宴请了朱氏代表朱朱女士以及朱曜小朋友，同行的是她的前小叔现合伙人何景骏以及何小乖同学。

这一顿饭吃得是宾主两相宜。世人都说好事多了，坏事便会出现以调和一下幸福指数。出门等车的空当，乌青梅偶遇一个熟人。十年未见，岁月并未在那张高贵的脸上留下痕迹。她挽着包下车的时候，乌青梅正在东张西望。当她扫过人群中那似曾相识的脸时，因为熟悉，她习惯性地回头定格，那张脸上迅速闪过吃惊，恼怒，最终化为平静。

乌青梅有些懊恼，她不该如此粗心大意选择这么一个重量级的会所。转念又一想，她并没有做什么对不起李月如的事情，支票都退回去了，她的那个承诺自然就不存在了。想到这点，她下意识地挺了挺胸。李月如像是没看到她一样昂着头走了进去。在经过她身边的时候，乌青梅明显听到了她的冷哼，不屑的冷哼。此时她反倒清醒过来了，这的的确确过去了十年，自己跟她现在是毫无关系的陌路人。

乌青梅自然选择忘记这次偶遇，但她没料到李月如对她没有释然，因为当天晚上她就接到李月如的约见电话，完全没有给她拒绝的余地。她一共就说了两句："你好乌宅!""挂了?"她觉得自己是没有必要去见李月如的，她跟佟安早已桥归桥路归路。李月如似乎也料到她的不愿，第二天派了车直接到家门口，她也只能摸了摸鼻子，赴那个鸿门宴去了。

"你的事情我倒是听说了一些。"李月如退开煮茶的侍应，"你的命到底是苦了些。"

乌青梅不语，保持微笑等待李月如说出她此行的真正目的，笑面风云是她这十年学得最好的一门功课。

"我听说宋家的孩子为了你可是自杀进了医院。"她眼光一转，昨天见到之后她便叫人去打听了，这结果还真叫她啼笑皆非。"若是想嫁进豪门，宋家是个不错的选择。"

"那个虎穴……"她故意顿了顿，面有难色地看着佟母。

"我可以帮你。"佟母会意地露出笑容，她一向喜欢聪明的人。

"帮我嫁进宋家?"她恍然大悟地点头，"我跟你无亲无故的，你为何要帮我?"

"当初我还是很喜欢你的。"佟母喝了一口茶，一脸慈爱，"我们佟家与宋家是联姻的关系，我也不希望宋家大哥有什么意外。"

"你是怕我对佟安纠缠不休吧?"本来她还是蛮有兴致配合李月如的剧本的，但这副虚假的嘴脸实在是让人难以忍受。"其实话说回来，我还真挺惦念佟安的。毕竟是初恋，现在想想还是挺不甘心的。"

"你什么意思?"佟母脸色剧变，眯着眼睛想看透眼前这个女子。

"我没什么意思。"她无谓地耸肩，"我只是不喜欢接受别人安排的生活。"

"我警告你，你可千万不要打我们佟安的主意。"她发现乌青梅变了，不再是当年那个在自己面前诚惶诚恐小心翼翼的女子了。"你当真以为佟安那场车祸是意外?"

"我从来不会把意外当成意外。"乌青梅眸光一沉，分明有几分讥讽，"知道我今天为何来见你吗？我就是想问问你这几年睡得踏实吗?"

"自然是前所未有的踏实。"佟母脸上泛出笑意，无视乌青梅的嘲讽，"我儿子幸福美满，我有什么不满的呢?”

“我想也是。”乌青梅点点头，佟母的愿望不就是佟安忘了自己，娶个门当户对的女子生儿育女美满一生吗？可若是那日她没选择分手而与他私奔，也许这世上早就没有乌青梅了吧。生命跟身份相比，在他们这些高贵的人眼底，到底是轻贱了太多。

“我不是什么好人。”佟母拿起水壶给她续水，水漫过茶杯流入托盘。“就如这杯子，装不了太多的水，一多可就漫出来了。”

“不是所有的水都愿意留在这杯子里。”乌青梅不理会她的挑衅，以前她不是很理解李月如，但如今同为一个母亲，她想把佟母的举动归为想守护佟安的幸福。“我不会承诺你什么，也不会接受你的摆布。”

“我听说你女儿跟我们佟真念一个幼儿园。”佟母心底冷哼，几年不见果真是翅膀硬了。“别忘了，这里可不是南锡。”

乌青梅为这句前两天刚听到的话而感到好笑，这些豪门的贵妇还真是一个德性。“原来你们佟真跟我们小乖念一个幼儿园啊。”

“你以为你有那个能耐?”佟母的声音不由提高了几分，眼前这不知好歹的东西竟然拿原话威胁自己。

“那我们走着瞧就是了。”乌青梅起身，在离开之前丢下一句不轻不重的话，“中国有句老话，狗急了是会跳墙的。”

出来后她并未急着离开，倚在关上的门前，很快听到期待中砸杯子的声音。她的嘴角慢慢露出笑容，自己已不是十年前那个被人牵着鼻子走的乌青梅。抬起眼意外地扫到一个匆忙离去的背影，她的笑意更加浓烈起来。天地明鉴，她乌青梅可真的没想过要搅乱这一池浑水的。

凌乱的步子离去的不是别人，正是佟家的儿媳宋柔。她跟朋友约在这里喝茶，出来洗手的时候看见婆婆跟乌青梅进了包厢。她好奇难耐地跟了过去，没想到听到如此劲爆的消息。

她一直知道佟安在跟自己结婚之前有一个爱得死去活来的女朋友，也知道那个女的为了钱抛弃了他，更知道佟安因为车祸丢失了记忆，自己才有机会乘虚而入。她万万没有想到的是她婆婆亲手策划了那场车祸，她不敢想象若是没有及时抢救，佟安岂不是……她更加没有想到哥哥心心念念想着的人竟然是她的情敌。

她脑海中不由浮现出佟安跟乌青梅相拥的身影。不，她慌乱着逃离，不能任由乌青梅破坏自己的幸福，自己守了十年的幸福。即便佟安已经忘记了她，自己也决不允许一丝破坏的可能性。这个时候她只想到了她的母亲，也是她唯一能求助的对象。

宋母的脸色很是难看。李月如是什么样的人她是知道的。她知道她威胁乌青梅可不是为了她的女儿，而是怕她佟家丢不起那个人。难道她宋家就丢得起这个人吗？宋汉是她的心头肉，她可以宠他，可以纵容他，甚至可以为了他拉下面子去拉拢乌青梅。

可若凭乌青梅的身份，是怎么也进不了她宋家的门的。这李月如倒是一箭双雕。乌青梅要是嫁进了宋家，一来她可以安枕无忧，二来借此为自己出一口恶气。宋柔身体不好不能再生育，她就给宋家送上这样一个声名狼藉的媳妇，毒，真是狠毒。

“妈，我们该怎么办？”宋柔泪眼婆娑无助地看着自己的母亲，“要不，我找乌青梅谈谈，请她放弃佟安。”

“你以为那个女人有那么好说话吗？”宋母一提起她就来气，一个乌青梅竟搞得两家人不得安生。“你就不能不哭吗？”

“我真的不知道还有什么办法。”她也想跟母亲一样冷静，可她从来都不是聪明的人。“我们把她赶出青城？”

“我拜托你动点儿脑子好不好？”宋母无力地伸手戳了戳宋柔耷拉的脑袋，“不要忘了，这里面还掺和着你大哥。万一你大哥知道我们对乌青梅动了手脚，又要自杀怎么办？”

“不能找她谈，又不能赶她走。”宋柔急了，眼泪更是流得厉害，“那还有什么办法啊？”

“你容我想想。”宋母托着下巴在房间里踱步。怎样才能解决了乌青梅，而且又要令宋汉在得知之后没有办法反弹。“乌青梅啊乌青梅，乌青梅啊乌青梅，乌……”

“妈，你想到什么办法了？”宋柔见宋母忽然停下脚步，眼中闪出兴奋的光芒，一个激动跳起来拉住她的胳膊。

“乌青梅，我说过千万不要叫我找到机会。”宋母笑得格外灿烂，异常耐心地拍着宋柔的手，“你就放心好了。”

3.

乌青梅是千万个不愿来参加宋家的酒会的。她不明白传媒大亨的邀请函怎么会送到他们这个刚刚开业的小公司，偏偏重视这个机会的何景骏腹泻不止。他跑厕的空当一遍又一遍地阐述合伙人的义务。

站在这个喧嚣的酒会上，乌青梅在心底一千零一遍地慰问何景骏，早知道入股会带来这么大的麻烦，她一定会将他扫地出门的。找了个隐秘的角落坐下，希望宋汉不会看到她，她只希望一个人静静地坐等宴会的结束。

她以为自己来得已经算晚的了，佟安夫妇来得比她更晚。英俊的男子，小鸟依人的女子，一对璧人真是赏心悦目，难怪李月如对自己那么戒备。她有些恍惚地叹息，李月如还是低估了自己，若是自己真的放不下佟安，又怎么会那么坦荡地面对她。她的执念就像一个肥皂泡泡，很美丽却不真实，早在那场突如其来的会面时泡泡就砰的一下碎了，无影无踪。至于何小乖为何跟佟真在一个幼儿园，这还真是一个意外。作为学校福利，她的女儿自然很容易进这个全青城最好的师大直属幼儿园。

“你似乎并不喜欢这个场合。”显然有人不愿意放过她的清静。

宋柔一来便看到了缩在角落的乌青梅。她的黑色套装在全场并不显眼，她是打定主意要混过这场宴会的吧。宋母将宋柔拉到角落递给她一杯饮料，千叮咛万嘱咐一定要她交给乌青梅并亲眼看着她喝下去。

“妈，你是不是在预谋什么？”宋柔虽然不机灵却觉得母亲笑得诡异，又联想到这场突如其来的宴会，忧心忡忡地看了眼手中的饮料。“你在里面加了什么？”

“你想留住佟安吗？”宋母目光一沉，见她点头，语重心长地嘱咐她，“宋柔，你要记住，一切不择手段在你想守护的人面前，根本就不算什么。”

她茫然地端着饮料站在那里，这里面究竟有什么？看了眼一旁跟父亲谈话的佟安，她咬着唇狠下心，妈妈说得对，一切只为了佟安。宋母已经跟她使了几个眼色，她喘了几口气才平定着呼吸走过去。

“乌老师。”

乌青梅抬起头看到微笑着走过来的宋柔，探了探身未看到其他人的身影这才放松了身子继续窝在沙发中。

“上次谢谢你能来看我哥哥。”宋柔尽力露出友善的笑容，妈妈说自己这样刻意的表情最符合她该有的表现，憎恨乌青梅对哥哥的无情又感激她的出现。“这杯，我敬你的。”

“谢谢!”乌青梅接过杯子拿在手里把玩，心不在焉地看着会场，这个宴会真的很无趣，她为何会来此浪费精力?

“乌小姐，难道是不肯原谅我之前对你的莽撞吗?”宋柔恨恨地抓住手中的杯子，她敷衍自己也就罢了，她心不在焉地在寻找谁?顺着目光看去，是正在跟哥哥谈话的佟安。她看的到底是谁?

“啊?”乌青梅回过神，不解地看到气呼呼的宋柔，不解自己何时得罪了这样一个名门千金。见她瞪了一眼自己手里的酒杯才恍悟过来，一口气喝完对她扬了扬杯子，“这样可以了吗?”

“我就知道你会原谅我的。”宋柔见她喝下去，终于开心地笑了。乌青梅，这就是你惦念不属于你的人的代价。

“青梅，你原来在这里?”这惊喜的声音让乌青梅皱着的眉头锁得更紧，看来她独乐乐的心思被众人不容。“来，喝点儿果汁。”

“请叫我乌老师。”她没有接过他送上的果汁，在侍者托盘中自取一杯。

“宋先生，我们不熟。”

“你真的要这个样子吗?”宋汉难堪地收回杯子，见妹妹给自己做了一个加油的动作，挂上笑容友善地伸出手，“乌老师你好，我是江传媒策划部经理宋汉，请多多指教。”

乌青梅没料到他这突然的转变，一时愣住。宋汉见此嘴角咧得越来越大，看来自己这步棋是走对了。乌青梅心底哼了一声“卑鄙小人”，晃着手里的果汁完全忽视他的大手，“很抱歉，我没有什么可以指教宋总裁的。”

“我听说贵公司研发的软件中有一款是关于学前儿童智力开发的。”他为了今天的碰面可是做足了工夫，这点儿小挫折怎么能打败他?“我们很有兴趣跟你们公司合作。”

“难道宋先生没有打听出来我只是个出钱的?”她嘲讽地瞥了他一眼，将他的借口完全粉碎，“我相信我的债权人能给我带来最大的利益。至于跟谁合作，不在我关心的范围。”

“宋汉。”宋母的出现打断了宋汉的欲言又止。她笑意盈盈地对乌青梅点头，

“乌小姐也来了，不介意我打断一下吧？”

“你自便。”乌青梅正巴不得宋汉离开，难得地对宋母送上一丝微笑。

“多谢了。”宋母拉着宋汉离开，心底笑得比脸上更欢，乌青梅，尽情地笑吧，一会儿有你好看的。“宋汉，诚和的李叔叔想见见你，旭丽的程叔叔也来了，还有……”

看着离去的人影，乌青梅这才舒了口气，她真的不喜欢这些应酬。当初跟何景的结婚条约中就有一条，不是非必要场合她绝不陪他觥筹交错。结婚这几年，何景也没强迫过自己出席那些乱七八糟的宴会，何景骏跟他哥哥相比实在是差了许多。她啧啧嘴，怎么想起那个人来了。端起果汁猛灌了几口，难道她真如朱朱所说开始变老了，已经开始频频回忆曾经了？她忽然觉得有些闷热，望了一眼四周，她出去吹吹风不算失礼吧？

院子里的风完全没有吹去她的燥热，她索性坐在花坛上，不雅地以手扇风。

“这位小姐，不介意我与你一起分享这美好的月色吧？”明显带着戏谑的男人，吹着口哨出现在乌青梅面前。

乌青梅知道自己这身礼服还算保守，她并不担心他居高临下的姿态，只是厌恶地看了一眼痞气的男子，“月色介意。”

“你！”男子顿时恼怒，一想到宋夫人的叮嘱又轻浮地露出笑容，“你现在嘴硬，等会儿还不是要求着我。”

乌青梅没想到到了院子里还不得清静，站起身准备走人。男人却拉过她的手，更是粗言秽语，“宝贝，有没有觉得很热啊？”

乌青梅这才明白自己为何觉得这么燥热。四月的天她穿得并不多，这热得根本就没有理由。除非……男子的触摸叫她身体莫名一个颤抖。她知道坏了，一定是被算计了，可眼下容不得她思索究竟是谁算计了她。

“凭你？”乌青梅反手擒住他的手臂，一个过肩摔，男人龇牙咧嘴地倒在地上，“还不够分量。”

“你以为你逃得掉吗？”男子从地上爬起来，看不出来她还有两下子，“兄弟们，上。”

乌青梅一回神，竟然有三个男人出现在四周。她叹了口气，心底思来想去究竟是什么人要如此陷害自己？宋柔？她有动机也有举动，难道是那杯酒？她面上却是笑意盈盈。幸亏这段时间自己偷偷学了柔道，否则今天将不堪设想。

佟安正觉得闷想出来透透气，刚到门口便听到莫名的打斗声，一看竟然是那个冷漠无情的乌青梅。动作倒是行云流水，刚开始以一敌四竟然也能占上风，但女子毕竟是女子，慢慢地动作便缓慢起来。

“看什么呢？”宋汉好不容易偷溜出来，见佟安靠在门边发呆，不由看了过去，一看吓了一跳，忙冲了过去，“你们什么人，竟然欺负一个女人？”

佟安嘴角抖了抖，这个夜晚还真适合英雄救美。

“宋大少，我劝你少管闲事。”为首的男子挥手叫人停下，拳脚不长眼，他还不想得罪宋夫人。

“这闲事我管定了。”他拉过有些喘息的乌青梅护在身后，“你们再动手试试？”

“什么人竟然敢在我宋家闹事？”宋华然被佟安引了过来，见此情形不由板起脸，今天来闹事摆明着要给他宋家难堪。

“裴管家。”身后的宋母见此情形，不由在心底咒骂乌青梅的狗屎运，忙对领头的男子暗暗使了下眼色，“还不带人清理清理。”

“没事，只是几个喝醉酒的闹事而已。”宋华然见管家已经将人带下去，转身笑脸迎客。临行前他沉着脸细细扫了一眼乌青梅，看清之后尽是浓浓的鄙夷。

宋母脸一沉，“宋汉，你过来，细细正找你呢。”

“你没事吧？”宋汉欲伸手扶住已经弯身撑膝的乌青梅，被她一把推开。

“人家都不待见你了，你还死皮赖脸干什么？”宋母继续冷嘲热讽，走上前一把拉走担忧的宋汉。

刚刚一场打斗迅速消耗了乌青梅的体力，也加速了药性的发挥。她的喘息已经有些粗重，她得忍住。强忍着燥热慢慢直起身子，她瞪了一眼频频回头的宋汉，心里更加确定这事绝对是宋母一手策划的，不然那四个身手不错的男人怎能一下子变成了醉鬼？

收回目光的时候，她竟然看到倚着门的佟安。她心里一慌，虽然已经放下他，但不代表愿意让他看到自己的不堪。握紧拳头，慢慢挪动自己的身躯，她得在自己失去控制前离开这个地方。

“你没事吧？”佟安从来不是一个多管闲事的人，见她这个样子还是不忍心地向她走过去。

乌青梅身上所有的细胞都在叫嚣“你给我站住”，但眼前这种情况不容她开口，一开口便会泄露自己的处境。她站定身躯，看他一步步地接近，最终有些犹豫地伸手搭上自己的手臂。

那一个瞬间，乌青梅用尽最大的力量挥开他的手臂，因为用力过猛，她的身子踉跄起来。她想即便自己倒下去也不愿跟他多接触，有些东西会上瘾的，她绝不纵容自己。没有她预料中的疼痛，她倒在一个熟悉的怀抱里。来人呼吸有些凌乱，明显压低声音带着一丝愉悦，“我很高兴你推开了他。”

她露出今晚第一个微笑，将自己所有的体重压在他身上，“带我回家。”

佟安有些失落地收回已经空了的手，在看到她忽然绽放的笑容时，觉得自己失去了什么，虽然不知道是什么，但一定比这夜晚的月色还要美丽。而花园的另一角，有一个人咬牙切齿地将手中的手帕撕得粉碎。

“你怎么来了？”乌青梅大口喘着气，极其艰难地留住理智。

何景瞥了一眼已经缩在副驾驶座上的乌青梅，没好气地哼哼，“拯救落难的少女。”

“切。”她垂着头冷哼，不知道他有如此的好心。“你就不怕白云吃醋？”

“你离开之后白云便回美国了。”他本不是个愿意解释的人，可她既然问了他还是要回答，“有人给朱茂打电话叫他务必参加今天的宋氏宴会，当时我正好在场。我说乌青梅你倒是本事不小，这才来青城几个月都惹了些什么人啊？”

“要你管。”她咕哝，由此她更加确定这分明是一个局，包括那张请柬，指不定何景骏拉肚子也是安排好的。

“我不管，难道要你的初恋男人来管不成。”他将车子开得飞快，看她这满脸红潮估计是撑不了多久了。“那个谁还真是见死不救啊，真不知道是在跟谁表忠心，跟其他女人划清界限呢？”

“何景你浑蛋。”她脱口而出的一句话叫车上的两人都愣住了。乌青梅因为药效，本该是怒气冲冲的话反倒成了软绵绵的情话。她知道何景这厮摆明了趁机讽刺，她这才骂了一句，可没想到会是如此效果。乌青梅忙咬紧嘴唇忽视何景。

何景在她弃初恋而选择自己这个前夫的时候，心情本就有些愉悦，而此刻这不似情话却比情话更甚的娇语叫他心跳猛地一颤。本想再听听她会说什么，车里竟一下子安静了下来。何景转过头看到她正咬着嘴唇，微弱的灯光下似乎已经见血，心想她估计是忍不住了。他伸出右手伸到她嘴边，“不要客气。”

乌青梅无力地横了他一眼，心想等会儿还不是便宜了这个前夫，索性也不客气地提前领取赔偿，张口狠狠地咬住他的食指。

何景没料到她咬得那么迅速，尖叫了一声，“你就不能打个招呼吗？”

见乌青梅丝毫没有松开的意思，他暗暗咬紧牙根，只希望赶紧回到她家以免自己的手指报废。到达的时候，乌青梅几乎已经失去意识，他费了半天劲才哄骗她松开自己的手指。绕过车头时，他瞥了一眼带着血印的手指，还好没报废。刚抱过她，她的四肢就如同长了意识一般缠上他的身体。她近乎带着哭腔在他怀里哭诉，“何景，我难受。”

“乖，再忍耐一下。”何景完全不顾揉着肚子来开门的何景骏，抱着她冲上了楼。

何景骏眨着眼睛看着忽然出现又忽然消失的大哥，丈二和尚摸不着头脑地嘀咕：“我是做梦了还是出现幻觉了？”

“何景，我真的忍不住了。”乌青梅已经开始低低地哭诉，双手不听使唤地在他身上胡乱摸索。

“好了，我们不忍了，不忍了。”何景将她丢上床，拼劲全力安慰已经严重不安的人。

何景骏皱眉听着噼里啪啦的声音，终究没有忍住好奇捂着肚子上了楼。房里不停地传来嗯嗯呀呀的声音，他托着下巴想，这事有点儿蹊跷，哪有离婚的夫妻是如此热情奔放的？他掏出手机给陈一白发短信：我哥为何跟姓白的妖女分手了？

很迅速地收到回信：不举。

何景骏木木地看着手机，要是他大哥不举，这房里唱的又是哪一出？更叫他想不通的是，他大嫂向来是不待见大哥的，自己也从来没见过她失态的样子，刚刚那个画面实在是突破了他的思维定势。难道大哥抱的不是大嫂？

“乌青梅，你不要咬我的手。”这声怒吼打消了何景骏的胡思乱想。他伸手揉了揉肚子，大哥跟大嫂，不，是前大嫂还真是恩爱有加。

何景骏摸着楼梯下楼，陈一白又回了条短信：何事？他拿着手机犹豫着是否要回短信，又听得一声爆吼：“何景你到底行不行啊。”

他脚底一滑，幸好眼疾手快地挂上了护栏，只可惜了刚买的手机，跳动几下摔得四分五裂。他小心翼翼地坐在地上，伸手揉着自己的小心肝。这个世界已经叫他严重地消化不了了。

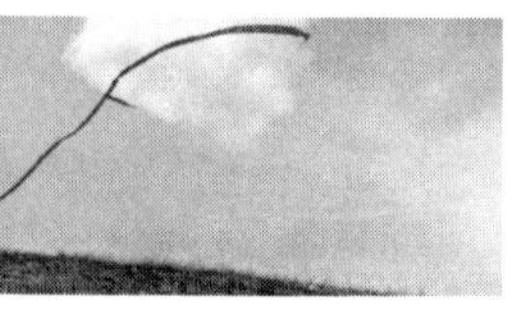

第八章
谁是小人

1.

乌青梅坐在床上把昨天的事情颠来倒去地想了又想。必须出席的宴会，翩翩而至的宋柔，英雄救美的宋汉，不怀好意的宋母，来历不明的男人，无动于衷的佟安，还有奇迹般出现的何景。

她懊恼地抓了抓头发，为何上天就不能让她安安分分地过日子呢？下楼的时候，何景骏正在厨房拣菜。她心中那口气还没有撒出去，没好气地在他对面坐下，“柠檬水，谢谢！”

何景骏还沉浸在昨天的打击中，听到她的招呼不由抖了一下身子。乌青梅此刻正手托着下巴，脸上带着明显的杀气。他只能认命地为她服务，谁叫他在她屋檐下混饭吃呢。

“何景呢？”她扫了一圈没看到前夫，关于何景的出现她也有些质疑，就因为一通电话，他这个再无干系的前夫竟然不远千里来拯救她，这也未免高尚得有些离谱了吧。

“跟小乖出去了。”他偷偷打量她的表情，除了眉头微皱似乎没有其他特殊的情绪。那个疑问他能不能问呢？不问他憋得难受，可要是问，大嫂这神情不像好对付的。

“有事？”乌青梅见他不停地打量自己，态度不是很好地讥讽，“公司要倒了？”

“呸呸，嫂子你真是乌鸦嘴。”何景骏忽视她不以为然的挑眉，探身看了一下四周，确定没有闲杂人等。

“大嫂，我问件事啊。”

她有一口没一口地喝着水，点头示意他接着问。

“我想问，”他紧张地吞了吞口水，这种私密的问题实在不好意思问，见她已经有些不耐，他不管三七二十一地脱口而出，“我哥是不是不举？”

乌青梅一口水没喝下呛得满脸通红。她羞怒地瞪他，他这是什么意思？按照昨天他们的激烈程度，他不该问如此没有智商的问题。

“爸爸，什么是不举啊？”何景骏本来缩着脑袋等着乌青梅的发怒，不想却是何小乖好奇的声音，他明明没看到他们回来啊。

“这个问题问你小叔吧。”何景不顾何景骏惊恐的大眼，笑着抚摸小乖的脑袋。

“这个问题啊。”何景骏向大嫂求救，无奈她一副看好戏的样子。他眼睛转了转，“不举就是举不起东西的意思。”

“小叔，我爸爸举不起的东西，你举得起来吗？”小乖的求知欲异常旺盛。

“这个啊。”何景骏悻悻地从何景手上抢过何小乖。他可不愿在这两尊大神面前讨论举或不举的问题。

“能给我倒杯水吗？”何景目送一大一小离去，面带笑容地走到何景骏原来的位置。

“你手没废。”她觉得他的笑容无比碍眼，像偷腥得逞的猫。

“唉。”他摆出一副惋惜的样子，“我以为我没有功劳好歹也有苦劳，没想到你竟然无情地过河拆桥。”

“说吧，来青城有何贵干？”

“你还真是不待见我啊！”他伸手摸着下巴自言自语，“后悔昨天投错怀送错抱了？”

“何景，你变了。”她目光一沉，就算昨天药效发作，也清醒地记得自己推开了那只迟疑的手。

“哦。”他兀自点头，眼带厉光直射她的脸，“咱们彼此彼此。”

她挪了挪身子任由他打量。她知道何景是一个成功的商人，这点足以说明他的出现一定带有某种目的性。

“乌青梅，我发现你是一个很有意思的人。”他给自己倒了一杯水，嘴角闪过一丝苦笑，“说说吧，你什么时候开始盘算离婚的事情的？”

“什么意思？”她眯起眼，怀疑自己是否看错。刚刚何景脸上是什么表情？分明是三分苦涩三分自嘲三分落寞一分孤寂。

“还是我来说吧。”他修长的食指弹着透明的玻璃杯，她轻易地看到那分明的牙印。

“程晟找你时，你就下定决心离婚了吧。”这几个月他把所有的事情从头到尾想了几遍，越想越觉得不对劲。“你早知道程晟跟老头的协议，也清楚地知道我肯定不会他们所愿，你借机将手上的股份给我，并不是为了孤注一掷而是在试探我，更是为你离开做准备，老头一旦知道你手上的股份又回到何氏，自然不会干涉你的离开。

“你在我办公室见到刘琳，故意激起她的反击，甚至让她知道宋汉的存在。”他对她摇手，示意她不要打断他的话，“你不要否认这个事实。

“你用刺伤试探我对你的感觉。还有第一次出现的玫瑰花不是宋汉送的吧？”他脸色越来越沉，细细地打量着她的表情。很好，没有惊讶。“你在试探我的底线，何家的底线。对于第二天的闹剧你显然有很好的心理准备，因为你知道那才是激起公婆质疑的利器。

“然后你带着轩文出现在朱家的宴会上，你通过上次的试探知道我肯定会嫉妒，将我跟你的关系陷入两难的关系。

“你跟朱茂所有的照片迅速出现在各大报纸上，你甚至利用上那个无辜的孩子，将自己变成一个抛夫弃子的出墙女子。何家不能再容你，程氏也不愿看到这个结局，你等到了你要的结果。”

“说完了吗？”她冷着脸，心底暗自讽刺他过于常人的想象力和推理能力。

“没有。”他此刻已经没有了初时的愤恨，更多的是当着她的面证实自己揣测的兴奋。“你为了带走小乖，将她的股份送走。小乖和朱氏的关系，一方面制约妈不会对你下手，一方面又制约我不得不帮你带走小乖。”

“你有证据吗？”她忽然笑了起来，眼中慢慢露出欣赏之意，“不过既然你能猜到，也不枉我给了你两年的时间。”

“没有补充的地方吗？”他也跟着她笑，他心底还有些疑问没有想通，不认为凭她一己之力可以做到如此地步。

“你高估了我也低估了我。”作为对他的认同，她破天荒地为他执杯续水，“离婚的念头是在白云怀孕之后。离开之后我一直在等一个机会，一个可以把自己拉出这个局的机会。两年不算太迟，也足够我做出各方面的准备。

“我知道你决不会给程晟机会，我确实借机把股份送给你，我想知道你是否够狠不择够手段。”何景没有叫她失望，合约书的出现更加印证了她的猜测，虽然他当时用苦涩的回忆掩盖他的谋算。“其实我很早就认识了刘琳。”

“知道我是怎么认识她的吗？”她对他笑得灿烂，“人家可是冲着你的魅力专门找我挑衅的。那次在你办公室见过之后，她私底下又拦截我，我不过好心地建议了一下她去你的办公室找一份我的调查报告，她很聪明地找上了宋汉。”

“所以你将计就计。”他挑眉，提出自己的疑问，“宋汉怎么会同意配合那么愚蠢的事情？”

“因为他真的爱我。”乌青梅有些无奈地耸肩，宋汉曾跟她坦白过，明知道很疯狂，明知道被利用，还是抱着一丝侥幸心理去做了。“我慢慢地发现你对我似乎有一丝特别的情绪。那次受伤并不在我的计划之内，可更加印证了我的想法。所以那束花是我所有计划的开始。

“那出闹剧我不好奇，因为刘琳亲口告诉过我她的计划。”她心底的笑意越来越淡，眼前的何景完全没有诧异，甚至连眉头都不曾皱一下，她应该也低估了何景。“碰巧我偶然看到出现在朱氏的白云，所以我请安晓晨给她机会展开她的报复。

“那个孩子。”她眼神一凛，目光犀利地扫过猛然绷着脸的何景，“那场车祸究竟是怎么回事？我不认为白云敢那么做。”

“那真的是意外，与任何人无关。”他叹了口气，刚开始的时候他曾怀疑过乌青梅，后来警方证实是一群喝醉酒的飙车族。

“孩子也是意外。”她见他有些低落，不情不愿地揭开谜题，“你不会真以为孩子是朱茂的吧？”

“你不可能出轨。”他回答得极其坦然，即便很多假相措手不及地送到他的面前，他依旧相信她的忠诚，不是为他守忠，而是她不屑用这段手段报复自己。

“冲你这句话。”她无端冒出的寒气这才下去，“我再告诉你一件事。白云现在的老公是我介绍的。”

他双眼幽黑，她看不清他此刻是什么想法。片刻，他出乎意料地笑了笑，“夫债妇还，何太太你待我还真是好。”

"咱们真的如你说的彼此彼此。"她斜斜地靠在座椅上，"你别告诉我，宋汉在宴会上遇到我不是你一手策划的。"

"乌青梅你知道吗?"他学着她斜靠，手随意在桌上捏了一颗红豆，"当我想通的时候，我真的想捏碎你的脖子。"

"现在也不迟。"她笑着挑衅，挂在座椅上的手摩挲着脖子，"有点儿硌手啊!"

"放心，我可不会自讨苦吃。"他将豆子轻轻地弹入玻璃碗，清脆的声音甚是好听。

乌青梅的质疑还没来得及问，他已抬头，脸上是她不熟悉的凝重，"我一直在想，这几年我是否被一个粉墨登场的骗子给骗了。"

他探着身子慢慢俯过来，在她咫尺前挂上大咧咧的笑，"所以我送了一份大礼给你。"

他的牙白得晃眼，刺得她身子不自觉地往后缩。

"我去看看小乖。"在她眼底的不安越来越浓时，他迅速站直离去。大约走到客厅，他才笑意满眼地转身，"那份协议书，我没有签。"

她何等聪明，脑子一转自然明白他的意思。大礼?他的大礼她真的不稀罕。脑子忽然一片空白，她抓起桌上的东西就向他砸去，"何景你浑蛋。"

"虽然这样的你有点野蛮但还算可爱。"他托着下巴，扫了一眼离自己五厘米远的玻璃碗，幸好自己计算正确，他可不如这地板耐抗击。"不过我还是比较喜欢昨晚那样的。"

乌青梅只觉得气血逆流，脸上火辣辣的一片，握住拳头努力平定自己的怒气。

"何景，这两年你在我面前也装够了吧。"

他咂舌点头，眼底是对她极大的称赞，这种时刻她还能迅速地反击，不愧是他选的妻子，"那两年我故意不接受采访，不是怕外界知道我是什么样的人，我是要误导你。"

"你成功了。"她泄气地认同。她自负地认为一个人无论怎么变化终归是本性难移，可惜他转变得完全不符合常理，跟当初的他有着天翻地覆的变化。或许，她惊慌地瞪眼，也许他本性就该如此，恰巧被自己激发了。

"也许我们可以获得一个特别奖项。"他终于舒畅地大笑，自从她离开之后他还没笑得如此肆意。"狼狈为奸，不好，沽名钓誉，也不好，欺世盗名。"

乌青梅紧握拳头企图控制内心撕毁他的冲动，最终在他肆意的笑中选择发泄地大喊。

“怎么了?”何景骏在砸碗的时候就做好随时就义的准备，一听到大喊立即冲了出来。

“你们一家都是浑蛋!”看到何景骏一脸正义昂然的样子，乌青梅不由想到昨晚那个宴会，一甩手气冲冲地上了楼。

“这关我什么事啊。”何景骏很是无辜地顺着何景沉着脸仰视的方向望去，以为昨晚已经够震撼的了，今天这又是哪一出?互相欺骗的夫妻?暗自争斗的对手?还是余情未了的孽缘?他摸了摸鼻子果断地逃离战场，“我去做饭。”

何景对一旁有些担忧的小乖招手，“来，小乖，爸爸带你去动物园看老虎。”

“曜哥哥说他家有很多老虎。”提到熟悉的事情，何小乖决定忘记刚刚的忧虑。

“哦，是吗?”他蹲着身子拉住女儿的手，软嘟嘟的，他果然是思念这个手感了。

“干爸是笑面虎，干妈是母老虎，小姑子是纸老虎。”何小乖认真地回忆，“曜哥哥是小帅虎。”

“那我们家呢?”他偷偷瞄了一眼楼上，上面安静得有些奇怪。

“爸爸是笑面虎。”何小乖笑着搂过他的脖子，“妈妈是母老虎，我是漂亮虎。”

“我们小乖真聪明。”他开心地将她小小的身子向上抛出后接住，几次反复后小乖咯咯的笑声传遍屋子的每个角落。

“何景你不要教坏我的女儿。”楼上的人忍无可忍地发表自己的意见。什么?母老虎?她一向温柔贤淑，进退两宜。不对，她是什么人关他屁事。也不对，他刚刚说什么了?他们还没离婚。啊，她晃着脑袋将房门狠狠地甩上，何景脑子里究竟在想什么?

何景骏心不在焉地拣着豆子，楼上是气呼呼的大嫂，楼下是笑得开心的父女，这两人他还真是惹不起。一个是借住入股的大嫂，一个是随时可以出卖自己的大哥，他觉得自己无比明智地选择了做一个局外人，呵呵，免费的戏他要是不看，实在是对不起时时受刺激的心肝哟。可为何他觉得眼前这两个人都怪怪的，不过，比起之前冷冰冰的大嫂和苦大仇深的大哥，他还是比较喜欢眼下的，虽然他时刻提心吊胆。

乌青梅的怒意一直没有得到平复。试问她策划多年地以为得到并且享受到自己所追求的结局时，来人轻描淡写地告知一切都还未结束，这叫她情何以堪。待她能够控制自己的情绪下楼时，何景骏无辜地告诉她大哥已经回南锡了。

她好不容易压下去的火气又开始翻江倒海，他凭什么说来就来，说走就走，她这儿可不是旅馆。瞥了一眼故作委屈的何景骏，她心底不停地鄙视他的做作。

“你主人呢?”

何景骏嘴巴张合半天，认命地在她越来越阴沉的眸光中招供，“大哥带回青城了。”

“那你怎么还在这里呢？我这里到底是小了些，真住不下一个何二少呢!”

“嫂子，你在大哥那里受气也别拿我当出气筒啊!”当初他把自己贱卖给小乖做保姆以换来乌青梅的收留。虽然那时他拍着胸脯保证过“小乖在他在”，可大哥要带小乖走他能反抗吗？见她又开始瞪自己，何景骏说：“我大哥想做的事情我能拦得住吗？其实我是想去来着，可我没胆跟啊。”

“行了。”她不耐烦地挥手，“以前在何家的时候怎么没见你这么多话，跟个女人似的，嘀嘀咕咕没完没了。”

“嫂子教训得是。”他低头翻白眼，以前在何家也没见你如此嚣张跋扈，脾气暴躁得跟更年期似的。

“别叫我嫂子，烦!”她极其不耐地抓起报纸去院子里坐着。何景没打招呼就带走小乖，这又是何用意?

她心烦意乱地翻看手中的报纸，大版大版映入眼睑的都是“宋汉入主江传媒”的报道。报上详细地介绍了“江”的发展过程，宋华然的步步经营，宋汉的归来，而与某名门之女的合照隐射即将成为现实的联姻。

乌青梅冷笑着丢开报纸，如此相似的炒作手法令她不由想到十年前，一样的光彩照人也一如既往地叫她作呕。

“乌老师，电话。”何景骏恭谨地将电话递给她，一脸的讨好。

她以为是何景，语气自然不是太好，“什么事?”

“乌小姐，你好！我是宋先生的秘书，请乌小姐安排今晚七点的见面。”

“不好意思，没空。”她斜眼继续翻弄一旁的报纸，他本人邀请她都不可能给面子，何况是一个秘书。

“是宋华然宋先生。”电话那边显然预料到她的答案，言词间是不容拒绝的清冷，“宋先生的司机会在六点过来接你。”

她的脑中停留在那张不算陌生的脸上。宋华然找自己干什么？怕自己挡了她儿子的前程？也是，联姻的对象可是青城军区顾司令家的孙女。“麻烦转告宋先生，我对宋家真的不感兴趣。”

“宋先生对贵公司的发展颇感兴趣。”秘书的声音平和得叫乌青梅频频扫射哼着小曲的何景骏。“乌小姐，请晚上务必赏光。”

“何景骏。”乌青梅对几步之外的某人招手，“我能请教一个问题吗？”

“大嫂你别这样严肃，”他忐忑不安地挪着细小的步子，“我心理承受能力很差的。”

“我能撤资吗？”当初自己念旧情帮了何景骏一把，谁想到现在所有人都拿公司来威胁她。

“你这玩笑可真不好笑。”何景骏惊慌失措地看着她，眼中渐渐露出惶恐。

“就这点儿出息。”他这可怜巴巴的模样反倒叫她笑了起来。“我有件事需要你帮忙。”

“刀山油锅我都去。”为了他的梦想，他绝不能得罪他的金主。

“何景骏，你真的适合去做个戏子。”她弯身抽出一张报纸，“这女的看到了没？”

“这不是顾细细吗？”他凑过来一看，“没听说她要嫁人了啊？”

“认识？”乌青梅乐得多看了他两眼，刚刚还在犹豫难度系数是否太高。

“我们岂止认识，我们可是……”何景骏后知后觉地退开几步，很是疑惑地歪着脑袋，“嫂子你想干什么？”

“没什么。”她将报纸塞在他手里，“我觉得她挺适合做你女朋友的。”

“你叫我去追她？我怎么能对我的兄弟下手？”他眼睛瞪得极大，狐疑地嗅了嗅鼻子，“我似乎闻到一股阴谋的味道。”

“要么我们等着人家封了公司，你打哪里来回哪里去，要么我们主动出击，你傍个靠山回来，既可以保证不受威胁又可以叫你爸妈停止期望你回何氏的幻想。”画完饼见他一会儿惊喜一会儿面露难色，她叹着气蹲下身摆弄起养的花花草草。“其实我觉得回何氏也挺不错的……”

“我去还不行吗？”何景骏悲哀地叹了口气，果然大嫂把气撒到自己身上了。她现在分明是掐着自己不得不妥协的软肋，“不过要是她真喜欢这个宋汉，我可迅速撤退啊。”

“我们打个赌怎么样？”她拍了拍手上的泥土，一个女孩子跟一个男孩子称兄道弟，要么是女子不解风情，要么是男子是个感情白痴，她赌后者，“在宋汉跟不上进的你这个兄弟之间，她一定会选择你。”

“她才不会将自主创业鄙夷到不上进的层面。”抱怨之外，他对她的赌资很感兴趣，她敢抛饵跟自己赌，那么赌资一定是自己心甘情愿被利用的东西。“奖品是什么？”

“我美国有一个关系不错的同事，这段时间准备来国内旅游。”果然何景骏是有利可图决不放弃的何家人，“他的名字叫道伦斯·艾克。”

“艾克？设计师做软件设计的那个道伦斯？”他见她点头，激动得有些语无伦次，道伦斯可是所有软件设计师的偶像。“大嫂你一定要说动他来青城。我保证完成任务。”

乌青梅扫了一眼落地的报纸，上面宋华然夫妇笑得春风得意。嘴角慢慢勾起一抹冷笑，她倒是要看看被挖墙脚的他们会如何笑？

2.

七点，宋家的司机准时来接，乌青梅看了眼一旁略显局促的司机，从容地上了车，心想自己果然有做好人的潜质，但这并不代表她好欺负。此刻她正端坐着面带微笑地看着女侍布菜，对面的主角不说话她自然不会开口。

“乌小姐的确是位有魅力的女士。”宋华然抿了一口清酒缓缓开口，“我想你的聪明应该一样叫人刮目相看。”

乌青梅保持礼貌的微笑，继续等他的话。她几乎都能猜出来他会说什么。

“宋汉应该给乌小姐添了不少烦恼吧？”他若有所思地看了一眼未动筷子的乌青梅，“怎么，菜不合口味？”

“我并不喜欢这种精致的料理。”她释然而笑，不相信他会不明白她的意思。

“你很坦诚。”相比于第一次见面时的排斥、第二次见面时的厌恶，宋华然心底有点儿异样。虽然他不赞成宋汉对她的感情，甚至不止一次地把她想成攀龙附凤的女子，可对于一个以子为傲的父亲来说，儿子被眼前这个自己不屑的女子贬低，不管是不是一种迂回手段，心底多少有些不爽。“它们会为你的话而伤心的。”

“这个时候我本该在家吃我的粗茶淡饭。”她面带难色地夹起一块生鱼片，“它们对不懂品尝的我算是糟蹋了。”

“跟乌小姐谈话果然很愉悦。”他自然明白她在说什么，怪只能怪宋汉太执著。宋汉曾以自杀来威胁他接受他的择偶观，甚至连进公司也是建立在此条件的基础上。这点他时刻谨记并提醒自己，他绝不容许自己唯一的继承人毁在她手里。而今天宋汉对联姻的反应更是加剧了他的担忧，他不得不重新审视眼前的女子。冷漠无情，不卑不亢，宋汉痴迷的应该就是这份独特吧？

“宋先生有话不妨直说。”她无趣地放下筷子，“不过我想宋先生应该明白，我改变不了任何现状。”

“乌小姐能离开青城吗？”他欣赏她的聪明，心底却明白她断然不会委曲求全，“只有你离开了，他才会慢慢断了念想。”

“他断了念想的唯一方式是我彻底的消失。”她心底浮出一丝冷笑，他接下去该是问用多少钱能打发自己，若是不离开又会面临怎样的困境了吧？

“我想宋先生一定也知道离开不代表不会重逢，他跟我的再次遇见便是一种证明。彻底消失的方法只有死亡，我做不到，就算真的出现这种情况，我想他也不会把它当成意外，因为他完全有理由怀疑死亡的真相。”

“乌小姐考虑得真是周全。”他目光一沉，这个女子聪明得未免太过通透。“确信不能离开？”

“我没有离开的理由。”她带着笑看着他，她当然知道后果是什么，他的秘书不正是以此威胁她的吗？“我相信以光明磊落著称的宋先生应该不会做出叫小女子不屑的事情。”

“我这双手可不如你想象的干净。”他拿出毛巾擦了擦手，眼底尽是笑意。

“我倒是好奇你会做些什么？”她联想到白云，不由庆幸自己跟宋汉没有任何瓜葛。

“我喜欢看我的对手深陷恐惧之中不能自拔。”他心底慢慢浮出一抹喜悦，如今像她这般不知死活的人还真是不多见。若不是因为宋汉，他会欣赏她的直爽和这种看不透的心机。“生鱼片沾的是芥末而不是胡椒。”

“宋汉是不是上等的生鱼片，我想全青城都在看。”她看着他慢吞吞地吃着料理，又想到了宋太太，他这个生鱼片的配菜可不是那么好。“说到胡椒，我倒是知道胡椒也会呛到肠胃的。”

“乌小姐还真是有趣。”他淡淡地扫了她一眼，不论这是不是她的手段，他此刻的确对她产生了兴趣和强烈打压的欲望。“生鱼片和胡椒的试探纯属浪费时间。”

“所以？”她一开始就点明自己对宋汉完全没有兴趣，他此刻再次提起绝不是确认而已。

“乌小姐……”他打量了她很久，久到令乌青梅产生一种不祥的预感，“很像我一位思念多年的故人。”

“所以我说我的离开不会带走宋汉的执念。”她皱着眉打量这位只碰过两次面的男人，隐约猜到一些出格的意图。

“乌小姐真的很聪明。”他扬起一个赞赏的笑容，这个才是他今天找她的真正目的，“我期望乌小姐能好好考虑我的提议。”

“我为宋汉感到可悲。”她眼底闪过一丝鄙夷。她始终不明白为何这些富人会有如此好的自我存在感。“我对正菜都不感兴趣，何况是个见不得光的配菜。”

“乌小姐不需要这么快给出答案。”按照刚刚对她的了解，她的拒绝自然也在他的意料之中，“我想你需要更多地深思熟虑。”

“宋先生就不怕激起我的报复?”亏得她一直把他当成前公公一样的角色，可惜比不上公公的磊落。

“我不喜欢重复某一句话。”他朗声大笑，“今晚我将为你破例并重复第三遍，乌小姐是我见过最聪明的女人。”

乌青梅知道他看她的眼光是一种看到猎物的惊艳以及绝不容失手的自信。她正犹豫着是否要告诉他她仍是已婚妇女的秘密时，敲门声适时地响起。

“爸爸，我听说你在这里便来打个招呼。”得到允许推门进来的竟然是佟安。他扭过头看到同样扭着头看他的乌青梅，微愣的同时不由增加了几分疑惑。

“乌老师?”

“你跟乌小姐很熟?”宋华然的声音明显有些不悦。

乌青梅虽然没有料到会是佟安，但心底明显松了一口气，面带微笑地夺过发言权，“我跟令媛倒是很熟。”

“这样啊。”宋华然不露声色地点点头，“宋柔来了吗?”

“我是跟爸爸过来的。”佟安狐疑地偷偷打量乌青梅。她何时跟宋柔很熟了?为何她脸上堪称完美的笑容在他看来是那么地充满嘲讽的意味?

“我们这里也结束了。”宋华然淡然地点头，眼底是对佟安此刻神情的不满，“我过去跟佟老打个招呼。”

“乌老师?”佟安又瞥了眼乌青梅，为何岳父对自己会有如此明显的敌意?

“我先回去了。”乌青梅以为他在为自己的存在而烦恼，站起身完全不顾宋华然眼底的暗沉，“感谢宋先生的款待。”

“我叫司机送你。”宋华然冷着脸扫了一眼佟安，掏出电话准备叫司机。

“不用客气了。”她的拒绝脱口而出，“我想独立的空间更适合思考刚刚的问题。”

“那么，我期待你的答案。”宋华然这才露出一丝笑容。他更加确定自己的选择，宋汉绝对玩不过聪明的她。

乌青梅从容不迫地离开，坐上出租车之后，脸上的笑意越来越空洞，她的人生还真是充满了无法预知的意外，意外到让她觉得无比荒唐。

摸了摸有些空的胃，乌青梅发了条简讯叫何景骏准备饭菜，目光却未曾从收件人上离开，也许此刻她跟何景仍受法律保护的夫妻关系并不是太糟糕。只是，她真的愿意为了宋家父子而揭开离婚假象吗？很显然，答案是否定的。

跟朱朱通过电话，朱朱对她的遭遇表示同情，末了还说成功的男人总有些变态的心理，譬如宋华然的自以为是，譬如何景的偏执，譬如安晓晨的满腹心机。乌青梅长长地叹了一口气，好不容易逃离那个地方，到最后竟然因为一个完全不相干的宋家把自己折腾得如此烦躁。

也许朱朱说得对，她该去一个陌生的城市的，至少不是青城这个地方。陌生的城市，再多的悲喜也是别人的故事，而一个有着自己过往的地方，一些回忆，一些半生不熟的人都会轻易地破坏她原先的生活轨道，从而无法预测未来。

此刻乌青梅正坐在会场里听着杭校长对于江氏捐建宿舍楼的慷慨之词。若说宋汉令她头疼，那么宋华然则叫她捉摸不透。眼下这种情况，换成任何人都会理解为宋华然的刻意为之。透过人群看着主席台下贵宾席上的宋华然，脸上尽是欺人的和善。乌青梅头疼地揉了揉太阳穴，若真的是刻意，那还真是无聊得很。

“乌老师，晚上有个聚餐，杭校长叫我转告你一定要准时参加。”校长秘书从礼堂追了出来。

“貌似跟我无关吧。”她心里默默地叹了口气，权势这东西，不是所有人都如她一般唾弃的。

“怎么会跟你无关呢。”秘书意味深长地笑了笑，“宋董事长可是宴请所有老师的，还特地提到了乌老师呢。”

“这样啊。”她抬眼望了望天空，天空蓝得有些碍眼，“劳烦陈秘书了，我会准时参加的。”

乌青梅七点准时到的聚餐地点，看着觥筹交错的人影，眉头不由皱了起来，她，真的不喜欢这种应酬。

“乌老师，我们又见面了。”宋华然端着酒杯浅笑着站在她的面前。

“宋董事长可真是慷慨。”乌青梅讥笑地抖了抖唇角，豪华的五星级酒店自助餐，青大数百名教师还真有福气。

“乌老师怕是在心底嘲讽我的市侩吧。”他哼了哼，脸上却没有语气中的无奈，“对我的朋友，我一向慷慨。”

“朋友？”她挑着眉接过话，脑子里想到何景曾经说过的话，商人没有永远的朋友。“我跟宋董事长并没有什么共同的利益，我们永远不可能成为朋友。”

“原来乌老师的聪明只是假象。”他晃着手中的杯子，本以为她会接受自己的意见，没想到还是叫他失望了，但钓鱼者通常比较享受鱼上钩的过程。“乌老师难道不想报仇吗？”

“我怎么不知道自己有什么深仇大恨呢？”她傻笑，眼角闪过一抹精光，“不过就算我有什么深仇大恨，也不需要劳烦到宋董事长吧？”

“我可不认为你有能力扳倒何家。”他将杯中的酒一口饮尽，“也对，我怎么能忘了，乌老师已经大度到能跟何家的二公子合伙开公司。有些事情，你怕是早就忘了吧。”

“宋董事长还真是会开玩笑。”她对上那双笑意盎然的眼睛，心底却几番盘旋，她与何家的事情，他宋华然一个外人怎么可能知晓。“我跟何家能有什么仇恨？”

“我相信乌老师知晓我说的是谁。”他摸了摸下巴，脸上尽是玩味的笑容，“我还真是佩服乌老师，竟然能嫁进那个家，一待就是九年。”他忽然换上一副了然的神情，“难道说乌老师已经谋划了什么我猜不到的事情？”

“宋董事长你喝多了。”她见杭校长已经频频望过来，便将手中的杯子丢给侍者，“我很感谢宋董事长的关心。但，我真的不明白你在说什么。”

“乌青梅，我随时等着你来找我。”他望着她转身而去的背影，久久不曾隐去笑意。若是她真的轻易放弃仇恨，她便不是叫他动心思的乌青梅了吧！

“董事长，您的电话。”秘书尽责地走到跟前，将手机递给宋华然。

“我是宋华然。”低沉的声音，微微的笑意，“谢谢你给我送来这么有趣的人。”

乌青梅并没有离开，而是搭电梯去了顶楼。凉凉的风吹在脸上，她的意识猛然清醒过来。宋华然果然是花了时间来调查自己的，手缓缓地贴上心口，忘了吗？怎么可能忘记呢？那些过往，尽管有些是她猜测的，她怎么可能忘了那日关在医院的诧异惊惶还有不屑呢。

将身体缓缓地靠上栏杆，她微微抬头便可看见满天的星星。妈妈，你还好吗？

你说过要我忘记仇恨，可在这样的世界里，我又怎么摆脱被算计的命运？妈妈，我究竟是该放下，还是拿起？疲倦地闭上眼睛，不管是哪一样，她都不需要任何人的帮助，因为她是乌青梅，从来都是一个人战斗的乌青梅。

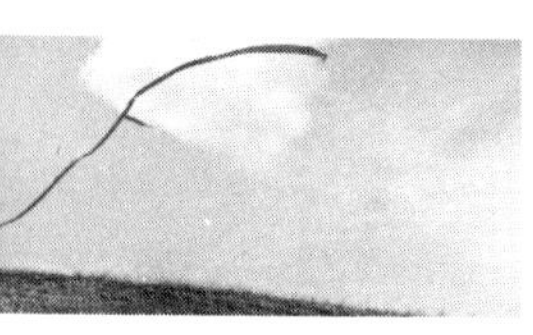

第九章 赌约

1.

陈一白很郁闷，非常的郁闷。

何景离婚后迅速买下他的楼上作为住所。他作为他的远亲，三不五时地提供伙食；作为员工，舍命陪他共度良宵；作为朋友，间歇性地充当他的知心姐姐。眼下，他竟然变身为一个六岁女娃的保姆，玩伴。趁着出来给小公主倒牛奶的间隙，陈一白极其幽怨地问何景，他究竟想干什么。

陈一白没有等到他的回答，因为小公主已经在呼唤，他只能认命地奔向何小乖而去。

何景并没有留意到他的离去，他眯着眼望着墙上挂的油画。画是他在搬离何家整理仓库时发现的。

黑底红牡丹旗袍，一丝不苟的发髻，端庄高雅的坐姿，持平的唇角。他不懂画，但一眼能看出这幅画最出色的就是那双眼睛。一双无比锐利的眼睛，眼底是看透一切之后的讥讽。初见的震慑之后，他带着它仓皇而逃。他不该逃的，只是那双眼睛太过锐利，锐利到他无法跟乌青梅联系到一起。

白云见到那幅画，许久之后长长地叹了一口气，“何景，我不该回来的。”

“你站在我眼前。”他诧异于白云的小题大做。不，其实他不该诧异而是该感到歉意的，他跟乌青梅已经离婚，白云怎能容忍他以另外一种形式来影响二人重生的相守。然而眼下他完全忽视了白云的存在，直到她站在这幅画前。

“何景，其实我不爱你了。”他否认他爱乌青梅，可乌青梅的离开换来的是他对自己的疏远。他已经许久不曾对她笑，不再为她费尽心思，不再有关爱的眼神。

那天他带着说服的激动跟自己拥抱，那时她隐约明白，他的颤抖是因为害怕面对自己对乌青梅产生的感情，他的喜极而泣只是因为她是那一瞬间带他离开那个恐慌的孤岛，而她很可笑的，也的的确确是最后一个陪在他身边的女人。

那天以后，他看着自己的眼神大多是困惑的。这个困惑很短，他以为他掩饰得很好，可她知道，跟了他那么多年的她怎么可能不知。她以为他不会变，如同曾经的呵护，如同曾经的轻语，可那片刻的停顿偏偏无数次地出现在他依旧温和的脸上。她开始感到心凉，眼前这个何景再也不是她爱的那个何景。他变了，变得异常绅士，变得谈笑风生，变得格外陌生。

心冷的同时竟然没有一丝意外。所以她在等，等他开口，等他如何为他们刻骨铭心的爱情写上曾经。当他开始对自己频繁说“对不起”的时候，她就知道他跟她真的结束了。就算她不计较伤痛，他也再回不去曾经，庆幸的是她也早已不在原地等他。

“我不该回来的，可是我不甘。”白云抱臂跟他一同望向油画，“我知道你们这些名门最看重的便是名誉，只这一样东西，我便可以毁了你高傲的母亲，也可以毁了什么都不是的乌青梅。可我忘了乌青梅从来都不是傻子。”

“你了解她?”他微微皱眉，离婚并没有带来预期中的欢喜，而困惑随着油画的被发现一发不可收拾。从她回来到离开，一切发生得太快太顺畅，顺畅到他从来没有怀疑过这一幕幕是无心之作还是另有乾坤。

“知道我为何回来吗?”白云斟酌着应该跟他坦白多少，是乌青梅早已识破她的报复，还是乌青梅利用了她的报复？她又细细地扫了一眼这个爱过多年的男人，眼前这个由乌青梅打造的何景再也找不回她白云专属的温和善良。“我想看看我能不能寻到曾经。乌青梅不一样，她回来就是为了离开吧。

“我跟她最大的区别就在于我爱你，而她不爱。”她慢慢丢下一颗石头，击破自己的愚蠢，也激亮他的迷惘，“这就是她为何能玩弄你何家的原因。”

此时他才顿悟，因为不爱，她不在乎那些流言飞语，因为要离开，不在乎亲情的束缚，因为这一切都不是她要的，她藏起了那双眼睛。他没有去找朱茂，他不过是她离开的一个幌子。可他心底还是隐隐嫉妒的，就这样一个什么都不算的陌生人，竟获得她真心的微笑。他亦没有去找朱朱，他不知道她在乌青梅的逃离计划中充当了什么样的角色，但他暂时还惹不起她，除了她是安晓晨的爱妻，还因为她是乌青梅的死党。他索性找了安晓晨。他不相信以白云的手段能混到朱氏的权力中心。

安晓晨对着他笑了很久，才缓缓点头，“我曾和乌青梅打过赌，看你能不能猜出来。”

“你赢了？”他猜测他们的赌一定跟自己有关。

“不，我输了。”他有些遗憾地摇头，“我高估了白云对你的感情，也高估了你的痴情。”

他了然地点头。若是白云还爱他，定然是守着陷害乌青梅的秘密指责她的红杏出墙。若是他还爱着白云，绝不会一直感到迷惑。

“说句实话，乌青梅没去美国之前，我挺欣赏你的。十年感情如一，真可谓爱情的典范。”安晓晨支着脑袋看着面前波澜不惊的人，“没想到白云竟然真的那么轻易就放弃了。”

“在我身边只有不幸。”他嘴角勾起一抹自嘲，白云如此，乌青梅亦如此。

“不过，”安晓晨忽然眨眼，“托你的福，我也赢了乌青梅一次，我不算亏。”

“不知这个赌约是什么？”他笑意渐深，虽然还未猜到什么，心情却莫名地欢快起来。

“我若是你，我一定会追究乌青梅的欺骗。”他不会看错何景眼底一闪而过的肃杀。安晓晨轻咳一声掩饰笑意，乌青梅你惹的可是一只假寐的狐狸。狐狸，狡猾，易伪装，更是……奸诈。

追究？他的确是要追究的，只是他还没想好如何追究。乌青梅隐瞒他的事太多，譬如她跟母亲的过节。这件事他查了许久，除了打探到当年何家中意的是乌青梅的母亲之外，再也查不出任何过节。

那天他才知道原来母亲跟乌青梅互相演了八年的好戏，所以对于是否要追究他下去很是深思熟虑。然而事态的发展叫他无法置身事外。如果说云痕的电话叫他确认了她该死的伪装，那么朱茂的那通电话则激起他的恼怒，而当她推开佟安扑到自己怀里时，他说服了自己。

他根本就不能容忍她离开自己的世界，就算他曾恨过她，就算她不曾爱过他，因为他放不了手，为她的绝情，为她的冷漠，为她的谋略，为她的种种，为她是独一无二的乌青梅。他拨出电话，“乌青梅，我们打个赌吧？”

“何先生有何指示？”她难掩困意地看了一眼时钟，凌晨一点，果真她的命不太好。

他知道她对自己生气而无处发火的时候便会喊自己一声“何先生”，虽是一如既往的称呼，却难得听到她慵懒的声音，他心底渐渐浮出笑意。

“赌你会不会爱上我。”

“何先生半夜扰人清梦，就是为了这个无聊的问题？”她真的想扒开何景的脑袋，看看里面装的到底是什么。

“既然你认定自己不会爱上我，这个赌约对你而言并没有亏损。”他笑得极其自信，“更何况你还没听我的赌资。”

“何先生也学会了笼络人心？”她因话筒里传来的笑声皱起了眉头，他似乎很愉悦。

“那也是效仿夫人你。”他不正经地谄笑，何景骏已经给他打过电话报备过顾细细的事情，她果然不像长相那般单纯。“我们以半年为限。若是我输了，我将儿子的抚养权给你。”

“我可得罪不起何家二老。”他的一声“夫人”叫得她脸上微微一烫，可离被迷惑还差了一大截，“我现在很知足。”

“你真的知足吗？”手指在桌子上弹跳，他何尝没有听出她的迟疑和嘲讽，“我做不到便不会允诺。”

“原因？”她知道他不会放弃，不然当初就不会把何景骏派到自己身边来，不会出现在宴会上，更不会跟自己剖析那些过往。临睡前，她还在想她跟他未离婚的事情估计只有他们本人知晓，既然无人知晓，对她而言，两个城市不碰面的两人不会有什么影响。她是注定不会再婚了，到时候这一纸婚事束缚的是他而非她，而她必须承认自己完全摸不透他。

“你曾经试探过。”他不点破，眯着眼继续看着油画，脑海中想起她对自己的投怀送抱，忽然为此刻空空的怀抱顿感怅然。

“我只试探出你的占有欲，跟其他无关。”她为自己垫了一个靠垫，本来做好长谈的准备，靠上之后身体一软便没了纠缠下去的兴致，“何景，我们该好聚好散的，而不是像现在这样。”

"啊，只是占有欲啊！"他像未听到后半句，恍然大悟地抚摸着下巴。"既然你现在还是我的妻子，我的占有欲还是可以延续的。"

"能把那个孩子还给我吗？"她有些郁闷，这厮分明在跟自己打太极，"如果不能……"

"我的确不能。"他闭上眼想到那日的震惊，除了愧疚更是自责。"孩子以她的离开惩罚我们的未曾发现。乌青梅你记住了，惩罚的是我们，是我和你两个人。"

"你……"她本想说"你不稀罕"，话到嘴边却咽下去了，他说得没错，孩子的离开最大的错在于她没有察觉，手拽着被单松了又紧，"明天把小乖送回来。"

"乌青梅。"他低低地唤了一声，声音甚是悦耳。

"什么？"她下意识地回答，眼神开始游离，知道今晚不会好梦。

"我给你打电话并不是征求你的意见，"他对上那双明亮的眼睛，"我只是告诉你这个结果而已。"

在她醒悟过来这句是她曾送他的那句话时，他已经挂掉电话。乌青梅看着手里的电话许久，才悻悻地将电话丢到床角。她闭着眼躺下告诉自己这只是个梦，这一切只是一场梦。

他起身站在窗户前，玻璃上映着他挂着满满微笑的脸庞。他终于明白当初她对自己说那句话的心情，真的是无比畅快。睡前，他看了两眼毫无动静的电话，眼底笑意更浓，乌青梅你还真是喜欢给我惊喜。

2.

乌青梅真的不待见宋家的任何一个人，尤其是这个毫无自知之明的宋汉。她想自己该去烧几炷高香，因为即便自己窝在家里，也有惹人厌的苍蝇上门。

"乌老师不请我进去坐坐？"隔着铁门，宋汉打量一门之隔的乌青梅。来之前他就猜到她会有此举措，但失落却比预期中更为沉重。

"不方便。"看到他，她便不由自主地想起那个晚上，不管他充当了什么样的角色，她认定他是所有事情的开端。

"既然乌老师如此重视名声，为何还收留一个未婚男子在家呢？"她脸上是一如既往的冰冷，对象似乎从来只有他一个。乌青梅眼角扫到探头张望的何景骏，口气中难免有些酸涩。

“不知宋先生以什么身份跟我说教呢?”她冷哼，不过是几面之缘的人竟然说如此不堪的话，“宋先生可不要说什么爱不爱的话，这会叫我觉得恶心。”

“你为何就不肯给我一个机会呢?”他很是幽怨，并不是要她如自己一般回馈爱情，但至少给他一个机会，她了解自己的机会。

“那你给我机会了吗?”她有些无力地检讨自己何时给过他遐想的空间，思来想去好像从未有过，“请给我一个世界安静的机会。”

他有些吃惊地看着她突然而来的九十度鞠躬，在她眼里除了无奈更多的是愤恨。难道自己在她眼里是如此的不堪?伴着微微踉跄的步伐，苦涩急速爬满了他的心头。随着她身子的收起，他脸上慢慢浮现出无力的笑容，“其实我今天是来拜访何先生的。”

“景骏你过来。”她因为他的话更增加了几分厌恶，这借口未免太过低级。

“大嫂找我?”何景骏并不知道宋汉“自杀的事情，因为之前在青城的采访又加上他是“江”传媒的少东，所以一直好奇地在远处徘徊。

“这位先生说是你的访客。”乌青梅脸上的微笑叫门外的宋汉更加阴郁。

何景骏就算再脱线，她如此亲切的称呼加上诡异的微笑也叫他心生几分机警。眼前这个公关问题，搞不好自己会因此被逐出家门。

“若我没猜错的话应该是宋先生吧?不知找我何事?”

“可否借一步说话?”他的目光紧跟着他离去的身影，当初自己是怀着怎样的心情许下那个心愿的呢?当困意袭来头脑迷糊时他告诉自己，若是醒来定是要纠缠不休的。可眼下呢?老天还真是从了他的心愿，他的确是来纠缠了，但她对自己还是不曾休止的厌恶。若时光重回，他定然不许下那么卑微的愿望。

“宋先生对我们公司感兴趣?”何景骏托着下巴故作思考地挪了几步，阻挡他窥视的眼神，“我并不认为传媒公司跟我们软件公司会有什么合作的机会。”

“可若有这个机会，我相信对你们这个小公司来说有百利而无一害。”他自然是不屑跟这种小打小闹的公司合作的，可扯上她，他无所谓做个败家子。

“若真的如此，周一请宋先生移驾鄙公司。”那份忽然出现的请柬，此刻的突然拜访都是因为大嫂吧。“休息日恕不接待!”

“你就不怕我毁了你的公司?”在他预料中应该不是这样的。何景骏应该感到高兴的，甚至兴高采烈地迎接自己进门。还有他脸上那不屑的笑是什么意思，要知道若能跟“江”传媒扯上关系，在青城即便不能大红大紫，至少也是风声水起的。

“我也就是玩票性质。”何景骏还是笑，若是宋汉真的因为大嫂屈尊降膝，就算借他一百二十个胆也未必敢这么迅速地和他鱼死网破。“不过我还是劝宋先生三思而后行。人站久了还要躺一躺呢，何况是这权势撑着的天，总有云遮天的时候。”

“那么我们周一见。”他细细打量眼前这个白净的男子，又想到相似的何景，一样的貌似温良，南锡何家果然不简单。

“不送。”他毫不犹豫地回头，也许他该跟大哥请教一下，究竟该如何对待这些仗势欺人的少爷。

宋汉因他这毫不拖泥带水的举动感到几许兴趣。之前只是将他的公司作为威胁乌青梅的手段，眼下，有点儿意思，也许可以作为入主公司的第一件大事。

“嫂子，你很不厚道啊。”何景骏大咧咧地躺在沙发上，扫了眼专心插花的乌青梅。“不但要我挖人家墙脚，还如此正大光明地将人拒之门外。”

“我可不想在家还戴着面具。”乌青梅眼都没抬一下，用剪刀剪去抽芽的旁枝，“如果你想体验一下他的处境，我会成全你的。”

“果然最毒妇人心。”何景骏咂舌，看来他得抓紧时间去挖墙脚，免得某些人恼羞成怒大肆打压，他的小公司可还真玩不起。在接到她抛过来的一记白眼之后，他赶紧脚底抹油，“我一会儿去挖墙脚了，不要等我回来吃饭。”

“要不我们来赌一赌你几天内能挖墙脚成功?”她对着花盆左看右看，最后才满意地放下剪刀笑呵呵地提议。

“嫂子啊。”何景骏觉得眼前有一群乌鸦飞过，有些无助地扶住门框，“不带你这么幸灾乐祸的啊。”

“我赌三天之内，顾小姐必然会对你说一句话。”那日她匆匆瞥过一眼顾细细，那眼底的抗拒她绝不会看错，不管她对何景有什么特殊的感情，她都不该放过这个机会。

“什么话?”他转着眼珠想自己还有什么值得她可以看上的赌资。

“我以前一直偷偷喜欢你，无奈我们彼此在两个城市，眼下上天将你带回我的身边，我又怎能放弃。”乌青梅深沉地念道，若她是顾细细，何景骏是个很好的跳板。

“嫂子，你可以去写小说了。”他满脸鄙视。未来青城之前，他决不相信他高雅的嫂子会说出如此话语，“难怪我哥舍不得放你走。”

“是吗?”她收起作弄的笑意，昨晚那通电话浮上心头，她不耐烦地挥了挥手，“赶紧去示好吧。”

“哦，那我走了。”何景骏知道自己说错话了，悻悻地摸着鼻子离开。看嫂子那张比冰窖还要冷的脸，比起对宋汉的“怜惜”，他更加可怜自己的大哥。“若是你赢了，我推掉宋汉。”

“我没逼你。”她冷冷的声音叫他不由自主地回头看了一眼，可惜，她已经低头翻看报纸了。

“我是输不起的人吗?”他昂着头离开。若是乌青梅以合伙人的身份要求他，不管宋汉给他画多大的饼，他最终还是会退掉的。但她没有，她给了自己选择的权利，尽管建立在赌约之上。可若真的是她赢了，他也输得心服口服，因为她比他看得透。

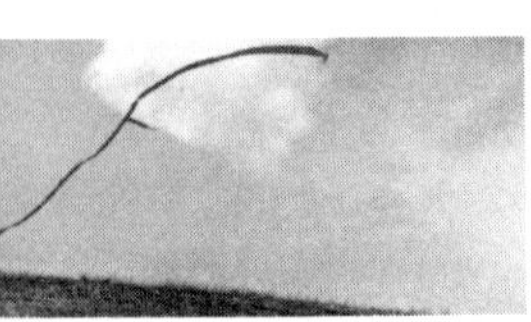

第十章
相请不如偶遇

1.

何景是午餐后半小时到的。乌青梅无奈地为父女俩煮了面条之后，便坐在客厅里偷偷打量背对着自己的父女二人。

昨晚的那通电话在今早起床之后更为清晰。何景骏说他舍不得放手？他说她试探过。是，她是试探过，她一直认为那是作为丈夫的嫉妒，就算自己隐藏了九年，这对他却并没有太多的伤害，他没有道理就此不愿放手。

“麻烦把碗洗了。”父女二人已经欢快地吃完饭并心满意足地丢下碗筷，乌青梅招呼何小乖过来，意味深长地看了一眼何景，“我带小乖上去午睡。”

“你也午睡吗?”看着她板着的脸，他就不由想笑，明知她有话跟自己说，还是忍不住打趣。

“何先生。”她看了一眼有些担忧的女儿，忽然扯出一抹淡笑，“厨房一定要收拾干净哦。”

“上次小叔没有收拾干净，被妈妈罚剪了一下午的草坪。”何小乖很是仗义地提醒爸爸，“爸爸，你一定比小叔棒的，对不对?”

“那是自然。”很少做家务并不代表做不好，他挑衅地向她看了一眼，“只要爸爸想做的事，没有做不好的。”

她哼哼着上楼。她不喜欢这样的何景，因为她觉得此时的何景像个孩子，而孩子有着琢磨不透的性子。

“真是难啃的骨头。”他喃喃自语，安晓晨的形容词真的很贴切。

“妈妈，你生气了吗?”何小乖不安地看着一言不发的乌青梅，昨天听说爸爸可以带她去见曜哥哥，她一时兴奋就没有跟乌青梅报备。

“嗯。”她伸手捏了捏她的鼻子，“下次一定要跟妈妈打招呼。”

“可是那是爸爸，不是坏人，也不是陌生人。”何小乖眼角有些泛红，小手紧张地抓着被子，“爸爸说会给你打电话的。”

“打了。”她堆起笑容不想让女儿难过。何景是打电话了，不但拖到深更半夜，而且对小乖只字未提。“妈妈没有嘱咐爸爸，会担心我们小乖跟爸爸在一起会不会吃不好睡不好啊。”

“我吃得好睡得好也玩得好。”何小乖直点头，生怕乌青梅不相信她，“爸爸带我去见曜哥哥，带我去吃好吃的，还陪我玩给我讲故事。”

乌青梅挑眉看了一眼有些兴奋的女儿，心底不由埋怨何景这收买女儿的小手段。

“妈妈，我知道你为何要跟爸爸睡一起了。”何小乖忽然眼睛一亮，献宝似的跟她分享秘密。

“爸爸的怀抱跟妈妈不一样，很大很暖。”何小乖拉了拉乌青梅的手，“妈妈你放心，小乖不怕冷，小乖不会跟妈妈抢爸爸的。”

“我们小乖可真乖。”她笑着伸手替何小乖掖好薄被，对女儿的童言童语不予理会。难道她要跟何小乖解释离婚的人是不该睡在一起的？那么昨天早上何景从自己房里出来又如何解释？“好好睡觉。”

“妈妈午安，爸爸午安。”何小乖咕哝两声闭上了眼睛，也不管乌青梅此刻神情僵硬。何景面带笑容地靠在门框上。他身上的衣袖还挽着，领口的衣扣散开着，头发上还沾着几点小水珠，一颗颗地落下，在胸前浇出一片透亮。

她不由得想到了佟安。那个时候他也是这样挽着袖子松着两颗纽扣浇草坪。大片的阳光洒在身上，让她有些迷离。那是她第一次觉得一个男人可以将衬衫穿得如此妩媚，不曾想今天这个词会出现在她前夫的身上。

何景见她有些微愣，不明所以地打量自己却未发现有什么特别的地方。想到刚刚女儿说的话，何景向她伸开双臂，“我不介意提供我的怀抱。”

“神经。”她白他一眼，目不斜视地从他身边穿过，“下楼。”

“遵命，夫人。”他小心翼翼地掩起门，跟着她下楼。

会晤依旧是在楼下的餐桌上。她跟他面对面而坐，破天荒地为他倒了水。

何景收起了刚刚的嬉笑神情，目光幽深地晃着手中续过水的杯子。她的表情亦很凝重，眉头有着不明显的褶皱。何景快速地扫了一眼她在桌上弹跳的手，白皙瘦弱的手指，节节分明。他观察过几次，这是她的习惯性动作，他第一次见以为她是紧张，还在心底耻笑她的动作过于明显，当自己知道这从头到尾所有的一切都是她预谋的局时，这才知道她分明是反心理战术。

此刻他很清楚地知道她已经有些不耐烦，可她仍在等自己开口，因为她不想失去主动权。她依旧慢慢地敲打着桌子，圆满而有些苍白的指尖逐渐红润起来。也似乎已经注意到他的目光，她侧过脸瞄了一眼已停下来的手指，嘴角轻轻地扬起。

“乌青梅你胆子很大。”他不得不妥协。

四月底的光景已然有些闷热，乌青梅似乎未听到他的话，斜着身子抚摸着手指，一节又一节。她以为他会跟自己比毅力，可没想到这个寂静的局由他开启，她眯着眼睛细致地迎着光看手指的小太阳，丢他一个挑眉算是回应。

“也对，过去你一直喜欢装傻。”他怎么能忘了她的强项呢？讥讽地斜了斜杯子，杯子是会议用的白瓷杯，他跟她还真有那种洽公的感觉，可惜他不是食物链的上端。“怎么，不敢跟我打赌吗？”

“这不是敢不敢的问题，而是这件事本身就没有什么意义。”她终于放下手，言语中已经有些烦躁，“是，你给的条件不错，我也很希望轩文、轩翰能在我身边长大。可对于一件能猜到结局的事情，我不想浪费大家的时间。”

“你是不想浪费你自己的时间吧。”他低头喝水掩饰眼中闪过的酸涩，而后苦笑着抬头，“乌青梅，你其实是怕爱上我吧？”

她对着他幽黑的眼睛，无奈地叹了口气，“你以为你爱我吗？”

“是，我爱。”他没有回避她的不以为然，脸上甚是坦荡。

“比对白云还爱吗？”她为他的坦诚有片刻的错愕，而后心渐渐明朗起来，他们之间不会有爱情的。他怎么可能爱呢？眼下的话很明显是种试探。她跟他都记得，那时他对是多么坚定地告诉自己他此生只会爱她的白云，如她一般，一生不改。

“对于你抛弃的那个人，”他看她的神色有些迷茫，她应该是不相信自己的话，因为连他自己都觉得不真实，“现在你还爱着他吗？如当年一样的爱？”

“你想说什么？”她对他的洞察感到一丝恐慌，她甚至怀疑在跟踪佟安的时候他跟踪了她，带着迟疑缓缓地开口。

“白云走的时候跟我说，她以为很爱我，就算经历那般艰难也觉得情愿。可这些情愿经不起时间的考验。待回过头再看的时候，自己都觉得可笑，自己其实并没有想象中那么爱。”他顿了顿，将她面前的杯盖扣在自己的水杯上，“就像这杯子跟杯盖，并没有规定谁跟谁才是一套。偏偏那个当下，两个相遇的人都以为这本是一对，可究竟谁才是一对，估计连打造的人都不知道。”

“那么你呢？”她知道感情的确会时过境迁，而女人在这方面要么不开窍，要么就大彻大悟。她守着记忆带着愧疚孤寂的思念，一念便是十年，但只属于一个人的欢乐悲喜永远丰满不了十年的生活，更可悲的是，时间会慢慢磨去记忆的棱角，几番怀疑那一年是否真的来过。何景跟自己不一样，他跟白云经历了十年，爱过也痛过，岂能那么轻易地对另外一个女人说爱。

“我从不否认我爱过白云，她就如一道温泉温暖了无趣枯燥的我。”他脸上并没有笑意，乌青梅觉得他凝重起来的时候就连空气都会让人觉得前所未有的稀薄。“你带给我的是毁灭，闪电般撕毁了我好不容易重新建立起来的一切憧憬，我憎恶着你的同时也憎恨自己。所以我如饥似渴地恨着你，希望打败你恢复到曾经。然而当你离开后，我悲哀地发现曾经真的只能是曾经，醒悟也好，怨恨也好，都比不上你离开之后的空虚。”

“是的，乌青梅，我此刻的确没有那么爱你。”他挫败地摇头，眼底闪过浓郁的不甘心，“我甚至不敢说我对你的执著是不是爱。可我不愿意放手，我想用这六个月的时间证明，我的不甘不愿究竟是不是爱，我对白云的轻易放手是不是也是因为我该死地爱上了你？”

“你的结局不会比宋汉好。”爱上她的确该死，所以何景你为何非要弄明白呢？“更何况有前车之鉴，我会轻易地抛弃一个人。”

“比起拒绝，我情愿正大光明地被你伤一次。”打蛇须捏七寸，可他还是必须揭穿她的外衣，现在的他不允许她过分自欺欺人，因为他不愿放弃这个机会，“乌青梅，你还是胆怯了。你以为你一生只爱一个，你不愿给宋汉机会。可我们不一样，这么多年，你敢说你对我一点儿情分都没有？”

“我给过你机会的。”她真的曾想那么过一辈子的，也曾有过一刻动心，但他也说了，曾经只是曾经，眼下她的确不想与他有过多的牵扯。

“我没想过放你走。”即便到最后，他还是没有签署那份离婚协议书。

“你可真自私。”明明不爱却还是要绑在一起。

“你的机会也是建立在自私的基础上的。”他毫不留情地抨击，“你将我当成你困境的浮木而息，我亦一样。”

“我们现在不需要了。”她双手一摊，能解救自己的永远只有自己。她能自我救赎，他就不该执迷不悟。

“真的不需要吗？”他忽然眯着眼笑起来，手指在桌上画着圈圈，“有句俗话说得好，烈女也怕郎来缠。偏偏某人十分不知趣，或许，你就喜欢那种白痴幼稚的行为？”

“幼稚啊！”她了然地在他身上打量了几圈，似乎幼稚的人是他吧？揭露她的盲区而后激将，这种手段貌似很不适合她。“脑袋白点儿也不错，一不需要跟他斗智斗勇，二来还能没事偷着乐。”

“需不需要我去帮你传达一下你的喜爱之意？”她倒是自娱自乐起来，他的确不是她口中的脑袋白白。“其实那小子也不错，多专情啊，这么多年自始至终爱着你一个。”

“他那分明是变态。”她嗤鼻横了他一眼，这家伙还真是了解自己的好恶，她真的对那个宋汉没有一点儿好感。

“听说他们家没有什么好人。”他此刻心才慢慢地轻松起来，对于宋汉的存在，他还是有担忧的，景鸢说女人都会喜欢那种感情专一的男人。“据说她母亲嚣张跋扈，他父亲倒还算好，就是阴险了点儿。”

她继续对他翻白眼，宋家上下关她屁事。

“唉，可惜却偏偏有财有势。”他故作无奈地叹息，“就算你叫景骏挖了墙脚，不管成不成功，你算是惹上了一个大权贵啊。”

“你说我该不该祈祷景骏成功呢？”他苦恼地皱着眉头，完全忽视她眼底慢慢累积起来的火焰。“还是成功吧，至少能保住他的公司。就算公司保不住，他也能有个靠山，怎么说南锡离青城太远，何家一时半刻也救不了他。”

“何景这可是你自找的。”她算是同意了他的提议。她岂能不明白他话中隐含的意思。何景骏挖角不成功，人家也会给何家二少爷几分薄面。他挖角成功，没道理人家会动被顾家罩着的他，倒霉的永远只会是她。若她企图寻找朱朱帮忙，很抱歉，这里可不是朱家的主场。乌青梅兀自伸手取过他的杯盖扣上，满意地点头，

“还是这个看着比较顺眼。”

他看着她的头顶淡笑，他知道她一定不会拒绝这场赌约，他太了解她，不愿意再爱的理由还有一个，那就是她太爱自己，爱到自私，自私得不会放弃任何一个保护自己的理由。

2.

虽然跟何景在法律上依旧是夫妻，但乌青梅还是决定双方暂时忽视那一纸婚书。她不干预何景的追求手段，但绝不容许他以丈夫的身份来索取额外的利益。

当她说到这一点的时候，何景摩挲着下巴，眼神甚是古怪地扫了她两眼，然后勾着笑问：“难道是我技术不好？”

她哑然，眼睛眨了半天才正了正神色，“女人因性而爱，通常都发生在小说里或者电视里，你我同床共枕十年，显然没有印证小说该有的情节。”

何景鉴于当下好不容易说服乌青梅答应他的赌约，内心还算开怀，嬉皮笑脸中签订诸多不平等协议。譬如，不在乌家借宿。乌青梅说，何景，你既然要追求我，我们就从陌生人开始。

何景知道，这是他逼她答应赌约的报复。他不可能在青城打长久战，还要避开老太太的注意，显然一周来一次已经很是频繁。按照乌青梅目前这种态度，从陌生人开始到顺利冠上男女朋友称号时，估计六个月早就 over 了，也就是说乌青梅摆明了是要看他的笑话。

何景这几年在商场磨炼将一个词用得融会贯通，术语叫“执行力”，白话说便是“效率”。当不平等协议开始生效时，乌青梅毫不客气地将他赶出了乌宅。何景很庆幸自己很有先见之明地将何景骏打入敌人内部，所以他很是悠哉地给何二少拨了电话，要求参观其居住环境。

何二少正跟顾细细遥想曾经，被何大少的电话搅浑了脑袋。对着手机，他半天没说出一句话。

顾细细幽怨地看着安静得很是诡异的何二少，小心翼翼地伸出纤手推了推他的胳膊，“你中彩票了？”

顾小姐的手指不正不斜恰好落在麻经上。何二少手颤抖的同时手一滑，可怜的手机顺利掉进了面前的麻辣小火锅。

“那个，我不是有意的。”顾细细很是无辜地咬着嘴唇，大眼中尽是楚楚可怜。

“顾细细你能不能正常点儿。”何二少这才从何景的电话中惊醒过来，眼下这做作的顾细细叫他很是不爽。

“你小声点儿要死啊。不就一个破手机吗？你至于对我大吼大叫吗？”顾细细也不甘示弱地回瞪他，“我告诉你何景骏，要不是看在我们兄弟一场的份儿上，我才懒得跟你出来吃饭。”

“这才是我认识的顾细细嘛！”何二少开怀大笑，伸手推了推她的身子，“你还记得我跟你说过的我大嫂不？”

“你心中完美的大嫂？”顾细细哼哼，很是同情地拍了拍他的肩头，“她是你的大嫂，你就死了那条心吧。”

“顾细细你就算穿上裙子还那么猥琐！”他对顾细细的粗俗表示相当的无力，“最近我大嫂做了几件大事，那简直是惊天地泣鬼神。”

“看着你这么崇拜的份儿上，”她没好气地将自己锅里的鱼丸夹给两眼发光的何二少，“我勉为其难地充当观众，以解你仰慕之情。”

何景骏看在她将最爱的鱼丸让给自己的份儿上也不跟她计较，便开始从乌青梅带着孩子们归来说起，一直说到何景刚刚那个电话。

“靠，你大嫂太给力了。”顾细细很是激动地拍了一掌，拍得他龇牙咧嘴。“不愧是你喜欢的女人。”

“顾细细我再纠正一次。”他咬牙切齿地瞥着眼前胡作非为的女子，“我那是尊敬，你知不知道尊敬该怎么写？”

“好好好，我错了。”她又给他夹了菜放在碗里，“你打算去救你哥哥不？”

“顾细细你大脑短路了，我不吃香菜！”大嫂果然阴险，简直把他们何家二兄弟玩弄于手掌之中啊。“若是以前我肯定不去，那时我大哥多人渣啊。可眼下就算他不是我兄弟，我也必须去还他一个人情。”

“迂腐。”顾细细斜着眼夹回香菜，三下五除二地消灭掉。“一会儿给你买手机去。”

“哦。”何二少虽然大学时跟顾细细也吃过很多次饭，却从来没注意过她如此的动作。她吃的东西还沾着自己的口水呢，忽然脑子一蒙，脸上刷的一下子红得发烫，也没留意顾细细说了什么，只知道一个劲儿地点头。

至于何景，本来还胜算在握地嘲讽门内小看他的乌青梅，可慢慢地却变成了不耐，最后在陈一白的夺命连环 call 中跺着脚离开。

事后他跟陈一白对饮时，非常深刻地检讨了自己误上贼船还扬扬得意的天真。陈一白猛地灌了一口白酒，决定不再轻视女性，尤其是乌家这位，能有多远一定绕开多远，他的心脏可没何景的结实，更重要的是，被卖了也许他永远不会发现自己被陷害了。

乌青梅对何景的离开多多少少是有些失望的。既然何景想要追求她，那她突发奇想地列出那样的条件。当年佟安追她可是花了很长的时间才被她承认的，她倒是要看看他会做些什么。

她正大光明地站在二楼的窗户前，手里捧着一本小说，时不时地瞥一眼门外靠着车的男子。这期间朱朱打来一个电话，她甚是有趣地描述了楼下的景色。

“你得出什么结论了吗?”朱朱听出她的欢快，不由得揣测她会得出什么惊人的答案。

“嗯。”她再次瞟了眼窗外的风景，很是严肃地总结这一话题，“男人还是配越野车比较性感。”

“青梅。”朱朱哈哈大笑，“我很好奇他的手段。”

“我也是。”她淡笑间收了电话，继续观察那个人。刚刚他还只是偶然张望一下路口，而现在则保持着头偏过九十度望着前方，她甚至可以看到他的脸已经贴上了车身，曲着的右腿慢慢晃动，他应该是有了些不耐。

她敢肯定他一定是在等何景骏的归来，顺着他的目光，她竟然也有些期待何景骏的归来。乌青梅心底揣测他应该会跟着何景骏进来，而后一本正经地说“你好，我是何景骏的大哥，感谢你对我弟弟的照顾”，或者是“我就是来看看到底是谁将我弟弟迷得离家出走”。

乌青梅想该是自己生活得太无趣了，抑或对宋家的纠缠感到心烦，需要一些事情来分散自己的注意力，所以她允了何景，也有了这些莫名其妙的心思。只是那个该死的何景骏怎么半天也不回来?

当夕阳慢慢拉长身影时，他终于挪动了身子，低下身摸了摸弯曲的右腿。乌青梅扑哧一笑，他还真是个傻子，就不知道换个站姿吗?当他缓缓地绕过车头时，她心底莫名泄了一口气，他这是要离开了吧。忽然觉得没意思，白白浪费了自己一个下午。

带着一丝自己都不曾察觉到的怒意拉上窗帘，在合上之后又偷偷掀开一角，眼前的景象叫她惊得迅速地拉上窗帘。她在心里暗暗地大骂何景太下流。那时车门已开，他站在门与车身之间，左手撑着门，在她偷窥的一瞬间吹起了口哨。

乌青梅拽着窗帘暗暗骂自己好歹也算是经过大风大浪的人，竟然不争气地脸红了。待被惊吓的心慢慢平复时，她听到了引擎的声音，而后那辆白色的越野车以极其蜗牛的速度消失在视野里。

何景不知道他这一幼稚的举动换来她无语的笑。她托着下巴望着消失的车身很久，似乎被何景勾起了点儿兴趣，同时又有些不屑，当年他也是这么追白云的吧。这种复杂的情绪足足延续了一个礼拜，有些无可奈何，有些忍俊不禁，还有些小小期待。自她放下佟安之后心态已经趋于平和，也就有了兴趣跟何景玩这种游戏。但此刻她真的怀疑自己是否了解何景。

刚结婚那会儿，何景对自己真的是面若冰霜，任何事情都是敷衍了事，她想，他还真是个专情的人。在对待白云的事情上，何景无疑是懦弱的，以至于后来心底阴暗，手段跟着毒辣起来。摊牌之后，她对他的定义是心机很深，报复心重。可眼下，他做的完全不符合她对他的定义。

那日离开之时蜗牛爬的车速已经叫她无语，而隔日一早便送上门的“信”彻底叫她觉得好笑，她完全没料到何景竟然有如此浪漫的情怀。信封上“乌青梅”三个有劲的字在粉色的衬托下显得格外可笑。她抽出折叠成纸鹤的信纸，依旧是粉红色，带着她熟悉的香水味。

美丽的姑娘：

不知你是否留意昨日在你家门前停驻的脚步

我倚在车门上仰望天空的寂寞时，

天对我说，

请将头低下六十度，那里有我派去你身边的天使；

于是，

我看到了那个美丽的身影，在我心底慢慢地画满了圈。

只是我的姑娘，

你是否能够低下头，看看我欢喜的眼。

哦，姑娘

我贪婪地守着你的侧影，祈祷你一瞬间的回眸。

哦，姑娘

那金色的阳光洒在你的身上，我多么期盼自己可以变成那道光芒，可以肆意地亲吻你的发丝。

哦，姑娘

你是否看到那辆缓缓比蜗牛还慢的车，

我只是想成为你眼中的风景，独特的，叫你开怀一笑。

哦，姑娘

你真的是上天派到我身边的吗？我不敢眨眼地望了一个下午，

当神经麻痹的疼痛袭来时，我知道，你真的来了。

可，却没来我的身边。

哦，姑娘

我甚至不知道你的名字，看不清你的长相，

离开时我竟是那么念念不舍。

我知道，我遗落了我的心。

可是，我的姑娘，

我并没有因此而难过，因为我将它留在了你的门前，

留在那个惊鸿一瞥的下午时光里。

抖开第二张纸，是一张素描。画上是那日下午她在窗口他在门外仰望的情景，唯一多的，在他仰望的视线中多了一只纸鹤，只一句“我愿是一只纸鹤，渡沧海之遥，只为在你身边驻足”。

她脸上不自觉地浮起微笑，这手段未免也太矫情了。只是为何她有回到少女时代的感觉。高中时她好像也有收到情书吧，收到第一封情书的时候她还是有些好奇的，窝在被子里带着小激动看着那封未署名的英文情书，可惜语法错误连篇得叫她觉得乏味，至此她都是主动忽视抽屉里的信件，离开时都未曾清理过。

“这是我哥吗?”何景骏没能忍住心中的好奇，眼睛迅速地偷瞄她手中的信。“这分明出自一个情场高手啊。”

“他身边枪手不少。”她跟着皱了皱眉，且不说这诗是不是出自他之手，就这画，她从来没听说过他会画画，按照这功力，怎么看也是学了几年的。

“其实我哥是个多才多艺的人。”何景骏知道她在怀疑，若不是这个人是他大哥，他也会怀疑。“但仅仅限于小时候。”

“你母亲扼杀了他的天赋?”若真是如此，还真是可惜了。

“何止是扼杀啊。”何景骏还记得何景绝食抗议母亲逼他丢下画笔的情形，“我

妈带着他去了艺术馆，又去看了马路上潦倒的画家。我妈问何景你觉得你能成为著名画家吗？如果不能，你真能过这样的生活?”

“我哥只是喜欢，并没有成为画家的心愿，而从小丰衣足食的幼小心灵被为了一个馒头不得不在烈日下枯坐却无人问津的场面震撼了。”何景骏无奈地摇了摇头，“我一直担心我哥会成为问题少年呢，幸好幸好。”

“若是再给他一次机会，他还是会放下画笔。”乌青梅将信收好，原来他的童年竟是那样无趣。

“在那样的家庭，我们别无选择。”他羡慕地看了一眼认真吃饭的何小乖，“我大哥其实是讨厌孩子的，怕孩子们跟自己走一样的路。不过，幸好嫂子做得好，大哥才有机会学着宠溺小乖。”

“难怪他一发不可收拾。”她埋怨地看了一眼何小乖，自从他跟女儿关系改善后太过于宠溺，兴许就是想把自己的补偿回来吧。见何景骏有些担忧，她拿起面纸丢给何小乖，“放心，轩文、轩翰不是那么容易屈服的。”

“大嫂，你也觉得我妈很讨厌吧?”何景骏涩涩地说，“竟然逼得我哥连婚姻都不能自主。”

“这就是豪门的悲哀。”乌青梅若有所思地望着他，“你不会是想找个门不当户不对的女朋友，然后跟你妈斗得你死我活吧?”

“我再恨她，也没有我大哥恨。”何景骏摇头，“大哥的过往叫我看清什么能做什么不能做。对于找结婚对象，我还是有数的。”

“那你还跑到这里来创业?”乌青梅有些生气，为他的投机取巧，也为他的现实。

“公司有我哥就可以了。”他傻傻一笑，脸色忽然一凛，“大嫂，你可别出卖我，我可是尽心尽力地完成你交给我的任务。”

“何景骏你可得记好了。”乌青梅脸色一紧，何景说得一点儿都没错，外人眼中跟何家无关的她，就算何景骏跟国家主席勾上了关系，保住的也仅仅是她注资的公司，对她个人没有任何帮助。“你这是为了你自己，我可得不到一丝好处。”

“谁说的。”何景骏虽然有些大大咧咧，可乌青梅的话他又岂能不明白。“你至少得到了一个铁杆粉丝。”

“赶紧去上班吧。”她挥手赶人，不想听他胡说，本来还算不错的心情被他搅得一团糟，有些理解何景鸢在家中这么多年的无奈了。

在跟何景详谈之后，她心底隐隐有些担忧并且挥之不散。她，就算顶着何家大少奶奶的身份，也不一定能扛得住宋家不知何时会袭来的打压，远水救不了近火，除非那个曾经人人忌惮的黑道大姐。所以除了那些杂七杂八的心情之外，还有一丁点儿迷茫，一丁点儿无计可施。当然除了这些，她还有些好奇，不是因为何景摸不着的求爱，而是他究竟拿什么帮她，若真的出现那些她不能反击的状况。

3.

通常都说一个人的精力有限，当佟安从她的课堂出来的时候，她异常吃惊。除了诧异，更多的是自责自己竟然在何景身上浪费了太多精力，以至于到了能够忽略初恋情人的地步。这种认知叫她很恼火，虽然这从一个侧面反映出她对佟安的情已淡去，但因为是何景所以更加不爽。

“佟老师?”她捧着教案，疑惑地看着越来越近的人。

“乌老师。”他温温一笑，在她面前停住。“都说乌老师的课很是有趣，今天一听果然如此。”

“我都不知道民国历史可以称为有趣。”她不知不觉地尖酸起来，也许是他的笑容太碍眼，也许是……她不自觉地将他跟何景对比，尽管结果一如往昔。

“乌老师似乎对我有敌意啊。”佟安低低的嗓音，带着一丝慵懒和讥讽飘进暗自苦恼的乌青梅耳中。

她眼一斜就看到他讥诮的唇角以及打探的眼神。她忽然想到了何景，自以为是的劣根性并不仅仅出现在何景身上。

“知道刺猬吗?”她冷冽的眼神划过他沉着懊恼的脸，见他一脸的茫然，索性向前走去。“有人说我像一只刺猬，因为被自己伤害多次，连带地对所有人都竖起了武器。”

“也有人是不怕痛的。”他在身后忽然低低喃了一句，乌青梅的身影隐隐一顿，在即将跨出左脚时他追了上来，依旧是温温的笑容，“况且一个人痛太孤独。”

乌青梅愣住了，呆呆地看着他缓缓前行的背影。一群学生嬉笑而过，他的身影在她眼中渐渐模糊。他明明忘记了的啊？明明忘记了啊？怎么会……

她没有追上他，白衬衫太多，已经寻不到他。乌青梅虚软地坐在一旁的花坛上，泪那么自然地潸然而行。他怎么能在她将他放下之后对自己说那样的话，他怎么能记得那句曾温暖她的话。

那个时候他也是对着一脸防备的自己说，你就像一只刺猬，防备着所有人，甚至防着自己，可我不怕痛，我宁愿被你刺得鲜血淋漓，也不愿你因为过于防备而将自己弄得遍体鳞伤。这样独自舐舔伤口的你太孤独，孤独到叫我心痛。如今失忆多年的他，怎么会如此镇静地对自己说出同样的话。难道他是记得的？

乌青梅捂着胸口，大口地喘着气。不，他是不记得的。若是记得，他的眼神怎么能如此无辜，怎么可以那么云淡风轻，怎么可以跟宋柔做那些只属于他们曾经的亲昵。

她想自己是疯了。就算她劝服自己放弃佟安，可眼前这句话，就像水库的闸门，拉开了她关于曾经爱情的所有封固。一句话，只是那么一句话，便叫她不能忘记他离开时对自己怨恨的眼神。

她忽然觉得冷，身子微微地颤抖。不，她不该也不能记起曾经。相爱的人不能相守这是一件极为正常的事情，更何况他现在早已他爱，她更不能将自己缩在那场无结果的爱情里。十年的内疚早已还清对他的情债。

手狠狠地抓着花坛的边缘，凉凉的大理石叫她的手心阵阵刺痛。乌青梅你太多虑了，他定然是记不得的。因为他曾对自己发誓，乌青梅，你不要以为地球是圆的，你现在丢了我，无论你行走多少圈回到原地，你都再也找不回深爱着你的我。

傻傻地扯出了一个笑容，她怎么会如此失控？她还能坦然地出现在他面前，不就是仗着他早已忘记了她吗，而他也应该如此，才肆无忌惮地对自己说了那句相似的话。

不该的，头慢慢地摇了摇，乌青梅你不该多心的，你早已没有为他迷茫的理由，而刚刚的失常只是震惊，对他是否失忆的质疑，早已没有了曾经的爱情，尽管那句话至今依旧叫她心底微微地发酸。

她决然地起身，迈着小小的步子向前，没有任何的迟疑和犹豫，她跟他的确已重逢，却隔着一条宽宽的河。此刻的河流早已恢复了平静，没有了惊涛骇浪，因为时间已经带走了他们曾经的爱情。

所以隔了半小时后在幼儿园门口再次遇到佟安时，她向他礼貌性一笑。此刻他二人手上牵着一个跟彼此完全不相干的孩子，无论他记得还是不记得，都没有那么重要了。

“佟真来跟阿姨打招呼。”佟安似乎没有看出乌青梅就此别过的意愿，拉着佟真走近了两步。

“不要。”佟真瞥了一眼何小乖，倔犟地转过头。

“叔叔认识我妈妈？”何小乖直接忽视闹脾气的佟真，好奇地看了一眼斯文的大叔。“叔叔好，我叫何轩婷，你可以叫我小乖。”

“小乖你好。”佟安对她笑了笑，很是自然地看着乌青梅，“你女儿教得真好。”

“我讨厌你。”被忽视的佟真忽然往佟安面前站了一步，一把推过身边的何小乖。

乌青梅纵使反应再灵敏也没能及时拉住何小乖，扶起女儿的同时，严厉地瞪了一眼佟真。哇的一声，哭出声的却是被何小乖跌倒而吓得有些呆立的佟真。

“妈妈，我不痛。”何小乖咬着嘴唇揉着自己的小屁股，但红肿的眼睛明显出卖了她。

“佟真，道歉。”佟安板起脸看着女儿。

“我不要。”她哭得更加大声，“我就是不喜欢她。”

“你为什么不喜欢我？”何小乖忍着痛问她，声音有些颤抖。

“程子子说你比我好看，再也不喜欢我了。”她开始号啕大哭，“你没有爸爸，我不要你把我爸爸也抢走。”

“程子子是谁？”何小乖皱着眉头看了看乌青梅，见乌青梅没有解释，又好心地劝导佟真，“小乖有爸爸的，为何要抢你的爸爸。”

“你不认识程子子？”佟真诧异地忘记了哭泣，“就是那个我们班最漂亮的男生啊。”

“漂亮？”何小乖歪了歪头，眨巴了半天眼睛，“曜哥哥才是天底下最漂亮的男生。”

“你不认识程子子吗？”佟真自然不知道她口中的“曜哥哥”是谁，自然选择自己最关心的问题。“何小乖你骗人，大家都喜欢程子子，你怎么可能不认识程子子？”

“我有曜哥哥啊。”何小乖不认识程子子是谁，也不明白自己为何要喜欢一个不认识的人。

“佟真，跟小乖道歉。”佟安听了半天终于知道女儿的脾气从何而来。

“你真的不喜欢程子子吗？”佟真又不放心地问了一遍，见何小乖认真地点头之后，倒也大方地说了句对不起。

“我真的不喜欢程子子。”何小乖嘟了嘟嘴，又看了一眼严肃的佟安，“而且我真的有爸爸的，我不会抢你爸爸的。”

“真的吗?”佟真还挂着眼泪的脸上扬起了微笑，伸出肉乎乎的小手，“我们拉钩钩。”

“那我们是好朋友了吗?”何小乖也伸出了白白的小手，神情有些紧张，“我保证我不喜欢那个程子子，也不会要你的爸爸。”

“那佟真跟何小乖是好朋友了。”两只小手碰在一起，签字盖章甚是熟练。

“很抱歉，我们家佟真被宠坏了。”佟安见战事已了，跟一直绷着脸不说话的乌青梅致歉。

“没关系，我们家小乖没那么金贵。”乌青梅的语气却是极冷，冷到佟安再次抬眼小心地看了看她的脸。依旧平静的脸，可他知道她生气了。“童言童语，请不要在意。”

“不知道佟老师，希望我在意哪一句?”她轻哼一声，小孩子的联想力哪有那么丰富，怎么可能一下子联想到佟安身上去。“小乖，我们要回去了。”

“叔叔再见，佟真，我们明天一起玩。”何小乖开心地挥了挥手，“妈妈我们快回去吧，我要告诉曜哥哥今天小乖没有哭。”

他眯着眼看着离去的一大一小，这个乌老师，对自己有很大的敌意啊，难道是因为宋汉？如果是，倒是个心胸狭窄的女子。

4.

青大很大，况且乌青梅跟佟安不在一个系，她的特地避让不会让任何人看出问题。可最近乌青梅似乎很背，背到很多事情都不能如愿。

何景骏托乌青梅从图书馆借几本书。当她抱着一叠书跨出图书馆的时候，满足地笑了笑。

“对不起，请让一让。”一个急冲冲的身影一晃而过，乌青梅一个踉跄，书洒出去的同时落入一个温暖的怀抱，带着熟悉的皂香味。

“对不起，对不起。”那个身影慌慌张张地回来，帮她拾回已经散乱的书。乌青梅僵硬着身子在那双温暖大手的扶持下站好，很是客套地对着来人道谢。

“乌老师还真是记仇。”佟安接过学生收拾好的书籍，“乌老师冷漠得叫人有些伤心呢。”

她眼中闪过一丝迷惘，这个佟安真的是她以前认识的佟安吗？不再是了，十年一梦，当年那个温和如玉的少年怕早就随着那场车祸远去了。她眼神一冷，欲接过他手中的书，“谢谢！”

“还真的是……”佟安摇了摇头，低头看了看手中的一叠书籍，“算了，我好人做到底，送你一场。”

“不用。”她的手已经搭上书，脸上写满了拒绝。

“乌老师，你太客气了。”佟安嘴上这么说，下巴一低想扣住书却意外地撞在她覆在上面的手，颇有些尴尬地抬起头，脸上却是无比坦然。“算为昨天小女的事情道歉。”

她此刻倒是没有惊慌，睁着眼睛细细看了他一眼后很是坦然地收回手。

“多谢！”

佟安知道她这是同意了他的提议，忙跟在她的身后却发现她有些走神。乌青梅的确有些走神。他没有失忆的念头又一下子冒出了脑海。刚刚那个情景是多么相似，不同的是，那个时候他的眼里都是令她羞腼的宠爱。刚刚她其实是故意的，得到意料中的答案却没有了激动。

他定然是忘了的，若是没忘，他这个有妇之夫不会正大光明地如此报复前女友，因为他不屑。乌青梅心头松了口气，等他走到身边并肩行走时才露出了一点儿微笑。

“佟老师请不要介意，看着你忽然想起了一个故人。”

“那倒是荣幸。”他一愣，迅速回以一记微笑，“但看乌老师的表情怕是想起什么不开心的事情了吧？若果真如此，那倒是我的罪过了。”

“这倒不像了。”她讪讪一笑，“也不是什么不开心的事情，只是搁在心头太久，久到像做了场梦似的。”

“乌老师说话果然文艺。”他揣测她此刻心情应该算是愉悦的，“人总该往前看。乌老师也许该试试给身边的人一个机会，接近你的机会。”

“你指宋汉？”她挑着眉走到池塘边坐下，示意他将书放在一旁的石桌上。“生活要往前走，但心真的没有空闲之地。”

“真的很爱他？”佟安在一旁坐下，看着她有些惆怅的脸。

“嗯？”她扭过头看到他的疑惑，她知道他说的是何景，可她不爱何景啊。她想了想认真地点了点头，“很爱，爱到为了他拔光身上所有的刺。”

“可是没了刺的刺猬是进不来玫瑰园的。”她叹了口气，“当我在玫瑰园爬了一圈之后，才发现他是多么的痛，而我除了离开别无选择。”

“也许他心甘如饴呢？”他渐渐皱起了眉头。

“如果是你，你会如何？”她忽然露出一抹笑，眼睛甚是明亮地盯着他。

“不知道。”他缓缓地摇了摇头，“也许我会跟你一样，爱情并不是最重要的，活着才有希望。”

“刺猬没了刺可是活不下去的。”她不再看他，起身走到池边看着平静的湖水，若干垂柳映在水里，戏弄着水中惬意嬉戏的鱼儿。“我是个自私的人，我不会选择同归于尽，回归彼此原来的轨道才是活下去的希望。”

“也许他会恨你。”他幽幽一叹，“若是我也会伤心，但只是一阵子，有些爱并不一定要相守，记住就好。更何况，男人没有女人想的长情。”

“长情啊？”她意味深长地看了一眼他，“相守的不一定是爱情，但却是幸福的。他渐渐也会发现，这种不是爱情的爱情也许才是真的爱情，相濡以沫，一生一世。”

“那你更应该给宋汉一个机会。”他眼睛一闪，她竟然把自己给绕回来了。“或许他真的可以给你幸福，不是爱情的幸福，执子之手的幸福。”

“我记不住他。”她诚恳地摇头，若真要考虑，身边可不只是宋汉一个。“十几年前是，现在依旧是。”

“看来他跟你缘分太浅。”他有些惋惜，也许该去劝劝宋汉，一相情愿的事情总是惹人嫌弃的。“乌老师还得往前看，即便两个人不在一起，他也许正瞪着眼睛希望你幸福地生活。”

“佟老师还真是颇有几分见地。”她这才给了他一个发自内心的笑意，“我现在很幸福。”

“看得出来。”她的笑他自然看到了，看了看手表，“走吧，我再送你一程。”

“不用了。”她婉拒他的好意，“跟朋友约好了，一会儿他到这边来取。”

“这样啊！”他见她的神色不似敷衍自己，也就不再强人所难，“既然如此，那我就先走了。”

“佟老师。”她在他迈出几步之后开口，在他慢慢带着疑惑回身的时候，很是郑重地说，“谢谢你。”

他不以为意地看了看书，笑意泛上俊脸，“乌老师不用客气，举手之劳。”

她对着他的背影看了片刻，许久才叹了口气，这个背影应该可以取代藏在心底那个苍凉悲怆的背影了吧？佟安，真的谢谢你，谢谢对我的宽恕，无论你是否记得曾经的我与你。

“不知道乌老师为何叹气呢？”突兀的声音叫乌青梅回过神。她微微侧身，看到一脸怒意的宋柔。男人真的不长情吗？她疑惑地看了眼双手握拳的她，至少佟安将她保护得很好，没有豪门贵妇的张扬。

“佟太太觉得我对佟老师有兴趣？”她无辜地眨了眨眼睛，云淡风轻地调离视线。“啊，也不知道佟老师会不会对我有兴趣？”

宋柔从图书馆一路尾随而来。虽然隔得遥远，她却看得真真切切。佟安眼底的柔情，乌青梅如坐春风的微笑，每一个对视都颤抖着她本不坚强的心。宋柔大口地呼了几口气才说出如此克制的话。可她呢？当宋柔强忍着酸涩故作平静地问她时，乌青梅答了什么？那分明是一个陈述句，一个平静得叫她失措不能回答的问题。

她想乌青梅一定知道自己知晓了她与佟安的那些事情，所以才会如此轻视自己，而这些轻视通通来源于佟安曾经对她的爱，她宋柔一直在争取也一直以为得到的爱情。

佟安啊，佟安。宋柔抬手整理了一下刘海，素手隔住了乌青梅的轻笑，也隔住了一低眸间的苦涩。就算你忘记了她，就算我嫁给你多年，我依旧没有信心告诉自己，我才是你现在爱着的人。

看着乌青梅嘴角淡淡的笑意，她忽然觉得心底一凉。两年前朋友的话就那么清晰地冒了出来。那时他携妻带女参加一个同学会，他一个同学很是古怪地看了看她，说，“佟安，你可真疼你太太，跟疼你女儿一样疼。”

是，佟安一直很宠她，总是会无奈地摸着她的头顶安慰她“不要担心”，他也会在女儿闯祸后宠爱地抚摸她的头发：“你又给我惹麻烦了。”惊恐中，她伸手遮住颤抖的下巴。她不该怀疑佟安的，她不该乱想的。这该死的乌青梅究竟在笑什么？

“上次倒是谢谢你给我留了一条后路。”乌青梅见她始终没有声音，思来想去还是开口了，她不是软柿子却也知道恩怨分明。

“你说什么？”宋柔还没有从刚刚的惊吓中清醒过来，心却因乌青梅突如其来的一句话怦地颤了一下，有些不置信地看着她，嘴唇抖动半天，“乌老师要是想谢我的话，不知可否放过佟安？”

“这跟佟老师有关吗？”宋柔的话很是叫人误解啊，她知道宋柔是什么意思，自然也很痛快地将模棱两可的问题给她丢回去了。

宋柔又傻了。妈妈说得没错，乌青梅不是一个容易对付的角色。她若是回答是，就是做妻子的怀疑佟安的人品，若回答没有关系，她就不能答应放弃纠缠佟安。乌青梅，怕是真的动了心思纠缠不休吧，如果没那个意思，为何要如此撩人不安？

“我妈说得没错，虽然仅仅是失去一个机会，但却会改变无数人的命运。”

“果然啊。”乌青梅了然地嗯了一声。上次的事情她思来想去，唯一恨她入骨的应该就是宋母吧。抱以厚望的儿子为她这个声名狼藉的失婚女子不惜以死相逼，女儿的丈夫更是这个失婚女子的前男友，所以才有了那么一幕吧。

“让我来猜猜。你母亲那日设计的可不是我一个吧。”

“若我当时真的中了你母亲的圈套。”乌青梅摩挲着下巴，“一来，也许我自行忏悔地离开，二来，宋汉会因为我的自我放纵而渐渐疏远，三来嘛，”挑着眉继续笑着看着宋柔，“不管佟安记不记得我，也会因此而再次看轻我，直到彻底……丢弃。”

“乌青梅你真的很聪明。”她的笑让宋柔觉得碍眼，索性转过头欣赏满湖春色，这的确是宋母的打算，可惜因自己的心软而错失了这样的机会。

“我有一点不明白。”乌青梅抬臂遮住点点春光，暖洋洋的光落在湖面的波动上，白花花地灼伤着她的双眼。“为何会通知朱茂？”

“我不希望他有一天会恨我。”宋柔侧着脸注视了她许久才淡淡地说出一句。她爱得太深，不愿在他宠溺的目光中心虚，更不愿他有恨自己的理由。

“恨吗？”乌青梅苦苦一笑，那个时候他那么不置信地望着自己，“乌青梅，你不要让我恨你”，后来呢？他果然实现了自己的诺言，过去现在将来都不会恨乌青梅。“能恨总是好的，至少他能记得你。”

“乌青梅你没有资格装可怜，当初可是你为了五十万而抛弃了他，就凭这一点，你就没有资格叫他记住你。十年了，十年前他就不记得你了，就算你天天在他面前晃，他也不会记得你的。”眼眸逐渐冷却下来，声音寻回少有的平静，“我想你也不希望他记起来吧？”

“我无所谓。”在他刚刚离去的时候，她对这个问题已经失去了兴趣，颇有兴趣地审视着宋柔，“佟太太好像不够自信啊。”

“你少得寸进尺。”宋柔红涨着脸指着她，乌青梅不光嘴毒眼也狠，她是不自信，那是因为她太爱，爱得患得患失。

“比起你们宋家，”她冷哼，眼中闪过一抹厉色，“政府应该颁一个遵纪守法好市民奖给我。”

“乌青梅你以为你是谁?”宋柔忽然哈哈大笑，眼中尽是不屑，“不过就是一个杀人犯的女儿，你凭什么如此嚣张。我告诉你遵不遵纪守不守法，可不是你说了算的。”

“难不成还是你说了算?”乌青梅感到好笑，宋家连威胁都是一个样子，“那我倒是要看看，究竟什么是法纪了。”

“你这是不知好歹。”宋柔恨得咬牙切齿，怎么可以幼稚得如此无辜?“这里不是南锡，没人能够保住你。”

“所以我等着啊。”乌青梅无所谓地摊了摊手。

“你究竟想让我怎么样?”宋柔失控地抓住乌青梅的手臂，她爸爸可是青城数一数二的人物，乌青梅怎么能如此无所畏惧?啊，是啊，她怎么能忘了哥哥说的话呢，乌青梅可是一身傲骨的，不然怎么会跟何景离婚呢。“我要怎么做，你才能离佟安远一点?”

“他招惹我的吧。”她以为自己已经无坚不摧，可忽然落下的眼泪叫她有些懵，茫然间喃喃自语。

“这不可能，不可能!”这句低语彻底粉碎了宋柔仅剩的一点儿理智，手上有力地摇晃着。“明明是你勾引他，明明是你用那种眼神挑逗他。这都是你，都是你……”

“你放手，放手!”乌青梅被她晃得有些眼花，可又不敢甩开她，她们就站在池塘边上，仅仅十厘米的距离。

“我不放……”宋柔已经被怨恨冲昏了头脑，脚步已经开始凌乱起来。

“小心。”乌青梅注意到她脚步已经踉跄起来，想都没想地蹲下身护住她的身体。宋柔忽然伸出手，狠狠一推。

“我不是有意的。”她没想到会把乌青梅推下水，完全空洞地忽视在水中挣扎的乌青梅。

何景骏到的时候就看到了瘫坐在地上的宋柔，还有水中挣扎的双手。他来不及思考，直接跳了下去。

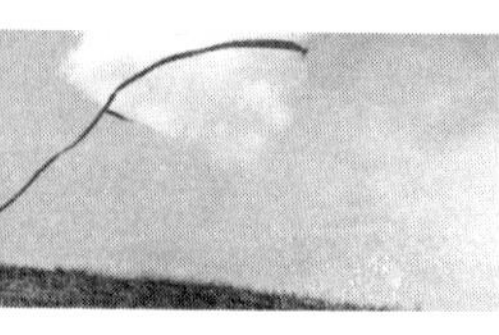

第十一章 冰山一角

1.

何景骏对刚刚发生的事情还心有余悸。虽然乌青梅没有生命危险，可却眼神空洞，不言不语。医生说是“急性应激障碍”，建议带她去看心理医生。

给何景打过电话之后，他立即拒绝了宋汉关于合作的请求，原本想委婉一些，没想到宋柔竟然做出这样的事情来。他不敢想象自己要是晚去几分钟会是什么结果，自责的同时又送她去医院。

宋汉不敢置信地看着手中的电话，一开始他以为何景骏不知好歹，可谁曾想?宋汉愤怒地将手机狠狠地砸下去，宋柔竟然把她推下水，她竟然敢?

“妈，你在哪儿?你在哪儿?”焦急的哭泣声叫他猛地冲出了书房，看到楼下慌张的宋柔。

“宋柔，你给我站住。”他吼着冲下了楼，脚步甚是凌乱，几番差点踩错台阶。

“怎么回事?”宋母从房间里出来，皱着眉看着失常的兄妹二人，“宋汉，你为什么对妹妹大吼大叫的?”

“你倒是问问她做了什么？”他握着拳头克制着自己冲过去给她一拳的冲动。

“我不是有意的，我不是有意的。”宋柔捂住耳朵，根本就忘了她们是站在池边的。

“你要是有意的还得了？”宋汉最终没能克制，一拳扫过桌边的花瓶，“宋柔，你这是蓄意谋杀，谋杀你知不知道，啊？”

“我真的不是故意的。”尖锐的瓷器声叫她哭得更凶，她那时真的是鬼使神差地伸手来着。

“宋汉你闭嘴。”宋母被宋柔哭得揪心，又被宋汉的怒吼烦得头疼，小心翼翼地哄着宋柔在沙发上坐下，“究竟怎么回事？”

“她不知道哪根神经搭错，竟然把乌青梅推下了水。”宋汉泄气地瘫坐在沙发上。

“死了吗？死了吗？”宋母不以为然地白了一眼儿子，“你在这里吼你妹妹，谁领你的情？”

“妈！”宋汉怨恨地瞪着二人，“我知道你不喜欢乌青梅，但也没有必要如此赶尽杀绝吧？就算要赶尽杀绝，你也不该叫妹妹下手。”

“我在你眼里就那么卑鄙吗？”宋母气得脸颊直抖，“好啊，反了你啊宋汉，你眼里只有那个不相干的乌青梅。这可是你亲妹妹！”

“妹妹又怎么样？”他蹭地一下从沙发跳起来，“她凭什么去招惹乌青梅？”

“不管你怎么吼我，乌青梅都不肯对你另眼相看的。”她抹了把泪，“上次她还跟佟安开玩笑说我们宋家儿女耐力十足，到最后呢，还不是天大的笑话。她根本就不爱你，她爱的是佟安，以前是，现在是，将来还是。”

“你说什么？”宋汉迅速蹿到她跟前，撞开母亲一把抓住她的衣领，红着眼睛咬牙切齿，“你再说一遍？”

“就算我说一百遍也改不了她不爱你的事实。”她无畏地对他扬起下巴，“佟安是她的初恋情人，她要是真忘记他，怎么可能会离婚，怎么可能会到青城，怎么可能非要跟他做同事？”

“这不可能。”他脑袋一下子就懵了，怎么会？怎么会跟佟安扯上了关系？“我不相信。”

“你不相信？”她悲怆地冷笑一声，“我也不想相信，可事实就摆在眼前。”

“少给你自己找借口。”宋汉目光一沉，扫过镇定的宋母，“别以为你们做得滴水不漏，上次宴会的事情我还没找你们算账呢。”

“我承认上次是我动的手脚。”宋柔也豁出去了，“可你以为我能狠心做这伤天害理的事情吗?”

“你连谋杀都敢，你还有什么不敢的!”他驳斥她的狡辩，“你真叫我心寒。”

啪的一声，宋母一巴掌打在宋汉的脸上，既然他已经知道那件事，就没有必要再遮遮掩掩，她脸色阴沉地警告宋汉，“宋汉你醒醒吧！我今天明确地告诉你，只要我活着一天，就绝不允许你跟乌青梅搞到一起。”

“不可理喻。”宋汉红着眼，这就是他的亲人，难怪乌青梅不愿意给他机会。

“阿丁，阿炳。”宋母冷笑两声，“给我看好少爷，什么地方该去什么地方不该去好好教教少爷。”

“是!”两人一左一右地站在宋汉的身后，面无表情地伸出手，“少爷，请上楼。”宋汉反抗未果，被两人胁迫上楼。

“妈，我真的不是故意的。”宋柔一脸可怜地向宋母求救。

“别哭了。”宋母看了一眼刚上楼的人，无奈地叹了口气，她怎么会生出这样软弱的女儿这样痴情的儿子?“我倒是希望你是故意的。”

“妈!”宋柔一怔，不敢置信地看着母亲。

“我去探望探望乌青梅。”宋母替她抹去眼泪，嘴角慢慢浮出一抹坏笑，“你现在回家去。记住这件事千万不能让佟安知道。”

宋母在医院的草坪上看到坐在轮椅上的乌青梅。她拉过一旁看护的护士一问，竟然说是落水后遗症。支开护士，她心底疑惑大增，怎么可能一个落水就变成这副要死不活的样子?乌青梅你就装吧，就不知道你想装给谁看。

“我说乌青梅，”她站在乌青梅身前，遮住一片阳光，“现在没什么人，你就不要给我装了。”见她没有任何反应，宋母的鄙视更加浓了几分，“如果你想借此博得宋汉的同情，我告诉你那是不可能的。我们家宋汉就快订婚了，对象可是正正经经将军的后代。”

她伸手拉一把椅子，见乌青梅连头都没抬一下，伸出手将她的脸扳正，“难道你真的想借此叫佟安放弃宋柔吗?你别做梦了。”

“安。”乌青梅的嘴唇动了动，很轻很模糊。

宋母却听到了，果然啊，这个女人动的是这个心思。她重重地一掌甩了过去，“乌青梅，你果然下贱。”

“你干什么?”何景骏急忙取了衣物回来，没想到竟然看到这样的事情。这宋家未免欺人太甚。

“你是哪位?”宋母眯着眼看着来人，意外地发现身后牵着小孩的顾细细，“细细?”

“嫂子，你怎么样?”何景骏没有理会宋母，直接蹲下来打量脸上已经红肿的乌青梅。天，他刚刚还跟大哥保证好好照顾大嫂的，眼下……

“我没事!”乌青梅只觉得一片黑暗，想挣脱却怎么也使不上力，隐约中有人在推自己，不停地对她说“安”。可慢慢的那双手从自己身上滑了下去，而自己再也无法呼吸。幸得宋母一掌将她从恐惧中打醒。

“你果然是假装的。”宋母见此更加肯定自己的揣测，狠狠扫了一眼顾细细，“乌青梅，我果真小看了你。”

“是吗?景骏把电话给我。”乌青梅动了动脸颊，疼痛一如预料，伸手接过电话拨出一组号码，“麻烦帮我接宋先生。”

“我劝你还是不要装了，宋汉是没有时间接你电话的。”宋母阴阴一笑，想跟她斗还差了点儿火候。

“宋先生，我是乌青梅。”乌青梅向宋母回以一记微笑，“对于你上次的提议我已经认真考虑过了。本来我觉得要是攀上你这个高枝，就算不能在青城横着走，也能作威作福了。”

“所以?”宋华然饶有兴趣地等着她的下半句。自从那日碰面之后，他一直在等，等她如何拒绝他那么大的诱饵。当然，他绝不会纵容她的决定，他的字典里从来没有妥协二字。

“这风声还没出去。你女儿谋杀我不成功，你太太又来耀武扬威。”她顿了顿，见宋母脸上已经煞气尽显，“为了我的小命着想，我的那点儿小心思怎么也该断得一干二净。”

“你是怕事之人吗?”他哈哈大笑，有意思，她竟然等到那样的机会，如此正大光明地拒绝自己。

“我自然是怕的。”她继续斜着眼笑看宋母，那表情真的是，千奇百怪呢。

“乌青梅你就装吧，使劲地装吧。”宋母咬着牙一把夺过乌青梅手里的手机，“宋华然?”

回应她的是电话早已挂断的嘟嘟声，沉眸扫了一眼带笑的乌青梅，将手机狠狠一甩，四分五裂地散在草坪上。

“你给我小心点儿，否则这就是你的下场。”

乌青梅脸上笑意慢慢收起，在她走了约十步左右，忽然大声一笑，“元巧冉，回去看好你的老公和儿子，我对他们可真没兴趣。”

宋母握拳稳住怒意，极力忽视一旁扫来的目光。她在心中冷哼，乌青梅你就逞口舌之快吧，又看了一眼一旁低头垂目的顾细细，此仇不报我就不姓元。

“哇，嫂子，我崇拜你。”待宋母一走，顾细细大呼小叫起来，“何景骏你也够怂的，竟然让那个疯婆子抢了你的手机。”

“我知道那是嫂子的意思。”何景骏早已在乌青梅的目光训练之下了解她的细腻心思，只是，唉，可怜了他新买的手机。

“这位是?”乌青梅含笑表扬了一旁哀怨的何景骏，他倒是机灵，竟然知道带她来气宋母。

“我大学同学顾细细。”何景骏无视她的笑，装吧，装吧，刚刚那个大妈说得一点儿不错，她还真能装。

“顾细细？我好像在哪儿听过。”乌青梅皱起眉头，细细打量她一番之后幡然醒悟，“若是我没记错的话，刚刚那位可是你未来的婆婆。顾小姐难道是要做黄雀之后的螳螂?”

“呸，就她那样的还不够资格。”顾细细知道乌青梅是在取笑她，也不生气，将身后的何小乖拉出来，“我这人有个毛病，就是不会同流合污。”

乌青梅望了望身后面露慌张的何景骏，估计他这墙脚算是挖成功了。她别有用意地对小乖招招手，“小乖过来，下次可不要跟着陌生人。”

“小叔说他不是陌生人。”何小乖疑惑地看着对自己摆手的何景骏，“小叔你又不是小狗，为什么对我摇手?”

“哈哈。”顾细细赞赏地对何小乖竖起了拇指，“他在对你摇尾巴呢。”

“小叔，你什么时候有尾巴了?”何小乖窝进乌青梅怀里，小眼睛溜来溜去。

“你就是小叔的尾巴啊。”何景骏蹲下身，伸手捏她的脸颊，眼睛却恨恨地瞪了一眼幸灾乐祸的顾细细。

“我才不是你的尾巴。”何小乖很是不屑地推开他的手，皱着小巧的鼻子，“我才不是小狗狗。”

“乌小姐，你好。”顾细细见何景骏吃亏暗爽一把，带着一抹羞涩的浅笑对乌青梅伸出手，“何景骏的太太，未来的。”

“你瞎说什么?”何景骏一下子跳了起来，这个女人不但没征得自己同意就胡说八道，而且表白的对象竟然是怂恿他挖角的大嫂。

“看来你还需要努力。”乌青梅对何景骏挑了挑眉，很是春风得意地握上顾细细的友好之手，“你好，乌青梅。”

“妈妈痛不痛？”何小乖兀自伸出小手轻轻摸着乌青梅的脸。

“还是有点儿小痛痛。”她怜惜地摸着女儿的发顶，还是被她看到了呢。“但只要小乖吹吹，妈妈就不痛了。”

“小乖吹吹。”何小乖踮起脚认真地呼着气，乌青梅心底一阵欣慰，紧紧地抱住女儿。

“妈妈对不起。”何小乖很自责地撅起嘴，挥着手绢替乌青梅擦去感动的眼泪，“是小乖没吹好，是小乖不对。”

“傻孩子，妈妈不是痛。”她亲吻女儿的额头，这是她的女儿，她小心呵护并为之骄傲的女儿。“妈妈只是高兴，我们小乖终于长大了。”

“是这样吗？”何小乖的疑惑在乌青梅频频点头保证下才慢慢敛去，“爸爸为何还不来给妈妈吹吹？为何不帮妈妈打走坏人？”

“她以为我大哥是黑猫警长呢？”何景骏不忍打断眼前的母女情深，轻轻地推了把顾细细，却被她的忽然转身给吓住了，“顾细细你抽风了？这天还没刮风，怎么下红雨了呢？”

“我感动不行啊。”她难为情地咕哝两句。刚刚那个母女相拥叫她想到自己从未见过的母亲。她也想那样给妈妈吹吹，说细细不乖叫妈妈受难了。她回过头却没有看到何景骏的嘲讽，“你还不是眼睛红红的。”

“我这是被太阳晒的。”他虽然如此说，眼底却是自嘲。不由得想到自己的母亲，他为了自己的理想，逃离那个城市她的掌控，他该算是不孝的吧，而他骄傲的母亲即便再伤心再担忧他这个儿子，也不会告诉任何人的吧。

乌青梅在等人，确切地说在等何景。

回家的时候，何景骏几番欲言又止，她知道他定然通知了何景，只是他到底会不会来，她有点儿吃不准。她并不希望他来，若是他来了，就算六个月之后他不得不放手，估计也还是会逼得她去纠缠吧，这份感情太重，她承受不起。可隐隐地还是有一丝期待，若他真的来了，倒也对得起她给他的机会。

她坐在上次偷看的那个角落，窗帘半开，仅留的一层薄纱随风飘荡，不时地落在自己的脸庞，朦胧了大片的夜色。

十一点二十一分，在她落水七小时之后，一道强烈的光照亮她家门前的道路时，她嘴角慢慢浮出了笑意，他果真来了。

何景怎能不来？

当他听到她落水那一刻脑子彻底地懵了。如果说之前他对她的感情还有一丝不确定的话，那么，在他再次呼吸顺畅的时候，他对她十足十的是爱情。作此判断的依据是，他脑海里只有一句话，她怎么可以用这种方式抛弃自己？也因此他完全不顾自己还在开一个紧急会议，将手头的事务丢给陈一白之后立刻驾车来青城。路上又接到何景骏的电话，说是什么创后什么，总之就是后遗症什么的，当时他在等红灯，火气一大立马就冲了出去。

他把事情在脑子里过了几遍之后倍感蹊跷，乌青梅怎么可能是一个感情脆弱的女人，一个溺水就精神崩溃了？她可是隐忍了那么多年谋划了那多么事情离婚的伟大女性。

然后何景骏的电话又来了，宋太太将她打回原形，她打电话给大宋先生。听到这里，他不由自主地笑了，任谁听到这里都会说乌青梅是装神弄鬼了。

可为什么她没跟他说宋华然竟然想找她做他的情妇？事情都如此大条了，她为何不公布她还是他老婆的事实？还有她为何招惹了宋柔？从宋柔上次给朱茂打电话来看，她绝不是那种心狠手辣的女人，但眼下，她究竟做了什么导致如此万劫不复的结果？

难道是佟安？对了，一定是佟安，若不是因为他，她为什么不愿意公开自己已婚的事实，跟一个足以当她爸爸的男人玩暧昧？难道他就那么不堪，那么的不值一提吗？怒火，无法抑制地涌上心头，那个该死的女人，真的那么喜欢佟安吗？喜欢到用自己的生命开玩笑。

何景骏小心翼翼地看着气急败坏的何景冲上了二楼，扶着门仰望乌青梅的房间。他心头浮出一个诡异的预感，今晚要出事了，而且是大事。他下意识地摸了摸电话，很是迅速地给顾细细发了条短信："出门鬼混否？"当"同意"二字跳进眼眶时，他迅速猫腰出了家门。

乌青梅房门并没有关，所以何景重重一拳落了空，口中自然骂出一句脏话。她看到了一个从未见过的何景。在她印象中，何景一直都是干干净净的，即便衣衫有些不整，头发还算是整齐的。眼下的何景，头发凌乱，衬衫已经被扯开了两颗扣子，衣摆有些松垮地瞪着他。

好吧，她承认他是生气了，他的身子紧绷地站在二丈远的地方怒视着她，她似乎感觉到空气的停滞。乌青梅拉开再一次蒙到脸上的薄纱，出乎意料地对他笑了笑，"何先生，你似乎犯规了。"

"是吗？"他挑着眉，一步步地走向她。这个时候，她竟然还笑得出来，提醒他犯规了。

“当然。”随着他的靠近，她竟然无措地吞了吞口水，看来他真的气得很严重。“我们……”她惊恐地瞪大了眼睛，实在不敢相信眼前这一幕，他竟然狠狠地抱住了自己。“幸好。”

她听到他在耳边轻轻地低喃，幸好什么？幸好她还活着？心，莫名有些飞扬，有多少年，没有人这么重视过自己了呢？感动不过几秒的时间，她不得不回归现实，他勒得很紧，紧得让她无法呼吸。乌青梅的双手在他背上乱捶，“何景，你放开我。”

“乌青梅，我决定不再玩那个游戏了。”他慢慢拉开距离，手却禁锢着她的身体。

他温温的呼吸全数散在她的脸上，他说什么？他怎么可以私自作出决定？但身体却比思维更快一步地察觉到危险，紧紧地搂住他的脖子，“我不是孩子，你不能再打我屁股！”

“你这是在撒娇吗？”他的声音很闷。他没想到乌青梅的第一次投怀送抱竟然是在这种情况下。他伸手捏了捏她腰侧的肉，很满意地听到她的轻哼。

“你舍不得。”她腾出一只手止住他下滑的手，头靠在他肩头对着耳朵吹气。很好，终于没有了刚刚的紧绷了，是不是意味着危险解除呢？

“是吗？”他斜过头，扫了一眼满脸奸诈的乌青梅，她的那点儿小心思他怎么可能不知道。但此刻他不愿意去点破，她难得有这么小女人的时候，他怎能错过？

“何景你真的爱我爱惨了。”她皱着鼻子宣告，言语间很是得意。

“所以你就肆无忌惮地挥霍我的爱？”他嘴角挂上一抹笑，眼睛绽放出锐利的光芒，“确切地说，应该是你仗着我的爱肆无忌惮地逍遥着。”

“不是。”她收起笑，甚是嚣张地指出一个无情的事实，“因为我不爱你。”

“无情的女人。”他怎么不知道她不爱他，那时她已经明明确确地表明她不会爱上他，无论曾经、现在还是六个月后的将来，她根本就不曾将自己拉入将来的计划中，也因此不愿意向世人公告他们未离婚的事实。即便知道，在确定自己的心意，在听到她如此毫不留情的揭露后，他的心还是酸涩了，可他不打算放过她。忽然凑近脸咬住她小巧的鼻头，在她眼中闪着惊吓时，他笑得极为古怪，“你真的以为这样我就惩罚不了你？”

惊讶还未收去，乌青梅的大脑已经挂上“疼痛”二字，这家伙竟然在自己未反应之前，大手狠狠地在自己屁股上落下。

“何景你浑蛋。”上次他措手不及地打了她，这次她防备了，他却如此正大光明地打了她。疼痛唤起仇恨，她迅速在他肩上咬了一口，极力忽视嘴里的血腥，挑衅地瞪上他扬扬得意的眼。

“以牙还牙才是我认识的乌青梅。”他伸手替她抹去嘴角的一丝血迹，换上乌青梅不熟悉的深情凝视，“活过来了吗？”

她就那么抿着嘴等着他。她知道他仍然是她的夫，她也知道自己不爱他，他怎么还能如此温柔如此怜惜地对她说这样的话？

医生对她的状况很是诧异，只说心灵太脆弱留下了后遗症；宋母怀疑地看了她很久，言之凿凿地说她是在伪装，就连何景骏都揶揄她，说她太聪明，竟然料到宋母的到来，那神情分明是拐着弯说她装得太好了。

她知道何景也会这么想，她也想自己如他们所说的那样一切都是伪装，可也许只有自己知道那根本就不是伪装，没有人能够理解她对死亡的恐惧，但她知道没有人会相信她。可偏偏他说了这样一句话，意外地撞击了她最柔软最脆弱的那根弦。泪无声息地流下，一颗接着一颗，再也停止不了。

“真的有那么痛吗？”他喃喃自语，手却揉上她被打的左脸。

温暖的掌叫她哭得更是肆无忌惮了。他说得对，她就是仗着他的爱肆无忌惮地嚣张着。他轻轻拍着她的后背，眼睛开始四处神游，今天的收获颇为丰富，十年才见一次她的小女人举动，才见一次她的号啕大哭。

许久之后，她才慢慢停止了哭泣，身子还保持着弱弱的抽搐。他放开她，从兜里掏出一块手绢，仔细地擦去她脸上的泪痕，“我们该好好谈谈了。”

“你还真变态。”她夺过他手中的手绢，很鄙夷地扫了他一眼，这年头身上有手帕的男人估计已经绝种了。乌青梅不经意地瞥过他已经湿了一大片的肩头，“以此作为你犯规的惩罚。”

“我可不知道原来你还喜欢逃避问题。”他哼哼，很是僵硬地挪着身子在一旁坐下，心底暗暗决定，以后绝对不能惹她哭，惹哭了也不能把肩膀借给她。不，还是借给她吧，她是他的妻，她要哭也只能在他怀里哭，前提是他坐着。

“请说。”她转过头掩饰脸上的笑，他龇牙咧嘴的表情还真是可爱。

“为何惹怒宋柔？”这个问题的答案已经让他纠结七个小时了，纠结得心都碎了。

“我跟佟老师遇到了，她一时脑子发热以为我对他有意思，所以……”她丢他一个“你明白”的眼神，又继续欣赏手里的手绢。奶油色的，叠得方方正正，她嘴里突然就冒出了一句话，“你有洁癖吗？”

“这不是我们讨论的话题。”他无视她的问题，刚刚她的回答叫他很不满意。她这么敷衍的回答究竟是想说宋柔没脑子还是说他没智慧，“这么简单？”

“爱情总是让人捕风捉影，疑神疑鬼，很不幸你也染上了。”她泄气地白了他一眼，又不凑巧地白到那块泪渍，极其无奈地叹了口气，“他说男人都不长情，要我大胆地向前走，不要留恋从前，要拥有新的人生，美好的幸福。”

“他恢复记忆了？”他的疑问没有任何遮掩，相信她也一定怀疑。

“我除了自私还很自负。”她笑着向他眨眼，“他不爱我我又何必去爱他，所以他记得还是不记得，关我什么事。”

“的确不关你的事。你这里，”他伸手捂上她的胸口，感受到她心脏的跳动，“真的放下了吗？”

“我该告诉你吗？”她故作疑惑地拨开他的手，“请问何先生，还有其他问题吗？”

“为何没有告诉我宋华然的心思？”离开她的柔软，手有一刻寂寞。

“告诉你又能怎样？”她不以为然地摇头，“人的思想是无法控制的。就算我告诉他我们未离婚，对于他那样有着龌龊思想的人，能轻易放过我吗？”

“我是你丈夫。”他平静地叙述事实，即便他认同她说的，她也应该告诉他。

“我忘了。”她极其无辜地摊开手，“况且我以为男人都不喜欢听太太说其他男人觊觎她的美色。”

“再说了，”她伸出手仔细地看着昨天刚做的水晶指甲，“你上次就提醒我小心宋家，我以为这些都在你预料范围之内。”

“你以为我是你？”他忍，他一定得忍，面对这样一个没心没肺的她，生气完全是自虐的行为。

“你当然不是我。”她嘟嘟嘴，再次鄙夷地摇头，“看来我是高估了你啊。”

“承蒙你看得起。”他没好气地哼哼，“今天我睡哪儿？”

“你想睡哪儿呢？”她托起下巴笑吟吟地盯着他，他很自觉地望向屋子中间那张大床。

“虽然我对你有那么一丁点儿的好感。”她伸出另外一只手比划着，“可这好感离允许你上我的床还有很远很远的距离。”

“所以？”他知道乌青梅最喜欢做的就是在给你希望的时候给你更多的失望，刚刚他也就是那么无聊地顺从她的愿望表演一下。

“去景骏那里吧。”她很是大方地给他指了一条明路。

“没别的地方吗?”他皱眉，他已经很多年没跟何景骏同床共枕过，可景骏的坏毛病他依旧记得，“那小子睡觉喜欢踹人，我可不想一觉醒来发现自己正在亲吻地板。”

“放心，今天决不会有这样的问题。”她极其高深地晃着脑袋，见他眼中闪着强烈的怀疑，很是快意地揭露谜底，“他今晚夜不归宿。”

“难道我眼花了?”他怀疑自己之前是否产生了幻觉，“刚刚貌似好像是他给我开的门。”

“你没看错。拜托你才三十二，还没到老眼昏花的地步。在你进门后，他就溜出门了。”

“你怎么知道?”既然是溜，她怎么可能知道得一清二楚。见她望了望窗户，何景了然地点了点头，“原来你是在这里知道我来了啊。不知道你在这里等了多久呢?”

“作为惊吓未定的病人，你以为我吃饱了撑的啊。”她不自然地回击，说不自然因为她自己感觉到脸上一阵燥热。

“哦，原来是我自作多情。”那抹红晕他又怎会看不见，“帮你看病的医生真没有医德，他难道没告诉你落水后的病人最好不要吹风以免着凉吗?”

“我要休息了，请出去。”她极不淡定地站了起来，气鼓鼓地指着大门请他出去。

“那好吧。”他眼角笑意未去，起身在她面前站定。

她防备地举起双手护在胸前，“我可是有点儿功夫的。”

“我只是帮你关窗。”他双手越过她的身子将窗户关好，收回手时发现她今天第四次的反应迟缓，低头在额头上落下一个吻，“小心着凉。”

乌青梅红着脸想，今天一定是冷水喝多了，连自己都变得很不正常了。

2.

宋母很忧愁。一、宋柔哭哭啼啼地告诉自己，总觉得佟安在怀疑她；二、宋汉对自己采取不听不言的冷政策；三、宋华然突然出差了。将三个问题兜到一起，起因很明显：乌青梅。

想到这三个字，宋母不由再次咬牙切齿，一个乌青梅搞得她整个宋家人心惶惶，定然饶不了她。而另外一件事的爆发则更加加深了她的仇恨。顾父打电话告知之前口头的允诺不作数。她很自然地就想到了那天见到的男子。不管是顾细细勾搭了那个何什么的，还是那个何什么的勾引了顾细细，她将这笔账通通算在乌青梅的头上。

她直接给佟安打电话，说宋柔这段时间睡眠不好，精神状态调整不过来，你还是带她出去旅旅游散散心吧。她说的是事实，所以不怕佟安不答应。佟安也就迟疑了两分钟便答应了宋母的请求。她给营运部总监打电话，直接指示宋汉阅历太浅，希望可以去基层学习学习。当汪总监小心翼翼地打探哪里合适的时候，她笑着告知“白城”。当然她也给宋华然打了电话，只说了顾家拒婚的一件事就得到民他的允许，可对何家小子略施微惩。

她很满意地笑了，乌青梅的初恋情人被她打发掉了，她的儿子也是远水救不了近火，至于宋华然，她不相信他不知道自己要动乌青梅的念头。所以啊，她握着拳头坐在沙发上，怎么可能轻易放过乌青梅这个祸害呢？

待佟安夫妻离开后，她找了两个学生在学校放出风声，说，乌青梅三番五次勾引佟安，被佟太太撞破。有人目睹二人在湖边争执，乌青梅承认她对佟安有非分之想，佟太太请求乌青梅不要破坏家庭，她竟然动手推佟太太，不料自己没站稳落入水中。落水之后，乌青梅还假装后遗症企图引发佟老师的同情，岂料佟老师根本就没来看她，而是带着伤心的佟太太出国疗伤。

人最恨关于自己的流言四起，又最喜他人八卦不断。作为学校最为帅气的男老师和最美丽的女老师，本来在学生之间话题就不曾间断，这个炸弹迅速爆炸后，当宋母敲开校长办公室的门时，连扫地的大妈都在讨论这件事。

当然，矛头都指向了乌青梅，没有办法，谁叫她是一个离婚的漂亮女人，站在这一点上，就有一部分人因为她的漂亮因为她的冷漠而落井下石，一部分人因为传统的卫道心理极力不满她这种小三的行径而大肆诋毁。这些零零散散叫宋母笑得更欢了。

“杭校长，我无事不登三宝殿。”她皮笑肉不笑地在沙发上坐下，“想必你也知道我为何而来。”

“宋太太。”杭校长小心地擦着额头的汗珠，卑躬屈膝地给她端茶倒水，“我定然给你一个交代。”

“不知道校长大人会给出什么样的交代啊?”她端着茶杯，茶杯盖重重地滑过茶杯，眼睛阴狠地扫过杭校长。

“我已经找人着手调查这件事的始末。”杭校长抖抖索索地告知自己的安排，“若是情况属实，我们将严惩不贷，若是有人搬弄是非，我们绝不放过。”

“校长啊，做人要聪明。”她望了望屋内四周的摆设，简单的装饰没有一丁点儿的华丽，“你这里真是简朴。”

“不敢当，不敢当。”他连忙推辞，额头的汗开始冒出。

“我听说我先生去年捐助的体院馆还没有完工，今年又捐助了宿舍楼?”她有的是办法，对付杭校长这种人，比宋汉还要容易。

“是是是，多亏宋先生。”杭校长的腰都快弯得直不起来了，若不是看在体育馆和宿舍楼的面子上，他能任她在自己面前作威作福?

“这恩情呢，不光是说说的。”她这才停止了滑盖的声音，低头抿了一口茶，面露赞扬，“好茶。”

“宋太太夸奖了。”杭校长继续点头哈腰，“不知宋太太的意思……”

“啊哟，我能有什么意思呢?”宋母不满地白了一眼校长，“我自然是想看看校长是什么意思了？何况这么多双眼睛看着呢，我相信校长大人一定会秉公处理的。”

“是，我一定秉公处理。”他如小鸡啄米般点头，“我这就通知董事会明天开会。”

“那么，我就等校长公正的结果了。”她优雅地起身，在校长的再三保证下欣然离开。乌青梅，这才是我的第一步，可这一步，绝对可以毁了你的事业，叫你在青城再无立足之地。

即便乌青梅再低调，也还是察觉到一股歪风在自己身边盘旋，怎么挥都挥不去。一开始有人在背后指指点点，到办公室的时候同事们都躲闪着避开自己，再到旷课的比例增大，课堂里气氛低迷得无法继续授课。她叫起窃窃私语的学生，当着学生的面问出了叫她无语的流言。

宋母这招先下手为强真是恶毒，竟然来污蔑自己的名声。她无声地盯着下面的学生一分钟，清了清嗓子浅笑着说：“不知是否有人可以告诉我，是哪位同学用哪只耳朵听到我说的话，又是哪位同学用哪只眼睛看到我推佟太太下水的?”

即便她轻笑浅语，学生们还是感到一股阴风吹过，也让众人坚信了所听到的事实，而乌老师这种笑里藏刀的举动是为了抓住旁观者杀人灭口。

于是在乌老师的淡定下学生们不淡定了，青大不淡定了，整个青城不淡定了。

当然乌青梅知道这还是宋母的功劳，试问一桩学校丑闻怎么会扩展到社会层面，会那么迅速地登上了青城的报纸并且很给力地占了整整一个版面？哦，对了，那是江传媒发行的报纸。

何景气急败坏地打电话过来的时候，乌青梅正在欣赏这篇报道中的犀利言语。

“乌青梅，你就不能安分点吗？”

“我一直很安分啊。”她扫了一眼一旁心虚的何景骏，慢条斯理地对何景惊呼，“我发现权力真的是一样很美好的东西。”

“怎么，想努力往上爬了？”他没好气地哼哼，眼睛却盯着互联网上的新闻，这语言还真够讽刺的，“你还没爬上去之前就被人家整死了。”

“我为何要努力往上爬？”她对忽然呛住的何景骏堆起大大的笑容，“我只是感叹权力杀人又快又干净。”

“你打算怎么办？”他无力地靠在座椅上，事情有些棘手。根据目前的情形，佟安肯定是联系不上的，至少在青大没有给宋母一个满意的结果之前，佟安这条线必然是徒劳。

“凉拌啊。”她拿起一根黄瓜，慢条斯理地吐出一句极为天真的话，“那句话怎么说的，公道自在人心。”

噗的一声，何景骏一口稀饭喷了出来，惹得乌青梅的白眼不断。

“这么单纯的话可不适合你。”何景直接捏碎她的托词，“这两天，你好好夹着尾巴做人。”

“怎么，你要帮我解决吗？”她听到那边“嗯”了一声，极不赞同地表示自己的反对，“凭你还真解决不了我的问题。”

“我是你丈夫。”他不允许她一个人撞得头破血流。

“我已经记住了，不需要再重复。”她不耐地挥了挥手，“你不能要求我因为你是我法律上的丈夫而无条件地相信你，那样我会死得更惨。”

“我不是希望你信任我。”他挫败地叹了口气，她一直都很聪明的，唯独在感情的事情上笨得一塌糊涂。“我们是夫妻。一个男人和一个女人绑在一起，是为了共同面对困难，相互扶持地走出困境。就算一个人要去撞南墙，另一个人也要陪着去撞墙，一个人做叫傻事，两个人做就叫做同舟共济，因为彼此不会嫌弃对方的傻。”

“何景，你真的爱我爱得很惨。”她手里的黄瓜半天也没咬下去，因为她怕消化不良。

“可是你不需要。”他苦笑着看着窗外空，不知道她那边的天是否也跟他这边一样蓝天白云。

“似乎感动又多了一点点。”她将手中的黄瓜砸向目瞪口呆的何景骏。“我并不想欠你，在我不爱你的情况下。”

“那我岂不是要天天祈祷你早点爱上我。”他语气尤为酸涩，“乌青梅你是我的克星。”

“过奖。”她又拿起一根黄瓜慢慢地啃，“何先生还有什么要交代的吗？”

“小心。”他还有很多话要说，譬如她那边的天空如何，但最终只滑出两个字，他有预感宋母的计划绝对不止这一件，不然宋华然决不会在这个时间出差。至于帮不帮乌青梅那是他自己的事情，他不认同“大难临头各自飞”的同林鸟，只要她不知道就 OK 了，若是论起装傻，他不会比她差。

3.

杭校长自任职十三年来从没有如今天一样彷徨过，他甚至第一次萌发了离开这个是非之地的念头。他当然知道眼下学校是什么情况，更知道宋太太希望看到的结果是什么。

他知道乌青梅没有什么背景，当自己在宋太太这个财神爷面前低三下四时，就作出了决定，在董事会上号召大家以“行为不检点，丧失师德”为由开除乌青梅。

他在跟董事们通气后，心情甚是愉悦地搂着太太在家跳起了伦巴。在进学校的时候，他都觉得步伐轻盈，身心愉悦。可偏偏就在他刚刚泡好顶级乌龙之后，上天给了他一个更大的乌龙。

他战战兢兢地接了电话，从头到尾他都处于迷糊状态。脑中只有一个念头，乌青梅分明是来亡他的。

电话是从省长办公室打出来的。省长是什么人啊？除非学校有大庆典几番邀请才会露面几分钟的高级人物。宋家是有钱，可有钱又能怎么样，在权势面前，再多的钱也只能算个屁。

省长秘书很是委婉地问候他，乌老师是省长的一位亲戚，不知是否给他添了麻烦，若是有，还得包涵。这他怎么能包涵得了？俗话说无风不起浪，乌青梅和佟安的事情他没亲眼见，可流言通常都是带着真相的。

省长秘书很是温柔地叮嘱他，虽然是亲戚但也不能过于放纵，若是惹了事，又有确凿的证据，看在省长的面子上也要好好教训一番。可他能教训吗？人家秘书都说了，要有确凿的证据。而眼下流言的祸根仅仅是目睹，目睹而已。

他有些懊恼地盯着了无声息的电话，那两个学生怎么能只是目睹呢？如今手机功能极其强大，怎么就没有照片，怎么就没有视频？眼下分明就是口说无凭。他要是顺了宋太太的意思，岂不是招摇过市地撞上省长的枪口。

他悲惨地叹了口气，这一边是钱，一边是权，得罪哪边他都没有好果子吃。他左右为难，坐立不安，诚惶诚恐，最后只能将问题带上了董事会。没想到最后竟然变成了他的追讨会。

一说这分明就是陷害，人家乌老师有那么上等的交友圈，怎么可能看上已婚的佟老师？二说这分明是以权谋私，到了这个关节骨才露出底牌，杀到大家措手不及。三说可以联系佟老师，问清楚这究竟是怎么回事。当然这个问题很明显地遭到杭校长的白眼，若是真的能联系上佟老师，他能将问题摆上董事会吗？

合三为一说分明是他这个校长无能。是，他是无能，他从会前吼到会后，可就算承认了这个问题又能怎样，这群人吵了半天也没得出一个结果。后来还是一旁的记录人员实在看不下去，弱弱地丢了一句，要不就停薪留职吧，等佟老师回来再说。

杭校长顿时老泪纵横，他怎么没想到如此之妙的解决办法，不顾众人的面面相觑，冲进办公室约见在等待结果的乌青梅。紧张感重重地困住了他的步伐，他举步维艰地站在办公室门外，竟然没有勇气推门进去。

从门缝里可以看到乌青梅正专注地看着手上的报纸，嘴角偶然露出一抹会心的微笑。完全没有紧张，淡定得叫他无地自容。他没来由地胆怯，那份从容让他恍惚觉得她才是校长，而他是犯了错的学生。啐了口痰，他怎么可能对一个后辈望而却步，说出去还真是丢了青大百年的老脸。

“乌老师久等了啊。”他热情洋溢地跟她打招呼，应对他的是她不急不缓地起身。

“坐坐坐，别站着。”他招呼她坐下来，一双细眼不停地在她身上打转，果然是名门闺秀，举止端坐跟他这个草根校长完全不在一个档次。

“校长还是请直说吧。”乌青梅挺直着背，她跟他并没有什么交情，因此她不想在此浪费时间。

“这个。”他尴尬地咳嗽两声，脸上的笑已经有些挂不住，“我们校方呢自然不会凭几句流言就认定是乌老师的错。我们也是要讲证据的。”

她挑眉，不明白他是什么意思。根据她的猜测应该是会被开除的。

“还是等佟老师回来，我们弄清事实之后再作决定。”他顿了顿，眼中闪过一丝不屑，她竟然装得毫不知情，怕心底早就乐开花了吧。“但是，考虑到学校目前的状况，在佟老师回来之前，我们校方决定请乌老师您停薪留职，不知……”

“既然如此，那么我就回去等校长的电话了。”她起身离开，尽管这个结局不在自己意料之中，但至少不需要自己破釜沉舟。

“乌老师。”杭校长极力忍着心底的不甘不愿，硬是堆着笑欢送，“帮我向省长问好。”

“省长?”她没有回身，只是脚步微微顿了一下，原来是省长大人的面子才有了这样的转折。只是，她好像不认识省长吧。

是谁？朱朱？不会，这件事她不允许他们插手，她有自己的打算，究竟是谁坏了她的谋算？她并没有什么朋友，南锡的那些都是指望不上的，除了……银牙一咬，她怎么忘了，还有一个何景啊。

天空有些细雨飘零，她站在风中许久才平复了对何景的怨恨。她知道何景是怕她受伤才有了这样的举动，正因如此她不能打电话去责备他。抬头望着远处乌云交织的天际，何景啊，我原来已经不能毫无忌惮地挥霍你对我的爱，我知道你会为我无情的话而伤心，因此我破天荒地克制了自己。

许久之后，她才缓缓地掏出了电话，“下礼拜小乖请小朋友到家里做客，你能过来吗?”

他的笔在桌子上画了一个又一个圈，在乌青梅等得抱怨自己为何不发短信的时候，他才开口，“乌青梅你还真是别扭。”

“来还是不来?”她避开他的问题。她不是别扭，只是恩怨分明，站在很多人的立场来看这件事，他的确是他帮了自己，可站在自己的角度上，她并不需要他帮忙的。此刻她依旧不愿去伤他，不然太委屈自己吹了一个小时的冷风。

“来。”何景将座椅转了个圈，蓝天白云叫他收起刚刚的苦涩，“你那边现在什么天气。”

“嗯?”她不知他葫芦里卖的什么药，伸出手探了探风，“阴，时有阵雨，风，二级。”

“啊，这样啊。”原来那边跟自己这里不一样呢，何景失望地叹息，“我这里可是晴，风，一级。”

“所以？”她隐隐知道他会说什么，只是这个下雨的天气她需要一个人解解闷。

“来到我的怀抱吧，我许你晴空万里。”他知道无论自己说得多么诚恳都会引发她不齿的笑，可他还是怀着无比诚恳的心说了。

“我能确定那些信的确出自你之手。”她的确笑了，只是挂在唇角，忽然又联想到什么扑哧一笑，“若是我这里同样晴空万里，你岂不是要说，蓝天如你对我的爱一般纯净。”

“那是你说的，不是我说的。”她果然笑了，可他并不觉得这有什么，因为此刻他也被她的笑逗笑了，“我昨天就说过，青梅，不论你逃多远，我们一直都在同一片蓝天下，所以，请你放缓流浪的步伐，允许我跟上你即将远去的身影。”

她莫名地脸红了，想到他昨天寄来的信，好像的确是这样写的。她有多久未曾听到这样的求爱，她不值得他如此放低姿态，因为她不是那云端的凤凰。她知道自己不会跟他辩解，就当做是他给她这段回忆的回礼，希望老了之后想起这段记忆时，不会后悔未曾伤害一个爱得执著的男人。

宋母砸掉了电话以示她对杭校长的决定的极度不满。她咬着牙在屋子里踱步，没想到那个女人背后竟然有省长撑腰，难怪平日里那么嚣张。不对，若她真的跟省长有什么关系的话，多年前佟母完全不可能了断她跟佟安的姻缘。

“亲家母，是我。”她迅速给佟母打了电话，“近来可好啊？”

“哟，我面子可真大，劳烦宋太太挂念。”佟母自从宋柔不能再生育之后一直对隐瞒病情的宋母没有什么好脸色，这两天又搞出这番事情来。她不是傻子，明摆着是宋柔做了错事。

“亲家母，”宋母脸色一顿，尽是讥讽，“怎么，你还真的想让你儿子跟我女儿离婚，娶那个乌青梅不成？”不待她有所反应，又快言快语道，“也是，乌青梅好歹是省长的亲戚，自然比我们这种商人高贵许多。”

“几日不见，你造谣生事的本事可不仅仅停留在报纸上啊。”佟母皮笑肉不笑地抖着眼前的报纸，竟然拖她儿子下水。

“过奖。”宋母兀自翻了一个白眼，要不是宋柔喜欢，她怎么也不可能跟她成为亲家，“不要忘了，我们可是一条绳子上的蚂蚱。”

“你少拿那件事威胁我。”佟母啪的一声拍桌而起，“你以为你将人藏起来，我就找不到了吗？”

“眼下你不是还没找到吗?”宋母冷哼，比起手段她还真不配跟自己斗，“行了，平时对我女儿好点儿。”

佟母狠狠地剁着脚，元巧冉，总有一天我会教你哭着求我原谅你。很可惜宋母没有时间理会对她恨之入骨的佟母，她从佟母的话中已经分辨出省长绝对不可能是乌青梅的什么亲戚，这个跟头她认，可若是料定她就此罢手的话那就是大错特错了。再次拨出了电话，几番叮嘱之后，她看着镜子中笑得风华的自己，乌青梅算你倒霉，没事惹怒了我元巧冉。

乌青梅这天正在家修理院子里的花花草草，当她听清何景骏的电话后，狠狠地剪去了一株牡丹。她心底一叹，这就是她担心的后遗症。若是自己那件事可以使宋母那口气暂缓暂缓，看在顾父的面子上，宋家不会那么快对公司出手。

眼下这一步，她很清楚地知道，这里面不再单单是宋母，还有宋华然。她了解他那种人的心理，被拒后就喜欢将对方折磨得走头无路，然后再等待求饶。她乌青梅不会。只是宋母的冲击来得太快，她还没来得及好好部署。

周一，何景骏心急火燎地说，市面上出现了公司还在测试暂未公布的软件。周二，安监局说是接到举报电话，称公司为涉黄网站运作，并且留有证据。周三，公司被查封，何景骏被刑事拘留。

就算乌青梅再淡定，事情到这个份儿上，也不能淡定了。宋家在明他们在暗，她没想到他们会耍这种手段来栽赃。很明显，公司有人被收买这才导致信息外泄；网页摆明了是被黑客攻击，但完全没有证据。更何况安监局一直在打击黄色网站，她乌青梅谋事再大也不可能在这个刀口浪尖上惹是生非。

顾细细在痛骂宋家不是东西之后表现得极为深沉，安抚地拍了拍乌青梅，“你不要着急，我回去问问我堂哥。”

乌青梅作为无权无势的离婚女子，只能等顾细细去打探。

“细细，你过来坐下。”顾父招呼在书房门前不停探头的顾细细。

“堂哥。”顾细细焦急地在顾衡身边坐下，“现在究竟什么情况?”

“很明显是被人动了手脚。”顾衡自然知道顾细细着急，“上面想听听伯父的意思。”

“我的意思?”顾父瞥了眼咬唇的女儿，“可得依法办事才好。”

“你这是草菅人命。”顾细细气呼呼地跳了起来，手指着顾父，“我就知道你见不得我好，我就知道你不喜欢何景骏，我就知道你一门心思地要我嫁给那个宋汉。”

“细细。”顾衡担忧地拉了拉她的袖子，见顾父脸已经沉下来，忙开导她，“就算伯父再疼你，你也不能这样跟他说话，还不赶快道歉。”

“我道什么歉，我说的是事实。”顾细细从来不是胆小的人，在她老爹面前也不是第一次为了何景骏发火。“堂哥你都说了那是栽赃，凭什么让真凶逍遥法外啊。”

“胡闹。”顾父狠狠地将水杯砸在桌子上，“顾细细你当安监局都是傻子呢？”

“就是，他们颠倒黑白是非不分，他们竟然还来请教你的意思，这分明表示他们常常作奸犯科、狐假虎威。”她昂着头将安监局批判得一无是处，嚣张地扫了一眼表情甚是尴尬的顾衡，“你别自觉地把这屎盆子往自己脑袋上扣，虽然你也好不到哪里去。”

“细细，你怎么说话呢？”顾父这回真的怒了，拍着桌子起身，掌声过于沉重，震得放在边缘的茶杯轻微地跳动之后落在地上，砰砰作响。

“伯父，细细她还是孩子，你别跟她计较。”顾衡虽然心底把这个无法无天的堂妹骂了一顿，但好歹怎么都是奶奶的心肝宝贝，他能躲还是尽量躲。

“干什么呢？”一个中气十足的声音在门口响起。

顾衡叹了口气，真是怕什么来什么，克星来了。

“奶奶，爸爸跟堂哥欺负何景骏。”顾细细见救星来了，立马抱住顾奶奶的胳膊摇晃，“他们欺负何景骏就是欺负我，欺负我就是欺负你。”

“都给我坐下。”顾奶奶的拐杖在地板上狠狠地敲了两下，又敲了敲暗自得意的顾细细，“还有你也给我坐下。”

“奶奶，我的腿可没有地板耐敲。”她嘟着嘴无奈地在一旁坐下。

“小何的事情我听说了。”顾奶奶绕过顾父伸出的手，直接在椅子上坐下，“顾衡说说陈局是什么意思？”

“陈局说这摆明了是栽赃陷害，但是我们没有证据。”顾衡指出事实，“而唯一的证据却指向何景骏。”

顾奶奶瞟了一眼真生气的孙女。

“那小子我见过，不比宋家的差，就是远了点儿。”

“何景骏说他来就没打算回去。”顾细细赶紧表态，对奶奶谄媚一笑，“更何况她嫂子也在这里。”

“妈，我们不是说好了的吗？”顾父虽然拒绝了宋家的联姻，可不表示他会接受那个小子。

“我看眼下倒是个机会。”顾奶奶示意顾父少安勿躁，“我们就以眼前这件事来订个约定，若是他能无事出来，你就不要阻拦孩子们交往。恋爱跟结婚还差着十万八千里呢。”

“奶奶，你从小就训导我不以结婚为目的的谈恋爱就是耍流氓。”顾细细虽然知道奶奶这是在帮她，可她还是不愿意以此为借口哄骗顾父。

“大人说话，小孩一边待着去。”顾奶奶佯怒地斥责一句，“顾衡跟陈局打个招呼，缓个两天再说。”

“奶奶这个两天是几天？”顾衡知道奶奶开口就没有反驳的余地，可这话太含糊，陈局那里不好交代。

“两天就是两天，你怎么那么多废话呢。”顾父的不爽也只能对顾衡喊喊了，“要是两天后他拿不出证据，顾细细你……”

“就算他被染上污点，我也非他不嫁。”顾细细对着顾父努了努鼻子，潇洒地丢下歪鼻子的顾父，“顾衡记住了，两天哦，千万不要缺斤少两。”

顾衡讪讪地摸了摸鼻子，看奶奶笑得那么灿烂，他还是回局里好好款待未来的堂妹夫，省得以后被某个小气又得宠的小人报复。

第十二章 因祸得福

1.

“细细，谢谢你为景骏争取到两天的时间。”乌青梅握了握顾细细的手，尽管她现在还毫无头绪。

“这是我的分内之事。”她不在乎地挥了挥手，眼睛却红了一圈。

“看来我当初没做错。”乌青梅带着她坐下，“细细，此刻也算是你跟何景骏患难的关头，但我还是要告诉你一件事。”

“你是说是你威胁何景骏来找我的事情?”她露出狡黠的微笑。

“他倒是坦诚。”乌青梅点头算是认同，“我的出发点并不好，但我很庆幸当初作了这样一个决定。不是因为在这个时候你的人际网可以帮助他，而是你真的很爱她。”

“嫂子我说句实话你别生气。”她心里藏不住事情，这件事也在她心里憋了一段时间，“何景骏一见我就坦白了他见我的原因。我那时候挺生气的，我觉得嫂子你怎能这样指使他呢。”

“可我同时又很开心。”她顿了顿，自嘲地抖了抖肩膀，“嫂子，我很矛盾吧。”

“景骏对感情有些迟钝。”乌青梅了然地点头，“所以你这条路怕是要走得很辛苦。”

“再辛苦我都不怕。”顾细细这个天之骄女脸上浮现出红晕，“当他再次出现在我面前的时候，我就告诉自己，连老天都这么帮我，我绝不会再次放弃他。”

“我知道，若不是他跟嫂子的赌约，他根本不可能来找我。”她很是难为情地咬了咬唇，“我喜欢他那么多年，他却一直把我当成兄弟。若不是嫂子，他根本不可能多想的。”

“所以你恨我的同时又感激我？”乌青梅知道她已经释然，“我倒是羡慕你，敢爱敢恨。”

“我才羡慕嫂子呢。”她小心翼翼地捕捉到乌青梅眼底的一抹晦涩，“我听何景骏说，大哥可是追得紧呢。”

“总是有些遗憾的。”她叹了口气，就是因为不敢爱才羡慕顾细细的。

“大嫂没有受过感情的创伤，怎么却是一副看破红尘的样子。”顾细细有些好奇，平日里何景骏把乌青梅都给神化了，她忽然露出那么无奈的眼神，顾细细一时有些抵抗不了。

“爱过痛过的人，并不一定会记住之前的教训。”她的率真叫乌青梅不由多说了两句，“我们曾用十年的时间去爱另外一个人，突如其来的转变叫我不得不怀疑这是不是爱情，而这种眼下浓烈的爱情又能走多久。”

“大嫂，你还真是悲观。”顾细细无比同情何景，“爱情并不能用时间来衡量，有些人过了一生或许都不是爱情，像我看了何景骏一眼我就知道他就是我的爱情。”

“大嫂你缺少安全感。”她极度不赞同乌青梅的观点，指出另外一个问题，“所以你不相信爱情，怕自己受伤。可是，大嫂你被抛弃过吗？”

“啊？”乌青梅脸色有些僵硬，慢慢笑着摇头，“没有。”

“那你该多看看爱情故事，相信这个世界是美好的。”她胡乱地建议，“考虑那么多干吗，患得患失的活着多累啊。这点你得跟我学，活在当下，且过且逍遥。”

“别逍遥了。”乌青梅被她逗得忍俊不禁，“我得实现对何景骏的承诺了。”

“嫂子，你有主意了？”顾细细不由大笑，花痴地看着乌青梅。

“还不知道呢。”她失望地摇头，指了指桌上的手机和笔记本，“电话暂时无人接听，邮件还未读取，我能做的就是坐在这里干等。”

“等什么？”她不解地看了一眼电话屏幕，全英文看不懂。

“等人。”她将身体陷进沙发中，“道伦从上个月就开始旅行，我不知道能否联系上他。”

“就是何景骏崇拜的那个高手？”她眼睛发亮，“只要找到他，不但能反攻找到那个黑客，兴许还能解决公司的难题。”

“也许，可能。”乌青梅点头，她问过何景骏，宋家请的黑客可不是一般级别的，要想破译，估计国内还找不出一个人来。

滴的一声后屏幕一亮，顾细细已经跪倒在地，献宝似的指着电脑，“有邮件了。”

“嗯，我看到了。”她抑制心底的喜悦点开邮件，越看脸色越阴沉。

“怎么了？”顾细细懊恼自己没学好英语，关键时刻犯迷糊。

“他说他在山区支教。”乌青梅摇了摇头，“那里信号不是很好，发这份邮件足足用了一个小时。他还说那里道路不通，从山区到小县城需要走路，大概要走一天，更重要的是，他也不知道那里是什么地方，只知道叫那山。”

“那可怎么办？”顾细细急得直跳脚，希望就在眼前却那么遥不可及，“早知道就叫奶奶多宽限几天了。”

“奶奶！”她兴奋地抓住乌青梅的胳膊，“我可以找奶奶借直升机。”

“果然特权。”乌青梅笑着摇头，“可是你借出来要多久？”

“最快也要半个小时。”她还得小心翼翼地躲着老头子，甚是艰难地给出一个答案。

“走吧。”乌青梅没给她犹豫的机会，抱着笔记本拖着她出门。

“嫂子，你这是去哪里啊？”顾细细正绞尽脑汁想如何不惊动老头，却见乌青梅带着她去了一个从未去过的方向。

“我喜欢速战速决。”她指了指前面，“走吧，顾大小姐。”

“你好，我是朱朱。”朱朱跟目瞪口呆的顾细细握了握手之后完全忽视她，“青梅，刚刚已经追踪到道伦的地址，我们马上出发。”

“需要多少时间？”乌青梅极其冷静地前行。

“大概需要三到四个小时。”她将身后还有些微愣的顾细细一把推上飞机，“一路安全。”

“嗯，小乖就交给你了。”乌青梅点点头，迅速上了飞机。

“她是不是那个南锡传说的朱家掌门人啊？”顾细细隐约记得在哪里见过她。

“你想说什么？”乌青梅含笑挑眉，难道这小妞单纯地认为直升机只有部队才有？

“金钱至上啊。”她张大嘴巴夸张地点头，他们家积蓄也算很丰厚吧，可从来没人想着买架飞机挥霍着玩啊。

“通常，”乌青梅咳了咳，唤回她的注意力，“都是官商勾结的。”

“何景骏的钱估计连个机轮都买不起。”顾细细知道她跟自己打趣，索性也跟着开开玩笑，“可我不稀罕。”

乌青梅抿嘴一笑，何景骏果然捡了个宝。

事情比想象中稍微复杂一点，但也算苍天保佑。当她们好不容易找到那个地方的时候，竟然开始下起了雨。直升机无处停靠，乌青梅跟顾细细只能穿了雨衣顺着梯子爬下飞机，开始寻找道伦。

她之前发出的邮件已经叫他在原地等待，可很明显他不知道去哪里躲雨了。她们又不敢走得太远，山路复杂得很容易迷路。

幸好道伦只是在树下避雨，当她的激光灯在雨中寻找了一分钟之后，就看见一个黑影在远处跳动。

顾细细高兴归高兴，但她不得不对道伦提出了质疑，“嫂子，你确定他就是那么个牛人？”

“怎么了？”乌青梅不解她为何会有这样的疑问。

“小孩都知道打雷的时候不能待在树下。”这样的智商能够摆平何景骏所说的高级黑客吗？她有些担心。

“可现在并没有打雷啊。”乌青梅拍拍她的肩，“道伦是个驴友，野外生存经验很丰富。”

“难道他经验丰富得可以看出今天不会打雷？”她不敢置信地瞪着奔跑过来的黑影，再次发出惊呼，“他就不怕泥土松垮，滑下去？”

“你跟我家轩翰很相像。”乌青梅赞扬地对她点头，“对自己嫉妒的人总会有无数的假设性攻击。”

“你说我嫉妒他？”顾细细脑子混乱了，她怎么可能嫉妒这样一个完全没有常识的野人？对，是野人。黑影在她面前站定的时候，她不可抑制地倒喝一声，完全的野人。胡须遮盖了大半张脸，只剩下一对碧绿色的眼珠，在这黑毛盘固的大脸上甚是诡异。“不，我绝对不会嫉妒他。”

“你是谁？”字正腔圆的中国话博得顾细细一丁点儿好感，“中国有句老话，世事没有绝对。”

“我头疼，头疼。”顾细细敢肯定自己的脸已经在抽搐，她接受不了这样的外国人。

“走吧。”乌青梅无奈地看了眼大眼瞪小眼的二人，小心翼翼地返回。

上飞机后，飞行员说他们运气还不赖。山区里要么小雨要么暴雨，甚至有可能塌方。

乌青梅淡淡地笑了笑，出发前，有人特地打电话来说，他的晴天依旧在等她的归来。一如何景的许愿。她很快就等到了晴天。

道伦的专业叫顾细细再次不愿跟这个野人打交道，当然他刮掉胡子露出帅气的脸后依旧没有得到顾细细一丝惊艳的表情。她想也许乌青梅说得没错，她嫉妒他，当何景骏提到这个人的时候，眼睛闪亮得完全可以当照明灯，他对她可没那么激动过。

乌青梅没有时间关心顾细细的庸人自扰。她希望道伦能够迅速解决眼前这个麻烦，因为她怕麻烦。

她不知道何母对于何景骏的事情知道多少，唯一能肯定的是她肯定知道何景骏在这里，之前因为宠溺何景骏也许能睁只眼闭只眼，但若是眼前这关过不了，她那边定然不会息事宁人。

幸好啊，幸好啊。

道伦用了八个小时就查到黑客的 IP 地址。值得一提的是，也许此黑客对自己的技术非常信赖，道伦轻易地破解了他的邮箱密码并窃取了未删除的邮箱。虽然未能直接指认是宋家策划了这一闹剧，但到这里显然可以换取何景骏的清白。顾衡告诉顾细细局里核实情况后将送回何景骏，乌青梅心中的郁郁不欢这才散去。

“青梅，也许我能帮另外一个忙。”道伦瘫坐在沙发上，眼角带着喜悦看着乌青梅。

“什么?”还何景骏一个清白，这是她唯一上心的事情，其他的，她不认为有什么需要帮助的。

“我还是不愿意相信你就是那个大名鼎鼎的道伦。”顾细细端着一盘水果坐下，摇着头鄙视他极为不雅的坐姿，“吃水果。”

“谢谢!”这个顾小姐从头到尾一直对自己冷嘲热讽，他无所谓地撇了撇嘴。“我看了何先生设计的软件，挺有意思的。”

“我并不关注公司的发展。”乌青梅扫了一眼跃跃欲试的顾细细，“细细希望你不要介意。虽然何景骏坚持给了我股份，可从我拿出这笔钱的时候，就没有指望能够收回来。”

“嫂子，你不相信何景骏？”顾细细心底漾过一阵质疑，不是为她不愿意相信何景骏，而是她一直记得何景骏对自己说到乌青梅时嘴角的笑意，那种心甘情愿的折服，那种发自内心的自豪。眼前这个女子，这个为了何景骏奔波在山坡上的女子，怎么能说出如此冷清的话。

“我纯粹是欣赏他为梦想执著的傻气。”她是不愿跟何家扯上关系的，但何景骏用那么单纯渴望的眼神打动了她。

“可若是能收回来不是更好吗？”道伦疑惑不解，中国人就是太麻烦。

“你是说能帮助公司走出困境吗？”顾细细收回打量乌青梅的目光，有些不确定地看着道伦。

“我想我是可以的。”他坐直了身子，歪着头看脸色有些变化的乌青梅，“只要她愿意。”

“我想知道，何景骏设计的软件值得你帮吗？”乌青梅的手又开始在沙发上弹奏，她不想让事情搞得太复杂。

“从我专业的角度来看，是的。”他慎重地点头，态度极其认真。

“我的确不介意付出之后有回报。”既然他都这么说了，她再不承情也太清高。“你愿意帮助何景骏，从他的角度来说无疑是雪中送炭，但也正因如此，他绝不会轻易接受你的帮助。”

“他出自商人之家。”顾细细晃着脑袋解释，“有自己的坚持，更有自己的傲气。”

“这个问题其实很容易解决。”道伦斜坐在沙发上，大笑着显摆自己的牙齿，“聘用我担任技术总监就 OK 了。”

“我年薪很高的。”他继续拦住乌青梅有可能拒绝的话，“你没有必要担心他高攀了我，更没有必要因为我的加盟将公司带向欣欣向荣而不安，因为我跟何景骏是 PARTNER。”

顾细细这才明白过来。乌青梅定然知道道伦的能力，就算何景骏再傲气，也很有可能在偶像面前头脑发热，一时忘记自己的本分。之所以拒绝他是怕何景骏因为这来得太快的成功而忘记最初的梦想。若是如此，她宁愿不要收回之前的投资。可若是道伦作为合作者，他们则会向同一个方向前行，一步步走得很踏实。

顾细细感激地看了一眼乌青梅。此刻她嘴角正带着一丝微笑，眼中闪着睿智的光芒。她为刚刚的怀疑而感到羞愧，何景骏说得没错，乌青梅的确是一个值得敬佩和交心的朋友。

2.

佟母一直不喜欢乌青梅，在得知乌青梅跟程家相认的那一刻，她的恨意爆发到了极点，她若是早点揭露自己的身份，也不会险些失去宝贝的儿子。

她明白这不是乌青梅能控制的，在乌青梅结婚之后她的怒意无处安放。乌青梅嫁入豪门，幸福生活，虽然她的儿子也是，可这个强塞给她的媳妇让她无从喜欢，一想到她背后虚情假意的宋母，她就恨得牙痒痒。所以当佟安再一次打电话回来问安的时候，她不小心说漏了嘴，从青城的天气说到青城的八卦。那个女人都敢来威胁她，她不做点儿事情回报回报也辜负了元巧冉的美意。

佟安阴沉着脸盯着从浴室走出来正在擦头发的宋柔，没想到她竟然……

“你怎么了？”宋柔疑惑地抬了抬头，“佟真出事了？”

“你推她下水了？”他百思不得其解，他温柔善良的妻子怎么会有如此疯狂的举动。

“你……”她紧张地咽了口水，吃惊地瞪大眼睛定在原地，毛巾滑下重重地砸在地板上。见他脸上尽是失望时，宋柔眼圈红润起来，“我不是故意的，我真的不是故意推她下水的。她拉着我，越拉越紧，越紧越痛，我不想让她落水的，我只是想推开她。”

“为什么？”他搁在床上的手紧紧地抓住被单，他的妻子怎能如此的小人心思？“你怎么能有那样的怀疑，你这样置我于何地？”

“为什么？”她怆然一笑，歪过头时泪滑过脸颊，“因为我太爱你，爱得不够自信，爱得没有安全感，爱得自卑。”

“我不明白。”他摇头不接受她这牵强的解释。他知道她爱他，但不自信、没有安全感、自卑这些从来没有听她说过，为何偏偏摆在了乌青梅身上。

“佟安，你爱我吗？”她因他的不信而难过，终于认真地问出心里的忐忑。

“我不爱你，能跟你结婚吗？”她是他的妻子，携手一辈子的妻子，他的忠贞就是他的爱情。“我哪里表现出我不爱你了？”

“我知道你宠我，而我也一直以为那就是你对我的爱。”她的泪落得更凶，一颗一颗迷惘着他的心。“可我最近才知道，你爱的不是我。”

“我从未变过。”他从未出轨，就算跟女学生都保持着安全距离。眉头皱起，她的指控没有依据。

“是，你从未变过。”她无力地大笑，若不是她在储藏室无意中找到那本藏匿在角落的日记，怎能会那么防备乌青梅。“你知道吗？我不喜欢栗子也不喜欢猕猴桃，可十年了，你从来都没有发现。”

“我以为……”他哑然，她不喜欢吗？若是不喜欢她为何不说。

“我以为是你喜欢的。因为是你喜欢的，我告诉自己我可以爱屋及乌。”她为自己的愚蠢感到可笑，“也许你早已忘记，其实你也不喜欢的吧。”

“我若是不喜欢怎么可能吃了这么多年？”她的辩解再次叫他感到荒谬，“我们在说乌青梅的事情，你不要说些无关的事情。”

“怎么可能无关？乌青梅是你的初恋情人。”到这个时候，她怎么能一忍再忍，“就算你忘了她，你的潜意识里还记着她的喜好，我怕你某一天忽然醒来，懊恼地发现待在你身边的是我。你一直当做妹妹的我，因为我告白而让你讨厌的我，一个因为父母意愿不得不娶的我。”

即便坐在床上，他的身体还是晃了晃。她后来说了什么他没有听清楚，脑子里有无数个声音在盘旋，“乌青梅是你的初恋情人”，“乌青梅是你的初恋情人”……不，不可能，她怎么可能跟他有所关联。

这真的是他失忆的那一部分吗？他曾经因为失去记忆而懊恼，总觉得丢了很重要的东西，因为心似乎麻痹地忘记了痛，可最终还是放弃寻找记忆，因为身边的每一个人都生活得很好，若是真有那么一个人，应该会跑到自己面前要求自己记起来。

她真的是他记忆中的那个人吗？若是，当年她为何没有出现，若是，为何她还能那么淡定地跟自己说笑。他不相信。

“不相信吗？”她苦涩地垂下眼，她比他更加不愿意相信这个事实，“你可以去问你妈，也可以去我的书房右边第三个抽屉最底层找一本日记，你的日记。”

“我不会去问，也不会去找。”不管她说的是真还是假，十年了，他早已放弃寻回记忆的念头，“宋柔，我第一次也是最后一次郑重地告诉你，你是我的太太，这个事实一辈子都不会变。”

“不会变吗？”她艰难地抬头看着已经站起来的他，对，他失忆了，他不记得乌青梅了，他可以这么信誓旦旦地告诉自己，她没有怀疑的资格，他将身边的位置给了她。

可若是记起来了呢？他对自己的坚定真的能抵过他对乌青梅的爱吗？

她不相信，尤其见了乌青梅之后她更加不敢相信。她害怕，害怕乌青梅对他有所图，他能爱上她一次，也能爱上她第二次，所以宋柔才会惊慌失措地抗拒他们的碰面。

“我希望接下来的几天你好好想清楚，究竟想要我们变成什么样子？”他长腿一跨，径自打开衣柜。

她没有拦他，知道他说得没有错。她的确需要冷静，冷静到可以平静地面对乌青梅，可以不在意他对自己究竟是不是爱，可以像从前那样带着满满的爱跟他过完这辈子。

佟安回青城的第一件事就是回到青大，带着那两个学生跟杭校长解释清楚事情的真相。杭校长也乐得做个顺水人情，对两个学生记了一个大过，并要求他们通过校广播站播送对乌老师的道歉信。

佟安解决流言之后马不停蹄地奔到乌家。他在门口踌躇了半天，一方面那个“乌青梅是你初恋情人”叫他心有戚戚，竟然有些难为情；另一方面宋柔背着自己做的事情叫他心生愧疚无脸面对她。

朱朱进门的时候看到犹豫不决的他，想了想还是把他一起带进去。乌青梅正半跪在地上跟何小乖看故事画册，脸上洋溢着幸福的微笑。他自嘲地笑了笑，她怎么会是宋柔口中那个为了钱财而抛弃自己的女人。

“哦。佟叔叔好。”何小乖抬起头，为自己还记得这位叔叔而感到兴奋。

“佟老师有事?”乌青梅只是抬了抬眼，未动的身子告诉他，她不待见他的到来。

“我是特地来说声抱歉的。”在她的注视下，他没有心虚，坦坦荡荡。

“小乖过来。”朱朱见她已经没有当初那样的失控，也就放宽了心对何小乖招手，“我们去院子里看看花今天有没有长高。”

“请坐吧。陈妈倒杯开水过来。”她这才站起来坐下，“我很好奇佟老师为何道歉。”

“我太太的错便是我的错。”从一开始他就知道乌青梅很难缠，但他不得不过来。“很抱歉因为我太太的原因给你带来那么多困扰。”

“我不知道道歉是你的意思，还是你太太的意思?”她端起玻璃杯晃了又晃，茶叶在碧水中摇曳。她再次抬起头目光已是尖锐，“就算是你太太的意思我也不接受，因为她没有诚意。”

“佟老师不要跟我说夫妻本是一体，她的错便是你的错，合该就要你这个不相干的人来道歉。”恰巧电话响起，她看了一眼，现出一片柔色。“稍等一下，我接一下电话。”

此刻陈妈正将水端出来，他看了看她面前的茶水很轻易地知道这是给自己的。接过杯子的时候，他心中闪过疑惑，她怎么知道自己偏好白开水？难道她真的是……如若不是，根据礼节她不会就端上这一杯白开水，抑或是？心有些凉，也许她真的不待见自己，这才用一杯白开水提醒他的不该。

佟安瞟了一眼语气甚是欢快的乌青梅，她应该是在跟她的儿子通电话，眼角眉梢都挂上了笑容。这样的她，宋柔凭什么断定她对他有其他的心思呢？

“她是因为我才会对你做出这样的事情。”他待她坐下慎重地说道。

“佟老师。”她嘴角的笑意还没完全收起，她怎么忘了呢，他这个人向来护短，只要在他保护范围内的人，就不允许有人伤害。那个时候，她也曾……摇了摇头，这么多年他一直没有改变。“你爱她吗？”

“似乎女人都喜欢问这个问题。”他抿嘴看着她，刚刚她在看什么，眼神是那么专注？“不管我爱她或者不爱，她是我的妻子。”

“那就是不爱了。”她迅速地抛出自己的答案，“若是不爱，这样的护短对她来说反而是种伤害。我想我能明白为何她会有那样的恐慌。”

“乌老师似乎经历过？”怀疑的话脱口而出，并不是因为她对自己的质疑，而是他忽然对她产生了好奇，“我记得乌老师说过，曾经爱过一个人，也是因为这种恐慌才放弃了坚持。”

“佟老师还听说了什么吗？”她缓缓开口，眼中一片沉思，静得叫他找不到倒影。

“听说你曾经因为一张支票……”他小心地遣词用句，求证宋柔对她的指责。

“果然听说了呢。”她笑着点头，宋柔果然是知道的。她一定是想让自己因为此事而感到羞愧吧。“我的确因为那样深刻的爱而感到恐慌。你知道花花草草都有原本的位置，一旦错位，便是死亡。我不忍心那样的人因为爱而毁掉一切。”

“所以你用自己的背叛点醒他的爱情？”他皱眉，忽然想到之前那次谈话，“乌老师怕没有那个人爱得深吧？”

“你也说过爱情不重要，而且人不会太长情。”她爱得没他深吗？不，若没有那么就是不会轻易地放手，也不会十年如一日地因为愧疚连梦里都记挂着他。但今天他没有知道的必要性。"最重要的是，他现在过得很好，我也过得很好，这便证明当初没有错。"

"你还爱他吗?"他低头掩饰眼底的恍惚，刚刚他竟然把自己想成她说的他，若是那样，他会原谅她吗？心底苦苦一笑，佟安啊，你怎么也开始庸人自扰了呢？这个世上从来没有假设更没有重来，她说得很对，大家都很好这便足够了。

"爱或不爱已经不重要了。"她叹了口气，她还爱他吗？"有些风景只会留在记忆里，而明天会有其他的风景出现。我记得并感谢那份独特的记忆，但这不代表我将自己永远困在那里。"

"爱上你会是一种磨难。"他终于会心地一笑，不管他是不是她曾经的他，她曾经爱过并一直记住，这便对得起那场只为了爱情的爱情。

"往往有人喜欢迎刃而上啊。"她眼角扫到一个身影，含着一抹笑望着那个方向。今天没有收到他的信件，她就猜到他应该会过来。

他顺着她的目光看到倚门而立的何景。他想到了宋柔，她当时是否也是这般怨怒地瞪着乌青梅?

"那么我告辞了。"他很识趣地起身道别，真心祝福何景好运。

她对他点了点头算是知晓他的到来，拿起小乖的故事书放任他的怒气。就那一眼，她很明显地接受到他对自己的责备以及对佟安浓浓的怒意。只是为何他的眼神让她觉得自己对不起他了呢？又有些啼笑皆非地想原来男人也会吃醋。

"你不打算说些什么吗?"他在她身边坐下，右手搂住她的肩防止她的逃脱。

"我该说什么?"她对他谄媚一笑，自我催眠忽视他手心的桎梏，"我没什么可说的。"

"你真是我的劫数。"他将头埋在她的颈间，下巴在锁骨处摩挲着。

"怎么，相亲不顺利?"她只穿了一件V领薄线衣，胡茬刺得肌肤有些痛，况且她不喜欢此刻的亲昵，总觉得他是在跟佟安怄气，身体力行地表明自己该有的身份，虽然是法律上的。

"我就知道瞒不过你。"他这才抬起头，很满意地看到她脖子下一片红痕，拉着她靠在沙发上，"有没有感到担心?"

"我倒希望你能被她勾走，我也能落个清闲。"她没好气地瞥了他一眼，拿起手中的书狠狠地砸在滑到腰际的大手上，"别得寸进尺了。"

"我可不可以理解为你吃醋了?"他对着收回的手吹气，眉眼间尽是捉弄的笑意，"我这只手握过她的，你嫌弃了?"

“神经。”她白了他一眼，以为何景骏就够自恋的了，没想到这里还有一个。

“我怎么就爱上你这个白眼狼了呢。”见她微微挪动拉开了距离，何景极其幽怨地叹气，“不问我为什么吗?”

“我可是前车之鉴。”她索性放下书，他来这里绝不是为了来告诉自己他去相亲的事实。

“你以为我还是十年前的何景吗?”他因她的嘲讽狠狠地瞪了她一眼，“妈一直知道景骏在你这边，也知道你帮他开公司的事情。她之所以没来找你要人，是打算放任景骏一段时间的。可偏偏景骏出事了。”

“你频繁往返青城，她必然也是知道的。”她了然地挑眉，她这个婆婆的风格一向如此。“她威胁你了?”

“若是相亲能叫她暂时不来骚扰你，我无所谓。”他闭上眼假寐，以为自己可以瞒过她的，结果呢，还是斗不过。

她歪着头看他，他应该是难过的吧，跟何母抗争多年，到头来还是被她吃得死死的。

“你休想我会因此而放开你。”他忽然眼睛一睁，精光叫她心头微微一颤。“我宁可跟你耗着，也不会离婚。”

“我可不是你跟她争斗的牺牲品。”她刚刚的确在想他是否会走上之前的路，在何母的压力之下另行娶妻。要是到那时，她一定会躲得的远远的，叫他再也找不到。

“你的语气有点儿酸。”他露出今天第一个微笑，“青梅我告诉你这些，不是叫你对我产生质疑。比起你的不爱，我更害怕你从我身边消失。”

“我有没有说过，你真的很会甜言蜜语。”除此之外，她不知道该如何回应他的深情。她承认因为他的话有些开心，但这些欢喜不是爱。

“我这么急着来也不是为了看你在不在。”他抓起她的手紧紧地握住，像是想起什么皱起了眉头，“你那天为何没有给我电话?”

“啊?什么时候?”她眨眼，好像从来没有主动给他打过电话吧。

“你答应我接到道伦之后会给我回电话的。”他的手指在她手背上摩挲着，眼底却是厉色。

“我不记得了。”她有答应吗?她不记得了，真的不记得了。

“不记得了啊。”他低喃一句，迅速拉过手狠狠咬了一口，“好好想想。”

她想收回手却被他紧紧地拽着，心生委屈。

“不记得就是不记得了，你又不是我什么人，凭什么这么对我?”

“你还真是……”他挫败地又咬了一口，“别在我面前装柔软，你根本就不是那样的人。”

“你以为我是机器人，不会疼吗?”她心一横，拉起他的手狠狠咬了回去，直到尝到血腥才放手。她泄气地发现他连眉都没动过，“你咬我两口，我只咬一口，便宜你了。”

“你会吃亏吗?”他不在意地扫了眼牙印，她貌似比较喜欢在自己身上留下牙印，以前是肩膀，现在都敢昭告天下了，哀怨地伸手替她抹去嘴角的血迹，“对不起硌着你的牙了。”

“算你识相。”她装作不在意地盯着他流血的齿痕，“那边有药箱，你自己处理一下。”

“死不了。”她既然能关心他，为何非要下那么大的劲儿。“我先出去一趟，这次是为了公事而来的。”

“你还是处理一下吧。”她又扫了一眼那个伤口，这样出去见人估计应该蛮丢脸的吧。

“反正丢的又不是你的脸。”他自然知道她在担心什么，为她的别扭感到好笑。

“人家会笑你惧内的。”他的笑实在碍眼，她忍不住继续打击他。

“你现在承认是我的内了?”他坏心地靠近她，在她发上落下一吻，“记得等我回来，我有话对你说。”

她点头，脑子里却迅速蹦出一个念头，他换香水了。在他大步离开之后，她整个人窝在沙发上。她什么时候连他的气味都记住了?

“哟，你今天可真是热闹。”朱朱似笑非笑地打趣暗自苦恼的乌青梅。

“朱朱，我想我有点儿喜欢他了。”她几乎求救地望着朱朱。

“你不是早就动摇了吗?”朱朱没好脸色地回敬她，“当初是你自己说对他动了心的。”

“现在跟以前不一样啊。”她急得直咬唇，“那时候因为他对孩子们好，动心是因为我不讨厌那样跟他过完一生的。”

“那现在呢?”朱朱知道她很别扭并且迟钝。

“我每天早上都很期待他的信，接到他的电话虽然总是没有好话，可心底还是高兴的。”她仔细回想这些日子来的情形，却惊讶地发现他在她的生活中占据了太多的份额。“甚至他出现在我面前的时候，我竟然有些激动。更过分的是，听到他去相亲我竟然有些失落，刚刚我竟然察觉他换了香水。我以前从来没有在意过的。”

“那看来你的确是有那么一丁点儿喜欢他的。”朱朱很是夸张地点头，“撇开之前的事，何景还算不错。”

“你知道我不能爱他的。”她并没有因为喜欢他而觉得难堪，但是她真的不能牵连他。

“既然他那么爱你，我想他对那件事一定不会袖手旁观。”朱朱知道她在担心什么，伸手拍了拍她的肩，“好好想想吧，我的朋友。”

何景是跟云痕一起来洽公的，事情谈完之后，云痕玩味地盯着他的咬痕，许久才建议去酒吧喝一杯。

何景之前并没有跟乌青梅谈起佟安，但佟安在乌家的出现像一根刺横在他心里头。他了解乌青梅，甚至有理由怀疑她现在还爱着佟安。这些年，他可是听到她在睡梦里唤着佟安的名字。那次受伤，她更是将他当成了佟安。她跟佟安说那是特殊的风景，将一直留在记忆里。他知道自己没有权利去干涉她之前的事情，但，为何他爱得如此彷徨。

“云大少，你爱我妹妹吗？”他知道云痕跟何景鸢的婚事已经提上了议程。他找景鸢谈过，云痕有深爱的人，也许这辈子都不会爱上她。可那丫头竟然一脸天真地说，不管他爱谁，最终能伴着他走完一生的只有她。

“你还相信爱情吗？”云痕晃着酒杯若有所思地问何景，“不管你同意不同意，我肯定是会跟她结婚的，而且我会对我的婚姻忠诚。”

“若是她回来了呢？”他想起那个女子，很漂亮也惹人怜惜的女孩。“那时候你不能克制地爱上了她，难保以后不会。”

“我不会。”他摇头，那件事已经彻底抹去他唯一的天真。“我奶奶有句话说得很对，我们这个圈子都是强强联合，弱势的小白兔是活不下去的。”

“景鸢可没有你想象的那么伟大。”他哼哼，虽然他们是多年的好兄弟，但他还是不能接受云痕变成自己的妹夫。

“跟在嫂子身边这么多年，也学了不少。”云痕下意识地拉过他的手，“怎么还没搞定她？”

“她可是一座冰山。”何景无奈地摇头，“你说我是不是犯贱？她在我身边的时候，我一个劲儿地恨她，她离开了我竟然不甘心舍不得了，然后某一天醒来发现自己竟然不知道什么时候爱上她了。”

“拥有的时候不在意，失去的时候才发现爱的那个人早就在身边。”云痕细细思量一番，敬他一杯，“何景，你的人生还真是戏剧。”

“你少落井下石。”他一干而尽，“我期待你的这一天。”

“你不可能等到的。”云痕信心十足，“爱一个人太麻烦，我不打算再自找麻烦。我会只忠于你的妹妹，并且不会离婚。”

“反正我妹妹爱你。”何景有些眼红他的好运，“只要你不离婚，就算你爱上她也不会有我今天这番田地，即便你不爱她，她也不会在乎。”

“的确是这样。”云痕点头，心情甚好地又要了一瓶伏特加。

“我要是揍你一顿，不知道我妹妹会不会杀过来？”何景皱着眉头思考这个可能性。

“你就是这么报答我这个恩人的？”何景当时找他帮忙，他可是二话没说就给他省长舅舅打电话的。

“青梅也是你嫂子。”何景向他龇牙，他以前怎么没发现云痕是个如此小心眼的男人呢，或许他该跟景鸢建议换成云墨，还是那小子对自己脾气。

“是，大哥。”云痕很是恭敬地对他点头哈腰，“小弟再敬你一杯。”

乌青梅想了很久还是没有作出决定究竟要不要告诉何景那件事。烦躁的同时不停地在窗口张望，这个浑蛋还说等他回来，这都快十一点了连个电话都没有。

“有事请明天再打过来。”十一点半的时候，她终于接到了某人的电话，压抑了一个晚上的火气顿时就上来了。

“嫂子是我，云痕。”云痕吃惊地看了下手机，确定没有打错电话，又扫了一眼坐在门槛上的何景，可怜地摇摇头，看来何景的情路真的不顺。“何景他喝醉了，你能下来接他一下吗？”

“你是他兄弟？”乌青梅对这个声音有点儿印象。好你个何景，叫我等你回来自己却跑到酒吧喝酒，敢情戏弄她呢，要是他知道自己有那么一丁点儿喜欢他，那不反了天了。“你随便找个地方把他安置下来吧。”

“你以为我愿意吗？”云痕抬头看了看二楼闪着微弱灯光的房间，“他现在就坐在你家门口，怎么都拉不走。”

“你能送他过来就能送他回去。”

他竟然还撒酒疯？

“我敢不送他过来吗？”刚刚他可是拿着酒瓶威胁自己的。“嫂子，你赶紧带他上去吧，我还得连夜赶回南锡。”

“谢谢你了。”她最终还是忍不下心，起床去接人。

云痕见开了灯，拍了拍靠着门的何景，“大哥，祝你好运。”

乌青梅打着主意要多晾会何景的，但是午夜的风吹得她有些冷，只能认命地下楼。打开大门的时候，他忽然抬起醉眼朦胧的眼睛对她灿烂一笑，“青梅，你来了。”

“起来。”她无法忍受他身上的酒气，嫌弃地直翻白眼。

“你又讨厌我了。”他咕哝一声，带着失望垂下头，赖在地上死活不肯起来。

“是，我讨厌你。”她陪着他蹲下，“讨厌你的言而无信，讨厌你身上的酒气。”

“我什么时候言而无信了？”他歪着头看她，她后悔自己竟然傻乎乎地蹲下来，酒气直接喷在脸上。

“你叫我等你回来。”她真的生气了，向来讨厌不守约定的人，“你呢，自己去喝酒，喝得醉醺醺也就算了，你就不能打个电话给我？”

“原来你在等我啊。”他忽然一把抱住她，呛人的酒气加他勒紧的拥抱叫她无法呼吸，本想挣扎却被他惹得一阵心酸，“我以为你不在乎的。”

“我怎么可能在乎。”她心里的怨气还没有消去，“这是做人的原则问题。”

“口是心非。”他松开她，看着她微红的脸蛋，手在她胸口蹭了蹭，“嘻嘻，你心跳加速了。”

“无聊。”她拍开他的手，她是因为被他勒得太紧才导致心跳加速，因为缺氧所以才脸红的。

“青梅，你为何就不能爱我呢？”他双手捧起她的脸蛋，强迫她看着自己，“因为我曾经不爱你吗？你知道我现在有多少次怨恨自己为何不能早点遇到你吗？”

“要是早点遇到你，我就不会爱上白云。我就不会那么对你，我们就不会像现在这个样子。”他说得有些急，险些呛住，“我告诉自己不能急，这是对我的惩罚。我总有一天可以等到你爱上我的。可看到佟安，我有一种前所未有的害怕，我怕你还爱着他，我怕你会跟他而去，我怕你根本不会回头看我。”

“何景。”她看到他眼底闪过的晶莹，她将他逼到了这一步吗？

“我更怕我妈来找你麻烦，怕你不问我一声，直接将我踢得远远的。”他的泪缓缓落下来，“我知道你不爱我，我明知道你不爱我，我还用一纸婚书胁迫你接受我的赌约。”

“我知道你时时刻刻都想从那个家里出来。”她想伸手替他抹去眼泪，却被他拦了下来，“说我自私也好，说我可怕也好，我真的不愿意放你走。”

“你说你因为恐慌放手了。”他如同一只受伤的小狗，在她面前舔舐着她带来的伤口，“我知道你很爱佟安。我也爱你爱得恐慌，爱得担心害怕，我在想你是不是也希望我能放手。”

“可是青梅，我不要这样。”他悲哀地摇头，“我不要十年之后，你身后另有他人，然后对我说，我生活得很好，谢谢你曾经放过了我。”

“你们说人不会长情。”他的泪落在她的手背上，一滴滴灼伤着她的肌肤，直到骨髓。“那么我们不要爱情好不好？我会跟景鸢一样，带着我的爱守着你一辈子，守着我们的婚姻一辈子。”

“你不要不相信我的话。”他怕她不相信，努力保证着，“我以前对刘秘书说过，我对其他女人提不起性趣是真的。今天相亲的那个女人，比你好看，比你身材好，她对我笑的时候，我就想你要能对我那样笑就好了。不知从什么时候开始，我眼里只有你，早已容不下别人。”

“你看到了吗？”他将脸凑近她，“看到我眼里只有你吗？”

“何景。”她终于有了发言的机会，也看到他眼底的自己屈服的眼神。“你真的醉了吗？”

“我没醉。”他缓缓地摇头，不想打了一个酒嗝，“我知道你讨厌酒气，我保证以后再也不喝酒了。”

“起来，回家。”她疑惑地看了他半天，一个醉酒的人怎么可能记得那么久以前的事情，怎么会如此条理清晰？

“好，回家。”他嬉笑着搭着她的肩膀起身，“我们回家。”

她表面强撑着平静，内心却是波涛汹涌。她一直知道他爱她，只是没有想到他把不安藏得那么深。她深深地厌恶起自己，她到底凭什么得到他如此对待？也因为这样震撼，等她清醒过来的时候竟然发现自己哄着他在洗澡。天，她做他妻子的时候都没对他这么好过。咬了咬唇，她一定是怕他在浴室摔倒，对，一定是这样的。

“你为何总是喜欢自虐？”何景伸手摸上她咬得泛红的唇，手慢慢在她面前摊开，“这样会好一点儿。”

她眼一红，想到那天他也是这样。心一酸，乌青梅将手中的浴球丢在浴缸里。他眼疾手快地伸手抓起欲跑出去的她，拇指怜惜地抹去她脸上的泪，“哭了呢！我记得你从来都不哭的。”

“何景，我不值得的，不值得的。”她哭得更凶了，他的爱太重，重得她负担不起，也怕自己竭尽全力还是会辜负他对自己的好。

“我愿意的。”他轻轻地带着膜拜般的爱惜吻着她的眼角，“都是我自愿的，你不要害怕也不要有负担，只要站在原地就好。”

她任由他拥着自己，哭了片刻发现他呼吸有些急促，推开他一看他竟然对自己有了反应，红着脸转过头。

“青梅，我想你了。”他轻笑着咬着她的耳垂，引起阵阵颤抖。

她的手被他按在炙热的肌肤上，羞红地推开他跑出去，在关门前小声且别扭地说道：“你还没有刷牙。”

何景看着关上的门慢慢地笑了，刚刚他还以为她会拒绝自己。何景心情愉快地抓起她丢下的浴巾速战速决。云痕说得没错，对女人还是需要点儿计谋的。

第十三章 她的秘密

1.

乌青梅靠在枕头上看着依旧熟睡的何景。这是第一次近距离地打量熟睡的他，以前都是她醒来他已离开。手轻轻地滑过他微皱的额头，或许他在睡梦中也在担心自己离开吧。

她以前曾拿他跟佟安作过比较，他除了身高之外似乎都比佟安差一点儿。脸比佟安要长一点儿，下巴甚至有点儿尖，脸庞没有佟安宽，眉毛比他要细长一些，眼睛稍微狭长一些，鼻子稍微挺翘一些，嘴唇要薄一些。

都说嘴唇薄的人要薄情一些，可他，手指缓缓滑过他的唇线，都说出那样的话来了，她真的不爱就可以了吗？只有静静地看着他就可以了吗？

不，她做不到这样的薄情寡义。就连佟安那么深情的人都说不可能长情，更何况还有白云在前，他当年也曾对她那么许诺过吧，一生一世，最终多年的感情还是毁在了自己手里，她也没有勇气去赌他浓烈的爱情。

怎么办啊，虽然有那么点儿喜欢，但真的很为难啊。她被手上的疼痛一惊，反射性地收回被他细啃的手指，将惊慌落在他的眼里，惹得他一阵轻笑，“早。”

“早!”他伸手圈住她的腰，将脸贴得更近，温热的气息洒在脸上，叫她不由自主地想到昨晚的那场混战，脸温温一热。他注意到她蹙眉的动作，闭着眼在她脖子间蹭了蹭，“真好，原来我不是在做梦。”

他的手已经大胆地在后背游走，她用力拍开他的手，惹得他微微抿着嘴瞪她。

“天亮了。”

他越过她的身子，瞥了一眼边桌的闹钟，喉咙里咕哝开来，“才五点十分。”

“你等等。”她已经无法阻止他的进攻，只能做徒劳的挣扎，“我有话要对你说。”

“我知道你是有点儿喜欢我的。”他从她颈间抬头，眼里闪着耀眼的欢愉。何景手指猛地一探，惊得她一个战栗，防贼似地绷紧了身体，“喜欢到允许我在这里胡作非为。”

她脑子更加纠结起来，或者她喜欢他的程度比自己想象的要多一点儿吧，竟然真的到了耳鬓厮磨的程度。再次醒来的时候，他已经笑意盈盈地半靠在床头看着她，低头在她唇上落下一吻，“起床了，懒猪。”

“啊，糟糕。”她伸手取过闹钟，八点半了。

她拉着薄被起身，抱怨地瞪了眼何景，“都是你。”

“景骏已经送小乖上学去了，不用担心。”早上先是小乖进来过，笑嘻嘻地跟自己打过招呼就出去了，然后是何景骏目瞪口呆地对着他眨眼，最后是朱朱意味深长地笑着替他关上了门。

“你还笑，赶紧起来。”她有些着急地推了推他，“我真的有话对你说，在书房，九点。”

“青梅似乎很喜欢在书房跟我谈事情。”他摩挲着下巴，看她的神情并非玩笑便掀了被子起床。

她随着他的站立而一惊，又羞又恼地移开了目光。

“你以前忍得很辛苦吧?”他想起以前那个荣辱不惊的乌青梅来了，总是嘲讽地直视，完全不懂回避。

“你的身材并不是我见过最好的。”她啧啧摇头，他敢拿话激她，那就要承受得住她的攻击。

“你还见过谁的?”他目光一沉，虎视眈眈地看着她。

“跳水运动员。”她极其无辜地瞪大眼睛，“你看看你，胸肌在哪里，腹肌又在哪里?”

“原来你喜欢强壮的男人啊。”他脸上一阵白一阵红，的确是不如人家强壮，见她鄙夷地扫了扫他的胸腹，无奈地摇头，“可怎么办呢？就算你喜欢那样的，也只能看看而已，我可不打算让位。”

她对着关上的门板一愣，忽然哈哈大笑，刚刚他那别扭的表情还真可爱。她又瞟了眼闹钟，心情似乎没有想象中的那么沉重了。

待何景推开书房的门时，脸上明显写满了吃惊。他以为她要跟自己在理智的地方谈谈理智的事情，没想到竟然有这么多人。朱朱、安晓晨，顾细细，还有一个外国人，应该就是那个传说中的道伦。

“何总，没想到我们这么快又碰面了。”安晓晨不怀好意地在他身上打转。

“我也没想到我们会在这里见面，安总。”他将最后两个字念得格外动听。上个礼拜那个案子不但被他死死地压了千分之三，还大言不惭地说是看在他妻女的面子上。

“坐下吧，我有话要说。”乌青梅听朱朱说过安晓晨打压他的事情，但这里不是他们的战场。“今天我请大家来，是有很重要的事情要拜托大家。”

除了朱氏夫妇，大家都一头雾水地望着乌青梅。

“不论大家最后的决定是什么，我希望在场的各位能替我保密。”她表情凝重地扫视了一圈，最后抛出一个震惊的消息，“我，并不是乌青梅。”

“什么?”反应最大的是顾细细，这个消息太让人匪夷所思，“嫂子你开玩笑吧，你不是乌青梅，你是谁？你别告诉你还玩穿越?”

道伦倒是无所谓，名字在他眼里不过就是代号，他认识的就是眼前这个女子，哪怕她叫 ABC 还是他认识的那个人。何景很快便收回震惊，他知道她还有很多秘密，譬如她跟母亲的恩怨。比起眼下这个，他倒是更加关注安晓晨。

他竟然没有一丁点儿的异色，他们夫妻应该早知道了吧，原来他们跟青梅的关系已经到了这份田地。他失落地看了眼乌青梅，她正带着一抹浅笑在看自己。她是今天才决定邀自己听她的秘密吧。

“真正的乌青梅在七岁的时候死于白血病。”她为众人揭开疑惑，“我是被乌妈妈收养的女儿。”

乌青梅六岁的时候被诊断出白血病，末期的时候乌青梅恳求乌妈妈收养了孤儿院的她。乌青梅去世后，她取而代之成了乌青梅。

乌妈妈将她当成亲生女儿一般养大，她感激乌妈妈的养育之恩，这才答应了乌青梅临终前的请求。她用十年替母亲尽孝，用一段婚姻挽救舅舅的恩情，而后，一刀两断。

顾细细诧异地瞪大眼睛，你是孤儿？

不，她不是孤儿。她曾有一个善良的外婆，美丽的妈妈，还有一个还算随和的爸爸。

外公、外婆老来得女，可偏偏是个弱智。外公临终前不放心孤儿寡母的两人，便挑选自己培养的帮手入赘进来，并将公司交给这个年轻人打理。男人家境并不好，一直以来也算勤恳，飞上枝头之后刚开始对妻子很是疼爱。

作为公司的管理者，他需要经常出席一些宴会，妻子是肯定不能带出去的，除了美貌还有会令他难堪的弱智。新婚没多久，他偶然在一次聚会上遇到了初恋情人，两人一来二去地便勾搭上了。

一年后生下女儿，妻子因为生育的疼痛再也不愿意与他同床，从此丈夫很少归家。

这种状况一直持续到三年以后，男人已经倦怠了妻子，也彻底无视这个少归的家。男人的女儿直到三岁还不会说话，他便允了情妇带着他的儿子登门入室。

情妇穷怕了，见着三代妇孺手无寸铁便想取而代之。男人因为答应外公的请求，对情妇的三番要求都表示沉默。直到情妇的儿子五岁时，天真地问她什么叫“情妇”，什么叫“私生子”时，她终于下了毒手。

情妇设计将母女二人骗到湖边，将女孩推下水。妻子虽然是弱智，但也知道落水的是自己的女儿。情妇离开后，有路人将母子二人救上来，妻子再也没有醒过来，女孩因为妻子奋力举着侥幸地活了下来。

好心的路人将她送到孤儿院，一年之后被领养。女孩到高一那年终于找到被关在疯人院的外婆，外婆为了活下去不得不装疯卖傻。大二那年女孩认识了一个有权势的人，这才偷偷将外婆接了出来。

“真是太龌龊了。”顾细细拍着桌子一跃而起，“这忘恩负义的男人是谁？那个狠心的情妇又是什么人。”

“我本姓江。”乌青梅淡淡地开口，往事太过沉重，每当想起都让人痛不欲生。

“难怪你那么不待见宋汉。”朱朱很快便联想到那个不被待见的男子，对于乌青梅的往事她是知道的，只是从未听她提起姓氏。

“我跟她积怨太深。”乌青梅紧紧地握住拳头，“我本想相安无事的，不曾想她三番五次惹是生非，便怪不得我要为死去的母亲报仇。”

“你有什么打算?”何景有太多的话想说，但此刻的她不需要他安慰的话。他以前一直羡慕她的坚强，也不屑她的冷漠，原来一切都因过去而生。

“外公去世的时候将股份分为四份，如今股份全部在宋华然手上。”乌青梅对何景点点头，他脸上的心痛她自然看到了。“我要做的并不只是拿回属于我跟外婆的股份，我要拿回江传媒，那是外公的心血，我不愿意被姓宋的玷污了。”

“要宋华然下台怕不是那么容易吧?”顾细细捂住嘴不敢看她的脸，太冷了，十步外的她都感到心惊。

“我不相信宋华然是干干净净的。”今天的宋华然，她不相信他奉公守法。

“我能帮你什么?”道伦第一个开口，“窃取财务数据，查偷税漏税，还是窃取他的交易往来，有没有行贿?”

“会犯法吗?”她不放心地要求保证，一旦被反黑后果不堪设想。

“我不认为有人能抓到我。”这一点道伦信心十足。

“我自有打算。”安晓晨点点头，给她一个放心的微笑。

“事成之后我一定履行承诺。”给他百分之十江传媒的股份是她的承诺，她不会忘。

“那我需要做些什么呢?”顾细细不认为乌青梅找她只是为了听故事。

“若宋汉真的有行贿，那行贿的面积一定不小。”她虽然想拔起宋华然，却不愿得罪一些特权人士。

“我知道你需要我干什么了。”顾细细也不笨，自然明白她的意思，“但我必须跟我爸爸商量一下，这事情还需要他出面。”

“那么我们就各自行动了。”安晓晨伸了伸懒腰，推了推一旁面色沉重的朱朱，“亲爱的，陪我去吃汤包吧，早上急急忙忙赶来还没吃早饭。”

“我回公司了，等我的好消息。”道伦跟她飞了一个吻，“不要难过了哦。”

“嫂子我先回去了，等我电话。”顾细细上来轻轻抱了抱她。

直到众人走后，何景才站起来，缓缓伸开双臂，“这是属于你的怀抱。”

她鼻子一酸却强忍着泪。有多少年提醒自己不要哭了，因为哭完全解决不了问题，又有多少年没人如此光明正大地将自己的怀抱作为自己的避风港?

他见她不动，无奈地叹了叹气，走上前将她抱进怀里。

“你现在这个样子真丑。”

“何景你已经被我拉下水了。”她窝在何景怀里，泪再也忍不住掉了下来，“你已经没有选择了。”

“放心，我游泳的技术很好。”他安抚着她僵硬的后背，“你不用担心我会抛下你。”

他低头看着她的头顶，上次落水应该不是什么应激性创伤，而是创后后遗症吧，定然是想到了那年的灾难。他一直认为她很能忍耐，原来比自己想象中还要久的忍耐，难怪她将风轻云淡演绎得那么真实。

他的手轻轻地划着记忆中那条浅白的疤痕，很难想象当初是怎样的鲜血淋漓，“背上的疤也是她弄出来的吗？”

她有些诧异地点了点头，头始终埋着，不愿看他怜惜的目光。她已经记不清是什么时候发生的事情了。听外婆说好像是她失手打碎了那个女人最爱的宋朝花瓶。

“我能为你做什么？”这句话他一直想问，她已经盘算得很透彻，可惜他虽然旁听了却充当不了她的战友。

“带着小乖回南锡。”她抹去眼泪，这是她第一次也是最后一次的放纵。在他怀里微微拉开些距离，乌青梅说：“好好守着我的孩子。”

“我会担心。”宋家绝不简单，就算她身边有这么多人护航，他还是会担心她的安全。

“你在这里我会分心。”因为那点儿喜欢，她会不由自主地烦恼，更因为他在，有些事无法实施。

“你是不想对我产生依靠。”不然她刚刚不会不经意地拉开距离。何景扬起苦涩的唇，手在她的肩上重重地捏了捏，“一定要回来找我，否则我绝不让你再见孩子们。”

“谢谢。”为了他的体谅，为了他的温柔，为了他的爱，为了他所有的纵容。乌青梅的手搭上他握着自己的强壮而有力的手臂，“等我。”

当天下午他便带着小乖离开，她没有去送他，依旧站在窗台那个位置看着他的离去。离开前，他望着她片刻，凝重的双眸里写着太多的欲言又止，最后只是挥手离开。

她头抵着门框在消逝的风景里描绘出他的模样。离开前他不停地打量自己，那种探究的目光叫她感到害怕，直到离开他都没能抹去眼底的疑虑。

他是在担心吧，不是因为即将开展的复仇，而是怀疑一切终了之后她会对他怎么做吧？他比自己想象的更了解自己，因为太爱所以怀疑，也因为太爱所以等待。只是，手慢慢地贴上有些疼痛的心口，比想象中要疼一点儿。掏出电话，她拨出默记在心中很久的号码，“是您过来，还是我过去？”

"嗯，没有怀疑。"她讥讽地看了眼早已昏暗的院子，"只是对您已经有所防备。"

"好，明天下午白城机场见。"她一把拉上窗帘，将自己落在黑暗中。

对于黑暗她一直是恐慌的，轻易地联想到在水中的挣扎。她依稀记得那个人离开时的放声大笑，笑声久久地回荡在耳朵里。她想呼喊，可是水不停地涌进嘴里、鼻子里、耳朵里，水波一圈圈地迷住眼睛，看不清也看不到未来，挥舞着的手只能抓住无望。

无望带来的黑暗以及无声一直纠缠着她，数年不曾离去。在孤儿院的第一年，她不愿意开口说话，不愿意跟任何人接触，就一个人缩在阳光下。直到遇到真正的乌青梅，她才慢慢地放下心防，直到遇到佟安，那个带给她温暖的人，她才远离了那个梦魇。

她以为自己放下了，鼓足了勇气重新回到了这里。乌青梅咬着牙克制着自己的恐惧，屈膝抱臂坐在床上。当回忆掀开一角时，她发现恨意比自己想象中更加沉重，近乎自责地唾弃自己，怎么能忘记并且说服自己放下？

妈妈来的时候，她几乎已经失去意识。那一刻，妈妈的脸永远刻在脑子里，五官都皱在一起，只觉得白白的一片，可就算再模糊，在握住手的那一刻她知道那是妈妈。她怎么可以忘记在最后一刻抓住自己的手，很冷却用尽了妈妈一生的力气，怎么可以忘记妈妈努力举着自己不停地喊着"安"，就那么一个字，包含了妈妈多少的欺骗，她怎么能忘了呢？何景谢谢你给我的纵容，也谢谢你相信的离开，但我还是要说一声"对不起"。

毫无预示的敲门声，将她吓醒。乌青梅惶恐地扫了一眼四周，为何没有亮光呢？她一开口则泄露出内心的颤抖，"进。"

"嫂子怎么不开灯？"何景骏开门开灯，诧异地看着坐在床上迅速低头的乌青梅。他心底涌出一阵异样，这不像自己认识的乌青梅，记忆中她总是带着淡定从容的微笑，一闪而过狡黠的目光，就连之前述说那段往事时都是那般的平静，此刻的柔软是为了哪番？

突如其来的光叫她眼睛胀痛，低下头回避光线时，手却沾上了水迹。啊，自己竟然又哭了呢？是为了他吗？也许吧，真也算对得起他的深情了吧。

"有事？"她再次抬头时，已经换上了另一副面孔，阴冷中带着迅速掩去的自我厌恶。

"那个，细细爸爸想见你。"何景骏下意识地缩了缩身子，舔了舔嘴唇才支吾开口。

乌青梅这才意识到自己有些失态了，扯出笑对他点头，“好，明天上午如何?”

“好的。”何景骏很是不喜欢此刻的乌青梅，虽然脸上堆着笑，可比刚刚更加可怕。放在背后的手狠狠掐了自己一把，她提醒自己要克制住内心的恐惧。

她微微点头等待房门关上，很是平静地打开床灯关掉大灯，明天还有很多事情等着自己去做，容不得丝毫分心。

2.

乌青梅没有料到顾师长竟然会亲自登门拜访。他打量她许久，才将视线调离到院角的玉兰树，“这棵玉兰长得不错。”

“顾先生您过奖了。”她转过头看到门外停着的军用吉普车，车里只有坐得笔直的卫兵。她疑惑地看了眼眼前矍铄的老人，她摸不透他此行的目的。

“你叫我一声叔叔吧。”顾父转过身对她很是亲切地笑了笑，“阿雪比你白一点儿，高一点儿，瘦一点儿，眼睛跟你一样亮，却比你干净。”

“你认识我母亲?”她从来不认为自己单纯，只是诧异他竟然认识母亲。跟他这个外人比起来她很惭愧，妈妈在她记忆里永远停在了那一天，苍白模糊的脸，冰冷有力的手。

“我差一点儿就娶了你母亲。”他叹了口气，昨天细细跟他说了之后，他一个晚上都没有合眼，当年若不是母亲不同意，江雪又怎么会嫁给那样的人。她结婚之后，他就主动申请去了外地，回来时她已经去世，他这才娶了细细的妈妈。

“那是我妈妈高攀了。”虽然这么说，她眼里却没有谦卑。他说是“娶”，他那样的家庭怎么能容得下妈妈，更何况江家的条件是入赘。

“丫头，太聪明可是要遭天谴的。”他怎会看不明白她眼底的责备。若是他坚持到底，兴许阿雪也不会……

“上天并没有对我母亲有多好。”她冷哼，“不知道顾先生一大早找我何事?”

“缅怀一下故人。”他信步走到石椅上坐下，意味深长地笑了笑，这丫头跟阿雪截然不同，一身的刺，“其实我很久之前就认识了阿雪。那天阿雪跟司机走散了，一个人可怜兮兮地蹲在地上，眼睛哭得红红的，明明很害怕，还是努力张大眼睛四处张望。”

“然后你拯救了我母亲?”她忽视他脸上的柔软，落俗的故事就应该从这里开始吧。一见倾心然后念念不忘，若是再俗套一些，柔弱的妈妈遭遇调戏，他解救了无知少女。可最终爱情还是抵不过世俗的眼光。

“你对我很有敌意啊。”他愣了片刻之后笑得很是开怀。“拯救?你以为满大街全是诱拐少女的坏人吗?”

她很是理所当然地点头，妈妈不是招来眼前这位的心了吗?

“你还真是。”他无奈地摇头，“你妈妈并不算美女，但是干净的气质叫人不敢亵渎，她安安静静地睁着大大的眼睛，像孩子一样看着我。”

“我没有送你妈妈回家。”他又打趣她一句，“孩子也有孩子的固执，她见我一身的军装很开心地递给我一张名片，有些紧张地问，警察叔叔，能打个电话给我爸爸吗?那种全然的信任连我自己都觉得羞愧，我接近她并不是为了帮助迷路的她。我本想送她去你外公那里，可是她坚决地摇头，说迷路了一定要待在原地，不然还是会继续迷路。”

“虽然我意识到她有些弱智，可我还是不由自主地爱上了她。”他收回落在飘在远方的视线，“可我没能守住那个天使。”

“娶我母亲真的那么难吗?”她本不想问这个可笑的问题，即便自己明知道答案，还是不甘心地想问，妈妈等在原地，能等到可以守护她的人。

“我爷爷看不起从商的家庭，更不愿意接受一个弱智的孙媳妇。”他不会忘记爷爷当时是多么愤怒，母亲又是怎样的疯狂逼迫自己断了那样的念头。

“或许，我母亲根本就没有爱过你。”门第啊，令她痛恨的门第，苦苦一笑，她倒是继续了母亲的命运，被门第抛弃。“就算你娶了我母亲，也许一生你也弄不明白她有没有爱上你。她也许会依赖你，也会对其他男人微笑，跟对你一样。时间长了，你也许便会厌倦她的无知，憎恶她的无情，而后抛弃她，放任她一个人无措并且害怕地面对你的家庭。”

“我从来没有忘记过你母亲。我跟细细的妈妈并没有什么感情，她生细细的时候难产去了之后我再也没有娶妻。”他不否认她的推测，那个时候母亲也是那样劝导他的，只不过母亲说得还要过分，她说，难道你要娶个孩子回来宠着吗?他好奇地看了看她，语重心长地点破她的死穴，“丫头，你把感情看得太重也看得太轻。这样你会活得很累。”

“叔叔很宠细细吧?”叫他一声叔叔，算是承认了他对母亲的爱，但她活得什么样子还不劳他操心。

“她一定不这么认为。”他啧了啧嘴，扭过头皱着眉头盯着她，“我听说何家那小子追我家细细是你的主意?”

“细细很喜欢他。”她不畏惧他的威严，况且这铁板钉钉的事情她没有什么可以掩饰的。她忽然摆出一脸的吃惊，“难道你们真想把细细嫁到那样的家庭？你刚刚不说你们家看不起经商的吗？这父亲要娶的和女儿要嫁的都是一家，难道真的是权力向金钱屈服吗?”

“还有吗?”他不怒而笑，细细说得没错，她的确伶牙俐齿。“我这一趟不请自来，倒像是招惹了一只母老虎。。”

“叔叔不只是来看看我吧?”叙旧已经结束，她直接切入正题。

“丫头，你跟省长是什么关系?”他脸一沉，宋家的事情可大可小，却不是他能一手遮天的。

“何景朋友的舅舅。”她想了想还是如实相告，那天何景是这么回答自己的吧。

“我也不防跟你说句实话。”他顿了顿，见她脸上并没有惊慌，心底暗暗赞许，果然是个沉得住气的姑娘，“你这动得不是时候。去年才双规了一批政员，眼下若你想告姓宋的行贿，不一定有什么成效。”

“我曾有一个朋友告诉我一句至理名言，”这点她早已料到，她不打没有把握的仗，“官商勾结是为了狼狈为奸。”

“你这个朋友貌似深谙此道啊。”他饶有兴趣地说，“既然你体谅我的难处，我自然也会尽力的。”

“谢谢顾师长。”她随他站起来，公私她分得清楚，自然不能强求他做些违背规则的事情。

“我还是比较喜欢听你叫我叔叔。”他双手负在背后，若有所思地看了一眼，叹了口气离开，“这是我欠你母亲的。”

她目送他的离去，背影似乎没有来时那般挺拔，暗暗嘲笑自己，原来自己也是有心的，竟然同情起他来。当时把他拉下局纯粹是为了“朝里有人好办事”，倒也没真指望他能帮上多大的忙。抬头皱眉看了看刺眼的太阳，她该去见下一位了。

“你看上去过得还不错。”来人环顾了一下周边，取下墨镜坐下，“地方挑得不错。”

“要避开你的儿子，自然要谨慎一些。”乌青梅取过金色的茶壶给对方倒上煮好的茶，“他比你想象中要聪明。”

“这点用不着你来提醒。”她端起杯子慢慢饮了一口，“柳妈泡茶的技术比你差了太多。”

“您太看得起我了。”乌青梅脸上堆起虚伪的笑容，习惯真是可怕，当她出现在眼睑的那一刻，虚假的笑就轻易地挂在了脸上。

“乌青梅我一向将你看得很重。”她将手中的杯子重重地放下，乌青梅眼角瞥到漾荡的波纹，有一点甚至跳出了杯口，落在执杯的手上。“只是没想到我们会再碰面。”

“您没想到我可是想到了。”她也不想再见，可从何景骏出现的那一刻开始就清楚地明白，她跟这个前婆婆必然还会再见。后来何景又进来掺了一脚，她更加好奇这个高雅的婆婆会用什么手段对付自己。乌青梅不相信她对两个儿子的动静一无所知，只是在等，等一个可以彻底将乌青梅丢出何家视线的机会，很幸运的是她等到了，因为她乌青梅的确需要这个机会的出现。

“您比我想象中更讨厌我。”

“看着你，我总会想起你母亲。”她冷冷地看着乌青梅，眼中露出一抹阴狠。

“应该是我的罪犯父亲吧？”乌青梅亦冷冷地瞪回去，脸上满满的都是嘲笑。“当初可是你把他送到我母亲身边，又亲自把他送进监狱的。”

“但我没叫他爱上程静蓉。”她咬牙切齿地剜了乌青梅一眼，要不是何父对程静蓉念念不忘，她怎么会叫阿楚去勾引程静蓉。

“若是我没有记错的话，是你在我母亲跟何先生之间插了一脚吧？”乌青梅整理乌妈妈日记的时候发现了这段往事，不得不说这个婆婆在感情上实在是太天真。“我妈妈对公公根本就没有感情。我一直好奇的是，你根本不爱公公，为何非得嫁给另有所爱的公公呢？”

“是啊，我为何要嫁给他呢？”她自嘲地笑了笑，她这个儿媳将她看得如此透彻，难怪自己不喜欢她。那时帮派需要漂白，而从商的何家是个很好并且容易控制的对象，父亲当着她和何祥晨的面跟何家大家长提亲却遭到他的拒绝。心高气傲的她，觉得下嫁给他是他天大的面子，可谁知道他竟然说他单恋程静蓉。“我嫁给他只是为了证明我比程静蓉强。”

“可你爱的人最终还是爱上了我的母亲。”多么可笑的理由。好胜不是好的性格，她该多关注小乖的性格发展，指不定隐藏着她奶奶的骄傲。

“所以他会在牢里。”程静蓉分明就是她的劫数。阿楚为了她不惜背叛自己，她枕边的人惦记的也是她，凭什么她最后落了那样的下场？她得不到的别人也休想得到，尤其是她恨之入骨的程静蓉。她很轻易地给阿楚捏造了一个罪名，而他不得不进去，只求她不要伤害他的妻儿。“你该谢谢我是个重承诺的人，不然你怎么可能活到今天。”

“那我还真该谢谢你的仁慈了。”爱情使人盲目并将原本善良的人捏造成形色各异的丑陋模样。她是，宋母也是。幸好她至少还保留了一项良好品质，乌青梅才能跟她平和地面对面，“作为回礼，我想告诉您一件事。无论你多讨厌我，我还是会在你面前晃悠。”

“是吗?”何母玩味地将杯中的水一饮而尽。

“婆婆你不知道吗?”她果然知道的，何景啊何景，你再怎么阴险也翻不出你母亲的毒眼。“你儿子很爱我，爱得不愿意跟我离婚呢。”

“若果真如此，我们有需要背着他见面的理由吗?”何母玩弄着手里的杯子，依旧是金色的小瓷杯，张扬的奢华，如她一般，决不会做一个失败的弱者。“何景眼光不错，你比那个白云聪明多了，不会叫我感到乏味。”

“婆婆真是越来越喜欢抬举我了。”乌青梅给了她一个羞涩的笑容，“不过跟你相比，我还是差了点儿。”至少像她攻击白云那样的事情，乌青梅做不出来。

“我们都是一种人。”何母算是称赞她一句。她跟自己一样，都清楚地知道自己要什么，也明白什么是可以抛弃的。“说吧，什么条件?”

“我知道您跟江传媒的宋老板有些生意的来往。”她幽幽一笑，将“生意”二字念得格外清晰。

“我这个大门不出二门不迈的家庭主妇，怎么可能有什么生意往来?”何母眼中露出杀气，鼻子轻轻哼过，这件事知道的人极少，她一个教书的怎么可能知道?不管乌青梅从哪个途径知道，她都太小看乌青梅了。

“走货的谁不知道你才是幕后大老板。”她心底也跟着哼哼，为了扳倒宋家，自己可是花了不少精力打听到重要消息。“婆婆，我真的很希望我能跟你没有任何交集。”

“是吗?”何母对她的话很是怀疑，何景对她的坚持跟当年一样的魔障，她几番探究之后发现比当年有过之而无不及。不管他是真的陷进去，还是为了跟自己叫板，她都不允许他希望的事情发生。她已经忍了那么多年，没有必要再忍下去。“我听说那个孩子可是爱你爱得疯狂啊?”

“爱情能当饭吃吗?”乌青梅相信何母有自己的判断，甚至毫不犹豫地可以知道她的答案，爱情不过是无聊时的消遣。何母了解自己，自己怎么会不了解她。她们，她刚刚说了，是相似的人。“何景其他都好，就是在感情上还是很懵懂。”

“说吧，什么条件。”越是谈下去越是心惊，若撇开程静蓉，为她执迷的儿子，她会很欣赏乌青梅。

“我要留下宋老板走私的证据。”乌青梅含笑，终于等到今天的正题，“也许你会损失一位或者几位幕僚去蹲监狱。”

“你需要什么程度的证据？”何母拿过水壶倒水，因为力道控制得极好，水一滴一滴落在杯子里，由清脆的声响慢慢变得沉闷。

“出不来却死不了。”乌青梅要他带着对妈妈的愧疚在牢里度过一生。

“你觉得我会答应你？”何母用手指敲打着杯子，很是玩味地看着她。

“你不是来了吗？”乌青梅白了她一眼，她学不来何母的矫情，“你的小儿子肯定是不会回南锡的，我若不放手，我想何家的事业估计要交给景鸢了吧？那时候她要是嫁人了，不知道借着何氏暗地里操作的生意该找谁去？”

“你果然跟我很像。”一样的狠毒。何母满意地放下手中的杯子，“你真的对何景没有感情？”

“也许是有的。”乌青梅脑海中忽然浮现出他离开时那般恋恋不舍的模样，伸手拢了拢头发掩饰内心的烦躁，冷冷地自嘲了一声，“跟你作对的代价太大，我这个人又比较现实。”

“什么时候动手？”她为自己的儿子感到可笑，她告诫过何景乌青梅不可能会有爱。

“下个礼拜一是江成立二十周年的庆典。”乌青梅知道她这是答应了自己的条件，用一两个人换取儿子和她自己的未来，一点儿都不亏。

“庆典的时候？”若是她，她肯定会选择在庆典上揭穿他所有的虚伪假象，当着世人的面，从云端跌到地狱这才是最残酷的打击，很多人因此而失去了重新鼓舞志气的勇气。

“不。”乌青梅摇头拒绝她的提议，虽然内心真的如此希望，但她不愿意把“江”一起拖下水，那是外公的心血，得保住。保住的前提是在她夺回的过程中不能伤了根基。

“庆典结束后吧。”

“这点倒不像我了。”关静不赞同她的提议，她爸爸教过她做事一定要心狠手辣，给敌手致命而无法反抗的一击。不过，这是她乌青梅的事情，早或晚都是她自己的事，与她关静无关。

乌青梅抬眼注意到她眼底的不屑，心底暗暗冷笑，自己可不要跟她一样，那样高处生寒的生活是寂寞的。“你这个礼拜最好盯紧何景。”

“这个不需要你操心。”她很是优雅地微微一笑，“我等着你。”

“我也是重承诺的人。”乌青梅眼中闪出自信，“更何况小乖在你手上。”

“你还真是用心良苦。”关静冷笑，除了牵制何景也是用来说服自己吧。乌青梅把自己最看重的都交到她手上了，怎么会失信于自己，虽然自己不一定会做出伤害孩子的事情，但伤害她倒是很有可能的。

待何母搭上回南锡的飞机之后，一位精致的女子站在她的身后，“乌老师，老板在 VIP 室等你。”

“劳烦了。”她回头淡淡一笑，“陈小姐越来越漂亮了呢。”

“老板说得没错。”女子咯咯讪笑，完全不在乎与优雅不符的失态，“乌老师还真可爱。”

第十四章 山雨欲来

1.

青城的百姓最近很郁闷，从报纸到到电台到电视，无一不在播放江传媒董事长宋华然被“审讯”，江传媒被冻结，江股票不断下跌。

礼拜二，风和广告告江传媒广告部毁约，因其将新一季合拍的广告偷偷卖给其他广告公司，同时自行毁去其旗下模特与风和的一年之约。

礼拜三，纪检部门接到举报登门拜访，彻查江偷税漏税问题。

礼拜四上午，风和发表声明与江传媒断绝关系并提交法律诉讼。

中午，宋华然接受媒体采访，称为有心人之作，江不怕接受公众的检查。至于风和实属合约已到期，风和此举分明是无稽之谈。

晚上，江二十年庆典顺利落幕。

礼拜五凌晨，公安破获一走私团伙，非法走私汽车以及部分毒品，接头人供出其幕后老板为宋华然。

早上九点，警方将宋华然请到与青城隔了三百公里的佘县。

中午，纪检部门正式起诉江偷税漏税问题，短短两日查处其太太名下几家皮包公司用来转移资产。

下午两点，元巧冉被拘留，协助调查。

礼拜六，江氏怀疑其女死因并提供一份口供，为当年江雪落水事情的目击者，警方以谋杀罪起诉元巧冉并拒绝保释。

宋柔着急万分请求公公的帮忙，佟母当场拦住佟父，“佟国仁，你要是敢帮她，我们就恩断义绝。”

宋柔不敢置信地看着婆婆，一口气抽不上来，直愣愣地盯着佟母。

“妈，你说的什么话？”佟安接住飘飘欲坠的宋柔，他知道母亲很自私，却没想到自私到这个地步。“那可是我的岳父岳母。”

“我可没那样的亲家。”佟母转过头，元巧冉是她的一个梦魇，如今有人替她收拾了那个女人，她开心还来不及呢。

“月如，你这是干什么？”佟父也不能理解佟母究竟是什么心态，怎么说都是亲戚，怎么能如此落井下石。

“我干什么？”佟母忽然情绪失控，一把拉过泪流满面的宋柔，“要不是这个人非佟安不嫁，我们佟安能出车祸吗？要是那天不是有司机跟着，你以为我们佟安到现在还能活着？”

“妈你说什么？”这是佟安第一次听到母亲提起那次车祸，怀疑地看着母亲。

“那不是……”佟父也是心头一震，那件事不是早已有了定论吗？司机疲劳驾驶，刹车片磨损导致刹车失灵。

“你想说刹车失灵吗？”佟母失笑，“连乌青梅都知道那不是偶然。我虽然动过手脚，可我最后还是想成全他们，我不想让我的儿子一起陪葬。但元巧冉那个贱人做了，她竟然买通了车行，我赶到的时候佟安已经上车了。”

“你竟然？”佟国仁倒抽了一口气瘫坐在沙发上，手颤抖地指了指佟母，又愧疚地看了看儿子，最终落在目瞪口呆的宋柔身上，“她怎么敢？”

“她有什么不敢的。”佟母鄙视地扫过哭得梨花带雨的宋柔，“她是有前科的，她分明就是一个惯犯。”

“不，你是骗人的。”宋柔不能接受这个事实，她好不容易才接受了婆婆当年对佟安的举动，怎么能……那个凶手怎么能是她的母亲。她猛烈地晃着头，“你不打算帮就算了，你怎么可以推卸责任，怎么可以诬陷我妈妈？”

“我诬陷她吗?”佟母嗤笑，这个女孩还真是天真。“那你可以去问问她，当年她是怎么收买车行的，怎么收买那个司机的，又给了那个司机家多少封口费？若是她忘了，你记得帮我转告她，该找的我都找到了。”

“妈，你还是我妈吗?”佟安的心底感到一阵寒冷，“不管你做没做，你怎么可以那样对我？若是你知道是岳母做的，为何你还同意我结婚？这么多年你都没说，为何现在还要提起往事?!”

“你以为我愿意吗?”她也时时刻刻想忘记那段往事，可那个人却总是不停地叫她无法忘记，“她说我没取车特地给我送过来的，她威胁我，若是我不同意你们的婚事，她就要告发我。”

“你以为这些年我过得好吗?”她捶胸顿足，“我每天都会做噩梦，梦到你再也没有醒过来，每次看着宋柔，我就恨她，可恨有用吗？我告诉自己，你现在生活的很好，只要你好好的，我有什么能放不下的。可乌青梅回来之后，她们母女又做了什么？看着她们，我真恨自己，恨当初为何没有早早同意你跟乌青梅的婚事。”

“所以你一直不给她好脸色看?”他看了眼歇斯底里的母亲，不停摇头的母亲，望了眼被母亲这番话惊吓到的宋柔。“她不过是爱我，有错吗？当年你为了面子不惜毁了我，那时你对我的爱去了哪里?”

“妈妈知道那件事对不起你。”佟母没有忽视他受伤的眼神，“可我绝不允许你爸爸为了姓元的自毁前程。”

“事情没有你说的那么严重。我们……”佟国安扶了扶眼睛，欲言又止给了宋柔一丝希望。

“佟国仁，你别以为我在开笑。”她看了一眼不以为然地佟父，“你以为这是偶然的吗？不是，你以为宋华然走私这么多年上面没有人知道？你以为他偷税漏税是今年才有的吗？你以为他做了那么多违法的事，不知道打点得一干二净吗？我可听说这是省长亲自下的命令，就连顾师长也亲自关心了呢。就凭你一个处级干部，你能管什么?”

“老宋究竟得罪了什么人?”佟国仁最终叹了口气，对一旁阴沉着脸的佟安摇摇头，“分明没有给他留下活路。”

“这该宋柔去问问你母亲，她到底得罪了谁。”她不齿地白了一眼宋柔，“冤死的孤魂总会回来的。”

“你告诉我，告诉我究竟是谁如此陷害我们家?”宋柔越过沙发抓住佟母的手臂，踉跄中跪倒在地。

“你非要这样吗？”佟安欲拉起宋柔却怎么也拖不起来，话虽然是冲着宋柔，但落在佟母耳朵里却是另一番埋怨。

“江雪的女儿。”她对上儿子漆黑的眼睛，最终选择说了出来，“报纸你们都应该看到了，那时候还有一个女孩大难不死，被送到了孤儿院。”

“那也是爸爸的女儿，她怎么可以，怎么可以……”宋柔不相信，若真的有那么一个孩子，那也是爸爸的女儿，怎么可能把爸爸也推进去。

“是谁？”佟安目光一沉，究竟是什么样的人可以隐忍这么多年，又是谁可以动用这么多的关系全面封杀宋家，甚至不惜抹黑江这么大一个企业？

“我不知道。”佟母无奈地摊手，“至今那个孩子还没有露面。”

“我要去看我妈妈，我要去看妈妈。”宋柔忽然站起来，忽视众人跑了出去，“这些都不是真的，不是真的。”

“我这辈子都不会原谅你。”佟安心凉地望了眼佟母，迅速跟上失常的宋柔。“我带你去见妈妈。”

“造孽啊。”佟父无力地拍了拍桌子，又防备地看了一眼迷茫的佟母，“你不会知道故意不说的吧。”

“你真以为我的手可以伸得那么远？”她皱眉不满佟父的质疑。

“你还不是瞒着我……”他顿了顿，随即甩了袖子离开，不愿跟她多说一句。

比起佟国安的质疑，宋家，包括许多与江传媒有关系的人，甚至连不关心时政的青城百姓都觉得诧异，究竟是谁有如此大的权力可以推倒江传媒。

“刘局，这是省长办公室送来的。”因江传媒涉及人员颇多，检察院刘局亲自审讯。此时副局递给他一叠资料。

“老安啊。”刘局翻了翻手底的资料，脸上尽是疲惫，“宋华然这件事爆发得实在是太蹊跷了。我看不明白。”

“我也看不明白。”副局隔着窗子看着审讯室内已经颓然的宋华然，“宋家台面下的事情有几人不知的，去年大审宋华然还是一干二净的，今年怎么突然？”

“听说是上面直接下了指示的。”刘局伸手指了指上方，“若真的是那个没死的女孩，我还真是好奇她结识了什么样的大人物。”

“明天就能见到了。”副局又丢下一本档案，“明早七点直接送浦江，下午据说有人探监。”

“老宋家这算是毁了。”刘局无奈地摇了摇头，送去浦江就意味着宋华然的罪是坐实了。“交代陈检，明天做好交接手续。”

隔日荒芜的浦江监狱前停了一辆极其破旧的吉普车。

“江江啊，我不愿意去见他。”江氏最终还是对乌青梅摇头，“我一想到他，我就想到你的妈妈，若不是当年他的纵容，你妈妈也不会……”

“外婆。”她握住外婆的手，轻轻地抚摸着，“我就是想问问他，这些年他可曾后悔过?”

“他，唉。”江氏叹了口气，“他根本就不爱你妈妈，也许是喜欢的，但这种喜欢很肤浅，浅到这些年他可能都不曾记起雪儿。你妈妈的婚姻我跟外公也要负一部分责任的。”

“外婆，有人跟我说过，”她望了眼窗外，记忆飘得很远却清晰地刻在脑海里，“如果一个男人跟一个女人建立了夫妻关系，不管爱或不爱，必须履行相关的义务，这个义务就是他必须忠诚于他的妻子直到婚姻结束。”

“孩子。”江氏语重心长地叹了口气，“你这个朋友想必是很爱他的妻子，不然他怎么能赌上他的婚姻和忠诚。但大多数男人不是这样的，在没有权势的时候，安于现状的会被现实压垮而后被诱惑，出人头地的更加享受诱惑。”

“外公也这样吗?”乌青梅收回目光回望已经白发苍苍的外婆，她知道外婆说得对，不管男人或是女人，都有可能在结婚后遇到更喜欢更优秀的人，抑或遇到诱惑时都会不由自主地失控。

“你外公有不少知己的。”江氏苦笑，“不过你外公还算一个负责的人，至少没有给我带来麻烦。在别人眼里也许我输了，其实我赢了，我用他对我的尊重赢得他身边的位置。你外公临终前陪着他的只有我。”

“但宋华然实在是太过分了，就算他不爱妈妈，也不能那样。”宋华然的事情跟外公有着本质的区别，至少外公是顾家的，可他宋华然做了什么，公然带着情妇进门，默认情妇处处打压元配。

“有时候我觉得你太冷静，冷静得让我觉得可怕。完全闻不出一点儿人味。”她伸手摸了摸她的头，她这个外孙女实在是太聪明，可太聪明往往会活得太累，“可有些时候我又觉得你太孩子气。外婆这么说，并不能全怪宋华然，一切祸端都是从我们而起，在这一点上你要宽容他，他毕竟是你的父亲。”

“外婆一会儿还是在外面等我吧，里面太冷。”她凝视面露慈祥微笑眼底担忧的老人许久才缓缓开口，外婆还是太善良，不，或许是她已经习惯将人往坏了想，她十分怀疑当年宋华然接近母亲的动机。

宋华然对她的到来很是意外。他疑惑地看着在对面坐下的乌青梅，“是你?”

“自然是我。”她引荐一起坐下的同行之人，“这位是金律师，你应该认识的。”

宋华然这才眯起眼睛细细打量来人，许久都不曾想起这样一个人。

“不记得了吗?”乌青梅歪过头也细细看了眼金律师，“难道是金律师这十几年变化太大认不出来吗?”又意味深长地斜了一眼宋华然，“这也不对啊，江老太太一眼就认出来了，宋先生怎么会认不出来呢?”

“江老太太?”宋华然恍然，脸上有片刻的凝重，报上说她装疯卖傻才躲过元巧冉的毒手。当初他听元巧冉提出要送她去疯人院的时候，他是怎么回答的？他没有回答，第二天一早就通知了医院上门带人。愧疚慢慢涨满他的双眼，“妈她还好吗?”

“你不配喊她妈。”乌青梅冷哼，“她活得非常好，这些年你没想到过她吧？也没想到会在这个时候出现吧?”

“我……”他张大了嘴想反驳，却一个字也说不出来，他的确没有想起过那位老人。

“我今天自然不是来叙旧的。”她从包里抽出一份文件放在桌子上，将文件推出约十厘米之后，双手紧紧地压着，语气诚恳表情极其关切，“不知宋先生是否有心脏病呢?”

他摇头的同时偷偷瞄了眼无动于衷的律师，他跟她无亲无故怎么也不该轮到她来探视，还带着江家二十年前的老律师。

“我倒是希望你心脏病突发呢。”她大失所望地将文件推给了他，“你自己看吧。”

“你倒是很恨我呢，我似乎没有得罪乌小姐吧?”宋华然接过文件，眼睛慢慢瞪大，惊慌地看着一脸不耐的乌青梅，又迅速将手里的文件看了一遍又一遍，怎么会，怎么会这样。

“这份鉴定并不是为了来狱中父女相认的。”她伸手指了指右边的一份报告，眼中闪过一丝阴狠，“既然我跟外婆都活着，我有权拿回外公的公司。”

“至于那一份。”她含笑指向左边那份报告，“我也就是无聊，拿到报告的那一刻连我都吓了一跳呢。”

“怎么会？”他的错愕完全遮盖了昔日的精明，支撑着他的贵气迅速散去，佝偻着身子。

“你是想问我怎么还活着？那是我命硬，撑着一口气看你们今天这个结局。”她只是浅笑，极其优雅淡定的笑容，却叫宋华然在这六月天里感到一阵阴冷。“宋汉怎么会不是你的儿子？这个问题太高深，我不是宋太太，我还真回答不了。”

“宋先生，我想江老先生的遗嘱你应该还是记得的，需要我重复一遍吗？”金律师适时地接过话题，见他似乎还未从错愕中恢复过来，为难地望了望乌青梅，“乌小姐你看……”

“金律师很多年没见过宋先生了吧。”她手指轻快地在桌面上敲打，“宋先生可不是当年那个唯唯诺诺的江家女婿，怎么可能被这点儿小事打击倒呢？你说是不是，宋先生？”

他不语，再次细细地打量了她一番。他终于明白为何自己第一眼见她的时候感到讨厌，因为她像江雪，想到江雪，他不由想到在老爷子面前低声下气的日子。后来想想他觉得眼熟才有将她留在身边的想法。

难怪她一直没有给自己好脸色看，当时她心底一定鄙视死他这个父亲了吧？当年那个孩子他早已不记得长什么模样了，只记得说话太晚，总是用一双防备的眼睛瞪着自己。后来元巧冉说她溺水死了，他也就轻轻嗯了一声连尸首都没去找就消了户籍。如今这样一个大活人突然跟自己说她是江江，是他的女儿，是他忽视的女儿，而一直捧在掌心里的宋汉竟然不是他的儿子，这叫他情何以堪。

“对不起。”他嘴唇张合了许久，才喃喃吐出一句话。

“你没有对不起我，你对不起的是妈妈。”她将外公的遗嘱摊开在桌子上，“江家已经不需要你这样的守护神了。”

他没有看文件，他知道那是什么样的遗嘱，抓起笔迅速签下自己的名字，她说得对，他没有资格再守护“江”，从他允许元巧冉进入江家大门时，他就彻底没了资格。

“宋先生真是明辨是非。”她起身走人，临行前浅浅一笑，“谢谢你的合作。”

“江江。”他忽然开口，声音中带着一丝沙哑。这是他的女儿，以后也许不会再见，他想开口多留她一会儿，开口之后却不知道该说什么。

“这些年你记起过我母亲吗?”她抬起的脚步最终收回，背对他不愿看到他的脆弱和无助。“你爱过她吗?”

久久不曾听到他的声音，她以为他不会回答，带着对母亲的惋惜再次跨出去。

“我爱过你妈妈。”他的声音忽然响起，“我认识雪儿的时候，我还不知道她是江家的女儿。她从来不会耻笑我，也不会看不起我，她不停地鼓励我，要好好地加油。我看到她经常出入江，为了远远地多看她一眼我考入江传媒，后来在一次宴会上我知道你妈妈是个千金小姐，是那么的高不可攀，我泄气了，只能更加努力工作麻痹自己。再后来你外公重病，我这才鼓足了勇气走到她身边。”

“我知道有人说我贪图富贵，也有人说我心机太重，更有人说我贪图你妈妈的美色。”他继续说道，“那个时候我真的喜欢你母亲，我从来不觉得你妈妈是个弱智，我为我爱的人守住家产是我应该的，我毫不犹豫地答应了你外公关于股权分配的决定，我那时是真的想告诉世人，我宋华然并不是贪钱的人。”

“但是你忙应酬了，你有烦恼了，你跟她没有任何共同语言。”她截住他的话，她可不愿跟他追忆那些时光。他那么快就养了情妇，可见他的爱不长情不深。“所以你厌倦了，你烦闷了，你终于将她完全视而不见了。”

“我没有视而不见。”他失意地笑了笑，“是你妈妈……”

“是谁已经不重要了，最重要的是你被时间蒙了尘，慢慢忘记了初衷，忘记了原本的自己，还有那些纯情的爱情。”话音落下她迈出门槛，一去不回，留下独自发呆的宋华然。

虽然这首她的父亲，她也不会相认，因为他不配做她的家人。她是不是该告诉他，他对妈妈的爱只是流于年轻懵懂的爱情，容不得现实的残酷，可一旦假象消失了，那些爱情也就不见了，剩下的很简单，就是爱或者不爱。

乌青梅低调接手江传媒并拒绝任何采访，安晓晨派来一位总监帮她打理公司运营。

宋汉是在三天之后才经由佟安之口得知前段时间传的沸沸扬扬的江家孤女竟然是乌青梅。他心情极为复杂。一方面为母亲的所作所为感到羞愧，另一方面又觉得自己无地自容，毕竟她是自己的妹妹，自己竟然对她纠缠那么久。他又想恳求她的原谅，可他知道自己没有任何立场，她怎么可能认自己这个哥哥，正因为他的出现，母亲才有恃无恐地做出那些事情。

宋柔除了吃惊还是吃惊，她不相信这个人竟然是自己的姐姐，更不敢相信的是她竟然把自己的亲生父亲送进牢里去。

“哥，我们去求她放过我们家吧？”宋柔脑中灵光一闪，紧紧地拽住宋汉。

“我没有脸去见她。”他灰心地一笑，当初她说得是那么真切，她不愿与他有任何纠缠，那个时候他以为她太狠心，那时她对自己的纠缠一定很愤怒，看到他就会不由自主地想到过去的事情吧？

“什么叫没有脸。”宋柔一跳三尺高，“她好歹是我们的姐姐，跟我们身上流着一样的血液。”

“宋汉你不要忘了。”宋柔忽然脸一沉，“要不是你招惹她，她能跟我们家纠缠吗？”

“你这话是什么意思？”宋汉目光阴郁地盯着忽然陌生的妹妹，“你不要以为你跟妈背着我对她做的事情我都不知道。”

“怎么到现在你还帮着她说话？”宋柔阴阴地冷笑，“你不会天真地以为她会喊你一声弟弟吧？你别做梦了，她连爸爸都不放过，怎么可能认你。”

“宋柔你真令我失望。”宋汉失望地摇头，“有本事你去求啊。我告诉你宋柔，我什么人都不会去见，尤其是宋太太。我以她为耻。”

“宋汉你怎么能如此指责妈妈。”她胡乱挥着拳头扑了上去，“妈那么做是为了什么？还不是为了你。没有妈你能锦衣玉食吗？没有妈你能出国留学吗？没有妈你能这么潇洒地生活吗？”

“你是不是该说没有妈你就不能嫁给佟安？”宋汉一把推开她，脸上尽是耻笑。“宋柔，你还真以为佟安爱你吗？你知道他为什么娶你吗？你以为他被你感动了吗？你以为他真的屈服在长辈的压力下吗？不是，我告诉你，那是因为你长得像她，就为了那一丁点儿的相像他才娶的你。你就是一个替身，替代乌青梅的位置，你更是一个小偷，你偷了属于她的幸福。”

“不。”她瞪大眼睛惊惶地捂住耳朵，“你胡说，你分明是胡说。佟安是爱我的，他是爱我的。他早就忘记了乌青梅，他早就忘记了。”

“你就骗自己吧。”宋汉甩袖而去。这些话自然不是他胡说八道，昨晚他在酒吧遇到喝得烂醉如泥的佟安。在他的记忆中，佟安一直是个很注意形象的男人，可昨天是那么失态。

他说，有多恨便有多爱，他不是恨她轻易放手，而是恨她那么不相信他，怕他受生活的委屈。

他说，他醒来的那一刻就不恨了，没有什么比得上永世相别。既然她希望他好好地活着，那他就好好地幸福给她看，只要她能知道自己好好的。

他说，他不敢去打听她的消息，怕她过得太幸福也怕她忘记他，可他已经没有资格，所以只能希望她幸福。他说，他比她自己更了解她，她的感情太固执，就算她结婚生子也一定不会爱上那个男人，控制自己的心不会再爱上另外一个男人。因为她怕跟他爸爸一样薄情，所以他知道她生活得一定很辛苦，所以他更加要过得好。

他说，再次见到她的那一刻，以为已经忘记得透彻。可当她瞪着一双幽怨的眼睛无声流泪的时候，他知道自己爱的始终只有她一个，可他什么也做不了，只能习惯性地摸着宋柔的头，他知道这个举动一定会伤了她，可他不能。

他说，在宴会上他是多么想伸手去搂着她关心她，亲手赶走那群不怀好意的男人，可他依旧不能，只能看着她推开自己扑入另外一个男人的怀抱。她不想破坏他的生活，她以为他过得幸福。从南锡回来他就一直留意她的一举一动，怎么会不知道她跟踪自己。

他说，当他听到岳父跟她的谈话时，除了拙劣地将她赶出岳父的视线，没有任何资格去保护她，甚至不能提醒她躲得远远的。

他说，她似乎很早就觉得她不再爱他了，躲着他，所以他告诉她希望她幸福，虽然她没有回答，可是他知道她听懂了。他知道转身离去的时候她一定在后面远远地望着，就像那个时候一样，可他不敢回头。现在换他怕了，怕将她带进万劫不复的深渊。

他说，他的心很早之前就空了，可不知道为何还那么心痛。当听到她落水的时候，他握着拳头努力克制自己的怒气，怕自己会亲手掐死宋柔。他想将他的青梅守护在自己的怀抱里，再次面对她的时候，忽然觉得只要她活着就好，不管她看向何景的眼神里有着与从前相同的喜悦。

他说，从前就知道她的眼里有太多忧伤，再次见到她时他以为时间已经拂去了那些伤痕。他错了，他的青梅成熟了，将那些伤痕深深地埋在心底。

作为宋柔的哥哥，他该挥拳打醒这个男人，提醒他身边的是宋柔而不是乌青梅。可他只是狠狠地灌了一瓶酒，问他，只是因为我妹妹长得像她吗？然后他看到他哭了。

他说，他很自私。只是因为她抿嘴微笑的样子很像她，他才没有拒绝母亲联姻的条件。他也想过要爱她，可是他做不到，只能宠着她，跟佟真一样的宠着。他说，宋汉你也爱她吧？可她根本就不可能爱你。因为你是他哥哥。

佟安告诉他，乌青梅曾经说过她曾恨过一个男孩，恨到每次见到他都绕道而行，可那个人竟然不知趣地跟踪她，她故意带他经过小混混出现的巷子，她看着他被混混打劫，被打得头破血流。

这件事宋汉自然是知道的，他怎么可能忘记那样的事情。后来他总是担心她会被混混们纠缠，想来想去还是义无反顾地跟在她身后，只要远远地不被她发现。她没有给他那样的机会，她转走了，连一个再见一个微笑一个背影都没有给他。再次见面，她说不记得自己，他知道她是骗自己的，她的眼中有一闪而过的厌恶。是，隔了那么多年，她一见他估计全身细胞都叫嚣着厌恶吧。

就算他什么也不做，单凭他是元巧冉的儿子，她就会厌恶一生的吧。若不是因为自己，母亲跟宋柔怎么可能那么关注她，后来的那些事他心疼她却不能跟母亲争辩，怕母亲会更加残忍地对付她。她还是被母亲盯上了，他知道母亲是因为汪校长那口气咽不下去才下了狠心的，也正因为这样她才动手报复的，抖出了那些事情。

试问，他该如何去请求她放过母亲？他没有那么厚脸皮，她说过不愿再与自己有交集的，以前他听不进去，现在这是他能为她做的唯一的一件事了。

2.

乌青梅刚回到南锡的机场就接到顾细细的电话，说宋柔不知受到什么刺激疯了，不用问也知道佟安会一直守着宋柔，不论她变成什么样子，因为那是他的责任。宋汉回公司交接后离开了，没有人知道他去了哪里。细细还说元巧冉认罪了，被判了死刑。她只是抬头望了一眼蓝蓝的天空，顾叔叔说得对，她的妈妈不会恨任何人，所以妈妈你一定在天堂幸福着吧。

收了电话之后长长地舒了口气，最近她似乎太感性，这并不是一个好现象，因为还有一个人在等着她，要求她实现承诺。

何景这段时间一直很忐忑，虽然何景骏不停地汇报那边的情况，他还是担心她的状况。怕她出纰漏，更怕她故作坚强。他知道她怕黑，他更知道她一定会把自己关在黑暗里跟自己作斗争，跟过去那场恩怨作斗争，跟心底的善良作斗争。

那日他跟安晓晨一起回南锡，安晓晨笑着问自己，你相信青梅从头到尾都没想过复仇吗？他并没有感到意外，而是慎重地点头。他知道她没有，若是有，她将外婆接出来的时候就该请求朱氏帮忙的，可她没有，安安静静地生活，安安静静地当着她的乌青梅。

他不能去找她，他知道她是一个很有原则的人，不能在这个节骨眼上去烦她，只能等，傻傻地等，只因为她答应会回来找他。可她完全没有消息，连何景骏一下子都没了消息。

陈一白说他像灶头上的蚂蚁，焦急又憔悴。他无比幽怨地拍着自己的心告诉陈一白，怕她出事，更怕她不履行誓言。陈一白还说他很矛盾，坚信她的承诺又怀疑她的誓言。可他的一颗心始终卡在嗓子眼里落不下去，觉得她还有事情瞒着自己，而这件事对自己来说绝不是件好事。

当他推开门看到厨房熟悉却忙碌的身影时，他的心依旧没有落下，苦恼地摇了摇头，她的举动太反常了，反常到他已经嗅出了空气中诡异的味道。

“回来了。”她将最后一个菜端上桌带着点微笑看着他进门。

简简单单的三个字叫他放弃思索这一刻的怀疑，该来的总会来。眼下，他们该上演久别重逢的温馨，是的，她系着围裙亲自为自己做饭不就是想营造这样的场面吗？放下公事包，何景慢慢摊开自己的双臂，声音有些哽咽，“欢迎回家。”

她愣了许久，细细扫视着他的脸，大半个月不见，他的脸因为有些消瘦而失去了以往的白皙，头发似乎长了，胡茬也似乎清理得没有那么干净。他摊开的手指尖有些微微的颤抖，她心底暗暗地叹了口气，他太聪明，所以眼底写满了隐忍。心头微微一颤，宋华然说得一点儿都不错，她太薄情所以太自私。只是眼下啊，她也想放纵一下，真的很怀念那个怀抱，暖暖的。乌青梅慢慢地噙起微笑，伸手指了指自己，“嗯，有油烟味。”

他心一横快步走过去将她搂进怀里，头埋在颈间汲取她的芬芳。当他知道自己爱上她的时候，他就知道自己会栽在她手上，所以在她面前他的原则就是紧紧地跟着她。

“何景，我有点儿想你了。”她的声音很低，可她知道他听到了，他的身体微微一僵而后将自己搂得更紧。

忽然他在她脖子上狠狠一咬，正当她要斥责他的时候，他已拉开距离嗅嗅鼻子，“干吗换香水，没以前的好闻。”

她一愣而后无辜地摸了摸脖子，“细细送的，说比较适合。”

他又在她颈间啃噬半天，最后赌气地拉开椅子坐下，“吃饭，老婆。”

“嗯，知道了。”她会心一笑，知道他在气什么，前段时间他送了好几瓶香水，是她惯用的味道，刚刚显然是为了惩罚自己的不上心。但她没料到何景小心眼到如此地步。一声不吭地吃晚饭，一声不吭地回房洗澡，一声不吭地在书房办公，然后一声不吭地上床就寝。

当然这么多一声不吭也是她纵容的，她就坐在客厅里翻看报纸，随时观察他的一举一动。

她忽然觉得他就像一个孩子，可她的孩子们都知道她的一个习惯，那就是不纵容他们的过分要求。他的闷气真的很无理取闹，但她也不会妥协，最后她也一声不吭地背对着他躺下。

床塌下去的那一刻，何景脸上露出了一抹诡异的笑容。他不想那么快听她说一些自己也许觉得讨厌的话，他借顾生气，当然也是有一点儿生气的，好不容易才找到香水送她，她竟然带着其他气味来见久别的自己。何景翻过身想扳过她的身子，却意外地看到一双含笑的眼眸。他吃惊地有些结巴起来，“你不是背对着我吗？”

她这才心情愉悦起来，“难道你忘了我习惯背对的姿势吗？”

他当然……不记得了。她刚刚有翻身，他以为她先是对着他然后才翻身的。何景伸腿勾住她的小腿侧压住她的身子，“乌青梅，你活腻了吗？”

吻迅速落在她上扬的唇上，呃，不能算是吻，他的牙轻轻咬着她的嘴唇，眼角带着怒意对着她偷笑的眼。手滑到她的臀部等待她的反应。他很满意看到她眼底的失措，瞪他的同时手迅速地抓住他的手。手一反与她十指相扣，何景放开已经咬得红肿的唇，在她耳边轻笑，“青梅啊，看来我在你心底留下了很多阴影啊。”

她仰着下巴看着他，这厮太恶心了，只会抓住自己的弱点不放。他重心一移将自己压上她的身躯，脚在她腿上缓缓地摩挲着，低头含住她的耳垂，“我们今天换一种惩罚方式。”

乌青梅被他折腾得慢慢失去理智，在意识失去之前，她又忽然想到他的消瘦便放弃了弱弱的思想挣扎。

何景醒过来的时候大约八点的光景，满足地伸手摸了摸床边，空空的。错愕涌上心头，占去漾荡的那点儿小喜悦。从床上跳起来，卫生间没有，客厅没有，厨房也没有。他失落地靠着冰箱慢慢地滑坐下去，她就这么迫不及待地离开自己吗？一声不吭的连句道别都没有吗？

母亲很坦诚地告诉了他跟她的约定，他在赌，赌她回来，赌他可以留下她。他怎么也没想到她竟然连这样一个机会都没有给他。他的爱，真有那么难以承受吗？

门咯吱一声推开，他茫然地抬起了头。乌青梅皱着眉看了眼坐在地上的何景，“地上凉，起来。”

他歪着头看着她一步步地走近，在自己面前蹲下，伸出手摸上他的脸，她的手在初夏还是有些凉，他知道她的掌心一定会迷上他眼泪的温度，他还听到她无奈的叹息，很浅很浅。

他伸手圈住她的身子，“我以为你……”

“我不会不告而别。”她拉着他起身，将他带到沙发前坐下，他拉着她的手像被抛弃的小狗乞求着她。

“我去拿拖鞋。”她瞥了眼他赤裸的双脚，“何景，你什么时候学会了孩子气。”

他看着她，待她手热了之后才放开，“我只是给你捂手。”

“现在是夏天。”她转身进卧室给他拿拖鞋，他一定知道了。从碰面开始不正常的何止她一个人。

乌青梅拿出拖鞋蹲在地上帮他穿上鞋，“何景，我们谈谈。”

他看着她乌黑的头顶，“留在我身边就那么困难吗？”

“我爱你。”她忽然抬起头，看着他明显错愕的脸，“但是这个爱很浅很浅。浅到在复仇面前我放弃了你。刚刚我在下面想了很久，我必须告诉你我爱你这个事实，但……”

“浅到不相信我的爱会长久，也怕你自己跟白云一样被轻易放弃？”他片刻便恢复了清明，“也没有深到可以放弃跟妈妈的约定，对吗？”

“我更怕我自己这个动心不是爱。”她将头贴在他的膝盖上，“何景，你给我的爱太多也太浓，我怕辜负了你。”

“我说过我可以等。”他垂下的手几番在她头顶盘旋，最终紧紧地握住。

“可我不想糊涂一辈子，我厌恶这样的自己。”她伸出手掰开他抓住头发的手，一根又一根。

他看着她固执的小动作，最终顺从她的意思松开了手任由她拉着。

"很暖。"她将他的手慢慢贴上自己的脸颊，"何景，我没有忘记你是我的丈夫。"

"所以？"他不知道她究竟想干什么。她都决定了要离开，为何还要如此跟自己温存，此刻他很想挥开她的手，大声质问她究竟想怎样，就连离开都要撩拨自己忘不了她。可他又不愿意放开，也许过了此刻，他只能与空气分享她留下的气息。

"我们打个赌吧。"她慢慢抬起头，收到他满脸的迷恋，将他的手贴上自己的心口，"我会离开一段时间，认真地想清楚你在这里的分量。"

她的答案出乎他的假想，见到她执著的眼神无奈地笑了，他的青梅一向不习惯向恶势力低头，怎么可能轻易向自己的婆婆屈服呢？

"我们以半年为限。"她丢下条件，"半年内你必须找到我。"

"地球太大。"虽然是很喜悦的结果，但喜悦冲不走他的思考能力。

"我不会出国。"她白了他一眼，商人果然奸诈。"我会用你的副卡。"

"当真？"喜悦之情完全显现出来，若她用他的卡，他只需要跟她作时间的抢夺。

"比你对我的爱还真。"她点头。

"好！"他捧起她的脸在额头上轻轻印下一吻，"以此为契。"

乌青梅阻止了何景的送别，只身一人去了程女士的坟前。

"你来得有些晚。"一身黑衣的朱朱已经拜祭完，同样立在程女士的坟前。

"我妈妈最喜欢百合了。"乌青梅将百合花安放在坟前，"我不会不告而别。"

"我不过是怕某人孤单了。"朱朱高傲地扬了扬头，"这次准备去哪里？"

"回去告诉安晓晨，我又跟何景打了一个赌。"乌青梅转过头，笑嘻嘻地看着她。

"我怎么不知道你跟他如此熟络了。"朱朱翻着白眼，"他叫我转告你，欠你的赌资已经还上了。"

"朱朱，你吃醋的样子真不可爱。"乌青梅与她并肩而立，"啊，你看蓝天多美。"

"你就不怕何景知道？"她不放心地看着如此没心没肺的乌青梅。

"他不笨的。"乌青梅一下子安静起来，眼底流转的东西太多，朱朱一下子没有看清。

她脑子里浮现出今早与安晓晨的谈话。

“乌青梅回南锡了。”安晓晨那时正悠闲地吃着早餐，极其若无其事地飘出了一句。

“我总觉得你跟青梅在谋划着什么不可告人的秘密。”朱朱不认为他有那个闲情逸致刻意留意乌青梅的动向。

“安太太，你还真是聪明。”他扬起手中的牛奶杯，“不过有一点你说错了，你老公我只是帮凶。”

“让我来猜猜。”她托着下巴细细扫了眼安晓晨含笑的眼，“当初她为了离婚算计了何家，这次为了报仇再次算计了何家吧。”

“譬如?”安晓晨兴奋地看着恍然大悟的妻子，那个女子的心思，还真的是九曲十八弯。

“譬如她再次算计了何景。”朱朱无奈地摇了摇头，“譬如算计了关静女士。”

“所以我真的很期待她跟何景最后是怎样的结局。”安晓晨以此总结，算是对乌青梅的欣赏还有幸灾乐祸。

“青梅，你有没有想过万一……”朱朱推了推站定兀自望着天空发呆的乌青梅，几番欲言又止。

“怕我真的非何景不可?”她低头蹙眉，“朱朱，我不怕的，你知道我这么做仰仗的是什么。”

“你不过是仗着他非你不可罢了。”她岂能不知在乌青梅跟何景的爱情中，何景的患得患失太重，重到看不到乌青梅在他身边布下的网。

“还有他要逃离关女士的心。”她微微一笑，留下沉思的朱朱，“六个月足够他看清所有，也足够我看清自己的心。”

“我不认为你放得下记仇的心。”朱朱不以为然地跟上她的步伐，“我更不认为关女士会轻易地放弃你。”

“她怎么舍得放弃，我真的是一个很好的对手。”她勾起一抹笑，“所以，你就等着看一场好戏吧。”

“不管怎么说，”朱朱皱了皱鼻子，忽然轰然大笑，“乌青梅，你是个十足的大坏蛋。”

“谁这么有眼光?”

“还能有谁，苏浅秋。”

“哈哈，她竟然这么说我。我是坏蛋，她是什么?”

“陈安心说她是恐龙蛋，壳上画满了高贵。”

“我看她就一雅匪。”

交谈声越飘越远，只有树木依旧摇摆着树叶，像是被欢笑声逗乐了，又像是在嘲笑某些人。究竟是哪一样，谁知道呢。

第十五章
左右爱情

1.

何小乖问何景，妈妈去了哪里？是因为小乖不乖，所以才不要小乖了吗？随即又会很自信地仇视何景，小乖一直乖乖的，一定是爸爸不乖了，就跟之前一样，把爸爸一个人丢在这里。然后在何景略显深沉的目光下飞进何景的怀抱，爸爸不要怕，小乖会用力地爱爸爸，连同哥哥们，连同妈妈的。

何轩文很是轻描淡写地说，妈妈迷路了，但很快会回到我们身边。说这句话的时候，他特地望了眼何景，虽然我还不是很喜欢你，但我还是希望你能跟妈妈在一起。因为妈妈似乎有点儿在意你。

何轩瀚难得深沉一次，妈妈一定会来找我们的。我不介意你跟我们站在一起。

何景很是欣慰，虽然孩子们还是很别扭，至少已经放弃对他的敌意。只是，他常常在窗户前驻足，望着那片蓝蓝的天空，被大家期待的她究竟去了哪里？

乌青梅离开后的一个月，他在高尔夫球场遇到了朱茂。朱茂似笑非笑地看着他，“何景，其实我有些同情你。”

“你遇到她了？”他一脸平静，然而滑出的球出卖了他的欣喜。

“你其实是想问我在哪里遇到她的吧？”朱茂看穿他的意图，潇洒地挥出一杆，“很遗憾我并没有遇到她。”

“球打得不错。”他点评得极其中肯，至少比他刚刚那一球漂亮很多。

“同情你的时候，我又有些钦佩你。”朱茂长长地叹了口气，“爱上乌青梅是一件极其需要勇气的事情。”

他不语，沉下心再出一杆，球落之后露出欣慰的笑，“我比较喜欢挑战。”

“若是早知今日，你们又何必浪费这么多年。”朱茂咂舌，有点儿想不通爱情。既然是注定的，为何非要有波折，人生并没有太多的时间可以挥霍。“一见便该相爱的。”

“看来你是大彻大悟了。”何景双手握杆而立，不大明白他为何会如此的消沉。“你倒是一见相爱给南锡看看？若是很多事都那么的巧合了，人生就没有了成长的酸甜苦辣，就不会知道什么叫珍惜，什么叫知足。”

“这么说何总似乎对眼下很知足？”他狐疑中带着不屑，“也是，若是不知足怎么能平静地站在这里呢！”

“朱先生今天这话说得是越来越深奥了。”何景跟朱茂并不是太熟，但彼此却有不少的怨念。何景气乌青梅那时对他笑得灿烂，朱茂讨厌他是因为他曾伤过乌青梅，不论是精神上还是身体上。“若是想替我太太出气，实在是没有必要。一来，你没有立场；二来，我已经收到她太多不明不白的报复。”

“听说华博的华小姐很是喜欢你。”朱茂倒也不在意他的冷嘲热讽，“作为青梅仅有的几个好友之一，我不得不提醒你，你报复得很不高明。”

“我从未想过报复她。”很多事他不说并不代表不知道。

“那么，我祝你好运。”朱茂对他扬了扬手，跟另一区的朋友打招呼。

“陈一白，你觉得我傻吗？”当晚何景便抱着啤酒坐到楼下。

“哥，现在是凌晨一点。”陈一白悲愤地从被窝里跳出来，抓狂地在客厅暴走，“嫂子，你赶紧回来收了他吧。”

“你说她离开究竟是在试探谁？”何景无视他的叫嚣，皱着眉头看着漆黑的夜空。一个月前他相信她所说的，找个地方好好地想一想敢不敢再爱一次。可现在他不敢如此确信了。

她做每件事的目的都不单纯，在扳倒宋家的事情上尤为明显。朱朱有一次来接小乖时说他破坏了她的复仇计划。他心底一惊忙给安晓晨打电话，问她跟他的赌约定在什么时候。待听到答案时，他才发觉她心思细腻得可怕。

她跟安晓晨关于他的赌约竟然定在她受伤住院之后。赌的内容是他会不会放手。那一次安晓晨输了，所以有了安晓晨跟自己的一个约定，若是他能在六个月挽回乌青梅，那么朱氏将跟何氏合作房地产，并扶持何氏进军金融业。

他必须承认安晓晨给了他一个很好的理由坚定纠缠她的念头。他叫何景骏去打了头阵，但这厮太不中用，除了将乌青梅与何家捆在一起几乎无所贡献。不，至少贡献了顾细细。不，也不对，就算没有何景骏，她一定也能找到方法攻下顾师长的。

“你说她落水是意外还是人为?”他又喃喃自语了一句。虽然不停地告诉自己她不会如此轻视自己的生命，但太多的疑点叫他不得不怀疑。

她要报复宋家，最好的切入口便是从宋柔开始，因为元巧冉最爱的便是宋柔。她一开始应该是想慢慢折磨宋家每一个让她看得很不爽的人。这期间自己插的那一脚，怕是真的毁了她的计划。后来她应该是怕自己再次毁了她的计划，才快刀斩乱麻的吧。

这段时间，宋家的事情一直被大家津津乐道。试问如果不是前前后后都考量仔细，怎么会那么迅速地了断，就连母亲跟宋华然串通都被挖掘出来。这样一个深思熟虑的人，怎么可能没有将他们的未来想个透彻?

“你说，我都心甘情愿地被她利用了，也心甘情愿地爱上她了。”他一把抓歪了易拉罐，“为何她还是不相信我的爱呢?”

“我想她大概是想你爱的纯度有多高?”陈一白托着脑袋慢悠悠地吐出了一句。

“我承认对于安晓晨的约定我心动了，可就算没有那个约定，我还是会回去找她的。”伸手一投企图将易拉罐扔进垃圾桶，无奈，易拉罐擦过垃圾桶的边缘，在地上挣扎几番，稳稳地落在一旁。

“你以为她不知道吗?”陈一白啧了又啧，果然爱情使人智商低下。“她要是猜不到，能跟安晓晨打赌吗?”

“那你说她现在究竟是什么意思?”何景烦躁地耙了耙头，头无力地靠在沙发上，“孩子不要，电话也没一个。”

“不管她怎么想怎么做，你就认定了她。”陈一白继续无力地宣告他的真理，“我有没有说过你很自虐?”

“然后呢?”他不认为陈一白能说出什么好话。

“你活该呗。”陈一白打了个哈欠，懒懒地扫了眼塑料袋里的啤酒，“长夜漫漫，你慢慢思考吧。”

何景待陈一白重重甩上门后才带着浅笑继续喝着啤酒，望着漆黑的夜空。乌青梅就如这黑夜一般，笼罩他的生活，怎么也挥之不去。

隔日一早，何景在办公室接见了一个人，乌青梅的舅舅程晟。当他看到程晟一脸安宁的表情时，不得不正视陈一白对自己的鄙视，他大概自虐惯了才会爱上诡计多端的乌青梅。

“不知程先生上门所为何事?”他跟乌青梅这个断绝关系的舅舅并不熟，全南锡都知道他是乌青梅的前夫。

“家父想见见你。”程晟微微一笑，丝毫不避讳他探究的眼神。

“我貌似与程家毫无关联。”他耸了耸肩，无意瞥到窗外的晴空，心底除了无奈，慢慢浮上一分不甘两分不愿三分怒意。乌青梅，你的算计严重超出了我的想象。

“为了你的母亲你也该去见见的。”程晟对他的反应毫不意外，脸上晕开胜券在握的微笑，“你是孝子，自然不愿你的母亲为难。”

“这算是威胁吗?”他自然知道母亲最近一段时间很是忙碌，但却不知道那件事程家也掺了一脚。

“你认为是，那便是。”他笑得高深莫测，“要不是家父手下留情，你舅舅那边可不是损失点儿钱了。”

“见见也好。”母亲那边损失的怎么会是小钱，从母亲阴沉的脸上，他可以看出她是彻彻底底地伤到了。“我倒想问问程家跟何家有什么深仇大恨，需要用断绝关系来掩人耳目。”

程晟定眼打量眼前这个有些小怨气的青年，最后满意地点头，“我没看错，你的确是个聪明人。”

“你过奖了。”何景皮笑肉不笑地抖了抖脸颊，“比起乌青梅，比起你们程家，我不过是你们手上的一颗棋子。”

“年轻人，你应该感到荣幸。”他宽慰地拍了拍何景的肩膀，“至少你入了她的眼。”

何景是在程静蓉的墓前见到程老将军的，老人笔直地站在墓前。这是何景第二次来到程女士的墓前。第一次是结婚那日，乌青梅面无表情地领他过来。前后不过十分钟的时间，而后十年她从未在自己面前提到程女士，这足以证明乌青梅从未正视过自己。

“程司令。”对于眼前这位富有传奇色彩的司令，他不得不尊敬。

“来了。”老人的声音有些沙哑，但更多的是清冷，“陪我站一会儿。”

他不敢不从，静静地站在老人的身边，默默地看着程女士的墓碑。乌青梅虽然不是真正地程家人，但跟着程女士多年倒也跟程家有太多相近的性子。譬如那时她也是淡淡地交代一句“你站在那里一会儿就好”。

“觉得我们家青梅咋样?”老人忽然开口，何景茫然地抬头，在略显苍老的脸上看到慢慢消逝的悲恸以及缓缓浮现的骄傲。

“狡猾，奸诈，擅于伪装，工于心计。”他缓缓道来，眼下他并不急于纠正老人关于“我们家青梅”这个口误，他相信今天会是格外美好的一天。

“可她有一个致命的缺点。”老人虽然摇头却是满满的赞许，“固执，执著。”

“就算她是养女，还是不能宽恕我母亲对程女士犯的错。”路上从程晟那里他大约知道了程关的旧事。“断绝关系也是她主动提出来的吧，为了降低我母亲的警惕。”

“她是一个很好的狩猎者，从不会错过任何一个机会。”老人点头，扭头看了眼镇定的何景，“静蓉的事情过去那么多年，连我都劝她放下，她怎么也不肯。”

“但最后她却心软了。”他了然地点头，他坏她的事情果然不止宋家那一件。嫁入何家那么多年，她对关静的那些事不算一清二楚也该有十之八九。从她跟母亲摊牌的那一刻起，其实她有很多办法斗垮关静的，但直到最后真正的报复时，不过是将她拉进了宋家的局里。如果不是母亲的坏心，也许眼下都该是风平浪静的。

“她不是心软。”老人狠狠地剜了他一眼，没好气地敲了几下拐杖，“小子，我知道你很聪明，但你做得最聪明的一件事就是娶了她。”

“是。”他骄傲地挺了挺胸。

“比你母亲顺眼许多。”老人脸上这才扬起了星点笑容，“她该是打定注意跟你过下去的。”

“是。”这点他怎么会不明白，不然不会给他机会，不会跟他有新的约定，不会那么轻易宽恕母亲。

“既然明白，”老人迈开步伐离开，远处的程晟和卫兵立刻迎了过来，“千万不要再轻易地放手。”

“您教训得是。”他怎么还敢放手？他怎么还有余地放手？他真的是乌青梅瓮里的鳖，被罩得死死的。

“小子被算计得很不爽吧!”老人忽然在几步之外站定，向他挤眉弄眼，“让我看看你的本事。”

“是，外公。”被看穿的他尴尬地笑了笑，对老人行了一个军礼，“首长放心，我决不丢了我爷爷的脸。”

“好，有淳如当年的气魄。”老人开怀大笑，伸手抹了抹稀疏的发顶，“虽然有些伤人，但我还真想看看她吃瘪的样子。”

2.

乌青梅离开后的一个月，何景明显察觉到母亲沉默了很多，但从她偶然专注的眼神里，又觉得母亲在算计什么。他想，母亲碍于程家应该不会有太多不正常的心思，就算要报复乌青梅，也该找到她再说。

比之乌青梅的毫无消息，他还有一件烦恼的事情，一件叫南锡人观望的事情。华博的孙女华安安公然在媒体前表示欣赏他，并将他作为结婚对象的首选。看着她信心满满的样子，他脑海里更多的是朱茂的冷笑。他怎能不明白朱茂的隔岸观火，他不能惹腥的，因为乌青梅会觉得脏。

跟朱氏的合作已经开始，他经常遇到安晓晨。安晓晨总是似笑非笑地拍过他的肩头，然后祝他好运。他气得牙咯咯痒却不得不应付华安安的百般纠缠。

周末接儿子们回家时，何轩文冷冷地讽刺他，别以为这样就能逼妈妈出现，这实在是太幼稚。

他哑然，一方面为儿子变相的关心而开心，一方面又为他看穿自己的意图而羞愧。是啊，乌青梅可不是能那么简单地被激怒的，她忍耐的底线几乎等同于完全漠视的程度。所以在一周后的采访中他故意说漏嘴，然后他仍未离婚的消息飘荡在南锡的每一个角落。

“你选了一个最笨的方法。”安晓晨不是很赞同他的做法，“虽然我知道这是最有效的方法。”

“纵容有千万种方法，我只愿意选择伤害最小的。”她听到这个消息后一定会生气的吧，毕竟她还未亲口说出留在他的身边。何景甩了甩头，“轩文马上就要放暑假了，你不介意朱曜多个伴吧?”

“我无所谓。”安晓晨狡黠一笑，“看来你是要有所行动了。”

“你该理解我的心情的。”他意有所指，露出一脸的羡慕，“但我没有你的好运。你知道朱朱终究会回到你的身边，所以你的等待只是为她织造一张更坚固的网。但我不同，虽然种种迹象都表明她不会离开我，但我没有信心，确切地说，我不敢相信她。”

“我可以肯定她的确已经爱上了你。”安晓晨算是宽慰，生为男人，他的确该同情何景。

“可她依旧能毫无声息地消失两个月。”何景挫败地闭上眼，“你有见过如此冷漠的女人吗?”

“我很欣赏她。”这算是对何景刚刚那句话的默认。“兄弟，我看好你。”

“谢谢!”他突然起身，“我该走了。”

这两个月内，他有多少次称赞她的无情，就有多少次对她咬牙切齿，更有多少次对她的思念。仔细回想过去，十年来似乎所有的事情都是在她的主动之下决定的，那么这一次，作为比她爱得更深的自己，是否该给她一些意外的惊喜呢?

此刻的乌青梅在哪里呢?她正在白城机场的VIP室，懒懒地靠在沙发上，“我记得第一次见你也是在机场的VIP室。那时我在想怎么会有如此清冷的女子，冷漠，孤傲。”

“你的冷漠不比我差。”苏浅秋冷哼，扬了扬手中的报纸，“真不知道你看上了他什么。”

“也许我就是看上他的幼稚吧。”她沉思片刻缓缓笑开，拿起报纸细细地看着。两个月虽未见到他本人，却通过一些途径了解到他的情况。这个算是他对自己的报复吧。

“我看你是太寂寞了。”苏浅秋不屑地翻了翻眼睛，见她欢快地大笑，脸上严肃起来，“那边我已经叫安心打点好，你尽可放心。”

“我真是太爱你了。”乌青梅向她皱起了鼻子，又忍不住打趣起来，“是哪个杀千刀的说你没有人味的?”

“乌青梅你早过了装可爱的年龄。”某人继续鄙视，无视她乱眨的眼睛起身，“我登机了，你多加小心。”

“谢谢!”她说得太真诚以至于苏浅秋特地回头看了她一眼，她依旧炫耀洁白的牙齿，“我没有蛀牙。”

苏浅秋的眉头紧蹙，然后缓慢地诅咒了一句，“你跟他还真般配。一样的幼稚。”

“偶然幼稚一下还是能调节一下紧绷的神经的，不然会面瘫的。”她继续大言不惭，见苏浅秋脸色似乎越来越难看，仍不忘煽风点火，“这是凤先生跟苏杭说的，我觉得很有道理。”

“乌青梅，你可以滚了。”某人脸色终于平静下来，话却冰冷无比。她毫不拖泥带水地转身离开，叫乌青梅不由回想起第一次碰面的情景。乌青梅果然猜对了，就算高贵如她，也曾被爱情伤得面目全非，以至于再也不相信爱情。

那么她呢？这真的是她离开何景的原因吗？扫过报纸，似乎很多人都在惊叹她的好运，兜兜转转一圈之后竟然还是何景的妻子。乌青梅伸出手盖住那个笑得温和的男子，朱朱说得没错，她太自私了，自私得有太多的要求，自私地摆布着何景，浅秋说得也不错，她太寂寞了。寂寞了那么多年，难得有这么一个有趣的人，她又怎么能轻易放弃呢？

听说他将轩文送到了安晓晨的公司，儿子将来要继承家业的，所以现在并不早，这不会激起她的反对，相信何景也知道。听说他将轩瀚送到了何景骏那里，那小子跟道伦极其聊得来，嗯，他这个父亲倒也不算失败，总算为儿子做了一些事情。至于何小乖，他亲自带着女儿住进了她在青城的家，他还将外婆接来一起同住，综合这几点，他这两个月的所作所为她还算是比较满意的。

她嘱咐安心不要再将他的消息传递过来，因为她想安安静静地过剩下的四个月，没有恩怨，没有爱情，只有她一个人，享受好不容易得来的宁静。至于关静，她丝毫不会怀疑浅秋的手段，所以那也是回南锡之后的事情。

何景却慢慢觉得心慌甚至有些急躁起来。乌青梅依旧没有音讯，就如同凭空消失一般，查不到她任何的信息。乌青梅离开的第四个月，何景鸢、何景骏举办了婚礼。众人知道他和乌青梅的约定，都跟他一起期盼她的出现，遗憾的是只有他无法掩饰的失望，还有母亲的冷眼旁观。

朱朱送来大礼，说是乌青梅转交的，并很识趣地交代礼是乌青梅离开之前就准备好的。他只能回以苦涩一笑。这些日子他不是没有怀疑手机是否出现了故障，他每隔几分钟都神经质地给秘书打电话证明手机通讯正常，又将自己的主卡拿出来刷了又刷确定短信系统没有故障。

他到底还是被那突然而起的喜欢迷昏了头，不，手紧紧地握住，涩涩一笑，那也许是她迷惑自己的手段吧。直到现在，他还在猜测她离开的真正原因，因为太多的事情都在她的预料之内。景骏、景鸢的结婚礼物就是最好的证据。

他真的是一筹莫展，就算不出国，国内也一样大，茫茫人海，她到底去了哪里？朱朱安慰地拍了拍他的肩膀，“我了解乌青梅，她说用副卡不仅仅是为了给你留余地。”

他接过乌青梅带给他的盒子。盒子他是知道的，程妈妈留给她的首饰盒，一直搁在自己的梳妆台前的。当盒子打开的一瞬间，不置信迅速地取代了他的疑惑。她怎么会？何景用力抓住盒边以掩饰自己内心的震撼，这分明是他寄给她的信，她竟看得如此重。眼尖地看到她的批注，无非两个字“幼稚”“傻瓜”“白痴”，他会心一笑，对上朱朱暧昧的目光，声音是前所未有的坚定，“我从未想过放弃。”

在这些信笺面前，当初自己重回她身边的借口都显得不真实。喜悦慢慢在眉宇间散开，何景将信收拢，紧紧地握在手里。一个半月，四十八封信笺，每一份都折叠得平平整整。乌青梅，我再一次差点被你骗了，你怎么可能只爱我一点点，爱到不相信我的目的，也才能毫无顾忌地玩弄我的底线。忽然他的眼中闪过一丝精光，然后是浓浓的笑意，“也许我该多给她一些时间的。”

“我似乎有点儿欣赏你了。”朱朱皱了皱鼻子，乌青梅自私地让她这个好友也有些看不下去了呢。“不过我倒是希望你能为你们的将来清扫一下路障。虽然她可能不在乎，可她其实是一个家庭观念极重的人。”

他自然知道她所说的是他的母亲。于是他又花时间来说服母亲，但基本都是被拒之门外。他从一开始就没有抱过希望，如此做不过是消磨时间，等待是一件极其无望并且辛苦的事情。

正当他想将手上的一切事物抛开时，又发生了一件不算意外却很棘手的事情。对华安安的爱慕，用安晓晨的话来说，处理得太过拙劣。虽然将乌青梅拢进网了，却当众驳了华董的面子，于是清水的地出现了纠纷。先是开发手续不全，而后是违反土地招标，接着是有人恣意生事。乱七八糟的事情花去他大约两个月的时间。

他将乌青梅的那幅画像移到办公室，每当自己焦头烂额的时候，总会看一看她，然后继续努力。陈一白打趣公司上下应该认真贯彻乌青梅坚韧不拔的精神。他只是笑笑，这个时候他是多么希望她能够在自己的身边，陪伴他走出这样无止境的烦躁。他也期待过她也许会看到这样的消息而出现在他的身边，但，这微小的希望还是落空了。希望的同时又庆幸她不在身边，这样她才能看到他的能力吧，他的的确确可以为她撑起一片天空，不需要借助其他人。

当事情告一段落时，他骄傲地对着画像笑了半天，乌青梅，你看到了我为你打造的晴空万里了吗？然而叫他伤心的是，回应他的只有那画像上的淡淡微笑和毫无音讯的茫然无措。终有一天顾细细很文艺地告诉他“若是有缘你能从人群中一眼就找到她”，碍于何景骏的虎视眈眈他才没有动手扁她。当天晚上他的手机终于等来盼了五个月的消息，她出现在白城。

他订了第二天一早的机票，当他的飞机降落后开机的第一条短信，则是她出现在了宁城。他只能预订当天的机票转往宁城，然后跟之前一样刚下飞机又接到她在滨海的消息。

陈一白给他打电话的时候他正在等飞往滨海的机票。告知情况之后，陈一白沉默半天提出质疑，“我想那一定不是大嫂。嫂子不是这么玩心重的人。”

挂掉电话之后，他仔细想了想觉得很有道理，又细想了一下第一次收到短信的情况，那天顾细细似乎说“好人有好报”。他掏出手机给何景骏打了一个电话，“细细现在在哪里?”

“部队啊。”何景骏毫无头绪地回答他的问题，“她刚跟岳父从滨海回来，下了飞机直接去了部队。”

何景啪的一声合上手机，果然是顾细细。他当即签票去青城，他不相信顾细细没有乌青梅的消息。叫嚣了五个月的心慢慢安静下来，暖意渐渐盈满了孤寂的身躯，乌青梅，你终于要再次出现，出现在我的生命里了吗？这次我不会给你任何机会任何理由脱离我的视野，因为我再也无法忍受你不在的孤单和寂寞。

3.

这些日子的乌青梅是快乐的，她的世界除了自己的无忧无虑，还有满山满眼的花朵，陌生却温暖的邻居，从清晨一直叫嚣到夜晚的鸟啼虫鸣。

乌青梅在苏浅秋的安排下来到了花溪。她在这里租了一间房，日升而起日落而栖。她偶然也会想起何景，也许他正着急地天南海北地找她，也许还碍于华博的势力不得不迁就着华安安，但很快便会拍着脑袋叫自己忘记。

最近她想起他的频率有点儿高，因为房东太太带着孩子回来了，偏巧房东太太也姓何，不过她还是习惯称呼她为苏太太。

苏先生是个心理医生，苏太太带孩子去山上安家的时候，他就会跟自己聊天，她虽然不愿意答理他，可他却精准地猜出她为情所困。他说她眼里偶然会闪过快乐、思念然后是迷茫。当她以为他还会再说什么的时候，他却绝口不提。苏太太话不多，经常会瞪苏先生两眼，苏先生假装看不到地逗着女儿笑。

乌青梅觉得这一幅画面特别的熟悉，看着这一家子不由自主地想到了小乖，也顺带地想了何景。她觉得这个想起的频率太高，本想退租，但苏先生有病人来访只能带着一家回宁城。

她又安静下来，后来她听说了苏先生和苏太太的爱情才知道原来他们的幸福也来之不易。

她在第五个月的时候终于作了一个决定，若是他能在规定的时间内找到她，她想给自己一个机会，一个拥有幸福的机会，将来要是不爱了，那也是将来的事情。所以她又放宽心住了下来。

可今天晚上她坐不住了。七点，她习惯性地打开电视看新闻。宁台正在播报一架由宁城飞往青城的飞机失事，屏幕上滚动着失事人员名单。当那个名字跳入眼帘一闪而过时，她不经意地心慌乱了。

她手忙脚乱地按着后退键，细细地打量着清单。脑子空白之后，不停地告诉自己冷静，也许只是同名而已。乌青梅咬着牙克制着颤抖，慌乱地拨打电话。然而那边是一成不变的回答，“您拨打的电话已关机。”

泪忽然迷住了双眼。他怎么会在那架飞机上？怎么会？他还没有找到她，她还没有告诉他她的决定，还没有说她多么依赖那个怀抱，多喜欢那双手的温暖。他说要等她一辈子的，他说会留在那里等她回家，他说……

为什么？他骗了自己，竟然这样骗了自己？当年佟安说会活得更好之后那样骗了自己，乌妈妈说要看自己披上白纱嫁人也那样骗了自己，何景你为何也来骗我？

跟何景鸢通过电话，对方沉默半天，说，嫂子那是真的。她当下便疲软了身子瘫坐在地，脑子不断地想起曾经。他温和地握住自己的手，说我们是合适的；他冷笑着问，你不知道什么叫尔虞我诈吗；他阴鸷着眼说，我们一起下地狱吧；他无奈地说，乌青梅我放不开你；他宠溺地点头，我等你回来。他脸上总是挂着很浅的笑，生气的时候总喜欢抿着嘴唇，看到蒜末总是皱眉，睡觉的时候习惯右边，有很重的起床气，喜欢……

何景，既然你要离开我，为何还要在我的记忆里写满你的身影？何景，你知道我为何要离开吗？除了对自己的不确信，更怕有一天你会抛弃我，那么因为你而圆满的残缺的我，将如何度过剩下的日子？

她用力将手机丢出去，抱着膝盖蜷缩在地板上，何景你当时是怎么说的，她怎么能以那种方式抛弃他？可如今呢？你怎么可以如此干脆利落地放弃我。

“我不知道我是否真的爱，但是我知道不能没有你，如果地球毁灭，那么我要告诉你“你是我唯一想见的人”。这是她从美国回来那天在报纸上看到并一直留在脑海里的话。不管自己是否爱何景，爱得有多深，她都等不到了，就算地球不毁灭，也没有机会告诉他她是多么思念他。

以后再也没有那么一个人嚣张地说，乌青梅失去你我会少了很多乐趣，所以我不离婚了；再也没有那么一个人自恋地说，乌青梅你真的想了解我吗？虽然我坏心眼也不少，但也算白纸一张，留给你泼墨来着；再也没有那么一个人幽怨地说，乌青梅你看天上星星真多，那可是我思念的心，你再看看那些个暗淡无光的星星，你就有一丁点儿想我啊，这个想还是因为你正在看我的信顺便想的；再也没有那么一个人无赖地说，乌青梅你看天空多蓝，为何没有白云飘呢？那是因为我眼底只有你啊；再也……

泪不可抑制地流下，何景你为何要这样惩罚我。若是因为我选择了爱你而带来这样的劫难，我情愿放弃爱你，只要你好好的；若是你因为爱我而不得不被上天带走，我也愿意你不再爱我，只想看着你好好地活着。

她哭得太专注以至于没有听到门外焦急的敲门声。何景好不容易在村民的帮助下才找到她的住所，隔着门就听她哭得甚是凄凉，无奈怎么敲门她似乎都没有听到，心乱如麻地在屋子周围找了一圈才找到一扇未关的窗。

蹑手蹑脚地爬进去看到她哭得如此专注不免心生怨恨，他放纵了她如此多的日子，以为她是快乐的，眼下她该死的在哭什么，又为谁而哭？脚不受控制地挪到她身边，他出口却是满满的不舍，“谁欺负了我的青梅啊？”

她抬起泪眼，颤抖着手摸着他的脸，沙哑着嗓子，“何景是你吗，是你吗？”

“是我，是我。”他伸手安抚着她的后背，不管她为谁为何事，终于牢牢地圈住了她，不再是梦里。鼻尖都是她的馨香，真好，乌青梅，我终于找到了你。

“何景你浑蛋。”她开始捶打他的胸膛，“你怎么可以就这样抛下我，你怎么可以言而无信，你怎么可以不来找我，你怎么可以，怎么可以……”

他这才知道她是为自己而哭，但这是为何呢？疑惑完全压制了信心，她从来不是这样一个情绪失控的人。

“他明明答应我要好好活着的，可一转身，他就笔直地躺在了医院里，他怎么可以那么迅速地丢下我？”她已经完全陷入悲哀的自我世界，“妈妈说要看着我嫁人，要给我带小孩，我就去打了一壶水，她就丢下了我。之前妈妈也是，我只是睡了一会会妈妈就没有了。青梅姐姐也是，她说等我学会弹钢琴她就出院了，可我学会了她却不见了。大家都骗我欺负我。何景，你为何也要骗我……”

他依旧一头雾水，知道她说的是自己，本想撬开脑袋看看她在想些什么，一听她后面的抱怨才恍悟，原来她的不安来源于这里。可他什么时候骗过她，并且信誉不良得被她列入严重不安的等级里？

“为何你不能够给我一个机会？”她已经声嘶力竭，“你连那样的机会都不愿意给我，你终于对我感到厌倦了吗？连那样的一个机会都不给我。”

“我不是在你面前吗？”他拉开她的脸，伸手去擦她的眼泪。

“是啊，你来了，在我面前。”她忽然一笑，“何景我爱你。就算你不在了，我还是爱你。”

“什么叫我不在了？”他咕哝，然而内心却乐开了花，她这样的表白足够定了他悬了将近半年的心。

“对，你一直在的，你这不是到我身边了吗？”她伸手抹了抹泪，完全漠视何景的存在，“我要振作起来，我明早还要回南锡，我要告诉孩子们你没死，你会一直一直在我身边。”

“青梅。”他越发感到不对劲，伸手在她面前晃了晃，没有任何反应。眼睛飘到电视，已是晚间新闻重播，何景皱着眉头看着报道，飞机失事，宁城飞往青城。他又低头看了看嗅着鼻子的乌青梅，她不会是以为……诧异地眨眼，她以为现在跟谁说话呢，他的鬼魂不成？

乌青梅摇晃着站起身子却因为长时间的坐姿麻了腿而跌倒在地。何景眼疾手快地当了她的肉垫，还没来得及叫痛又被她的话给噎住了。

“果然心死了就不会再疼了。”她苦苦地扯出一个笑容，拍了拍何景的肚子，“何景，我们明天回家。”

“乌青梅。”他咬牙切齿，他这么一个大活人她竟然看不到。好吧，他承认她是因为爱他不能接受那样的现实，可他不但没死还出现在她面前，她怎么可以那么理所当然地把他当做孤魂？何景不顾身上的疼痛，大掌拍在她的屁股上，听到某人开始痛呼：“何景你又打我，你连做了鬼也不放过我。”

“疼吗？”他又是一掌挥下去，龇牙抖着自己发红的手，怀疑自己是不是太狠心，刚刚似乎都听到了回音。

“怎么可能不疼！”她大呼，忽然停止了呼吸，眼睛眨都不眨地看着何景，一双小手不停的在他身上摸索，将脸贴在在他的心脏上，扑通扑通的心跳声一下一下地撞击着她的耳膜。她坐直了身子，笑得跟花痴一样，“原来你还活着。”

“是的，我还活着。”她已经飞进他的怀抱，他也只能用力地回抱着她，“你哭的样子，真丑。”

“我想去洗澡。”她也意识到自己现在是什么状况，娇滴滴地恳求他。“那个，我的腿还是有点儿麻。”

他怜惜地将她抱起来，她至少哭了两个小时了吧，看来那个心理医生说得对，要随时将伴侣带在身边，不是不愿意分开，而是怕丢下一个人在那里傻傻地哭。

待何景帮她洗完澡抱回床的时候，乌青梅才彻底醒悟过来。她看了看自己，又看了看狼狈不堪的何景，自己真是丢人丢大了。乌青梅咬了咬唇，抄起一旁的靠枕向他砸了过去，“我不想见到你。”

乌青梅将自己窝在被子里一分钟后又迅速地爬起来，很好他还站在那里，一动不动地面带微笑。

手在被窝里拽着被单很久才慢慢松开递给他，他将手拉住，含情脉脉地看着她。

她另外一只手拍了拍床沿示意他坐下。待他坐下后，她迅速扯开他的衣领很满意地找到之前留下的淡淡齿痕，“这是我打的印记，何景你记住了，你现在是我的所有物，我不同意撤销这份契约，你就得给我好好的。”

“遵命，主人。”他伸出手替她将吹散的发丝整理好，将十指相扣的手拉出来在眼前晃了晃，“就算你松手，我也不会松开。”

“我自然要松手的。”她白一眼他的衬衫，她算明白朱曜为何不喜欢白衬衣了，原来是她家小乖哭得太凶的原因，“你该去洗澡了。”

“知道我为何没有上那趟飞机吗?”他依旧抓着她的手不放，“我在机场遇到佟安，他给了我一叠照片，我在花丛中一眼看到你的身影，没有退票就直接赶过来了。”

“他……”她低头看了看他们相扣的双手，若不是他，这个场景只会出现在午夜梦回的时候。乌青梅抬起头眼睛有些酸涩，“他还好吗?”

“他很好。”经历了这件事他不会为她对他的关心而难过，他真的感谢佟安，感谢他将她带给了自己，感谢他将自己送到她的面前。“他说祝你幸福。”

“你不能再哭了。”他见她低头不吭声，怜惜地托起她的下巴，果然见她眼底泪水有些打转，心里暗想，她这是把这十几年来的泪水都一下子爆发出来了吧。“我在想他是不是恢复记忆了。”

“他一直就不曾忘记。”她低低轻语，若不是记得，他不会那么刻意地拉开距离之后又忽然亲近起来。她知道不管他将去哪里，她都祝愿他幸福，而她的幸福，也需要他的祝福。“我困了。”

“等我。”他这次松开手去洗澡。佟安不管你忘记还是记得，何景一辈子都会谢谢你。

这一晚他们只是相拥而眠，两人第一次觉得心离得那么近。何景看着她入睡，不由想起了碰过面的佟安。

“是你？”他疑惑地看了眼跟孩子一样撅着嘴的宋柔，“她还没有好转吗？”

“比之前好多了，只是好像不大愿意走出自己的世界。”佟安掏出手帕细细擦去她额头的汗珠，“有朋友帮我联系到一个很有名的心理医生，我带她来看看。”

“希望她能战胜自己。”他微微点头，联想到自己的遭遇更加不爽，虽然宋柔疯了好歹陪在身边，可他呢？

“还没找到青梅吗？”他隐约知道他们的半年之约。他打量何景很久，曾经有段时间自己是嫉妒他的，可以名正言顺地跟在她身边。“你们不是已经离婚了吗？按照她的个性，应该不会吃回头草的。”

“你没看新闻吧？我怎么可能离婚。”他示威地瞪了佟安一眼，“我绝不放手。”

他一愣才慢慢释然，那时她看何景的眼神他就知道她是喜欢何景的，也许她当时还未醒悟。他没有说是藏了私心的，不希望她在何景身上跌一跤。犹豫半天，最后佟安从包里掏出一叠照片给何景，“找到她之后帮我跟她说，我祝她幸福。还有若是可以，帮我问一句，她是否曾爱过我？”

何景错愕地看着离去的背影很久，女人腻在男人的怀里撒娇，男人很是宠溺地揉着她的发顶相携走出大厅。何景想自己该祝福他们的，虽然佟安最后的一句话是那么的欠揍。何景胡乱地翻着手中的照片，印入眼睑的是大片大片的花海。莫名其妙的佟安，莫名其妙的话，还有莫名其妙的照片，真的是……

慢慢地他的眼睛定住了，那个身影，虽然只是一个背影，但他绝不会认错，是她，是她，真的是她。哦，他扭头看了一眼玻璃门外，已经没了他们的身影。他激动地抓住手里的照片，佟安，谢谢！那个景色只要是宁城的人一看就知道是花溪。他连机票都未退就直接去了火车站，买了开往花溪的火车。

何景低头在她青丝上落下一吻，你放弃佟安是正确的，因为他不够强大，支撑不住所有的真相，即便你后来真正爱上了他。他眷恋地看了眼怀里的人，佟安，很抱歉，我永远不会帮你问这个令人伤心的问题，因为我嫉妒你以那种方式留在她心底一辈子。

4.

第二天，乌青梅的眼睛肿得跟核桃似的，因为怕家里人担心，二人又急急忙忙往南锡赶。回到南锡的时候，已经是晚上六点。当二人出现时，众人都喜极而泣。何景骏一把抱住他的脖子，“哥，你怎么不打个电话回来，害得我们以为……”

这时二人才尴尬一笑，何景的手机被偷了，乌青梅的手机被摔坏了，急忙赶回来的二人同时忘记打电话报平安了。

“既然回来了，都坐下吧。”何父招呼大家坐下，高兴地招呼柳妈泡茶。

“嫂子我可真是担心死了。”何景骛拉着乌青梅坐下，嘟着嘴拍着自己的胸口，“到现在还急速跳动呢。”

“她不再是你嫂子。”何母突如其来的一句话叫欢喜的众人又愣住了，“景骏到书房把桌上那个牛皮档案袋拿下来。”

“她不是我家媳妇是谁家媳妇。”何父脸一沉，他知道她对静蓉有意见，可也不能总是为难青梅。

“爱是谁家是谁家，反正不是我们何家。”关静怎能不气。她冷笑地盯着她与何景相扣的手，乌青梅，一切都晚了。

“妈，你这是什么意思。”何景不知母亲会丢下怎样的炸弹，手紧紧地抓住一旁不吭声的乌青梅，还是那么凉啊。

“字面的意思啊。”关静优雅地接过何景骏手中的文件丢到桌子上，“我保证你会喜欢的。”

何景看了一眼脸色苍白的何景骏，刚想伸出去手去拿却被何乌青梅按住。

“怎么也该由我来打开。”乌青梅抽出手，含着笑慢慢打开手中的文件袋，当一本墨绿色的小本子出现时，她听到了众人的抽气声。“婆婆，哦，不，何太太，你办事的效率真是快啊。”

“关静你，”何父拍着桌子起身，痛心地摇头，“简直是胡闹，胡闹。”

“我胡闹？”关静望了眼何景，为他的天真而失望，“何祥晨，若不是这个，华家能轻易放过何景吗？”

何父一时语塞，无措地看着儿子，为难地转向乌青梅，最终挺直了腰身，“你该跟我商量一下的。”

“商量什么？”关静失笑，“何祥晨，我忍了三十五年，你以为我真的会放弃吗？”

“何太太。”乌青梅也慢条斯理地站起身，望了一眼惊恐的何父，“你还真以为你看上的东西别人都会要吗？”

“嫂子。”除了何景，何景骏等一干人也跟着站起了身子，诧异地看着好不容易才走到一起的二人。

“没什么。”她低头对稳稳坐定的何景灿然一笑，“何景，还记得我们所有约定的前提是什么？”

“青梅。”何景这才板着脸站起身，给她一个拥抱，他怎么会忘了，一切都是在他们未曾离婚的前提下。他迅速放开后，将双手插进裤袋，“不要回头。”

“我……”她退后两步，脸上扬起精致而疏离的笑容，陌生地晃花了众人的眼，“不说再见了。”

“嫂子。”何景鸢也站了起来，她不明白事情怎么会发展成这个样子，无力地靠着云痕。云痕只能拍着她的手背安抚她，其他的，目光扫过何景，不错，越来越有大哥的风范。

一直站在何景骏身后的顾细细忽然跑着追上乌青梅，何景骏第一个反应过来，“细细，你去哪儿？”

“这是你的家，不是我的家，也不是我们的家。我可一刻都待不下去了。”她鄙夷地扫了一眼众人，“因为我不屑。”

“年轻人不要太冲动。”乌青梅背对众人拍了拍她握住自己的手，脚下却未作任何停留，“年轻真不错。”

“好好的一个家，怎么就……”何父拂袖而去，丢下形色各异的众人。

“妈，你太过分了。”何景鸢银牙一咬，跺着脚拉着云痕回家。

“妈，你还是我们的妈妈吗？”何景骏慢慢地摇着头，手抄起桌上的离婚证，“你这不是逼着我哥去死吗？”

何景这才收回目光，刚刚他是多么想跟她一起离开这个地方，可他不能。他带着笑慢慢转过身，她留给他的战场，他又怎能辜负？

“妈，你老了，大姐大已经不适合你。”他弯腰拿起桌上的离婚证，懒散地靠着沙发坐下。

“你以为她眼里有你吗?”关静竟也慢条斯理地坐了下来，“我可是在帮你，杀人犯的女儿怎能配上高贵的你呢。”

“你真的不知道她是谁的女儿吗?”何景勾着笑，尽是邪魅，“就算不知道，那么妈你又如何呢？对付程妈的时候你就不肮脏了？跟宋家勾结对付青梅就高尚了?”他扬了扬手里的离婚证，“还是偷了我的离婚协议书就不卑鄙了?”

“看我生出了一个怎样的白眼狼。”是，她关静从来都不干净，所以她更不能纵容一生的污点。就算程静蓉死了，还有乌青梅这个女儿时时刻刻提醒自己的失败。“你别忘了你身上可是流着我的血液。”

“这样啊。”他喃喃自语，一旁的何景骏总觉得今天的大哥有些反常，过于阴沉也过于诡异。正当他皱眉思考哪里不对劲的时候，何景不知从哪里掏出一把美工刀，精准地对着手腕划了下去。“既然如此，我不要也罢。”

“哥你疯了。”殷红的血液顺着刀片滴在雪白的地毯上，画出美丽的图画。何景骏惊恐地看着何景笑得肆意的脸，天，这绝对不是他熟悉的大哥。他慌乱地跑去找急救箱，就算与母亲决裂，也不该如此轻视生命。

“你舅舅说得对。”关静对失去分寸的何景骏摇了摇头，继续笑着看着何景，“你才是最像我的。”

“所以你才一直压制着我。”他侧着头意味深长地盯着怡然自得的母亲，“你究竟怕我什么呢？难道是怕我有一天告诉何祥晨，我不是他……”

“住口。”杯子碎了一地，错乱了抱着药箱回来的何景骏。何景打量着面容扭曲的母亲，真好，竟然能见到如此盛怒的母亲。“你给我滚，我不想再看到你。”

“我也确有此意。”何景笑得极其肆意，从口袋里掏出手帕压上手腕，“从此我们不再相欠了，关女士。”

“好，从此我们恩断义绝。”关静再次捞起桌上的杯子狠狠地砸了下去，“我不会给你留任何退路。”

“你以为我在乎吗?”他望了眼楼上拐角半倚着墙的何父，轻轻的说，“我真的不是想自杀，只是觉得脏。”

何景大步流星地离开，不带一丝眷恋，除了对何父的“对不起”。何景出家门后第一件事就是去学校将两个儿子接了出来，二人很是诧异地看着忽然出现的父亲。

“儿子，爸爸来带你们回家。”他一手揽住一个，“回有妈妈的家。”

“真的吗?”何轩瀚不相信何景的话，桀骜地仰着脸。

“奶奶说你跟妈妈已经离婚了。”何轩文一脸老沉，也不是很相信何景。

“我跟你妈绝对不会离婚。”他将两个儿子带上车，“走，我们去接妹妹和妈妈。”

何景带着两个儿子到朱家老宅的时候乌青梅已经睡了。朱朱很是惊奇地看着半夜登门的何景，“何景，你这什么意思啊?”

“我带着我最重要的财产离家出走。”何景拍了拍两个儿子示意他们早点去睡觉。

“爸爸，我也不喜欢那个家。”何轩瀚带着困意揉着眼睛对着他咕哝一句。

“Me too。”这是何轩文潇洒的回应。

“青梅在那个房间。”朱朱大体明白他什么意思了，指了指拐角的房间，“她一个人。”

他正准备走过去，朱朱又忽然回头对他微微一笑，“呃，我们家隔音效果超好的，你不用担心。”

他木然地点头走过去。今天他有什么理由家暴她呢?她似乎已经跟自己没有关系了呢。何景小心翼翼地推开门，橘黄的灯光下她睡得并不安稳。他轻轻地在床沿坐下，握住她露在薄被外的手，就那么傻傻地看着她。

“来了。”她睡得本来就不好，他新长出的胡茬扎得她的手很痛。乌青梅撑着手臂坐了起来。“找我什么事?”

“你真的要跟我如此生疏吗?”他继续用下巴摩挲她的手，这个狠心的家伙。

“我们现在没有关系了。”她眨巴着眼睛，手里暗暗用力想抽回来却一个反拉被他拉进了怀里。

她没有挣扎，只是将下巴靠在他的肩上，“为何跟来了?”

“我说过我绝不放手。”他伸手在她腰上一掐听到一声闷哼，“你为何总是记不住我的话。”

“当时情况你让我怎么办?”她报复性也伸手捏他的腰，无奈太结实硌得她手疼。“况且某人还叫我不要回头。”

“我不也叫你等我了吗?”他似乎掐上瘾了，又掐了一把，不过这回轻了许多，她也就嗯嗯呀呀意思了一下。“乌小姐，我何景现在一无所有了，你还要我吗?”

“我考虑考虑。”他为了她可是从那个家里出来了呢。不过她真的不喜欢关静。看着关静光鲜的生活，她就不由自主地想到妈妈孤苦伶仃的生活。因为爱上了何景，所以不忍报复得太彻底。离开的六个月内，她告诉自己一定要忘记那些事情，因为她是何景的母亲。没想到她给了自己这么大的回礼，只能把选择权留给了何景。

“啊，我想起了我不是一无所有。”他放开她，眼睛甚是光亮，“我还有两个儿子一个女儿，你能收留我们父子四人吗？”

“你把儿子们都接过来了？”她刚刚还抱怨他怎么那么久没有过来呢，原来是去接儿子了。乌青梅欢快地搂住他的脖子，“谢谢你。”

“青梅，我们再结一次婚吧。”他郑重地提出请求。

“我已经嫁过你一次。”她嘟着嘴似乎不大愿意，一生嫁两次还是同一个人多没意思啊。

“不是你嫁，是我入赘。”他伸手捏了捏她的鼻子，“我也学那白城的凤鸣入赘你江家。”

“你玩真的啊？”她不相信他提出这样的请求，诧异的同时又很是感动，他竟然能为自己做到这一步。

“请问乌小姐你愿意娶我们吗？”他点头，既然都被母亲麻利地销户了，他还有什么可留恋的理由？“还有我想把小乖落江家的户籍，就叫江江可好？”

“你真的不后悔？”她歪着头疑惑地看着欢笑的他。她之前最坏的打算也就是他们两地分居然后偶尔地下情一下，没想到啊，她的夫，不，他的夫人手段果然很强硬。“何景，我有没有说过我真的很爱你，比你爱我还要真。”

“再说一次。”他得寸进尺的要求。

“臭美。”她忽然推开他，沉着脸拉过他的手，指腹轻轻地在他手腕的伤口上打圈，眼里尽是厉色，“你就这么回应我的吗？”

“我有分寸的。”他没想到风声传得如此之快，一定是何景骏。本想揶揄何景骏的八卦，却被她的寒气给怔住，无奈地叹了口气，“你知道我必须这么做的原因。”

“何景。”她闭了闭眼，再开口已满是不舍，“我痛恨自己成为你的魔障，然而我又庆幸你成为我的劫数。”

“所以我们真的很适合狼狈为奸。”他扬着下巴，很是温情地望着她。

“但有没有人说过，”她避开他的手腕，笑吟吟地拉住他的胳膊，在迷失的瞬间将他摔倒在床，“我很小心眼。”

在他疑惑的同时，戒尺重重地落在他的背部。忽然想起刚刚朱朱的话，乌青梅果然准备周全。乌青梅气喘吁吁地丢下戒尺，无力地靠着床头，白了又白龇牙咧嘴的何景，“何景，你骨头太硬，硌着尺子了。”

“那是您老手下留情。”他伸手摸了摸背部。她果然奸诈，打在背部完全看不出他被家暴。

“知道就好。”她伸手拍了拍他苍白的脸蛋，“记住了，从现在开始，你全身都是我的，别没事给我添堵。”

“遵命。”他嬉笑着咬住在眼前晃动的玉手，灼热的眼神看得她一阵脸红。无奈何景笑得越来越深情款款，她抄起枕头直接堵上他的脸。

“谋杀亲夫啊。”他一个腾跃将顽皮的她锁在身下，对上她笑得肆意的眼睛，“青梅，我爱你。”

低头吻上她的唇，她是他的妻，恨过，厌恶过，但最终深爱着，这辈子谁也改变不了。她偷偷瞟了一眼窗外，星星透亮透亮的，回应他的亲吻，这就是她的夫，逃离过，抗拒过，但最终深爱着，这辈子谁也改变不了。

这就是他与她的孽缘。

第十六章 岁月静好

清早朱朱用直升机将他们送到青城。朱朱靠在安晓晨的怀抱里对着远去的直升机傻笑，“狐狸，我爱你。”

“我也爱你。”他低头吻过她的额头，“天色还早，再回去睡会儿。”

“他们会一直幸福地生活下去吧。”朱朱昂着头寻求他的保证。

“你怎么越来越孩子气了呢。”他揽了揽她的肩膀，“会的，会跟我们一样幸福。”

何景从此变成了家庭主夫，因为乌青梅不同意儿子们上寄宿学校，所以何景每天要接送三个孩子上课，要帮忙做家务，要去江宅陪外婆聊天。但他丝毫不觉得疲倦，何景骏偷偷地告诉他父亲正在跟母亲冷战，所有人都站在他们这一边。倒是云痕比较惨，被岳父抓过去管理何氏。

他只是笑着拍了拍何景骏的肩膀，有些时候他跟母亲一样骄傲，骄傲得不会轻易回头。

他继续过着欢快的主夫生活，没几天放暑假了，他们一家又出国玩了一圈，回家的时候意外地看到在门口徘徊的何父。

“爸，怎么不进去呢?”乌青梅见何景没吭声，便主动打了招呼。“孩子们赶紧请爷爷到家里坐。”

“爷爷，进去吧。”三个孩子拉着他进屋。

“爸，你怎么来了?”坐下后何景这才开口，时隔两个月再次面对父亲他已有些恍惚。

“我就是来看看你们。”他微微叹了口气，“我知道是你妈对不起你们，所以我也不请求你们的原谅，我就是不放心你们这一家子。”

“爸，你不用担心我们。”乌青梅望了眼何景，“我们过得很好。何景也不会一直这样无所事事下去的。”

“回南锡吗?”何父能想到的也就是何氏，女婿倒是没说什么可女儿总是抱怨他不让哥哥回来。

“不是，是我的公司，江传媒爸应该听说过吧。”乌青梅摇头，南锡太远，她不愿意让他来回奔波。“这两个多月他其实在家充电，并没有外界所说的那么不堪。”

她当然知道传到南锡会变成什么样子，“轩文，你过来，你跟爷爷说说你的想法。”

何父自然知道江传媒，只是那家上市公司何时是她家的?心中疑惑未解又看了眼刚刚守在一旁的大孙子。

“爷爷，我跟你回南锡。”何轩文小小的身子坐得笔直，“我回去跟姑父、干爹学习如何管理公司。轩瀚对管理公司不感兴趣，爸妈也不会强制他的喜好。”

“你真的愿意?”两个孙子中他最喜欢的就是这个长孙，小小年纪就十分稳重。

“爷爷，我不仅仅要接管何氏更要接管江。”他知道那是太婆的心愿，他答应过太婆一定会守住江传媒，“我现在是把何氏当做跳板，您不会介意吧?”

“好，有志气，不愧是我的孙子。”何父竖起拇指，瞟了一眼偷笑的何景，“比你爸强多了。”

“爷爷，青出于蓝而胜于蓝。”何轩文也跟着笑了笑。

“好你个小毛孩。”他吹胡子瞪眼，“你这不拐着弯说你爸比我强吗?”

“这是爷爷你说的。”他迅速闪人，“我去收拾行李了。”

“孩子还是跟爸爸亲啊。”何父想到当初孩子们对何景都是爱理不理的，这才多久都处处帮着爸爸了。“你妈……”

“爸，”乌青梅看着眼前苍老的何父，又想起他对自己的好，“妈要是来，我绝对敞开门请她进来。这十年都风平浪静地过了，我就不信她任由我拐着他的大儿子胡作非为，又指示他二儿子做牛做马。”

“有你这句话，我也就放心了。”何父笑呵呵地起身，“你这院子不错，何景，陪我走走。”

“嗯，好。”他紧跟着出了客厅，丢给乌青梅一个放心的眼神，有些事总该说清楚的。

“何景，不要恨你妈。”何父站在玉兰树下，“要说错，一切都是因为我。”

“恨一个人太苦，所以我不恨她。”父子二人并肩而站，“你恨过她吗？”

“她至少将我瞒得很好。”何父定定地看着他，“何景，你是我的儿子，这一点永远也不会变。”

“爸。”他有些动容，嘴唇张合几下最终轻轻喊了一声，何父点了点头，何景看到他转头时眼角已布满了眼泪。用力地勾住何父的肩膀，他从来就不曾否认他是何家的子孙。

送走何父之后，他跟她坐在玉兰树下玩跳棋，“何景，你什么时候知道的？”

“啊？”他一愣，对上她清澈却若无其事的脸，就算再婚，她的担心依旧藏得小心翼翼，“华家报复之后。”

从华安安出现的那一刻起，他就觉得不对劲。华安安的爱慕来得过于突然，华家的报复来得过于缜密也过于决绝。那天离开高尔夫球场的时候，朱茂有意无意地提到了母亲与华老先生碰面的事情，他便留了心。他想不明白究竟是怎样的恨叫母亲如此不待见乌青梅，确切地说，是不待见自己的幸福。

当云痕拿着的婚检报告上何景骏、何景鸢血型相同，好奇地问他的血型是否也相同时，他才恍然大笑。他偷偷去医院做了 DNA 比对，当结果摆在桌上的时候，他觉得无比心冷，他，竟然不是何祥晨的儿子。他骄傲的母亲竟然用如此低级的手段报复何祥晨。

他找了舅舅，知道当年那些秘密。他猜得没错，他真的是阿楚的儿子。讥讽之余更为关静的荒唐感到羞耻，难怪当年她轻易地同意他跟乌青梅的婚姻。她一定冷笑地告诉阿楚，看，这就是你背叛我的代价。

“何景，如果我是真正的乌青梅。”她低着头，问得极为淡定，“你会怎么做？”

他眼眸微动看着乌青梅的发顶，当初他真的被那个答案给吓到了。如果他们真是兄妹，他会装作毫不知情地赖在她身边，还是会……但幸好她不是真正的乌青梅。因为这个幸好，所以他真的没有想到那个还是究竟是什么。

乌青梅见他半天没有吭声，抬起皱着的脸，“问你话呢！”

他伸手将她掉下的发掖到耳后，带着浅浅的微笑，“这个世上是没有如果的。”

“也对。”她凝视他半天，最后只能摸着鼻子点头，“继续下棋吧。我就不信我学不会。”

他挪了挪身子，为她遮住点点阳光。他想问，乌青梅你是什么时候知道的？当初同意结婚也是因为想看今天的结局？而后对母亲的报复是否也想替自己出一口气？但这些似乎都不重要了。此时此刻，空气中飘荡着清新的茉莉花香，树上的知了三五不时地鸣叫两下，她偶尔抬头对自己傻笑两下。他想自己有些明白凤鸣的那句话了。

我到底也是有野心的人。娶一个温柔贤淑的太太，生一个活泼健康的孩子，走过春暖夏热秋凉冬寒，岁岁年年，直到生命的尽头。

她跟他就算地球毁灭，也终携手共进，不离不散。

番外
何家三夫十三问

1. 关于主权

某白：家不可一日无主，请问各家都是谁当家？

何景骏很是不屑地丢过一眼：拳头。

某白：你真是暴力。细细童鞋岂不是从来没赢过？

何景骏摇头：通常情况下我是输的那一个，当然，必要的时候我自然不会输。

某白顿悟：你疼老婆的方式还真奇怪。云大少，何小姐平日里嚣张惯了，你们家……

云痕淡笑：她很有分寸。

某白挠头：神马意思？

云大少：我一个眼神她便会自己拿主意。

众人哗然，何景骏甚是吃惊：妹夫，你果然是传说中的腹黑。

某白好奇地看了一眼半天不语的何景：那么老大家呢？

何景慢条斯理地开口：我都是直接看到结果。

云痕拍了拍他的肩头：大哥，我同情你。

何景骏却在一旁大叫起来：赶紧离我们家细细远点儿，免得被大嫂带坏。

某白眨眨眼：这不挺好的，老婆不就是分忧解劳？

何景骏白了两眼：我大哥的意思是，他根本就没有知情权。就像上次大嫂去美国旅游，我哥都是晚上回家之后才发现的。

某白同情地点头：何大少，你在家真没有地位。

2. 零花钱

某白：我听说有一次太太们聚会对零花钱很感兴趣，不知道各家是什么情况？

何景骏叹气：还是拳头。一拳一百。

云痕：她把存折都给我了。

何景骏捶胸：我家怎么出来这么个傻子啊。

何景：我太太那段时间对我的越野车很感兴趣。

众人不解：所以？

何景双手一摊：我每天都要掏钱给她当小费。

何景骏不忘揭短：大哥所有财产都登记在大嫂名下的。

某白竖起拇指：乌老师真是黑！

3. 关于家庭纠纷

某白：这应该是每个家庭都会有的问题，通常你们是怎么解决问题的？

何景骏毫无悬念地回答：拳头。

云痕想了半天：好像没吵过。

何景骏这才哼哼：她有机会跟你吵吗？你一个眼神，她就缴枪卸器了。

某白算是明白了何景鸢是被云痕吃得死死的，满是好奇地转向何景。

何景笑笑：我们也没吵过。意见不合时，我通常睡客房。

何景骏继续揭露：睡客房的结果就是第二天跟大嫂意见一致。

何景继续笑：你大嫂是为了让我能够深思熟虑。

4. 关于吃醋

某白：三位作为成功男人，身边自然有不少不得已的交际，不知道各位夫人如何表达醋意?

何景骏在众人忽视中沉默。

云痕笑笑：她没说过，但她貌似喜欢自虐，那天她会亲自下厨，萝卜丁炒黄瓜丁。

何景骏鄙夷地摇头：那厮绝对不是我家的。

何景再度被众人关注，不好意思地笑了笑：她忽视。

云痕点头：我们家那位就是跟大嫂学的吧。

何景骏哼：那也才是学了半套。

某白：难道乌老师还有惊人之举?

何景骏举手：乌老师都会跟帅哥约会。

某白拍手：哇，我太崇拜乌老师了。

云痕了悟地点头：原来吃醋的是大哥啊。

5. 太太不在家

某白：各位太太不在家的时候，都有些什么活动?

众人白过某白，这厮未免太无聊了吧。

何景骏心花怒放：上网打 BOSS。

云痕皱眉认为这个问题太烂：我家门禁十一点。

何景骏鄙视：那货真的不是我家小妹。话说，你出差的时候干吗?

云痕哼：那是我不在家，跟问题无关。（众人黑线，精英果然不一样。）

何景盈盈一笑：嗯，给老婆写情书。（众人无语……）

6. 谁是妻奴

某白：各位能用一句话评价一下自己的妻子吗？

何景骏：对他人伪装温柔，唯独对我拳脚相向的恶妇。（众人点头，表示同情。）

云痕：言听计从。（某人再呼不是我何家的……）

何景：我恨我妒然我爱之人，我师我友终我之妻。

何景骏：大哥你可以再酸一点儿……

云痕：大哥你可以再假一点儿……

某白花痴：果然还是大哥痴情……乃是妻奴啊……

7. 太太的生日

某白：太太的生日，不知各位会送什么礼物？

何景骏：游戏碟。（他家还真离不开暴力……）

云痕：秘书会订玫瑰。（没诚意啊，好低俗啊……）

何景骏：你不会不知道我妹生日吧。

云痕：记得。可她说不需要过生日，铺张。（－ －！）

何景：把自己打包送给她。

何景骏：哥你真恶俗。

云痕：你真低俗。

何景：这叫资源合理利用。

某白：每年都如此？

何景：是。

某白：乃尊素废物再利用啊……（爆笑 ing……）

8. 太太的爱好

何景骏：一个字，装；两个字，爱我；三个字，喜动手。（原来最后一个才是重点啊……）

云痕：相夫教子。（靠，这也叫爱？连某白都要惊呼，这厮说的是何家咋呼的小姐吗?!）

何景：发呆。

何景骏迅速纠正：大哥乃真不要脸，大嫂那明明是在算计……

云痕：我同意，而且是赤裸裸的算计。

何景：我喜欢看她算计别人。

某白：为毛？

云痕：因为迄今为止他是最惨的一个，倾家荡产还倒插门。

某白：何大少，你节哀吧。

9. 你无法忍受的是什么

何景骏：她打我脸的时候。

云痕：貌似没有。（跟何二少比，太太太太……太和谐了）

何景：一声不吭地丢下我。

何景骏：大哥，你是我大哥吗？你是我英明神武果断黑面阴谋重重诡计多端……的大哥吗？

云痕极其淡定地拍了拍何景骏：你嫂子走了，你大哥没钱 HAPPY。

何景骏：大哥，乃尊可怜。

何景心底冷哼：我是怕这个吗？没眼力见的家伙们，我是怕你们大嫂甩了我……

10. 求婚再现

某白：乃们当时是怎么求婚的，表小气，分享一下。

何景骏：公司刚出了一款新游戏软件，我跟她说，我打赢了，你就嫁给我。很不幸我还是输了，细细很是安慰地拍着我的肩头，刚才忘了说，要是我赢了，你就娶我吧。(果然女王何时都不放弃自己的权利啊，连求婚都那么……)

云痕：奶奶问什么时候结婚。

众人：没了???

云痕：然后她回家挑日子了啊。(欠抽的银啊……)

何景：元旦结婚如何？(比云大爷稍微知道点儿征求女方意见……)

何景骏：大哥，乃不是有二次求婚吗？(众人眼睛发亮……)

何景：我妈帮我们离婚，那我们就结婚气她……（何大爷，乃尊不孝啊)

11. 太太的厨艺

何景骏：方便面煮得很好吃。(原来女王只会煮面啊……)

云痕：家里有厨师。(富人啊，赤裸裸的炫富啊……)

某白：难道何大小姐没做过饭，不是还有那个什么丁炒什么丁吗？

云痕：哦，她只负责切。(那位相夫教子的何小姐该不是不会做饭吧……)

何景：家里有厨师。(靠，攀比呢……)

何景骏：大嫂貌似不喜欢下厨。

云痕：我见过大哥下厨。(石化……)

何景：油烟伤皮肤。

某白：何景乃好疼老婆哦……乃果然皮比较厚……

12. 对太太的身材可有不满

何景骏：我太太不喜欢吃木瓜。（原来啊原来……）

云痕：皮肤太白。（% >_ <%，白也是错？）

何景：路上色狼太多。（继续% >_ <%，身材好真的很罪过吗？）

13. 如何跟太太道歉

何景骏：洗洗干净。（被屠杀吗……）

云痕：貌似求和的都是她。（刀在哪里？在何景骏的眼睛里。）

何景：我们不吵架。（白眼在哪里？在何景骏的眼睛里。）

某白：乃们……（幸福在哪里？在各自的心里 O（∩_ ∩）O～）

青梅

图书在版编目（CIP）数据

第4种爱情/艾小白著. —北京：光明日报出版社，2012.6

ISBN 978-7-5112-2565-8

Ⅰ. ①第… Ⅱ. ①艾… Ⅲ. ①言情小说-中国-当代 Ⅳ. ①I247. 5

中国版本图书馆CIP数据核字（2012）第109076号

第4种爱情

著　　者：艾小白　著

出 版 人：朱　庆　　终 审 人：孙献涛

责任编辑：高　迟　郭玫君　　责任校对：丁文明

封面设计：深海之泪　　责任印制：曹　诤

出版发行：光明日报出版社

地　　址：北京市东城区（原崇文区）珠市口东大街5号，100062

电　　话：010-67078250（咨询），67078270（发行），67078235（邮购）

传　　真：010-67078227，67078255

网　　址：http：//book. gmw. cn

E - mail：gmcbs@ gmw. cn　guomeijun@ gmw. cn

法律顾问：北京市洪范广住律师事务所徐波律师

印　　刷：北京大运河印刷有限责任公司

装　　订：北京大运河印刷有限责任公司

本书如有破损、缺页、装订错误，请与本社联系调换

开　　本：690×975　1/16

字　　数：297千字　　印　　张：17

版　　次：2012年6月第一版　　印　　次：2012年6月第1次印刷

书　　号：ISBN 978-7-5112-2565-8

定　　价：28.00元